मन की शान्ति के सूत्र

मन की शान्ति के सूत्र

जीने की एक नई राह

बौद्ध सन्त
ग्यालवा दोखम्पा

अनुवाद : रमेश कपूर

MANJUL
मंजुल पब्लिशिंग हाउस

First published in India by

MANJUL

Manjul Publishing House

Corporate and Editorial Office

• 2nd Floor, Usha Preet Complex, 42 Malviya Nagar, Bhopal 462 003 - India

Sales and Marketing *Office*

• C-16, Sector 3, Noida, Uttar Pradesh 201301 - India

Website: www.manjulindia.com

Distribution Centres

Ahmedabad, Bengaluru, Kochi, Kolkata, Chennai,
Hyderabad, Mumbai, New Delhi, Pune

Original English edition first published in Great Britain in 2013
by Hodder & Stoughton. An Hachette UK company.

Hindi translation of
The Restful Mind - *A New Way of Thinking, A New Way of Life*
by *His Eminence Gyalwa Dokhampa*

This edition first published in 2014
Seventh impression 2026

ISBN 978-81-8322-429-1

Translation by Ramesh Kapur

Printed and bound in India by Repro India Ltd.

मैं यह पुस्तक परमपूज्य वर्तमान ग्यालवाँग ड्रुक्पा को समर्पित करता हूँ, जिनकी कृपा से मुझमें यह समझ और विश्वास पैदा हुआ कि सभी ख़ुशियों और कष्टों का स्रोत और कुछ नहीं, अपितु व्यक्ति का अपना मन होता है।

विषय-सूची

लेखक परिचय

महामहिम ग्यालवा दोखम्पा, जो 'खामत्रुल रिन्पोश' के नाम से विख्यात हैं, बौद्ध शिक्षाओं से लेकर नवीनतम तथा जीवन्त दृष्टिकोण लाकर दुनिया भर में ज्ञान बांटते हैं। वर्ष 2000 से उन्होंने अमेरिका, यूरोप, मैक्सिको, भूटान, वियतनाम, मलेशिया, हौंग कौंग, ताइवान, सिंगापुर तथा पेरू में विद्यार्थियों के साथ अपने ज्ञान तथा अपने व्यक्तित्व के ओजस्व को साझा किया है। उन्होंने नेपाल तथा भूटान में वार्षिक समारोहों में लोगों को राह दिखायी है तथा वे सिंगापुर में बौद्ध धर्म तथा विज्ञान विषय पर विचार गोष्ठी 'सुन्दर मन का विकास' में मुख्य वक्ता थे।

ग्यालवा दोखम्पा इस बात पर ज़ोर देते हैं कि बौद्ध धर्म एक धर्म नहीं, अपितु ख़ुशी पाने का एक मार्ग है। वह बौद्ध आदर्शों को आधुनिक जीवन शैली के अनुकूल बनाने पर भी कार्य करते हैं ताकि उन्हें निःस्वार्थता से अधिक स्वयं सहायता द्वारा तथा दूसरों के प्रति उदारता के माध्यम से, दैनिक जीवन में उतारा जा सके : जब हम दूसरों को देते हैं, तो हम वास्तव में स्वयं को देते हैं।

परम पूज्य ग्यालवा दोखम्पा जिग्मे पेमा नियिन्जाद का जन्म 1981 में, ड्रक्पा वंशावली के प्रमुख महामहिम बारहवे ग्यालवांग द्रुकपा के परिवार में हुआ था और महामहिम दलाई लामा ने उन्हें ग्यालवा दोखम्पा के नौवे अवतार के रूप में मान्यता दी थी। उनकी शिक्षा-दीक्षा, दार्जिलिंग में, ड्रक थुब्तेन सेन्गाग चोलिंग मठ में हुई, जहाँ उन्होंने अपना बचपन तथा अपनी युवावस्था अपने प्रमुख शिक्षक महामहिम ग्यालवांग ड्रक्पा के मार्गदर्शन में

व्यतीत किया। बाद में, उन्होंने भूटान के टैंगो मॉनैस्टिक यूनिवर्सिटी से बौद्ध दर्शन में मास्टर डिग्री प्राप्त करने के लिए नौ वर्ष का पाठ्यक्रम पूरा किया। वर्तमान में वे, परमपूज्य ग्यालवांग ड्रक्पा तथा परमपूज्य जे थ्रिज़ूर तेनज़िन कोइप (भूटान के 68वें जे-खेनपो) से प्राप्त वज्रयान के गुप्त आंतरिक कार्यप्रणाली को जारी रखे हुए हैं।

www.facebook.com/Gyalwa.Dokhampa.Khamtrul
www.khamtrul.org
@GyalwaDokhampa

परिचय

हम अपने मन के माध्यम से ही अपने संसार तथा उसमें अपने स्थान की रचना करते हैं, हमारे द्वारा प्राप्त सभी अनुभवों जैसे ख़ुशी, दुःख, पीड़ा, सुन्दरता और किसी भी अन्य भाव को हमारे मन में ही अर्थ दिया जाता है और फिर वह वास्तविकता प्राप्त करता है। इसलिए, मैं समझता हूँ कि हमारे मन की कार्यप्रणाली को समझना ही स्वतंत्रता, ख़ुशी, संतुष्टि तथा जीवन की चुनौतियों से निपटने में महत्त्वपूर्ण भूमिका निभाता है। यह प्रत्येक वस्तु की कुंजी है।

हम में से कोई भी व्यक्ति जीवन की निरंतरता को नहीं रोक सकता, जिस प्रकार हम कितना भी प्रयास करें, लेकिन समय को नहीं रोक सकते। हम अपने आपको अंततः बूढ़े होने से भी नहीं रोक सकते और न ही हम में से किसी को पता है कि हमारी मृत्यु कब होगी, केवल यही चीज़ शाश्वत है, अपरिहार्य है। अब आपके मन में यह बात आ सकती है कि शायद मैं निराशावादी हो रहा हूँ, लेकिन मैं केवल यही ध्यान दिला रहा हूँ कि हम अक्सर, अपने दिमाग़ में जिन चीज़ों की छवि का निर्माण कर लेते हैं, हम उन्हें बदल नहीं सकते, जैसे समय व्यतीत करना, अपेक्षाकृत उन चीज़ों के जिन्हें हम बदल सकते हैं, जैसे अपने जीवन को जीने का हमारा तरीक़ा। जीवन के इस भाग का चुनाव हम करते हैं, इसलिए क्यों न हम अपने दिमाग़ को थोड़े बेहतर ढंग से इस अवसर पर केंद्रित करें? क्यों न हम अपने दिमाग़ को दोनों हाथों से जीवन को पकड़ना तथा अच्छी चीज़ों के प्रति सरल व निष्कपट दृष्टिकोण अपनाना सिखायें? और क्यों नहीं

हम स्वयं को उन कई अपेक्षाओं और भय से दूर रखते और प्रोत्साहित करते, जो हमारे विचारों पर कब्ज़ा जमा लेते हैं और फलस्वरूप, हमारे कार्यकलापों पर भी हावी हो जाते हैं?

हमारा जीवन तभी सार्थक होता है, जब हम अपने प्रयासों से अन्य लोगों को लाभ देते हैं। वह भले ही किसी भी तरीक़े से संभव हो। फिर भी, आजकल अपने मन में चल रही कई चीज़ों को अपनी मानसिक स्थिति से दूर करना सरल हो गया है, जैसे भविष्य की चिन्ताएँ, दीवार से उचक-उचक कर देखना कि हमारे पड़ोसी के पास क्या है और हमारे द्वारा किए जाने वाले कार्यों की बढ़ती हुई सूची। ऐसी मानसिकता हमारे और हमारी आंतरिक प्रकृति के मध्य एक दीवार खड़ी कर देती है। आंतरिक प्रकृति अर्थात् हमारे भीतर का वह गहरा हिस्सा जो यह जानता है कि हमारा मार्ग कौन सा है, हम कौन हैं, और दुनिया में हमारा क्या स्थान है? हमें उन अवरोधों को तोड़ने तथा पुनः शान्त दिमाग़ से जुड़ने की आवश्यकता है, जो हमेशा हमारे भीतर विद्यमान रहे हैं क्योंकि यही हमारा मूल तत्व है। उसके बाद हम आगे बढ़ सकते हैं और पूरे विश्वास तथा स्वतंत्रता से जी सकते हैं।

तब आप पूछ सकते हैं कि मेरा निजी संदेश क्या है। तो मैं यह कहूँगा कि मेरे दो संदेश हैं, एक बौद्ध परिप्रेक्ष्य से है और दूसरा मनोवैज्ञानिक दृष्टिकोण से। उनमें वास्तविक अन्तर केवल शब्दों का है।

मुख्य बात यह है कि मैं लोगों से यह याद रखने की उम्मीद करता हूँ कि वे दो चीज़ों के संतुलन से अपने जीवन में बदलाव ला सकते हैं : उनके मस्तिष्क में क्या कुछ चलता है और वे अपने विचारों पर कैसे प्रतिक्रिया प्रकट करते हैं। इसलिए, यह वास्तव में होने और करने के बीच का एक संयोजन है, जो बारी-बारी से सकारात्मक रूप से एक-दूसरे को प्रभावित करते हैं। हम अपने दिमाग़ के द्वारा ही अपने प्रत्येक दिन के कार्यों को और उसके बाद अपनी सचेत क्रियाओं से एक अर्थ प्रदान कर सकते हैं जिससे हम अपनी तथा दूसरों की ख़ुशी में योगदान दे सकते हैं। इसलिए, यदि हम यह पाते हैं कि हम अपने रोज़मर्रा के जीवन में ख़ुशी महसूस नहीं कर रहे, तो उनके कारणों को अपने से बाहर तलाशने की

अपेक्षा, हम उन्हें जानने के लिए अपने भीतर देखना सीखते हैं। इसके अलावा, हम अपने पास मौजूद प्रत्येक चीज़ की सराहना करना सीखते हैं, अपेक्षाकृत उन चीज़ों को देखने के, जो हमारे पास नहीं होतीं। हमें यह जानने की आवश्यकता है कि हमारा शान्त दिमाग़ किसी अन्य पर नहीं बल्कि केवल हम पर ही निर्भर होता है और जब हम इस बात को समझने लगते हैं, तो हम अपने स्वामी हो जाते हैं - स्वयं अपने बुद्ध, जैसा कि हम बौद्ध-दर्शन में कहते हैं और जीवन में और अधिक प्रसन्नता, और अधिक सकारात्मक कार्य और अधिक शान्ति लाकर, अपने दिमाग़ का ध्यान रख सकते हैं। और यदि फिर भी ज्ञान हमसे दूर रहता है, तो भी हम निश्चित रूप से अपने जीवन में कम अव्यवस्था महसूस करते हैं।

अशान्त मन

कभी-कभी हम अपने जीवन में अशान्ति महसूस करते हैं और हम कितना भी प्रयास क्यों न कर लें, हम स्वयं अपने दिमाग़ को नहीं जान पाते। हमारे विचार स्वयं अपने जीवन पर कब्जा करते प्रतीत होते हैं, सिर के बल एक अनुभव या भावना से दूसरे अनुभव या भावना की ओर भागते हुए, हमेशा किसी चीज़ की खोज में रह कर, हालांकि शायद हम उस चीज़ को जानते भी नहीं। यहाँ तक कि कमज़ोर पड़ जाने का विचार भी हमें उत्तेजित कर देता है - तब हम प्राप्त क्या करेंगे? हम अपने-आप से कई प्रश्न पूछते हैं लेकिन कोई निश्चित उत्तर हमारे पास नहीं होता। हम किसी चीज़ पर अथवा किसी व्यक्ति पर अपनी दृष्टि लगा देते हैं और फिर, कहीं न कहीं, हम भूल जाते हैं कि जब हम सुख की ओर अपनी समूची यात्रा आरंभ करते हैं, तो सुख क्षणभर को हमारे पास आता है और फिर किसी छोर पर जाकर ग़ायब हो जाता है। इसलिए हम तुरन्त उत्तेजित हो उठते हैं और अगली किसी चीज़ की ओर बढ़ जाने का भाव भाव महसूस करते हैं, सुख का एक और छोटा-सा हिस्सा या सफलता पाने के लिए अथवा चीज़ों को मात्र अलग ढंग से करने के लिए, क्योंकि हम कभी भी सुनिश्चित नहीं हो सकते कि हमारे पास जो कुछ भी है, वह हमारे लिए पर्याप्त है।

हमारे दैनिक जीवन में हमारे दिमाग़ आपसी संचार से, और जुड़ाव से निरन्तर उत्तेजित होते रहते हैं। उन पर कई तरह की जानकारी बोझ लाद देती है, चीज़ों का चुनाव बोझ लाद देता है। कुछ जानने और सीखने, रचना करने और प्रेरित होने के अवसर हमें चारों ओर से घेर लेते हैं और बहुत कम स्थान ऐसा छोड़ते हैं या फिर छोड़ते ही नहीं, जिसमें हमारे दिमाग़ विस्तार पा सकें और वास्तव में आगे बढ़ सकें। हम सैकड़ों प्रश्न पूछते हैं लेकिन हमारे पास इतना समय या धैर्य नहीं होता कि हम क्षण भर के लिए शान्ति से बैठ कर उन उत्तरों को सुनें अथवा उन्हें समझने का प्रयास करें। और हम उनके समाधान की तलाश में भटकते हुए अपना ढेर सारा मूल्यवान समय व्यर्थ कर देते हैं। तब हम सीधे उस समस्या की वास्तविक प्रकृति को देखना भूल जाते हैं। कभी-कभी या अधिकांश समय, हमारे दिमाग़ थोड़ी देर पिनबॉल मशीन के समान महसूस करते हैं, जिसमें हर तरफ़ अपने लक्ष्यों पर गेंद को मारा जाता है। काश कि हम अपने जीवन की वर्तमान स्थिति में और जिस स्थिति में हम रह रहे हैं, उसके लिए अपने मन में व्यवस्थित और सुखी महसूस कर सकें, काश कि हमारे मन अत्यधिक उलझन, अति-विश्लेषण तथा *अति-विचार* से स्वयं को बचा सकें।

मेरे एक शिक्षक ने ठीक ही कहा था : चूंकि मनुष्य पैसा बचाने के लिए अपने स्वास्थ्य का बलिदान देता है, फिर अपने स्वास्थ्य को वापस पाने के लिए उसे धन का बलिदान करना पड़ता है, उसके बाद वह अपने भविष्य को लेकर इतना चिंतित हो उठता है कि अपने वर्तमान का आनंद नहीं ले पाता और परिणामस्वरूप, वह न अपने वर्तमान में जी पाता है, और न भविष्य में - वह ऐसे जीवन जीता है, जैसे उसकी कभी मृत्यु ही नहीं होगी, और फिर, वह वास्तव में ही जीवन को जिए बिना मृत्यु को प्राप्त हो जाता है। जीवन के ऐसे ढाँचे में गिरफ़्तार हो जाना बहुत आसान है। खुशी हमेशा हमारे आस-पास ही उपस्थित होती है और जब हम उसे पा लेते हैं, तो कभी-कभी हम यह भूल जाते हैं कि जीवन में हमारा सबसे पहला लक्ष्य क्या था। हम अपनी अति व्यस्तता को अपनी शान समझते हैं, हालाँकि हमें अपने भीतर कहीं यह पता होता है कि दैनिक जीवन में

हमारे द्वारा किए जाने वाले कार्य ख़ुशी और संतुष्टि के साथ-साथ हमारी उपलब्धियों की भी बराबरी नहीं कर सकते। हम जब अपने दिलों को और अपने दिमाग़ों को, अपनी व्यस्तता से भर लेते हैं, तो हमें कभी-कभी यह महसूस होता है कि जैसे हम किसी ऐसी पटकथा के अनुसार अपना जीवन व्यतीत कर रहे हैं, जिसे हमने नहीं लिखा होता। इसमें हम इधर-उधर दौड़ते रहते हैं और हमें यह एहसास ही नहीं होता कि हमने अपना बहुत सारा समय लोगों के साथ अथवा अपने कार्यों में डूबे रह कर ही बिता दिया है और अपने आपको हम बहुत संकुचित कर देते हैं।

धीरे-धीरे हम यह महसूस कर सकते हैं कि हमारे लिए निर्णय लेना अधिक कठिन है क्योंकि चीज़ों के 'ग़लत' होने की आशंका या डर हमारे भीतर घर कर जाता है। अथवा हम अपनी तुलना करने और निरंतर औरों से मुकाबला करने की अपेक्षा, दूसरों की कोशिशों से ख़ुश होना बन्द कर देते हैं। हम अत्यंत व्यस्त रहते हैं लेकिन कोई भी चीज़ ठीक ढंग से करना हमारे लिए कठिन होता है। ऐसे में हमें बेचैनी घेरे रखती है, हम अच्छी तरह सो भी नहीं पाते या फिर हम इतना अधिक सोते हैं कि हमें सुस्ती और भारीपन महसूस होने लगता है। हम अपने अच्छे मित्रों के सम्पर्क में नहीं रह पाते, हमारा परिवार हमें परेशानी का सबब प्रतीत होने लगता है। और कार्यस्थल पर हमारा मालिक हमारे लिए एक दुःस्वप्न सिद्ध होता है। समय हमारे हाथ से छूटता चला जाता है।

हमारा अशान्त मन शान्ति से डरता है, वह आसानी से उकताहट महसूस करने लगता है - काम, काम और सिर्फ़ काम, इसके अलावा कुछ नहीं। अशान्त मन जीवन के प्रत्येक छोटे से छोटे विवरण और निर्णय पर बहुत अधिक सोचता है, वह अक्सर भयभीत व चिंतित रहता है और अपने आपको रोक पाने में असमर्थ होता है, वह यही सोचता रहता है कि यदि मैंने कोई कार्य अलग ढंग से किया, तो उसका परिणाम क्या होगा? और यदि मैं यह ग़लत कर बैठा तो? यदि उन्होंने मुझे पसन्द नहीं किया तो? उन्होंने ऐसा क्यों कहा? क्या मैं बहुत अच्छा व्यक्ति हूँ? क्या वे लोग बहुत अच्छे हैं? एक बार ग़लत कर देने के बाद, मैं आगे क्या करूँगा? और उसके बाद... फिर उसके बाद? अशान्त मन में बेबुनियाद

कल्पनायें दौड़ती रहती हैं, उनमें शायद ही कभी रचनात्मक होती होगी। जीवन धुँधला होता चला जाता है, वह अक्सर कहीं भटक गया महसूस करता है। हम लगातार किसी के साथ को तरसते रहते हैं, जबकि हमें भीड़ में भी अकेलापन महसूस होता है।

अब याद कीजिए आख़िरी बार आपका मन कब शांत रहा था!

शान्त दिमाग़ हमेशा आनन्दित, रचनात्मक व सचेत रहता है। आनन्द बड़ी सरलता से उसके पास आता है। निराशा और उदासी भी बड़ी आसानी से आते हैं लेकिन अब वे हमारे दिमाग़ को निर्बल नहीं बना पाते। शान्त दिमाग़ समझदार होता है। शान्त दिमाग़ से हम स्वयं को तथा अन्य लोगों को एक सुकून दे सकते हैं और अच्छी चीज़ें देख पाते हैं। शान्त दिमाग़ सदैव सुकून और विश्वास से भरा होता है; उसे किसी अहंकार की आवश्यकता नहीं होती। हमारे पास दूसरों का ध्यान रखने का समय है, दूसरों को प्रेरित करने और स्वयं प्रेरित होने का समय है और बहुत सारे कार्य करने का समय है। आप उस बालक को देखें, जिसका मन बिल्कुल सहज और शान्त रहता है। वह हमेशा जानने को उत्सुक और चौकस रहता है, किन्तु वह एकदम मौन और प्रत्येक क्षण पर मोहित रहता है। वह पूरी तरह से अपने वर्तमान के साथ जुड़ा होता है।

मुझे शान्त मन के बारे में बात करना और उसके बारे में सिखाना अच्छा लगता है क्योंकि जब हम अपने आपको, अपने मन को शान्त करने और पोषित करने का अवसर प्रदान करते हैं, तब हम भविष्य में आने वाली समझ के लिए समय और स्थान के द्वार खोलते हैं, यह हमारे तथा अन्य लोगों की वास्तविक प्रकृति की समझ है। हम फिर से सम्पर्क में आ सकते हैं। सभी चीज़ों का सार है समझ - यह हम सबके भीतर होती है, पूरी तरह से प्राकृतिक रूप में, लेकिन अक्सर हम अपना संतुलन खो बैठते हैं, केवल उसी चीज़ को सुनते हैं जो हमारे मन में सतही तौर पर घट रहा होता है। आप प्रायः शारीरिक रूप से यह महसूस कर सकते हैं कि आपकी ऊर्जा आपके दिमाग़ में गूँज रही होती है, आपके हृदय या आपके मन की समझ में आये बिना।

एक शान्त मन शिथिलता और सुस्ती से कोसों दूर रहता है, यह क्रियाशीलता वाला मन है। यह बहुत सारे कार्यों को पूर्ण कर सकता है, यह बहुत तेज़ और चुस्त होता है, अपने पाँवों पर बहुत हल्का, एक निर्मल हृदय से तथा अपनी सभी इन्द्रियों को शामिल करके आसानी से निर्णय लेता है। समझ के अभाव में, हम अपने मन के जाल में आसानी से जकड़े जा सकते हैं - अपेक्षाओं, चिन्ताओं, भविष्य के अनुमानों, पूर्वाग्रहों और निर्णयों के एक निरन्तर प्रवाह के जाल में। यह बहुत ही थकाऊ है, इस हद तक थकाऊ कि हमारी नींद भी हमारे अनियंत्रित मन से बाधित महसूस करती है।

शान्त मत संकुचित होने की अपेक्षा पूरी तरह से खुला होता है। वहाँ विभिन्न कोणों से चीज़ों पर विचार करने का स्थान होता है, चीज़ों का उनके प्राकृतिक रूप में बने रहने का स्थान। हम दूसरों का ध्यान रखने लगते हैं। हम चीज़ों पर अधिक ध्यान देते हैं। हमारे पास अन्य लोगों की बात सुनने और मुस्कराने का समय होता है। हम अच्छी चीज़ों जैसे दूसरों की मुस्कारहट, दयालुता तथा ज्ञान को अपनी ओर आमंत्रित और आकर्षित करते हैं।

मुझे आशा है कि हम जैसे-जैसे इस पुस्तक को एक साथ मिल कर ध्यान से पढ़ेंगे, तो आपके सामने मन की प्रकृति और भी स्पष्ट होनी शुरू हो जायेगी। निश्चित रूप से, यह इतना शान्त और सम्पूर्ण नहीं है; जीवन निश्चित ही बहुत दिलचस्प है क्योंकि यह उतार-चढ़ावों और चुनौतियों व उत्तेजनाओं से भरा है। आप सबसे पहले यह भी सोच सकते हैं कि एक शान्त मन के साथ इन चीज़ों तक पहुँचना कितना उबाऊ है। निश्चित रूप से, हमारे जीवन में कई चीज़ें अधिक नाटकीयता तथा कड़ी प्रतिक्रियाओं के योग्य हैं। लेकिन मैं उम्मीद करता हूँ कि जब आप अपनी पहचान और अहंकार, अपेक्षाओं और आसक्तियों की सभी परतों के नीचे, अपनी प्रकृति को खोज लेंगे, तो आप स्वयं देखेंगे कि भावनात्मक रूप से किसी पर निर्भर हुए बिना किसी की सराहना करना कितना ऊर्जादायक हो सकता है, किस प्रकार धैर्य आपको बहुत-से व्यर्थ के फ़ैसलों से मुक्त कर सकता है। किस प्रकार आपको प्रत्येक समस्या का समाधान तलाशने

की आवश्यकता नहीं होती, बल्कि आप अपने निर्णयों से, महान कार्यों के बीज उगा कर, विचारों के लिए एक उर्वर ज़मीन तैयार कर सकते हैं।

यह पुस्तक आपके लिए तथा आपके मन के लिए एक एकान्त प्रदान कर सकती है। बौद्ध परम्परा में एकान्तवास अत्यन्त लोकप्रिय हैं क्योंकि वे आपको एक शान्त व केंद्रित स्थान प्रदान करते हैं जिनमें आप शिक्षा प्राप्त करते हैं, और शिक्षा की खोज कर सकते हैं – यानि वस्तुओं को व्यवहार में लाकर उनका अभ्यास करना। किन्तु हम हमेशा यही कहते हैं कि यदि हम शिक्षा को एकान्त स्थान पर अभ्यास में लायें, तो शिक्षा अर्थहीन है। उन्हें अपने दैनिक जीवन में उतारना ही असली व्यवहार है। उदाहरणार्थ, यदि आप एक शान्त मन को व्यस्त शहरी जीवन में ले जाते हैं, तब वह इस आधुनिक दुनिया में कुछ विशेष होता है। यह दर्शाता है कि सबसे छोटे स्थान को भी विशाल तथा अंतहीन महसूस कराया जा सकता है और यहाँ तक कि पूरे दिन के दौरान सामने आने वाली कई बड़ी बाधाओं को भी शान्त मन से दूर किया जा सकता है।

तिब्बती भाषा में, 'वापसी' का अर्थ है, 'सीमा' और इसलिए, यह एक ऐसी चीज़ है कि जब हम मन के साथ वापस जुड़ते हैं, तो हमें ज्ञात होता है कि हमारा मन और हमारी भावनायें कैसे कार्य करते हैं और अच्छी तथा सुखद भावनाओं और कष्टकारी भावनाओं के बीच कहाँ हमारी सीमायें विद्यमान होती हैं। ये सीमायें हमें रोक नहीं सकतीं। जागरुकता हमें बहुत अधिक स्वतंत्रता प्रदान करती है। हमें यह एहसास होने लगता है कि एक बाह्य स्थिति की ओर विभिन्न कोणों से किस प्रकार पहुँचा जा सकता है। हम क्रोध जैसी चीज़ों को ध्यान से देख सकते हैं और देखते हैं कि वह आता कहाँ से है और क्या यह वास्तव में हमारे लिए मददगार सिद्ध होता है! हम यथार्थ में चीज़ों को ठीक करने का प्रयास बन्द कर देते हैं, हम दूसरों को बदलने के लिए अपनी कड़ी कोशिशें बन्द कर देते हैं। हम निश्चिन्त हो जाते हैं।

इस दृष्टि से, मैं दिल व दिमाग़ को एक करके, दिल की गहराई से दिमाग़ को प्रशिक्षित करना पसन्द करता हूँ।

हम शरीर व मन के बीच के संबंध की भी तलाश करेंगे। हम अपने शरीर द्वारा दिये जाने वाले संकेतों से, अपनी भावनाओं के सम्बन्ध में बहुत कुछ जान सकते हैं। यह अक्सर हमें मन से पहले ही बता देता है कि हम किस समय अपनी स्वस्थ भावनाओं की सीमाओं का अतिक्रमण करने वाले हैं। हम क्रोध या शर्मिन्दगी को अपने भीतर लगे थर्मामीटर के रूप में महसूस कर सकते हैं। जब हम बचाव की मुद्रा में होते हैं, तो हमें अपनी आवाज़ में एक अजनबीपन और तनाव महसूस होने लगता है। हम अपने शरीर को शान्त करने में अपने दिमाग़ का और अपने दिमाग़ को शान्त करने के लिए अपने शरीर का इस्तेमाल कर सकते हैं। विशेषतया अपनी श्वास के माध्यम से। हम चलते हुए, अपने पैरों के ज़रिये प्रकृति से जुड़ सकते हैं, जिससे हमें हमारी अंदरूनी प्रकृति से जुड़ने में सहायता मिलती है। मैं समझता हूँ कि यह मात्र संयोग नहीं है कि अवसाद तथा चिन्ता को कम करने के लिए अक्सर संतुलित आहार लेने तथा व्यायाम करने की सलाह दी जाती है। हमारा स्वस्थ शरीर, हमारी आन्तरिक चेतना की बहुत सहायता कर सकता है।

थोड़ा चिंतन : बड़े परिणाम

ध्यान एक साधारण सी कार्यप्रणाली है, जो हमें हमारी दुनिया को समझने तथा अपने आपका ध्यान रखने में मदद देती है, यह हमारी बाहरी सतह को शान्त करके, वापस हमें हमारे भीतर लेकर आती है, ताकि हम देख सकें कि हमारी निचली सतह अर्थात् हमारे भीतर क्या कुछ चल रहा है। सम्भव है कि यह पहले-पहल एक स्वार्थपूर्ण व्यवहार महसूस हो, क्योंकि ऐसा प्रतीत हो सकता है कि हम दूसरों पर अपना ध्यान केंद्रित करने की अपेक्षा, सारा समय अपने भीतर अवलोकन करने में व्यतीत कर रहे हैं (वास्तव में, यह बात बड़ी दिलचस्प है कि बौद्ध होने का अर्थ ही है 'भीतर रहने वाला') लेकिन हम अपनेआप को संयमित करके ही सही मायनों में दूसरों को सम्मान दे सकते हैं तथा उनकी सराहना कर सकते हैं। हम अपने मन-मस्तिष्क को खुला रख कर ही देख सकते हैं कि हमें किस चीज़

को सुधारने और उसे पुनः पूर्ववत् बना देने, अपने अहंकार का सामना करने और अपने मन की आवृति को बदल देने की आवश्यकता है। यह हमें असावधान होने से रोकता है। दूसरों पर उंगली उठाना और उनके अच्छे-बुरे पर बात करते हुए जीवन बिताना बहुत आसान है, लेकिन यदि हम ऐसा करते हैं तो निश्चित रूप से हम उन्हें अपने दृष्टिकोण से देख रहे होते हैं। चिन्तन के माध्यम से हमारी आत्म-जागरुकता बढ़ती है और हम दूसरों में दिखाई देने वाली उन ग़लतियों को स्वीकार करते हैं, जो दरअसल हमारी अपनी होती हैं। इसी प्रकार, हम जीवन को जीना और दूसरों को जीने देने की भावना सीखते हैं और सही अर्थों में दूसरों के प्रयासों से ख़ुशी महसूस करते हैं। आप केवल इतना सोच कर देखें कि आप अपने किसी सहकर्मी से जलन महसूस करने की अपेक्षा दूसरों के प्रयासों अथवा उनकी सफलताओं में, उनकी ख़ुशी में भागीदार बन कर और उन्हें पूरी ईमानदारी से मुबारकबाद देकर कैसा महसूस करते हैं।

यदि हम शान्ति व चिन्तन के लिए अपने आपको थोड़ा समय देते हैं, प्रतिदिन मात्र कुछ क्षण, तो हम दिन भर के लिए और अधिक जागरुक हो जाते हैं और अपने अगले कार्य के प्रति चिन्तित होने की अपेक्षा, अपने वर्तमान कार्य पर अधिक ध्यान केंद्रित करते हैं। मुझे यह लगता है कि ध्यान व्यक्ति को बहुत ऊपर उठाता है और हमारे भीतर वास्तव में ख़ुशी की भावना विकसित करने में मदद करता है। जब कोई घटना हमारे जीवन में घटने या हमें कोई ख़ुशी दिये जाने की अपेक्षा, यह एक ऐसी भावना बन जाती है, जिसे हम अपने भीतर ही विकसित करते हैं, पोषित करते हैं।

मन की प्रकृति को समझना

बिना समझ के ज्ञान तथा अभ्यास का अक्सर बहुत ज़्यादा उपयोग नहीं हो सकता। ये तीनों एक-दूसरे पर निर्भर हैं। यह जीवन में किसी बदलाव के समान है : यदि वास्तव में हमें इसका कोई उत्तर प्राप्त नहीं होता कि हम बदलाव की इच्छा क्यों करते हैं, तो हमारी इच्छाओं के समाप्त होने

की संभावना नहीं होती। यदि हम अपने आपको तैयार नहीं करते, तो हमारे बने रहने की सम्भावना नहीं होती। और यदि हम कोई शुरुआत नहीं करते, और आगे नहीं बढ़ते, तो हम अपने आपको एक भी अवसर प्रदान नहीं करते।

तो हम भाग एक में, मन को समझने की शुरुआत करते हैं, विशेष रूप से, वैचारिक या 'द्वैतवादी' मन को। हम अक्सर इसी ढंग से दुनिया को देखते और उसकी व्याख्या करते हैं। प्रत्येक वस्तु को हमारे विशेष दृष्टिकोण से, एक नाम दिया गया है – 'अच्छा' या 'बुरा' और हालांकि यह पल-पल बदल सकता है, फिर भी यह हमें निरन्तर तुलना करने और पहचानने के लिए तैयार करता है। हम हमेशा 'मैं अच्छा व्यक्ति हूँ या बुरा' से लेकर 'वह फूल सुन्दर है, या सुन्दर नहीं है' जैसे प्रश्न करते रहते हैं और लगातार इन पर ज़ोर देते रहते हैं। इस बात को पूरी तरह समझा जा सकता है कि हम ऐसा इसलिए करते हैं क्योंकि हम दुनिया का अर्थ जानने का प्रयास करते हैं, लेकिन यह हमें हताशा तथा निराशा की ओर प्रवृत्त करता है। हमारी अवधारणायें, हमें सीमित रख कर, हमें परिभाषित भी करती हैं और हमें विभाजित भी करती हैं, ताकि व्यवहारिक जीवन में हमारी प्रगति अवरूद्ध हो जाये।

हम अपनी समस्याओं के कारणों तथा उनके निवारणों के लिए, अपनी भावनाओं को बाहर से देखने हेतु, आधुनिक विज्ञान व आधुनिक बौद्ध धर्म, दोनों का उपयोग करके, प्रवृत्ति का पता लगायेंगे, जो एक ही बात कहने के लिए अलग-अलग भाषा का अपेक्षाकृत शानदान ढंग से इस्तेमाल करते हैं। हम प्रत्यक्ष रूप से सुख, क्रोध, अकेलेपन और इच्छा की प्रकृति की जाँच-पड़ताल करेंगे। हम अपनी चिन्ताओं और अपने भय का सामना करेंगे। ऐसा करने के लिए, हम कैमरे को अपनी दिशा में मोड़ देंगे। हम अपने हृदय व अपनी करुणा, दोनों को साथ-साथ रख कर, अपने मन से पुनः अपना परिचय कराते हैं और निरन्तर विश्लेषण की जगह जागरुकता को लाकर, देखना आरम्भ कर देते हैं। यह वही समय है, जब हम अपने 'अहंकारी मन' पर ध्यान देने लगते हैं : वह मन जो हमेशा हमारे ध्यान के लिए माँग करता है, और हमारी वह आंतरिक

प्रकृति या शान्त मन जो अक्सर अहंकार की आंधी के नीचे बड़ी ख़ामोशी और खुशी से, चीज़ों के सम्पर्क में रहता है। जब हम इसे देखते हैं, तो हम इन दोनों के बीच के अन्तर के प्रति और अधिक सावधान हो जाते हैं। हमारा अहंकार तुरंत और अक्सर भावनात्मक प्रतिक्रियाओं की मांग करता है, जबकि शान्त मन कहीं अधिक शान्त गति से चलता है। फिर भी, जब हम उसे चमकने का एक अवसर देते हैं, तो यह अक्सर एक ऐसी चीज़ प्रतीत होता है, जो हमें नियंत्रण में रखता है। कभी-कभी हम अपने शान्त मन की बात सुनने में विश्वास नहीं रखते और अपने-आप पर संदेह करने लगते हैं।

हम नकारात्मक तरीक़ों में फंस कर या निरंतर चलते हुए थोड़ा भयभीत हो सकते हैं या हमारे मन में अनिश्चितता की स्थिति बन सकती है, लेकिन निश्चित रूप से कहीं न कहीं इसका जवाब अवश्य होगा। और जबकि दुःख देने वाली भावना अभी भी मौजूद है, तो हमारी भीतरी प्रकृति बड़े धैर्य से हमारे लिए साहस पाने तथा रोशनी का दायरा हमारी ओर होने की प्रतीक्षा करती है, वह हमारा असली उद्देश्य खोजने तथा उसे दुनिया के साथ साझा करने का इन्तज़ार करती है।

मन की वापसी

इस पुस्तक का दूसरा भाग 'मन की वापसी' से संबंधित है। आप कहीं भी रहें, आप शान्त मन के उपायों के बारे में जान सकते हैं, और इसके लिए आपको पहाड़ों पर जाने की आवश्यकता नहीं है, (हालांकि ध्यान के लिए किसी ऊँचे स्थान पर जाने से आप दुनिया को बेहतर ढंग से देख पाते हैं) फिर भी मैं इस बिन्दु पर आपको यह परामर्श दूँगा कि आप स्वयं को थोड़ा समय तथा अन्तराल दें।

यह बात महत्त्वपूर्ण है कि हम जब भी जीवन में बदलाव लाने का निर्णय लेते हैं, तो हम अपनी सारी ऊर्जा इस संकल्प को पूरा करने में लगा देते हैं। श्वसन क्रिया, ध्यान, चिन्तन तथा सजगता के साधन कठिन नहीं हैं, किन्तु ये सच में हमारे मन की सामान्य स्थिति को बदल सकते हैं

और इस प्रकार, इनका हमारे दैनिक जीवन तथा हम किसी चीज़ के सभी पहलुओं को किस प्रकार देखते हैं, दोनों पर एक लाभकारी प्रभाव पड़ता है। यहाँ मुख्य संदेश है – 'अभ्यास' क्योंकि जीवन में किसी भी अन्य कौशल के समान, एक शान्त मन प्रतिदिन थोड़े से अभ्यास से अधिकतम लाभ दे सकता है। इसके लिए केवल कुछ ही मिनटों की आवश्कता होती है, किन्तु सबसे पहले आपको इन मिनटों को अपने दिन में समायोजित करना होगा ताकि वे आपकी एक आदत बन जायें। इसीलिए, सर्वप्रथम हमें थोड़ी-सी समझ विकसित करने की ज़रूरत है, क्योंकि इससे हमें अपने मन को बदलने अथवा उसे प्रशिक्षित करने के लिए प्रतिबद्ध होने हेतु आवश्यक प्रेरणा प्राप्त होती है।

तनाव से अत्यधिक थके हुए दिमाग़ को शान्त करना, हमारे द्वारा सीखी गयी इस साधारण तकनीक का पहला प्रभाव है। यदि आपको इसका पूरा ज्ञान है तो जब आप अपने शरीर व मन को शान्त हो जाना सिखाते हैं, तो आप थोड़े समय के अंदर ही अपने दिमाग़ को खुला महसूस करते हैं। जब आप पुराने विचारों को त्याग देते हैं और अपने दिमाग़ में धैर्य, आपस में मिल कर समस्याओं को निपटाने और लचीलेपन को अधिक स्थान देते हैं, क्योंकि एक खुला दिमाग़ सुकून और शान्ति से भरा होता है, तब आप अपने जीवन में आये अन्तर को स्पष्ट रूप से देख सकते हैं।

जब हम केवल प्रकाश बिखेरते हुए जीवन को प्रशंसा भरी दृष्टि से देखते हैं और किसी अच्छी चीज़ अथवा व्यक्ति का धन्यवाद प्रकट करते हैं, तो हम अपने जीवन में औरों के लिए बहुत अधिक स्थान पाते हैं और धैर्य व सहिष्णुता तथा खुशी की हमारी क्षमता बढ़ जाती है। इसका अर्थ कम अच्छी चीज़ों की उपेक्षा करना या उन्हें ढकना नहीं होता, बल्कि कुछ क्षणों के लिए केवल सकारात्मक चीज़ों पर अपना ध्यान केंद्रित करना होता है। जब हम रोज़मर्रा के जीवन में उनके बारे में नहीं सोचते तो हम जीवन में अच्छी बातों को भूल जाते हैं। इसलिए, अपेक्षाकृत उन चीज़ों के जो हमारे पास नहीं हैं, उन चीज़ों पर अपना ध्यान केंद्रित करना जो हमारे पास हैं, एक शक्तिशाली अभ्यास है, जो हमारे पूरे दिन को एक अलग ही भावना से भर सकता है।

एक शान्त मन का मुख्य पहलू होता है हमारे नियंत्रण से बाहर की चीज़ों के संबंध में चिन्ता करने या उनके साथ क्रोध करने की अपेक्षा उन्हें स्वीकार करके, जीवन की लगातार बदलती हुई प्रकृति को स्वीकार करना तथा उसे अच्छी तरह समझना। हम अपने से बाहर की उन चीज़ों की तलाश बन्द करना सीखते हैं जिन्हें हम समझते हैं कि वे हमारी ख़ुशी व सुख के लिए आवश्यक हैं, और *हम महसूस करने लगते* हैं कि दुनिया को देखना और उसके बारे में सोचने का ढंग ही है, जो हमारी ख़ुशी, सुख और संतुष्टि को सुनिश्चित करता है। इस प्रकार, स्थितियों के प्रति हमारी प्रतिक्रियाएं ही मायने रखती हैं, न कि स्वयं स्थितियाँ, जो अधिकांश समय हमारे नियंत्रण से बाहर होती हैं।

हम स्वयं को वापस अपने वर्तमान में लाने का भी अभ्यास करते हैं : अतीत गुज़र चुका होता है तथा भविष्य अनिश्चित होता है। हमारे पास केवल हमारा आज है और वर्तमान क्षण में और अधिक चैतन्य होना हमें सभी सामान्य 'क्या और यदि' जैसे प्रश्नों से दूर रहने मे मदद करता है, जो निरंतर हमारे मन में घुमड़ते रहते हैं। हम अपने आसपास उपस्थित लोगों तथा अपनी दुनिया के माध्यम से पुनः अपने साथ जुड़ते हैं तथा अपने विचारों व भावनाओं को निरंकुश होने देने और आने वाले कल के प्रति चिन्तित होने की अपेक्षा, हम आज अधिक सतर्क व जागरुक होते हैं। इसके अतिरिक्त, हम दूसरों के शब्दों और कार्यों को जाँचने की बजाय, अपने शब्दों व कार्यों के प्रति अधिक चैतन्य रहते हैं।

शान्त मन का एक और साधन अपने आपको बेहतर ढंग से जानना है, जबकि इसके साथ-साथ हम यह भी महसूस करते हैं कि यह दुनिया 'मैं' के इर्द-गिर्द नहीं घूमती। यह जानना बहुत अच्छा है कि हम सब विशेष हैं, लेकिन हम सब विशेष नहीं भी हैं। इसलिए, यह मत सोचें कि हम क्या बन गये हैं, यह जानने में समय व्यतीत करना स्वार्थ है, क्योंकि विशेषकर आज की आधुनिक दुनिया की कई परतें हमें हमारी आंतरिक प्रकति से दूर करती है, जो केवल ख़ुश होना और ख़ुशी देना चाहती है। स्वयं अपने मन पर रोशनी डालना तथा उन परतों में से कुछ को हटाना एक अच्छी बात है।

दरअसल, मन की वापसी का संबंध किसी चीज़ को छोड़ देने या उसे जाने देने से है, चाहे यह चीज़ों को देखने और उनके बारे में सोचने के किसी विशेष नज़रिये को छोड़ देना हो, जो समय के साथ-साथ बन जाता है, या अपने दृष्टिकोण या घमण्ड का छोड़ना हो, या यह बात सोचना कि हम बहुत कुछ जानते हैं, या दुःख और भय को छोड़ना हो अथवा हमारे जीवन के नकारात्मक प्रभावों को छोड़ना। इसका यह अर्थ बिल्कुल नहीं है कि आप क्रोध, दुःख, ईर्ष्या या कुण्ठा जैसी भावनाओं को महसूस नहीं करेंगे, बल्कि जब आप ऐसी भावनाओं से परेशान होते हैं, तो आप बड़ी विनम्रता के साथ यह जाँच सकते हैं और स्वयं से पूछ सकते हैं कि ये भावनायें उत्पन्न क्यों होती हैं और इतनी आसानी से क्यों उमड़ती रहती हैं। हम शान्त मन की सहायता के लिए स्वस्थ शरीर को पुनः प्राप्त करने की कामना करते हैं। कभी-कभी, शारीरिक व्यायाम के माध्यम से अपने दिमाग़ को विश्राम देना एक अच्छा विचार हो सकता है या आप अपने मन को शान्त करने और केंद्रित करने के लिए पैदल चलने या भोजन करने जैसी गतिविधियों का भी सहारा ले सकते हैं।

दैनिक जागरुकता

भाग तीन में हम शान्त मन को प्रतिदिन के जीवन का एक भाग बना कर चलते हैं। जब हम समुद्र के किनारे टहल रहे हों, तो शान्त व संयमित होना ठीक भी है और अच्छा भी, लेकिन जब कोई अजनबी व्यक्ति अपनी कार से हम पर चिल्ला रहा हो या हमारा बॉस हमारे काम से ख़ुश न हो, तो उस स्थिति में कैसा लगता है? हम कोई निर्णय करते समय अपनी समस्त इंद्रियों का इस्तेमाल कैसे कर सकते हैं या अपनी अंतरात्मा की आवाज़ को कैसे सुन सकते हैं? उन दिनों के बारे में आप क्या कहेंगे जब हमें लग रहा हो कि जीवन हम पर हावी हो रहा है, जब हम स्वयं को ऊबा हुआ महसूस करते हैं या जब हम इतने अधिक व्यस्त होते हैं कि हमें यह सूझता ही नहीं कि आगे कौन से कार्य किए जायें? उस स्थिति का क्या करें, जब कोई पुरानी लेकिन बुरी भावनायें हमारे मन में रेंगना

शुरु कर दें? हमारे जीवन में आने वाले बेहद भयावह समय या घटनाओं के बारे में क्या कहें, जब दुःख हमें हिला कर रख देता है या जब हम किसी भयंकर बीमारी अथवा बुराई का सामना कर रहे होते हैं! इन सबके उत्तर हमारे भीतर ही मौजूद होते हैं, किन्तु हम सबको उपयुक्त रास्ते की तलाश करने के साथ सहायता की आवश्यकता होती है। हम सब वास्तव में नौसिखिये हैं।

इस चेतना का मूल बौद्ध धर्म में है, हालाँकि आधुनिक विज्ञान बड़ी तेज़ी से जीवन के इस प्राचीन मार्ग तक अपनी पहुँच बना रहा है। यहाँ कई ऐसे शानदार कार्यक्रम विद्यमान हैं, जो चेतना का ज्ञान देते हैं, जिन्हें पहले ही हमने अवसाद की स्थिति में दवाओं जितना ही प्रभावशाली सिद्ध किया है। मुझे उम्मीद है कि हम बौद्ध लोग इस यात्रा में भी आपकी थोड़ी बहुत सहायता कर सकते हैं। हम वैज्ञानिक तो नहीं है, किन्तु हमारी दृष्टि में, आपके जीवन में, आपके दैनिक कार्यों में चेतना का होना ही अत्यंत महत्त्वपूर्ण है। मेरे शिक्षक, ग्यालवांग ड्रक्पा से भी हाल ही में चेतना के संबंध में पूछा गया था और उन्होंने उत्तर देते हुए कहा था कि जब आप बहुत अधिक निराश या कुंठित हों, तो आपके सामने सबसे बेहतर उपाय यही होता है कि आप सो जायें। जैसा कि हम अपने ज्ञान और अनुभवों से जानते हैं कि यदि आप चैतन्य रहते हैं, अर्थात् जब आप जागने या सोने के बीच के क्षण में सुकून और शान्ति से रहते हैं, तो आपके पास लगभग आठ घंटे चेतना भरी नींद के होते हैं। नींद के विशेषज्ञों ने भी यह निष्कर्ष निकाला है कि नींद के दौरान हमारा मन वास्तव में हमारे दिन और हमारे उलझे हुए विचारों को परिष्कृत करने में सहायता करता है।

बहुत से लोग यह पूछते हैं : यदि हम जीवन में हर छोटी-मोटी चीज़ पर ध्यान देने में ही लगे रहेंगे, तो हमारी सहजता और हमारे जुनून का क्या होगा? मेरी दृष्टि में, जागरुकता और सहजता दोनों साथ-साथ चलते हैं क्योंकि हम विनम्रता से झुकने की बजाय उन अवसरों पर ध्यान देते हैं जो सीधे हमारी आंखों में देख रहे होते है। जागरुक रहने का अर्थ है अपने दिमाग़ को मुक्त रहने देना, सभी 'चाहिये, यदि, लेकिन और सम्भव

है' जैसे शब्दों से अपने आपको मुक्त रखना। यदि आपको कोई भय नहीं होगा, तो आज आप क्या करेंगे?

मैं आपके जीवन में आने वाली सभी चुनौतियों का तुरन्त समाधान करने की पेशकश नहीं कर सकता, मैं आपको कोई भाषण नहीं दे सकता, जिसे आप अपनी अति व्यस्तता से उत्पन्न उत्तेजना पर काबू पाने के लिए अथवा अपने काम के संबंध में अपनी चिन्ता दूर करने के लिए बार-बार दोहरा सकते हैं। किन्तु मैं इतना अवश्य कर सकता हूँ कि आपको एक नये ढंग से सोचने के लिए प्रोत्साहित करूँ, जो अभ्यास के साथ, इन स्थितियों में आपकी सहायता करेगा। मैं आपको आपके मन के लिए कुछ ऐसे साधन सुझा सकता हूँ, जो धीरे-धीरे सोचने और दुनिया को देखने का एक तरीक़ा विकसित करेंगे, जो अब कोई बाधा नहीं रहा, न आपके लिए, न औरों के लिए बल्कि वह जीवन की क्षमता को अंगीकार करने का तरीक़ा है। ये साधन आपके लिए एक चेतावनी के रूप में कार्य करते हुए आपको शिक्षित करेंगे और आपके मन को मुक्त भी करेंगे।

हम सब अपने विचार, शब्द और कार्य हैं। इसीलिए, अपने मन का ध्यान रखना बहुत महत्त्वपूर्ण है, क्योंकि हमारे विचार श्रंखलाबद्ध प्रतिक्रियाओं की शुरुआत हैं, जो हमारे शब्दों का नेतृत्व करती हैं और अन्ततः हमारे कार्यों का नेतृत्व करती हैं। हम अपने मन की सहायता से ही अपने संसार की रचना करते हैं और उसमें रहते हैं। इसलिए, मन के द्वार खोलें और दुनिया को अन्दर प्रवेश करने दें।

1

मन की प्रकृति

यदि कोई व्यक्ति अपने साथियों के साथ तालमेल नहीं रख सकता, तो इसका कारण शायद यह हो सकता है कि वह व्यक्ति कुछ अलग ही बात सोचता है। जो संगीत वह सुनता है, उसे उसी की ओर जाने दो, भले ही वह कितना भी नज़दीक या दूर हो।

हेनरी डेविड थोरो

हम जो भी कार्य करते हैं, क्यों करते हैं, और ऐसा क्या है जो हमें अपने सपनों का पीछा करने से रोकता है? इस पुस्तक के मर्म में यही प्रश्न है और मन में बेचैनी पैदा करने वाले तत्व के मर्म में भी यही है। जब हम इसके जवाब को ढूंढना शुरु करते हैं, तो हम देखते हैं कि एक शान्त मन के मर्म में भी यह है।

हम जो भी कार्य करते हैं, क्यों करते हैं? यह अत्यंत ही साधारण प्रश्न है लेकिन फिर भी जब जीवन की व्यस्तता हावी होती है, तो यह कई बाहरी तत्वों से घिर जाता है। जब हम जीवन-यात्रा का आरंभ करते हैं, तो हम जो कुछ भी करते हैं, वह भोजन और प्रेम पाने के लिए करते हैं, प्रसन्न रहने व दूसरों को प्रसन्न रखने के लिए करते हैं : जब हम कलकल करते हैं, हंसते हैं, तो हमारे माता-पिता हम पर गर्वित व प्रसन्न होते हैं, इसलिए हम थोड़ा और हंसते हैं। हम वे खेल खेलते हैं जो हमें रूचिकर लगते हैं, हम अपनी सीखने की प्रक्रिया में बहुत निडर और उत्सुक होते हैं। हम पूर्वविचार नहीं करते, हम प्रत्येक दिन केवल

उस दिन के लिए ही जीते हैं, उन अद्‌भुत चीज़ों के लिए जीते हैं जिन्हें हम आगे चल कर देखेंगे।

जब हम बड़े होते हैं तो हम इस बात पर ज़्यादा विचार करना आरंभ कर देते हैं कि हमारे जीवन या हमारी शिक्षा में ऐसा क्या है जो हमें मोहित करता है, या जिसमें हम बहुत अच्छा प्रदर्शन करते हैं। हम अपने कौशल में प्रखरता लाते हैं और उसमें विशेषज्ञता पाते हैं। हम जब जीवन-यात्रा आरंभ करते हैं तो वह अनंत होती है। और 'हम जो करते हैं, वह क्यों करते हैं' का मर्म बहुत गहन है :

- किसी भी तरह से खुशी हासिल करने व देने के लिए
- स्वयं के और दूसरों के भरण-पोषण की व्यवस्था करने के लिए
- दूसरों की देखभाल करने के लिए
- इस धरती की देखभाल करने के लिए
- एक बदलाव लाने के लिए

यदि हम सभी नहीं तो हममें से अधिकांश लोग एक अच्छा जीवन पाने के लिए प्रेरित होते हैं। और इस बात पर निर्भर करते हुए कि हम वैयक्तिक रूप से कौन हैं, हम चीज़ों के सभी पहलुओं को समेट सकते हैं : हम किसी तरह दूसरों की देखभाल करने की, दूसरों को प्रेरित करने की या उन पर ध्यान देने की आशा कर सकते हैं; हो सकता है कि हम हमेशा इसी सोच में रहते हैं कि हम जो कुछ भी करते हैं वह जीवन में साजो-सामान, बड़ी गाड़ी या घर की प्राप्ति के लिए करते हैं, लेकिन फिर भी, हकीकत में कुछ तो ऐसा है जो हमें अपने भीतर कोई अर्थ प्रदान करता है। हो सकता है कि हम यह बात समझाने में सक्षम न हों कि हम यहां क्यों हैं, लेकिन हम भली भांति जानते हैं कि हम इस जीवन में क्या बनने जा रहे हैं, उस पर हमारा थोड़ा बहुत नियंत्रण तो है।

इसलिए हमें अक्सर ऐसा क्यों प्रतीत होता है कि हम वास्तव में जैसा जीवन चाहते हैं, और जो महत्त्वपूर्ण है, वैसा पाने में सफल नहीं होते? ऐसी कौन सी चीज़ें हैं जो हमें रोक कर रखती हैं? हम यह सोच

सकते हैं कि यह दूसरे लोग हैं या ऐसी परिस्थितियां हैं, जो हमारे नियंत्रण से परे हैं – यानि यह ऐसी चीज़ है जिसके बारे में हम कुछ नहीं कर सकते या यह कि ये हमारी निजी जिम्मेदारियां हैं, जिसका अर्थ है कि हम अपने सपनों का अनुसरण करने के लिए अपनी एक अच्छी नौकरी का त्याग नहीं कर सकते जिसमें हम प्रति दिन अपने आपको धकेलते रहते हैं।

हम बहुत सी चीज़ों के बारे में टालमटोल या विलंब क्यों करते हैं? हम अपनी इच्छा के अनुरूप कुछ अच्छी चीज़ों को पहचानने में सफल हो जाते हैं, जिन्हें हम करना चाहते हैं और फिर अपने मन को और भी बेचैन करते हुए उसे टालते रहते हैं, मानो अब हमें बुरा महसूस होता है कि हम उसके साथ आगे नहीं बढ़ सकते। यह ऐसा लगता है जैसे हम अपने-आप को ही क्षति पहुंचा रहे हैं। हम जानते हैं कि जब हम किसी चीज़ के साथ संपर्क करने के प्रक्रिया में हैं, तो हमें प्रसन्नता और सन्तोष, नया जीवन पाने और सही अर्थो में व्यस्तता का अनुभव होता है। फिर भी, हमें अपनी मानसिक ऊर्जा का ग़लत जगह पर इस्तेमाल करना भी आसान लगता है। हम अक्सर उन चीज़ों पर अपना ध्यान केंद्रित नहीं करते जो हमारे अंदर होती हैं और जिन्हें हम बदल सकते हैं, इसकी अपेक्षा हम उन्हीं बाहरी चीज़ों पर अपना ध्यान केंद्रित रखते हैं जिन्हें हम बदल नहीं सकते।

हमें स्वयं को यह बात याद दिलाने की आवश्यकता है कि हम जो कुछ भी करते हैं, क्यों करते हैं? हम यह इसलिए करते हैं ताकि हम वापस अपनी प्रकृति के साथ जुड़ सकें, शक्ति व प्रेरणा पुनः पा सकें और यह जानने के लिए कि हम बाहरी चीज़ों को सदा बदल नहीं सकते लेकिन जो चीज़ें हमारे भीतर हैं, हम उनका अवश्य कुछ कर सकते हैं।

यही वह समय है जब हम अपने दिल और अपने दिमाग़ की प्रकृति को वास्तव में तलाश करना आरंभ करते हैं ताकि समय के साथ-साथ हमारे भीतर पैदा होने वाली उन धारणाओं, आशंकाओं व चिन्ताओं को समझ सकें जो अब हमें सीमित व प्रतिबंधित कर रही हैं। शायद हम सोचते हैं कि हम किसी विशेष प्रकार के व्यक्ति हैं, कि हमारी ग़लतियाँ

तथा कमज़ोरियाँ हमारे डीएनए का एक हिस्सा हैं। हम यह भूल जाते हैं कि हमारी वे कमज़ोरियाँ हमारी असाधारण शक्ति का स्रोत भी तो हो सकती हैं (इसके बारे में हम इस पुस्तक में बाद में जानेंगे।) हम डर को अपने भीतर पैठने देते हैं और जब यह डर हमारे चेहरे पर दिखने लगता है, तो एक दिन हमें पता चलता है कि यह हमें सभी अच्छे कार्य करने से रोकता हैं। हम हमेशा दूसरों से अपनी तुलना करने में लगे रहते हैं, और यही देखते रहते हैं कि किस के पास ज़्यादा सुख-सम्पदा है और न जाने क्यों, यही सोचते रहते हैं कि जो व्यक्ति ज़्यादा सफल या ज़्यादा आकर्षक हैं, उनकी झोली में ही ज़्यादा ख़ुशियाँ होती हैं।

और फिर कुछ ऐसा घट जाता है जिससे एक पल को पूरी दुनिया थम जाती है और हमें स्मरण कराती है कि हम जो भी कार्य करते हैं, क्यों करते हैं। यह वह बीज है जो संतुष्ट मन द्वारा सिंचित होता है और उसकी देखभाल की जाती है। वह मन, जहां हम अधिक तत्परता से, अधिक उदारता और संवदेना से, स्वयं को और दूसरों को अधिक आसानी से जानते और स्वीकारते हैं। अपने बच्चे के साथ बिताया गया एक पल हमें हमारे अभिभावक होने का कारण याद दिलाता है और यह भी कि हम क्यों दूसरों की इतनी शिद्दत से चिन्ता करते हैं। एक कार्य पर पूरी तरह ध्यान केंद्रित करते हुए, गहराई से जुड़ कर व्यतीत किया हुआ एक घन्टा हमें याद दिलाता है कि हम कौशल क्यों सीखते हैं या सृजनशीलता को क्यों विकसित करना चाहते हैं। अचानक, हम सोच भी नहीं सकते कि हम हमेशा इतना हील हवाला क्यों करते हैं, या महत्त्वहीन चीज़ों पर काम करने में क्यों जुट जाते हैं। अपने मन को बेहतर ढंग से जानने का हमारा उद्देश्य इन दोनों चीज़ों पर प्रकाश डालना है कि यह इतना उतावला या अनियंत्रित और असामान्य रूप से भयभीत क्यों महसूस होता है और हमें तूफ़ान व लहरों के नीचे रहने वाली चीज़ों के नज़दीक कैसे ला सकता है, हमें सुख, शान्ति और संतोष की हमारी सच्ची भावना के स्रोत के पास कैसे ला सकता है।

शुरुआत के लिए सहायक तीन बातें

अपनी यात्राओं के दौरान, मैंने देखा कि कई लोगों की रूचि दूसरे लोगों को सुनने में होती है क्योंकि वे अपने जीवन के तनाव से उभरने के तरीक़ों को तलाश रहे होते हैं, यह तनाव उनकी नौकरी का हो सकता है, रिश्तों का हो सकता है या उनके भीतर की किसी ऊहापोह का हो सकता है। वे अपने मन को शान्त करने के योग्य बनना चाहते हैं। इसके लिए अक्सर पहला कदम यह देखना है कि रोज़मर्रा के जीवन में ध्यान और जागरुकता जैसी चीज़ें उनके लिए कैसे मददगार हो सकती हैं। और स्वयं को तथा अपने आसपास के लोगों समझने के लिए जब लोग अक्सर थोड़ा और आगे जाना चाहते हैं और एक बार जब वे यह जानना आरंभ कर देते हैं, तो वे हकीकत में अपने मन को तलाशने के योग्य हो जाते हैं।

मैं जब भी शिक्षा देनी शुरू करता हूँ, मैं अपना ध्यान तीन चीज़ों पर केंद्रित रखता हूं, जिन्हें समझना मेरे विचार से बहुत महत्त्वपूर्ण है क्योंकि तब आप देख सकते हैं कि यह सारा जीवन-दर्शन किस प्रकार आपके जीवन में लाभदायक सिद्ध हो सकता है।

सबसे पहली चीज़ तो *यह है कि किसी भी व्यक्ति या चीज़ में आपके दुःख को पूरी तरह दूर करने की सामर्थ्य नहीं है। यह काम जो व्यक्ति कर सकता* है वह केवल और केवल आप ही हैं। एक बहुत ही दयावान मित्र या प्रियजन, यहां तक कि एक उदार अजनबी भी आपके लिए ऐसी परिस्थितियाँ पैदा करने में सहायता कर सकता है जिससे आप अपने दुःखों से छुटकारा पा जाएं, लेकिन अंततः यह आप पर ही निर्भर होता है। सुनने में यह नकारात्मक लग सकता है लेकिन वास्तव में यह बहुत उत्साहवर्धक है क्योंकि इसका मतलब यह है कि कठिनाइयों में और जो कुछ अच्छा हो रहा हो, उनमें हमारी एक अहम भूमिका है। हमारी सोच, हमारी कार्यशैली और हमारा परिस्थितियों को देखने का नज़रिया पूरी तरह से हमारे अनुभवों को प्रभावित करता है। उदाहरणतया, यदि दो व्यक्ति एक जैसी समस्या से जूझ रहे हैं, जैसे नौकरी का छूट जाना, लेकिन उनका दृष्टिकोण अलग-अलग है, तो हो सकता है कि एक व्यक्ति

अत्यधिक क्षुब्ध हो जबकि दूसरे को तकलीफ़ का एहसास कुछ कम हो और उसे अभी भी आशा की एक किरण दिखाई देती हो। इसलिए, जब एक व्यक्ति अपनी धन-सम्पत्ति और ख्याति से बहुत ज़्यादा जुड़ा होता है, तो इसकी हानि होने पर वह बहुत अधिक दुःखी होता है, वहीं दूसरा व्यक्ति, जिसे भली-भांति यह समझ है कि ये सब चीज़ें नश्वर हैं और इसी कारण वह उन सब चीज़ों के प्रति कम आसक्ति रखता है, इनकी हानि होने पर वह कम दुःखी होता है। आप देख सकते हैं कि हमारे विचार किस प्रकार हमारे सुख-दुःख में एक बड़ी भूमिका निभा सकते हैं।

दूसरी चीज़ यह है कि सब कुछ *एक दूसरे पर निर्भर है।* जब चीज़ें घटित होती हैं, तो उनका कारण मात्र कोई एक परिस्थिति नहीं होती - वह आंतरिक व बाहरी, एक साथ कई परिस्थितियों का परिणाम होती हैं। बाहरी कारण भी कई हो सकते हैं, जैसे कि हमारे साथी द्वारा हमें छोड़ कर चले जाना, लेकिन हमारी दुःख की अनुभूति की तीव्रता भी इस बात पर निर्भर करती है कि इन बाहरी परिस्थितियों पर हमारी आंतरिक प्रतिक्रिया कैसी होती है और संबंधों के टूटने पर हमारी भूमिका कैसी रहती है, क्योंकि कभी भी एक पक्ष हमेशा अच्छा या दूसरा पक्ष हमेशा बुरा नहीं होता। इस विषय में सोचें कि जब हम प्रेम करते हैं तो कैसे लगते हैं और फिर उसी इंसान से कभी-कभी बहुत नाराज़ हो जाते हैं, उनके प्रति हमारी भावनाएं एक रोलर कोस्टर की भांति ऊपर-नीचे होती रहती हैं, क्योंकि इस सब में कई अन्य तत्व भी शामिल होते हैं। विडम्बना यह है कि हम अपनी बाह्य परिस्थितियों पर नियंत्रण पाने की कोशिश में ढेर सारा समय व मेहनत ख़र्च करते हैं, जबकि अपनी आंतरिक प्रतिक्रियाओं को हम निरंकुश छोड़ देते हैं। जब हम परस्पर निर्भरता के इस पहलू को समझ जाते हैं, तो हम पाते हैं कि हम पूरी तरह असहाय नहीं हैं। उन बाहरी परिस्थितियों की शक्ति से इंकार नहीं किया जा सकता, लेकिन यह सिर्फ़ यही दिखाने के लिए है कि जब हमारे अपने विचारों व प्रतिक्रियाओं की बात होती है, तो हमारे पास हमेशा विकल्प की दशा मौजूद है।

आप उस कष्ट के बारे में सोच कर देखें जो हम क्रोध व ईर्ष्या के माध्यम से आंतरिक रूप से स्वयं को देते हैं। मान लीजिए कि एक अन्य व्यक्ति हमें अपशब्द कहते हुए हम पर चिल्लाता है तो हम बहुत अधिक क्रोधित तथा परेशान हो जाते हैं या फिर हम शान्त बने रहते हैं और भावनात्मक स्तर पर जुड़े बिना हालात से निपटते हैं। यह कभी भी क्रोधित तथा परेशान न होने के विषय में नहीं, अपितु इससे हमें पता चलता है कि बेचैनी से भरी ऐसी भावनाओं पर हम कैसे काबू पायें।

तीसरी बात, जिसका मैं आपसे परिचय कराना चाहता हूं वह एक ऐसा विचार है, *जो जैसा प्रतीत होता है, वास्तव में वैसा होता नहीं है।* यह हमेशा एक आसान अवधारणा नहीं होती है लेकिन जब हम सुख-दुःख के उदाहरणों पर जायें, तो यह एहसास होता है कि ये कठोर 'चीज़ें' नहीं हैं, अपितु बहुत कुछ व्यक्ति की अपनी धारणा का ही एक प्रतिबिम्ब हैं। और यही बात क्रोध जैसी भावनाओं के बारे में और उन चीज़ों के संबंध में भी सच है, जिसे हम सौंदर्य के रूप में या अच्छी चीज़ों के रूप में देखते हैं। यदि आप दस लोगों से ख़ुशी के बारे में उनके विचार जानना चाहें तो आप पायेंगे कि इस विषय में उन सबके विचार अलग-अलग हैं, धन-दौलत या प्यार से लेकर अमन-चैन तक। सुख-दुःख कैसे परिवर्तनशील हैं, जब आप यह समझने लगते हैं, तो बाह्य परिस्थितियों पर आपकी निर्भरता कम हो जाती है। आप के पास एक अच्छी नौकरी है और आपने ख़ूब पैसा कमाया है, इसकी आप सराहना कर सकते हैं, लेकिन अपनी आंतरिक ख़ुशी के लिए इन पर आपकी निर्भरता कम होती है। आप जानते हैं कि आज या कल चीज़ें बदल सकती हैं और यह ठीक भी है क्योंकि आप अभी भी आप हैं। इसी प्रकार, आप समझने लगते हैं कि आप क्रोध नहीं हैं, आप ईर्ष्या नहीं है और न ही आप दुःख हैं - ये तो मात्र मन की अवस्थायें हैं जो अस्तित्व में समाने की बजाय आती-जाती रहती हैं। इसलिए, अगर यही बात है, तो हमें एहसास होता है कि हम अपने मन को बदल सकते हैं और अपने मन को प्रशिक्षित भी कर सकते हैं, भले ही हमारी परिस्थितियाँ कैसी भी हों।

इसलिए :

1. हमारे सुख-दुःख हमारे भीतर से ही आते हैं।
2. हम उन चीज़ों व लोगों पर नियंत्रण नहीं रख सकते जो हमारे लिए बाहरी हैं, जो हमारे साथ घट जाती हैं, लेकिन हम चीज़ों के प्रति अपने दृष्टिकोण या अपनी प्रतिक्रियाओं पर नियंत्रण रख सकते हैं, इसलिए हमें पूरी तरह से लाचार होने की आवश्यकता नहीं है।
3. कोई भी चीज़ ऐसी नहीं होती जिसे बदला न जा सके, विशेषकर हमारे विचार।

समझ के ये तीन बिन्दु एक शुरुआत हैं : ये पुस्तक में दिये गये उपदेशों का सार हैं जिन्हें हम अपने दैनिक जीवन में और अपने विचारों में लागू कर सकते हैं।

अपना आशय स्पष्ट करने हेतु मैं एक उदाहरण देता हूँ। आधुनिक संसार में जो चीज़ लोगों को बेचैन करती है, वह है यात्रा - हवाई जहाज़ पर जाने के डर से लेकर हर रोज़ बस-स्टॉप पर प्रतीक्षा करने तक, अगली बस कब आएगी यह कभी सुनिश्चित नहीं होता या फिर व्यस्त समय पर असभ्य यात्रियों द्वारा धकेले जाने का डर। आपको आश्चर्य होता है कि आप इस दौर से क्यों गुज़रे, आप अपने-आप को असहाय पाते हैं कि यदि आपको समय पर काम पर पहुंचना है या फिर कोई बढ़िया-सा अवकाश मनाने के लिए जाना होता है, जिसकी तैयारी आपके साथी ने पूरे दिल से की है, तो आपके पास और कोई विकल्प नहीं होता। आपको लगता है जैसे आप बहुत ज़्यादा समय बर्बाद करते हैं, आप रेल में दब कर खड़े हुए कुछ पढ़ भी नहीं सकते। आपको परेशान करने वाला वह व्यक्ति अच्छा व्यवहार क्यों नहीं कर सकता? लोग इस कदर कठोर क्यों होते हैं कि एक गर्भवती महिला की ख़ातिर खड़ा होने की अपेक्षा वे समाचार-पत्र में ही नज़रें क्यों गड़ाये रखते हैं?

तो, प्रतिदिन व्यस्त समय पर बस में यात्रा करने जैसी कुंठित कर

देने वाली परिस्थिति में ये 'तीन बातें' किस प्रकार सहायता करती हैं? हकीकत में हमारे मन को शान्त करने और हमें बेहतर महसूस कराने के लिए ये व्यावहारिक रूप से क्या कर सकती हैं?

लाचारी के एहसास से आपको ऐसा महसूस हो सकता है कि आप का वास्तव में अपनी भावनाओं पर नियंत्रण न रहे, और यह कि केवल बाहरी कारक ही हैं, जो आपके मन पर अपना अधिकार कर लेते हैं। लेकिन वास्तविकता यह है कि आप के आस-पास जो भी हो रहा है, उसके लिए आपके पास विकल्प मौजूद है कि आप किस प्रकार उस पर अपनी प्रतिक्रिया व्यक्त करें। अपने मन को सहारा देने के लिए मामलों को आप व्यावहारिक स्तर पर अपने हाथ में ले सकते हैं, और यात्रा के तनाव को कुछ कम करने के लिए आप काम पर जाते समय पंद्रह मिनट पहले निकलने का फ़ैसला कर सकते हैं। ऐसा करने से आपको पता रहेगा कि आपको जल्दबाज़ी करने की आवश्यकता नहीं और इससे धक्कामुक्की करने वाले और आगे भागने वाले लोगों के प्रति प्रतिक्रिया देने में आप जल्दबाज़ी नहीं करेंगे और इससे आप ज़्यादा शान्त भी महसूस करेंगे।

लेकिन खेल में किसी भी अन्य स्थिति में सिर्फ़ एक के बजाय हमेशा ज़्यादा कारक होते हैं। इसलिए जहाँ कुछ लोग ऐसे भी होते हैं, जो अपनी पुस्तक में नजरें गड़ाये रहते हैं, उन्हें इससे कोई सरोकार नहीं कि वे उन लोगों की ओर भी ध्यान दें जिन्हें उस सीट की ज़्यादा ज़रूरत है। वहीं कई ऐसे भी हैं जो मुस्करा कर बड़ी आसानी से अपनी सीट छोड़ देते हैं, और जब ऐसा होता है तो सद्भावना से दिल पिघल जाता है। आप इस किस्म के उदार व्यक्ति हो सकते हैं और बदले में एकाएक एक प्यारी-सी मुस्कान हासिल कर सकते हैं।

इसके साथ ही, आप चाहे किसी विशेष समय पर काम पर आने जाने से कितने भी बंधे हुए क्यों न हों, लेकिन आपका मन आपके समय को एक ख़ास तरह से बिताने के लिए बाध्य नहीं है। इसलिए दुःखी महसूस करने और लोगों को नापसंद करने में इतनी अधिक मानसिक शक्ति ख़र्च करने की बजाय, आप उन अच्छी बातों पर मनन कर सकते हैं जो हाल ही में हुई हों। आप इसके लिए अपने मन में ही एक प्रेम-पत्र

लिखें या अपने शरीर को सुकून पहुंचाने के लिए अपने श्वसन पर ध्यान केंद्रित करें। आप एक महान पुस्तक में भी स्वयं को व्यस्त कर सकते हैं, और कभी-कभी तो आप दिन भर की तैयारी के लिए अपने दिमाग़ को स्थिर और स्पष्ट होने का अवसर दे सकते हैं।

इस पुस्तक में, तनावपूर्ण क्षणों के दौरान शान्त महसूस करने में मददगार विशिष्ट तरीक़ों के विषय में बताया गया है, विशेषकर श्वसन पर ध्यान केंद्रित करने के माध्यम से। लेकिन सभी शिक्षाओं का मर्म यहां यही तीन चीज़ें हैं और यह जानना है कि हम कैसे स्वयं को हमेशा याद दिला सकते हैं कि अपने विचारों से ही हम अपना संसार रचते हैं। वास्तविकता कोई स्थिर वस्तु नहीं है; हमारी धारणाओं व मान्यताओं से ही वह बनती है। जीवन में बड़ी-बड़ी और कठिन चीज़ों को देखने का हमारा दृष्टिकोण हम पर ही निर्भर करता है, प्रसन्नता कुछ ऐसी चीज़ है जिसके लिए हम स्वयं का बीजारोपण करते हैं, और अपने प्रेम, अपनी दया और उदारता के माध्यम से उसका पोषण करते हैं, उन्हें बड़ा करते हैं और उन्हें दूसरों के साथ साझा करते हैं। जीवन की व्यस्तताओं और दबावों से अपनी ख़ुशियों से दूर हो जाना, उदासी महसूस करने लगना या नकारात्मक विचारों और भावनाओं को अपने पर हावी होने देना आसान है - लेकिन थोड़ी समझ और चातुर्य से हम प्रसन्नता को पुनः हासिल कर सकते हैं, भले ही हमारे जीवन में परिस्थितियाँ कैसी भी हों।

मेरे आध्यात्म के शिक्षक, परम पूज्यनीय ग्यालवांग ड्रक्पा, का साधारण-सा कथन है जो कि मेरे विचार से इस बिंदु के मर्म तक जाता है : 'यदि आज अच्छा बीतता है, तो बहुत बढ़िया। यदि दिन इतना अच्छा नहीं बीतता, तो भी ठीक है।' अनिश्चितता और जीवन के उतार-चढ़ावों में ज़्यादा सहज रहने से हम अपने जीवन में होने वाली जद्दोजहद को थोड़ा कम कर सकते हैं। हम स्वीकार करते हैं कि ऐसा बहुत कुछ है जो हमारे नियंत्रण में नहीं है, लेकिन हमारे भीतर की प्रतिक्रिया और हमारा जवाब कैसा रहेगा, यह चयन तो हमेशा हमारा ही होता है।

अपने मन के बारे में क्या जानें जिससे जीवन बेहतर बन सके ?

बेहतरी के लिए किसी भी बदलाव से पहले, हमेशा समझ का एक स्तर ज़रूरी होता है। यदि हम अपने मन को समझने के लिए समय नहीं देते, तो हम पुनः अपनी प्रतिक्रियाओं पर निर्भर हो जाते हैं - ऐसी प्रतिक्रियाएं जिन्हें हमने अपने जीवन के दौरान बनाया है। हमें यह भी नहीं पता रहता कि हम ऐसा कर रहे हैं, लेकिन मुसीबत के आने का प्रथम संकेत मिलने पर, हम जो कुछ जानते हैं या अपेक्षाकृत जो अपने अवचेतन के अनुसार हम जानते हैं, उससे पीछे हट जाते हैं।

अधिकांशतः मन की ऐसी स्वतः प्रतिक्रियाएँ हकीकत में हमारी मददगार होती हैं। हमें हर रोज़ दोबारा नहीं सीखना पड़ता कि कार कैसे चलाई जाती है या एक पैर के आगे दूसरा पैर कैसे रखना होता है। हमें दिन भर में अपने चुनाव की अच्छाई बुराई का आकलन नहीं करना पड़ता, लेकिन क्या हम अच्छे बुरे परिणामों के बारे में बहुत ज़्यादा चिन्ता किए बिना आगे बढ़ सकते हैं और उन्हें प्राप्त कर सकते हैं।

समस्या यह है कि यदि हम बहुत ज़्यादा आत्म-जागरुकता विहीन अवस्था में रहते हैं, तो दरअसल हम अपनी क्षमता को सीमित कर लेते हैं। हम दिन को सही-सलामत रहते हुए व्यतीत कर सकते हैं लेकिन हमें किसी तरह पता होता है कि हम अपने ज्ञान को सीमित कर रहे हैं और जीवन द्वारा दिये गये अच्छे उपहारों का सही मायनों में उपयोग नहीं कर रहे हैं। हमें महसूस होता है कि हम अपनी दैनिक आदतों में कहीं अटक गए हैं और उनमें से कई आदतें तो सहायक होने की अपेक्षा नकारात्मक हो चुकी हैं (उदाहरण के लिए, रोज़ शराब का गिलास इस बात का संकेत है कि दिनचर्या के बाकी काम समाप्त हो चुके हैं)।

विज्ञान वास्तव में हमारे दिमाग़ में घुसपैठ कर रहा है, और यह देखने की कोशिश करता है कि सब चीज़ें कैसे कार्य करती हैं तथा तनाव, चिन्ता और अवसाद जैसी मन की चिरकालिक अवस्थायें ज़्यादा से ज़्यादा लोगों को प्रभावित क्यों कर रही हैं और हम अपने मन का ध्यान रखने

की दिशा में क्या कर सकते हैं। हाल ही के दिनों में दिमाग़, के दो पहलुओं के संबंध में काफ़ी कुछ लिखा गया है। चेतन और अवचेतन, धीमी सोच वाला और त्वरित सोच वाला, गिरगिट व चिंपाजी जैसा दिमाग़, और भी न जाने क्या-क्या। यद्यपि, बौद्ध दर्शन ने भी हज़ारों वर्ष पूर्व मस्तिष्क की दो अवस्थाओं की बात की है, जिसे आप 'बाहरी अहंकार' और 'आंतरिक प्रकृति' कह सकते हैं, फिर भी हम इस क्षेत्र में बिल्कुल कच्चे हैं, लेकिन मुझे आशा है कि हम मन-मस्तिष्क की एक भाषा प्रस्तुत कर सकते हैं जो विज्ञान की पूरक हो सकती है। मुझे लगता है कि शायद हम भी एक और आयाम की संभावना पेश करते हैं : चेतन और अवचेतन मन की परतों के तले और इस सारे विचार से परे - अर्थात् हमारी आंतरिक प्रकृति, हमारा हृदय।

हाथी को वश में करना

हजारों वर्ष पूर्व, बुद्ध ने मस्तिष्क को प्रशिक्षित करने की तुलना एक जंगली हाथी को वश में करने से की थी क्योंकि सुचारू रूप से प्रशिक्षित हाथी में मदद करने की क्षमता बहुत होती है, जबकि जंगली हाथी अत्यंत विनाशकारी हो सकते हैं।

हमारे मस्तिष्क के भावनात्मक भाग अर्थात् अवचेतन भाग की तुलना अक्सर जंगली हाथी से की जाती है, जबकि हमारे मस्तिष्क का एक संज्ञानात्मक भाग भी होता है जो चेतन है, विवेकसम्पन्न है और आमतौर पर बाहरी दुनिया पर केंद्रित है। आज की दुनिया में, मस्तिष्क के इन दो भागों के बीच संतुलन, अपने मन के बीच का संतुलन स्वयं का ध्यान रखने, बेचैनी को सुकून में बदलने, कष्ट को शान्ति में बदलने का एक उपाय है। मस्तिष्क के दोनों भागों के पास हमें देने को बहुत कुछ है। यदि हम हाथी को वश में नहीं करते यानि अपने मस्तिष्क को प्रशिक्षित नहीं करते, तब तनाव, उत्कंठा और अवसाद हमें अपना शिकार बना सकते हैं। और अगर ज़्यादातर समय हमें बुरा महसूस नहीं भी होता, तो हम तब भी खुद को भावनात्मक सांचे और आदतों में जकड़ा हुआ पाते हैं, जो हमें गुस्सैल,

चिड़चिड़ा या शायद भयभीत बनाता है। हम बारंबार वही चीज़ दोहराते हुए प्रतीत होते हैं, जैसे एक मक्खी बार-बार एक खिड़की के बंद शीशे के सम्मुख आती है, जबकि उस बंद खिड़की के ठीक बगल में एक दरवाज़ा खुला है। हम अपने मन को उद्दण्ड रूप से बढ़ने देते हैं, जो हमें किसी भी दिशा में धकेल सकता है, लेकिन हम अपनी इच्छाशक्ति द्वारा थोड़े प्रशिक्षण व चातुर्य की सहायता से अपने दिमाग़ को मज़बूत व शान्त बना सकते हैं।

मन की बेचैनी का कारण

हमारे कितने दुःखों का कारण भोजन और सिर पर छत का न होना है? दुनिया में कई लोगों के लिए वस्तुस्थिति यही है, लेकिन हम में से अधिकतर लोग इस विषय में विचार करते समय काफ़ी सहज रहते हैं। तो हमारे मन को कष्ट क्यों है? क्यों हमारा मन बेचैन है?

अक्सर, हमारी आत्मानुभूति ही हमारे मन में बेचैनी के बीज बोती है। हम अपनी थाह पाने और किसी ख़ास छाप के साथ खुद को परिभाषित करने की लगातार कोशिश करते हैं। हर विचार व कार्यकलाप का विश्लेषण करना हम बंद कर देते हैं : किस किस्म के लोग ऐसा करते होंगे? मैं हमेशा क्यों इस प्रकार से प्रतिक्रिया व्यक्त करता हूं? एक अंतर्निहित भावना है कि हम किसी तरह से एक बेहतर, ज़्यादा सफल या ज़्यादा प्रेम पाने के योग्य हो सकते हैं।

हो सकता है हम जीवन में अपना स्थान तलाश कर रहे हों, या उस स्थान पर खुशियों के सभी हालात पैदा करना चाह रहे हों ताकि हम अनवरत प्रयासों और अति महत्त्वाकांक्षाओं की अपेक्षा अपने आपको एक दिन ज़्यादा संतुष्ट और व्यवस्थित महसूस कर सकें।

दूसरों के साथ हमारे संबंध जीवन में महान आनंद का स्रोत हैं, फिर भी समय-समय पर वे व्यग्रता का स्रोत भी बन जाते हैं। हमें अकेलेपन का ख़ौफ भी रहता है और फिर किसी अन्य व्यक्ति में स्वयं को खो देने की उत्कंठा भी। और यहां ऐसे भी कई लोग हैं जो हमें निराशा का अनुभव

कराते, हमें गुस्सा दिलाते और अपने इशारों पर चलाते हुए प्रतीत होते हैं।

कई लोगों के लिए समय की धारणा उनके भीतर बेचैनी का एहसास कराती है - कि दिन में जो घंटे होते हैं वे पर्याप्त नहीं हैं, कि वे तेज़ी से आगे बढ़ रहे हैं, प्रति घण्टा या प्रतिदिन के आधार पर, या कि ज़िंदगी हर तरह से अतीत में बेहतर होती थी या आने वाला समय बेहतर होगा। आज की दुनिया में सभी तरफ़ से दबाव है : विकसित तकनीकों से चौबीसों घंटे हमारे लिए सब कुछ सुलभ बनाने से लेकर दिन में हर समय हमें थका देने वाले कई कार्य एक साथ संभालने तक, आर्थिक चिन्ताओं तक और स्वयं के दूसरों की उम्मीदों पर खरा उतरने और कामयाबी की आवश्यकता महसूस करने तक ये दबाव हम पर हैं।

आप अपने दबावों से कैसे मुक्ति पा सकते हैं? आप यह कैसे महसूस कर सकते हैं कि आपके पास अपने दिन व अपने जीवन में सांस लेने और ख़ुश होने का पर्याप्त स्थान मौजूद है, कि समय पर सब काम अच्छे से हो जाते हैं, संतोष, ख़ुशी व सुकून महसूस होता है? एक बार फिर, बात सही मायनों में चीज़ों को छोड़ने पर आ जाती है, जो हम 'मन की वापसी' के दौरान आगे पता लगाएंगे। क्योंकि यदि हम वास्तविक और काल्पनिक, दोनों प्रकार की चीज़ों को, विचारों और भावनाओं को, भय, चिन्ताओं और आशाओं जैसी इतनी सारी चीज़ों को एक साथ पकड़े रहते हैं, तो हम अपने मन को चिन्ताग्रस्त करके उसे बेचैन करना शुरू देते हैं। अगर हम बहुत ज़्यादा कोशिश करने के बावजूद सब कुछ ठीक ढंग से करने में सफल नहीं हो पाते या हमें अपराधबोध होता है कि हम किसी पर पूरी तरह ध्यान नहीं दे पा रहे, तो हमें अपने बारे में ही बहुत बुरा लगने लगता है।

बेचैन मन के लक्षण

अब हम एक बेचैन मन के लक्षणों पर नज़र डालते हैं :

- भयभीत या व्यग्र होना
- उतावलापन महसूस होना

- तनाव या लाचारी महसूस होना
- कुंठित महसूस होना
- आसानी से विचलित हो जाना
- रोज़मर्रा के छोटे-बड़े सभी कार्यों को पूरा करने में टालमटोल करना
- हमेशा नये क्षेत्रों की ओर प्रवृत्त रहना
- ठीक से नींद न ले पाना
- पौष्टिक भोजन ग्रहण न करना
- सुख की प्राप्ति के उपायों के रूप में उत्तेजक वस्तुओं का उपयोग करने की कोशिश करना
- निर्णय लेने में कठिनाई का अनुभव करना
- आत्मविश्वास में कमी; स्वयं के बारे में अच्छा महसूस न करना
- दुःख और एकाकीपन की भावनाओं में जकड़े जाना
- हमेशा अधिक की चाह होना (ज़्यादा चीज़ें, ज़्यादा प्यार)
- दूसरों की अत्यधिक आलोचना करना
- ज़रा सी तकलीफ़ होने पर काफ़ी कड़ी प्रतिक्रिया दिखाना
- फ़ंसा हुआ या दिशाहीन महसूस होना
- आसानी से ऊब जाना
- आसानी से झल्लाहट महसूस होने लगना
- हमेशा ख़तरा महसूस करना
- प्रेम का अभाव महसूस करना
- ज़िन्दगी न्यायपूर्ण नहीं है, ऐसा महसूस होना
- दूसरों से ईर्ष्या करना
- हमेशा चिन्ता या विचारों में ज़रूरत से ज़्यादा डूबे रहना
- सदा सबसे बुरा ही सोचना

जब हमें अपने मन में बेचैनी के ये लक्षण अनुभव हों, तो उसकी पकड़ में आ जाना आसान है। लेकिन यदि हम अपने-आप से एक क़दम पीछे हो जाते हैं और अपने मन को एक विराम देते हैं, तो हम देख सकते हैं कि वे वास्तव में वही सब चीज़ें हैं जिन्हें हम बदल सकते हैं। हालांकि हम उन्हें तुरंत 'ठीक' करने की उम्मीद नहीं कर सकते; यह मामला हमारी प्रत्येक समस्या का सही हल ढूंढने का नहीं है। इसकी बजाय हमें ज़रूरत है अपने मन की प्रकृति को जानने की, हमारी भावनात्मक आदतें कैसे बनती हैं, सुख-दुःख कहाँ से आते हैं, हमारे बेचैन मन को वश में करने के लिए और जीवन के बारे में अच्छा महसूस करने में सहायक विचारों और भावनाओं को विकसित करने के लिए और ज़िन्दगी के उतार-चढ़ाव का सामना करने के लिए ध्यान और चेतना जैसे साधारण कार्य कैसे उपयोग में लाये जा सकते हैं।

बेचैनी के तीन मुख्य स्रोत :

1. शारीरिक रोग व मानसिक कष्ट
2. इच्छायें-अपनी इच्छाओं को पूरा करने में असमर्थ होना, ऐसी परिस्थितियों में फ़ंस जाना जो हमें पसंद नहीं हैं या जो चीज़ हमें प्रिय है, उससे अलग हो जाना
3. हमारे 'निज' या हमारे व्यक्तित्व की हमारी अपनी समझ - एक अंतर्निहित भावना कि हम बेहतर हो सकते थे, और आकर्षक हो सकते थे, ज़्यादा कामयाब इंसान हो सकते थे या अपने विचारों में बहुत सख्त और दूसरों की अत्यधिक आलोचना करने वाले हो सकते थे

शारीरिक रोग व मानसिक कष्ट

शारीरिक रोग से अक्सर लोगों के मन में परेशानी या उदासी घर कर जाती है। यहां तक कि ज़्यादा थकावट से भी हमारे मन की खुशी कम हो जाती है अथवा परेशानी या चिड़चिड़ापन महसूस होने लगता है।

जब हमारा शरीर अस्वस्थ होता है, तो अक्सर हमारा दिमाग़ भी जूझने लगता है, क्योंकि देह की तरह मस्तिष्क को भी ऊर्जा व प्राणशक्ति की आवश्यकता होती है। रोग के कारण शारीरिक रूप से हार जाने से हमारा मस्तिष्क भी हारा हुआ महसूस करता है, विशेष रूप से यदि हमने इसे खोज करना और विस्तृत होना नहीं सिखाया, ताकि हम भले ही पर्वत पर न जा सकें, परंतु पवर्त को अपने ही भीतर पाया जा सके।

जीवन में कई चुनौतियाँ ऐसी होती हैं जो बहुत कष्टदायक हो सकती हैं और इस पुस्तक की उन दुःखों को हल्का करने में कोई दिलचस्पी नहीं है। लेकिन शायद आपने ध्यान दिया ही होगा कि कैसे अलग-अलग लोग दुःख में अपनी प्रतिक्रिया व्यक्त करने लगते हैं, जैसे उदाहरण के लिए किसी बहुत गम्भीर बीमारी को ही लें : कुछ लोग भविष्य में होने वाली घटनाओं को लेकर और आने वाले कष्टों के बारे में सोच-सोच कर पूरी तरह भय के साये में जीते रहते हैं, वहीं अन्य लोग सही अर्थों में वर्तमान में जीने का कोई रास्ता किसी न किसी तरह ढूंढ लेते हैं। वे अपनी बीमारी या मृत्यु के डर पर ध्यान केंद्रित करने की अपेक्षा, जीवन के और ज़्यादा आभारी हो जाते हैं। कई बार यह एक परिवर्तन होता है जो विपत्ति की शक्ल में हमारे सामने आता है, लेकिन अक्सर यह भावनात्मक शक्ति जीवन की बदौलत विकसित होती है - कभी-कभी उन हालात में कुछ लोगों का रुझान गिलास को आधा खाली देखने में होता है जबकि अन्य उसे आधा भरा हुए देखकर ख़ुश होते हैं। जब हमारा शरीर कष्ट में होता है तो हम वास्तव में अपने मन को उसका बेहतर ढंग से सामना करना सिखा सकते हैं, लेकिन जब हम स्वस्थ व सुरक्षित महसूस करते हैं, तो संकट द्वारा पहले आघात करने के क्षण की अपेक्षा यह काम आसानी से किया जा सकता है।

सबसे महत्त्वपूर्ण बात यह है कि एक स्थिति को देखने के एक से अधिक तरीक़े होते हैं। जैसा कि हमने पहले भी देखा है, जहां आप ऐसा सोच सकते हैं कि इस मामले में और कोई विकल्प नहीं है, वहीं आपकी प्रतिक्रियाएं, आपके विचार और आपकी भावनायें आपकी ख़ुद की होती हैं। लेकिन इसका यह अर्थ नहीं कि पूरी तरह अयथार्थवादी या विरागी होकर

रहा जाये। स्वीकृति हमारे शान्त मन का महत्त्वपूर्ण भाग है। हम अक्सर यह धारणा लेकर बड़े होते हैं कि 'स्वीकार करना' किसी न किसी तरह उम्मीद छोड़ने से जुड़ा हुआ है। लेकिन दरअसल, *स्वीकृति* एक महान शक्ति है। जिन चीज़ों को हम बदल नहीं सकते, यदि हम उन चीज़ों को स्वीकार कर लेते हैं, तो हम अपनी मानसिक ऊर्जा के अधिक बर्बाद होने व वेदना से बच जाते हैं, और उसकी बजाय हम अपना ध्यान उन चीज़ों पर लगा देते हैं, जो कहीं ज़्यादा हमारे वश में होती हैं। इस बात को हमेशा याद रखें कि हम अपने हमारे विचारों, अपनी सोच के साथ ही अपना संसार स्वयं बनाते हैं, हमें निरंतर यह एहसास रहता है कि जीवन में सबसे कठिन समय में भी हमारे पास विकल्प मौजूद रहेंगे हैं।

दुःख हमेशा मन को परेशान करते हैं लेकिन यह लोगों के लिए आगे बढ़ने के लक्ष्य को पूरा करने में बहुत लाभप्रद प्रक्रिया भी हो सकती है। लेकिन दुःख जैसी गहरी भावना का सामना करना हमेशा आसान नहीं होता; इसकी अपेक्षा हम इस डर से इन छिपी हुई, मज़बूत भावनाओं को अंदर दबाते हुए सामान्य रूप से आगे बढ़ते रह सकते हैं, कि यदि हमने उन्हें प्रकट होने दिया तो वे हमें विचलित कर सकती हैं।

जब हम किसी दुःख या किसी अन्य प्रकार की मानसिक पीड़ा में जकड़े जाते हैं, तो हमें ऐसा महसूस होता है जैसे कि हमारा मन एक प्रकार से हमारे ही विरुद्ध है। ऐसे में अपने-आप को व्यवस्थित कर पाना व अपनी भावनाओं से मुक्ति पाना हमारे लिए दुष्कर हो जाता है क्योंकि दुःखों का बोझ, ठेस या परेशानी और भी बोझिल होते चले जाते हैं। कभी-कभी हम ऐसी दर्दनाक भावनाओं को उनकी उपयोगिता के समय से परे दबा कर रखते हैं। वे अक्सर भय का स्रोत होती हैं और जब हम उनका मुकाबला करना चाहते हैं तो वे हमारे जीवन के रास्ते में आ जाती हैं। यही कारण है कि कुछ लोगों के लिए आरंभ में ध्यान लगाना कठिन हो सकता है क्योंकि वे पहले से ही छिपी हुई या दबा कर रखी हुई भावनाओं के प्रति सचेत हो जाते हैं - ये भावनायें कुछ अच्छी, परंतु कुछ दुःख या पुराने जख़्म की तरह दर्दनाक भी होती हैं। लेकिन तब उन्हें एहसास होता है कि उन्हें हर समय वहां होना चाहिए, किसी तरह लोगों

के मन व जीवन को प्रभावित करते हुए। और इस आभास के बाद भी उनकी पकड़ ढीली पड़ जाती है, भले ही वह थोड़ी-सी ही ढीली क्यों न हो। ध्यान व चिंतन की शान्त व्यवस्था के बीच भावनाओं पर दृष्टि डालते हुए वे कभी भी भयानक प्रतीत नहीं होतीं।

इच्छायें

ख़ुशी के बारे में हमारी धारणा अक्सर बदल सकती है या भ्रमित हो सकती है। आप अपने चारों ओर ऐसा देखते ही हैं कि धनी व्यक्ति और अधिक धन की कामना करते हैं, लोग प्रसिद्धि के लिए लालायित रहते हैं और यह कामना करते हैं कि कुछ दिन वे एकाकी बिता सकें। बौद्ध धर्म में हम इन्हें 'भूखी आत्मा' कहते हैं, और ये कभी तृप्त नहीं होतीं (कम से कम बहुत लंबे समय के लिए तो नहीं) और ऐसा तब तक होगा, जब तक हम उस मूल को नहीं जान जाते, जो वास्तव में हमें प्रसन्न या संतुलित रखता है।

न जाने क्यों, हमें यह विश्वास है कि हमें हर चीज़ को नियंत्रित या व्यवस्थित करने की ज़रूरत है, चाहे वह कोई भौतिक वस्तु हो या हमारा परिवार, मित्र या कार्य : अगर हमें सभी अप्रिय चीज़ों से छुटकारा मिल सके और जिन चीज़ों की हमें इच्छा है, वे हमें मिल सकें, तो हम हमेशा के लिए ख़ुश हो सकते हैं; अगर दूसरे लोग हमारे बारे में किसी ख़ास तरीक़े के विचार रखते हैं तो हमें ख़ुशी होगी... लेकिन यह सोचना कि इस तरह से हमें ख़ुशी प्राप्त होती है, निश्चित रूप से हमें निराशा व बेचैनी की स्थिति में ले जा सकता है।

यह कहने की बात नहीं है कि जब हमें स्वयं के बारे में और जीवन के बारे में सुकून व अनुकूल महसूस हो रहा हो, तो इच्छायें अधिक ख़ुशी का स्रोत नहीं हो सकतीं। लेकिन एक बार आप इच्छाओं को अपने नियंत्रण से बाहर जाने दें, फिर देखें कि इच्छायें आपको कितना लालची बना सकती हैं और हम भविष्य में निरंतर उन चीज़ों को ढूंढते रहेंगे जो हमें ख़ुशी दे सकती हैं।

इच्छाओं से मन में आसक्ति या लगाव की भावना भी पैदा होती

है। हम न केवल अपने सोचने के ढंग से व संसार को देखने के नज़रिये से जुड़े होते हैं अपितु हम उन लोगों या चीज़ों से ज़्यादा जुड़ जाते हैं जिन्हें हम चाहते हैं। हम इस बात पर विश्वास करते हैं कि अमुक व्यक्ति हमें खुश रख सकता है और इसके विपरीत हमारी खुशियाँ हमसे छीन सकता है; या सिर्फ़ हमारी पदोन्नति होने से हमारी ज़िन्दगी में सुकून आ जायेगा और हम ज़िन्दगी का आनन्द उठाने के योग्य हो जायेंगे (लेकिन अभी के बारे में क्या?)। यदि हम इच्छाओं को ज़्यादा उग्र होने देते हैं, तो वे हमारे मन का बोझ बढ़ा सकती हैं और उन सभी अच्छी चीज़ों की ओर से हमें उन्मुख कर सकती हैं, जो ज़िन्दगी हमारी इच्छाओं से परे हमें देने वाली है।

थाईलैण्ड में मेरी भेंट एक प्रोफ़ेसर से हुई जिन्होंने एक सर्वेक्षण किया था। उनका प्रश्न था, 'लोग क्या चाहते हैं?' सबसे ज़्यादा लोगों का जवाब आया, 'मैं शान्ति चाहता हूं।' इस पर वह प्रोफ़ेसर मुस्कराये क्योंकि यदि आप 'मैं' और 'चाहता हूं' को दूर कर दें, तो आप शांत हो जाएंगे।

आत्मानुभूति

स्वयं के बारे में हमारी समझ में इतनी क्षमता है कि वह हमारे मन की घोर अशान्ति और साथ ही हमारे संतुष्ट मन के विकास का कारण बन सकती है। हर समय अपने-आप से पूरी तरह संतुष्ट न रहना एक तरह से अच्छा है, यदि ऐसा ही होता तो हम ऐसे तरीक़ों को ढूंढने की ज़हमत न उठाते, जिसमें आगे बढ़ कर एक बेहतर इंसान बना जाये। लेकिन ऐसा तब होता है, जब हम स्वयं के बारे में अपनी समझ को अपनी विशिष्ट भावनाओं या अपने व्यवहार के पहलुओं, (कि हम उपयोगी सबक़ देखना भी बंद कर देते हैं और उसकी बजाय खुद से निराशा व कुंठा महससू करते हैं) से जोड़ते हैं। उदाहरण के लिए, हम स्वयं को यह कह कर सीमाबद्ध कर लेते हैं कि 'मुझे संकोच होता है' या 'मैं न नहीं कह सकता', और फिर हम स्वयं को मुक्त करने की अपेक्षा स्वयं को ऐसे खानों में क़ैद करके ऐसे कथनों के साथ एक लगाव बना लेते हैं। यदि आप इस प्रवृति को पहचानते हैं, तो आप अपनी आत्म-जागरुकता को एक सकारात्मक

शुरुआत की तरह देखना आरंभ कर देते हैं, जिसे, मुझे उम्मीद है कि आप इस पुस्तक का अध्ययन करने के साथ-साथ, विशेष कर भाग दो में 'मन के साथ एकांत' के दौरान, विस्तृत रूप में जान पायेंगे।

आज यह जानने का दबाव बहुत अधिक है कि आपके जीवन का महान लक्ष्य क्या है, अर्थात् इन सवालों के जवाब पाना कि जीवन का अर्थ क्या है। और इसलिए यदि हमें निश्चित नहीं पता होता, तो अलग-अलग दिशाओं में कुछ तलाश करते हुए, हमारे मन में बेचैनी हो सकती है, या शायद हम अपने आपको हर मोड़ पर बिल्कुल वही विकल्प बनाते हुए देख सकते हैं, एक टूटे हुए रिकॉर्ड प्लेयर की तरह अटके हुए - हम जानते हैं कि चीज़ें सही नहीं है, लेकिन हम आदतों के दास हैं और अलग हटकर कुछ करना कभी आसान नहीं होता।

कभी-कभी, जब आप को यह नहीं पता होता कि आपको किस दिशा की ओर मुड़ना चाहिए, तो सबसे पहले भीतर की ओर मुड़ने का प्रयास करना चाहिए, इससे आप यह सीख सकते हैं कि अपने भीतर की गहराई में उस निः शब्द आवाज़ को कैसे सुनना चाहिए और इसके लिए आपको कोई बटन नहीं दबाना पड़ता, बल्कि स्वयं के साथ थोड़ा समय बिताना ही पर्याप्त है। हो सकता है आपको हमेशा जवाब न मिले, लेकिन स्वयं को थोड़ा विराम देकर और अपने मन को व्यवस्थित होने का मौका देकर, आप उन सभी अच्छी चीज़ों को देख सकते हैं जो पहले से ही आपकी चौखट पर विद्यमान हैं। आप अपने जीवन में उन लोगों से भी सहायता मांग सकते हैं, जो आपको चीज़ों को और अधिक स्पष्ट रूप से देखने में आपकी मदद करने में समर्थ हैं, और जो आपको आपकी बेचैनी से उभार कर आपके अस्तित्व में वापस ला सकते हैं।

बाहरी अहंकार, आंतरिक प्रकृति

दुनिया को देखने का हमारे दृष्टिकोण से ही यह निर्धारित होता है कि हम क्या देखते हैं। और हम में से हर एक का देखने का दृष्टिकोण अलग-अलग होता है, हमारा अपना चश्मा - जिसमें हमारी अपनी

स्मृतियाँ और अनुभव सिमटे रहते हैं और जिसके माध्यम से हम होने वाली घटनाओं को समझते हैं। यह समझना नितान्त आवश्यक है कि वास्तविकता के विषय में हमारी समझ एक *धारणा* है और यह हमारी सोच से बनती है क्योंकि इसका आशय यह है कि हम चीज़ों को देखने के अपने दृष्टिकोण के कुछ पहलुओं को बदल भी सकते हैं।

मानव मन की प्रवृति है संसार को दोहरे दृष्टिकोण से देखना, जो प्रत्येक वस्तु का वर्णन तुलनात्मक ढंग से करता है : अच्छा और बुरा, दर्द और ख़ुशी, सौंदर्य और कुरूपता, अमीर और ग़रीब। यही वे चीज़ें हैं जिन्हें हमारी दुनिया अक्सर कम कर सकती है। हमारे मन में लोगों, चीज़ों और स्थितियों को पसंद करने व नापसंद करने को लेकर निरंतर एक आंतरिक संवाद चलता रहता है, जो ऐसे लोगों व स्थितियों को चाहता है, जो हमारे पास नहीं हैं और वह निरंतर हमारे जीवन की व हमारी, दूसरों के साथ तुलना करता रहता है - वह निरीक्षण करता रहता है कि किसके पास कम है और किसके पास ज़्यादा, कौन ज़्यादा कामयाब, आकर्षक या प्रसन्न है और कौन कम।

हम जब हर एक चीज़ का आकलन तुलनात्मक ढंग से करते हैं, तो हम बेचैनी को बढ़ावा देते हैं। हो सकता है कि हम कठोर परिश्रम करते हों और ऐसा अनुभव करते हों कि हम अच्छा कमा रहे हैं और जब हम किसी ऐसे व्यक्ति से मिलते हैं, जो हमसे कहीं अधिक धन अर्जित कर रहा है तो हम अचानक अपने-आप को ग़रीब महसूस करने लगते हैं और कारण होता है तुलना। हमारे हालात नहीं बदले, लेकिन हमारी धारणा बदल जाती है।

ये हमारी *अवधारणायें* ही हैं, जो हमें परिभाषित करती हैं। हम सोचते हैं कि हमें बहुत दृढ़ बनना होगा और अपने विचारों पर अटल रहना होगा ताकि हमें पता चले कि हम खड़े कहाँ हैं और हम कौन हैं। लेकिन तब हमें कुछ ऐसा पता चलता है जिसे हम महान समझते हैं, लेकिन हो सकता है कि वह किसी दूसरे को साधारण लगे; या फिर कोई ऐसी धारणा जिसके बारे में हम दृढ़ता से महसूस करते हैं, लेकिन उसे हमारा जीवन-साथी बहुत अलग ढंग से देखता है और उसकी सहमति हमारे साथ नहीं होती।

विशेष रूप से पाश्चात्य सभ्यता में शरीर और मन के बीच भी द्वैतवाद है। मानव देह को परंपरागत रूप से मानवता के पाशविक अंश के रूप में ही वर्णित किया जाता है, जो पापमय व कमज़ोर है, जबकि मन विवेकी व परिष्कृत है, जिसके कारण ही प्राणी जगत में मानव के रूप में हमारी अलग पहचान है। हमने मन व शरीर के बीच भिन्नता की भावना पैदा की है, जबकि दरअसल, उन सभी अवधारणाओं व मान्यताओं की भांति, जिन पर हमारा विश्वास है और हमने जिनका विकास किया है, चीज़ें कहीं ज़्यादा अस्थिर और परिवर्तनशील हैं। जिस तरह से शरीर क्षीण हो सकता है, उसी प्रकार मन भी हो सकता है। और जिस प्रकार मन शरीर का ध्यान रखने में मददगार हो सकता है, ठीक उसी प्रकार शरीर मन का ध्यान रख सकता है।

बौद्ध धर्म में हम कहते हैं कि हमारे विचार और इस दुनिया को देखने का हमारा दृष्टिकोण हमारे 'अहम्' के पहलू हैं, जो हमारे मन की ऊपरी सतह पर होते हैं, जबकि हमारी 'आंतरिक प्रकृति' कुछ ऐसी है जो किसी तुलना या चिन्ह से परे उपस्थित रहती है। अपनी वास्तविक पहचान के लिए अपने अहम् को ग़लत समझना आसान है क्योंकि यह बहुत मज़बूत है और आम तौर पर हमारी आंतरिक प्रकृति से ज़्यादा प्रभाव दिखाता है। यह हमारा अहम् ही है जो बेचैनी को जन्म देता है, लेकिन ज़्यादातर समय यह अत्यंत शिथिल रहता है, क्योंकि यह हमारे लचीले होने और संसार को खुले दिमाग़ से देखने की अपेक्षा हमारे सख़्त होने, तथा हमारे व संसार के दृढ़ विचारों को प्राथमिकता देता है। अहम् युक्त मन स्वयं से कोई प्रश्न किए बग़ैर सभी जवाब जानने का इच्छुक होता है; हम जैसे हैं, वैसे ही हैं और हमारे साथ सभी को इस तथ्य को स्वीकार करना होगा।

अहम् युक्त मन जीवन को सरल बनाने का दिखावा करता है। हम इस दुनिया में और हमारे संबंधों में अपनी स्थिति को जानते हैं। हमारा विचार है कि हम जानते हैं कि हम कौन हैं, हम अपनी उस छवि के अनुसार क्रिया और प्रतिक्रिया कर सकते हैं जो हमने ख़ुद बनाई है या हमें दी गई है - हमारे चरित्र के बारे में हम या कोई दूसरा व्यक्ति कैसे वर्णन कर सकता है : हम शान्त हैं, हम संकोची हैं, हम सफल हैं, वह

अपने परिवार पर एक कलंक है। लेकिन यदि हम अहम् युक्त मन पर रोशनी डालें, तो हमें जल्दी ही पता चल सकता है कि हम अपने मन में बेचैनी क्यों पैदा कर लेते हैं।

सर्वप्रथम अहम् युक्त मन में इतनी कम जगह होती है कि हम सीमित व बंधा हुआ महसूस करने लगते हैं। हम टूटे हुए रिकॉर्ड की तरह बार-बार वही विचार देते हुए अपने आपको सुनते रहते हैं। हमें अपने मन में उकताहट महसूस होने लगती है क्योंकि हम सोच की एक ही शैली को अपनाते चले जाते हैं; हम चीज़ों को नये सिरे से नहीं देखते। अहम् युक्त मन हमारी भावनाओं में ऐसी गहरी लकीरें बना देता है कि हम अपनी उन्हीं पुरानी समस्याओं के लिए वही पुराने ढंग से प्रतिक्रिया देने से अपने आपको रोक नहीं पाते। ऐसा करना अच्छा लग सकता है, लेकिन जब हमें इतना अच्छा महसूस न हो रहा हो, तो सोचने के इस ढंग से हमें खुद के बारे में बुरा महसूस हो सकता है क्योंकि हमारी नकारात्मक छाप गहरी हो जाती है और दूसरों को भी जल्दी दिखाई देने लगती है।

लेकिन अहम्‌युक्त मन को परिवर्तन पसंद नहीं होता; वह चीज़ों को उनके हाल पर ही छोड़ कर खुश है। इसलिए जब हम हकीकत में कुछ बदलाव लाना चाहते हैं, तो हम हर समय नये सिरे से शुरुआत करने की कोशिश करते हैं, तो हम एक बार फिर अपनी पुरानी आदतों को अपने ऊपर हावी होते देखते हैं। हम ख़ुद के बारे में महज़ परिवर्तन पसंद न करने वाले के रूप में बखान करना बंद भी कर सकते हैं, और ऐसा करके, हम तुरंत बहुत-सी अन्य चीज़ों की, अपनी क्षमता के इर्द-गिर्द दीवार खड़ी कर देते हैं : कभी-कभी हम बहुत रूढ़िवादी बन जाते हैं, लेकिन दूसरे ही क्षण हम निडर और साहसी बन जाते हैं। यह छवि हम सब को हमारे मन में और उसी प्रकार ज़िन्दगी में भी सीखने व विकसित होने से रोकती है।

अहम् की जांच

अहम्, संज्ञा, 1. क) आत्म-सम्मान ख) अत्यधिक आत्म-सम्मान 2. मनोविश्लेषक सिद्धान्त में मन की तीन श्रेणियों में से एक,

जो व्यक्ति और वास्तविकता के बीच एक सुनियोजित जागरुक मध्यस्थ के रूप में कार्य करता है।

3. स्व, विशेष रूप से दूसरे स्व अथवा दुनिया से तुलना करने पर।

पेंगुइन अंग्रेजी शब्दकोश

आजकल जब लोग 'अहम्' के विषय में बात करते हैं, तो एक प्रकार से उनका आशय उग्रता से होता है। उग्रता जो तीव्र है, प्रचण्ड है और उत्तेजना से परिपूर्ण है। यदि किसी के अहम् को बडा कहा जाता है तो उसका अभिप्राय यह माना जाता है कि वह इंसान अपने 'स्व' से भरा है, जो किसी की नहीं सुनता और जो हमेशा शिखर को छूने को उतावला रहता है व उसकी यह मान्यता होती है कि उसके विचार सर्वश्रेष्ठ हैं। बाकी लोग तो इसी सोच में रहना चाहते हैं कि हमें ज़्यादा अहंकार नहीं है, और यदि ऐसा है भी, तो हम थोड़ा और आत्मविश्वासी और मुखर होना चाहते हैं।

लेकिन हम अहंकार की अन्य परिभाषाओं पर आत्म-सम्मान के विचार से परे देखें, तो हमें पश्चिम व पूर्व के दर्शन के बीच अत्यधिक समानतायें मिलती हैं। जैसा कि शब्दकोश की परिभाषा में बताया गया है, अहंकार को 'व्यक्ति व वास्तविकता के बीच संगठित जागरुक मध्यस्थ' और 'स्व, विशेषकर किसी दूसरे स्व से तुलना' भी माना जा सकता है। अहंकार वास्तव में ही बहुत संगठित होता है - हर एक को परिभाषित करना और हर एक के लिए बंधनों की तलाश करना। अहंकार के द्वारा परख कर हम हर चीज़ को (जिसे हम देखते हैं, स्पर्श करते हैं, सुनते हैं, चखते हैं और अनुभव करते हैं) एक अर्थ देते हैं। यह एक ऐसा मध्यस्थ है जो समय के साथ मज़बूत बनाता है, और जिसके साथ हमारा प्रत्येक अनुभव एक छाप के रूप में शामिल हो जाता है। जो हमारे माता-पिता और दूसरे लोगों द्वारा दी जाती है, वही छाप हमारे अहंकार की छाप बन जाती है। और फिर, वही हमारा तरीक़ा और हमारी आदत बन जाती है : यानि जिस तरह हम चीज़ों को करते हैं, जैसे हम हैं, जैसा हम सोचते हैं।

स्व की भावना के रूप में हमारा मध्यस्थ

यह बात तो समझ में आती है कि हम इस मध्यस्थ के साथ गहराई से स्वयं को जोड़कर देखने लगते हैं। हमारा अहम् हमारी आत्मानुभूति बन जाता है, हमारी पहचान, कि हम कौन हैं। वह अक्सर एक तड़क-भड़क वाले व्यक्ति के समान ही एक बहुत शान्त व्यक्ति में भी प्रभावी हो जाता है, वह बहुत विश्वस्त व्यक्ति प्रतीत होता है, विशेषतया जब स्वयं को परिभाषित करने की बात हो या दूसरों की प्रशंसा या आलोचना को महसूस करने की बात हो।

और यही मुद्दे की जड़ है, बेचैन मन का मूल है। हमारा अहम् सदा जीवन को थोड़ा आसान बनाने का प्रयास करता है और वह ऐसा चीज़ों को एक ही नज़रिये से देखकर, पहचान की दृढ़ भावना को पैदा करके करता है, जिससे हम जकड़े रहते हैं, जिससे हम अपने-आप को ज़मीन पर महसूस करते हैं और यह जानते हैं कि हम कौन हैं। लेकिन समस्या तो यह है कि सतही अहंकार अपनी सुरक्षा की भावना के लिए बाहरी परिस्थितियों पर बहुत निर्भर है। इसलिए अपने स्व को तुलनात्मक ढंग से और दूसरों से तुलना कर परिभाषित करने से एक बार फिर हम अपने-आप को एक अपरिहार्य बेचैनी और संभावित निराशा की परिस्थितियों में डाल देते हैं। भले ही हम अपनी श्रेणी में सर्वश्रेष्ठ हों, लेकिन एक दिन ऐसा संयोग हो सकता है कि हम अपने जीवन में किसी ऐसे व्यक्ति से मिलें जो हमारे मानदण्डों के अनुसार, भले ही वे कैसे भी हों, हमसे ज़्यादा सफल व सम्पन्न हो; एक दिन, और शायद कई अवसरों पर, हम अपने आपको निराश करेंगे या दूसरों द्वारा हताश होंगे।

अपेक्षाओं का बोझ

हम यह बात समझ सकते हैं कि लोगों का पालन-पोषण अपने जीवन में कुछ अच्छा करने, अपनी क्षमताओं को पूरा करने व परिवार (यदि है तो) का पालन-पोषण करने और जीवन में अपना सर्वश्रेष्ठ प्रदर्शन करने के लिए हुआ होता है। लेकिन हममें से कुछ लोगों के लिए, अपेक्षायें व सफल

होने के दबाव हमारे दिमाग़ को प्रभावित कर सकते हैं और मानसिक तनाव व खिंचाव के कारण बन सकते हैं। और फिर, समय की धारा को समझे बिना, सफलता का वह दबाव वास्तव में ही हमारे हर क्रियाकलाप पर अपना प्रभाव छोड़ना आरंभ कर देता है। चीज़ें ग़लत होने, हर मोड़ पर और हर निर्णय पर विफल होने के डर के बारे में हम लगातार चिन्ता से घिरे रहते हैं। चुनौतीपूर्ण स्थितियाँ, जिन्हें आमतौर पर हम अपनी प्रगति समझते हैं, हमारे मन और शरीर में जीवन और मौत जैसी लगती हैं। हम में से कुछ लोगों के लिए तो यह बेचैनी इस कदर बढ़ जाती है कि हम सफलता से दूर हो जाते हैं, हर व्यक्ति की अपेक्षाओं को कम कर देते हैं और अपने-आप को लोगों की नज़रों से दूर कर लेते हैं (इसमें हमारा परिवार हमारे लिए सबसे महत्त्वपूर्ण होता है)। दुर्भाग्यवश, बेचैनी अक्सर बनी रहती है जब हमें पता चलता है कि यदि हम थोड़ा शान्त रहते और स्वयं को एक मौका देते तो हम बहुत कुछ कर सकते थे।

शंकाएं

यदि एक बार हमारे मन में शंका का बीज उग जाता है, तो अक्सर यह हमारे आत्मविश्वास को नष्ट करते हुए इतनी त्वरित गति से बढ़ता है कि हमें पता ही नहीं चलता। और शंकायें बढ़ने लगती हैं : हमें किसी चीज़ के बारे में एक बार शंका हुई, तो हम जल्द ही हर चीज़ के बारे में शंका से भर जाते हैं। अहम्‌युक्त मन शंकाओं को बढ़ाता है; हम अपने व अपने नज़दीकी लोगों के बारे में नकारात्मक कहानी पर विश्वास करने लगते हैं। इसलिए हमें अपनी क्षमताओं पर या अपने साथी के प्रेम पर संदेह हो सकता है। और अनियंत्रित होने पर, इस तरह की बेचैनी हमारे मन के स्वास्थ्य के लिए एक ख़तरा बन सकती है। यही कारण है कि शंकाओं के सिर उठाते ही कुचल देने के लिए ध्यान बहुत अच्छी चीज़ है। हम अवलोकन कर सकते हैं कि शंकायें कैसे या क्यों सिर उठाती हैं। ऐसा नहीं है कि हमें शंकायें कभी नहीं होंगी, लेकिन हम देखेंगे कि शंकायें किस कारण पैदा होती हैं – ऐसा कुछ है जो बिल्कुल वास्तविक लगता है लेकिन अन्य सभी भावनाओं की तरह, शंकाओं को स्थिर होकर गहराई

में जड़ें जमाने नहीं देना चाहिए।

दूसरों के बारे में हमारी समझ

दूसरों के साथ हमारे संबंध खुशी का स्रोत होने के साथ-साथ दुःख का कारण भी बन सकते हैं, यह हमारी मनःस्थिति पर निर्भर है। हमारे मन को बाद में यह पता चलता है कि कुछ लोग हमें कैसा महसूस कराते हैं, वे हमें इन्तज़ार कराने के साथ गुस्से या ईर्ष्या के लिए प्रवृत्त करते हैं। आप बौद्धों की तरह सोच सकते हैं कि हमें कभी अपना आपा नहीं खोना, लेकिन वास्तव में दर्शन में यह बहुत ही मज़बूत विषय है - नकारात्मक विचारों व लोगों के साथ निपटना। हम सब के जीवन में ऐसे लोग होते हैं जो हमारे लिए बहुत सकारात्मक होते हैं और जो हमारे अंदर से हमारा सर्वश्रेष्ठ बाहर लाने के लिए प्रयत्नशील रहते हैं। लेकिन कुछ ऐसे लोग भी होते हैं जो अक्सर हमारे लिए बहुत आकर्षक होते हैं या हम उनकी बहुत प्रशंसा करते हैं (उदाहरण के लिए किसी कम्पनी के मालिक को ही लें) जो हमारे भीतर के सभी नकारात्मक विचारों को बाहर लाते हैं। हम उनकी प्रशंसा या मान्यता प्राप्त करने के लिए लालायित रहते हैं या कुछ मामलों में हम अपना बहुत-सा समय उन तरीक़ों के विषय में सोचने में ख़र्च करते हैं जिनसे, हम सोचते हैं कि हमारा जीवन बदल कर सुगम व बेहतर बन सकता है। हम व्यक्तिगत रूप से उनका कहा और किया सब स्वीकार करते हैं। संभव है कि जिस व्यक्ति के बारे में हमें शंका हो, वह कोई ऐसा व्यक्ति हो जिसे हमने कभी बहुत प्यार किया हो, लेकिन फिर उसकी कही हुई बातों और की हुई छोटी चीज़ों ने हमारे भीतर बैठे जंगली हाथी को भड़का दिया हो। एक पल ठहर कर यह जानने की अपेक्षा कि कैसे हम उस चीज़ पर ज़्यादा समय ख़र्च कर सकते हैं, जिसे हम बदल सकते हैं, हम ख़ुद ही हैं जो अपनी मानसिक शक्ति इस सोच में व्यर्थ कर देते हैं कि हमें उस व्यक्ति के कारण कैसा महसूस होता है या हम ग्रहों की दशा को अपनी इच्छा के अनुसार अपने वर्तमान विचार के उपयुक्त कैसे बना सकते हैं।

लोगों को लगता है कि ध्यान बिल्कुल एकांत में किया जाने वाला अभ्यास है, एक प्रकार का 'नाभि दर्शन' जिसमें व्यक्ति केवल अपने-आप के बारे में विचार करता है और वह वास्तविक जीवन के विषय में चर्चा करने या संबंधों के बारे में नहीं है। आप इसे अपने-आप में अकेली चीज़ को करने योग्य मान सकते हैं। किसी व्यक्ति का अपने विचारों के साथ अकेले में ज़रा-सा समय बिताना एकाकीपन से सर्वथा भिन्न है। अपने-आप में ही खुश रहना, अपने-आप को उत्साहपूर्ण रखने का ही एक भाग है और ज़िन्दगी का सामना करने का एक तरीक़ा है; और जब ऐसा होता है, तो ध्यान का संबंध आपके जीवन से जुड़े लोगों व आपके समुदाय के लोगों, यहां तक कि इस संसार से हो जाता है। दूसरी ओर, एकाकीपन में मन हमेशा दर्द में डूबा रहता है और ज़्यादातर समय उदास रहता है। यह एक कम उन्मत्तता वाली बेचैनी हो सकती है, लेकिन हम अपने ही आवरण या अपने मन में निश्चित रूप से सहज अनुभव नहीं करते। हम दुनिया के साथ अजीब सा महसूस करते हैं, एक अजनबी की तरह। हम अप्रीतिकर, नापसंद किया जाने वाला और पराजित महसूस करते हैं। एकाकीपन में ये भावनायें बढ़ती चली जाती हैं तथा प्रसन्नता, आत्म-विश्वास व संतोष के लिए बहुत कम स्थान रह जाता है।

अकेलेपन का कारण यह है कि हमारा अहम् कहता है, 'मैं प्रेम चाहता हूँ, मैं मित्रता चाहता हूँ,' जबकि वह भूल जाता है कि कुछ पाने के लिए कुछ देना भी होता है और जब हम लगातार प्रशंसा और प्रेम से घिरे हुए नहीं होते, तो हमारा आत्म-विश्वास कम हो जाता है। यदि हम दूसरों के प्रति प्रेम व करुणा के साथ मुखर हो सकें, तो हमें एहसास होगा कि हम हमेशा अपने चाहने वालों से घिरे हुए हैं और वे सभी प्राणी सच्चे प्रेम पर प्रतिक्रिया करते हैं।

बाहरी परिस्थितियाँ

हमें भीतर कैसा महसूस होता है, इसके निर्धारण के लिए हमारा बाहरी चीज़ों पर निर्भर मनोदशा में जकड़े जाना बहुत आसान होता है। बौद्ध

धर्म में यह विचार प्रचलित है कि अपने-आप को प्रशंसा व निंदा से मुक्त कर लें क्योंकि अच्छी या बुरी, इन दोनों ही चीज़ों का यह मतलब है कि हम स्वयं के बारे में तथा अपने मूल्य के बारे में अपनी समझ के लिए बाहरी कारणों और बाहरी परिस्थितियों पर निर्भर करते हैं।

ठोस चट्टान को हवा नहीं हिला सकती और इसी प्रकार बुद्धिमान व्यक्ति प्रशंसा या निंदा से नहीं घबराते।

बुद्ध

आप शायद इन विचारों में डूब गये होंगे कि कुछ ख़ास लोग या चीज़ें आपको प्रसन्न या अप्रसन्न रखते हैं, न कि आपका अपना मन। आप अपने काम पर अपने मालिक की प्रशंसा पर भरोसा कर सकते हैं ताकि आप नित्य जो कार्य करते हैं उस के बारे में कुछ अच्छा महसूस कर सकें और दिन भर आपको भय भी रहता है कि किसी काम के ग़लत होने पर आपको दोषी भी ठहराया जा सकता है।

कई लोग स्वयं को दूसरों के शब्दों व फ़ैसलों से परिभाषित महसूस करते हैं। हम इस बारे में अनिश्चय की स्थिति में होते हैं कि क्या हमारे कार्यों का तब तक कोई ज़्यादा महत्त्व है, जब तक कि उनकी प्रंशसा नहीं की जाती या उन पर कोई टिप्पणी नहीं की जाती। जिस कार्य के विषय में हम जानते हैं कि हम अच्छा कर सकते हैं, क्योंकि हमें उसे करने से खुशी मिलती है और हम उसे बहुत परिश्रम से करते हैं, उसे करने की खुशी में डूब जाने की बजाय हम विचलित व अस्थिर हो जाते हैं क्योंकि मान्यता पाने के लिए हम लगातार स्वयं के बाहर देखते हैं।

जब हम चुपचाप शान्ति से बैठ जाते हैं और बिना किसी प्रशंसा या निंदा की ज़रूरत के अपने दिन पर ध्यान देते हैं, तब वास्तव में हम अपने मन की वास्तविकता और अपनी आंतरिक प्रकृति के संपर्क में आना आरंभ करते हैं। और जब हमें ऐसे बाहरी संकेतों की ज़रूरत नहीं रहती, तो यह आश्चर्य की बात है कि उसके स्थान पर कई मार्ग प्रशस्त हो जाते हैं - हमारा मस्तिष्क अत्यंत व्यापक व विस्तृत हो जाता है। दूसरों पर

निर्भर हुए बिना एक पूर्ण ईकाई होने का मतलब यह नहीं है कि हम दूसरों से कटे हुए हैं, अलग-थलग या एकांतप्रिय हैं; यह महज़ इतनी सी बात है कि हम अपना काफ़ी समय दूसरों के कल्याण के विषय में सोचने में ख़र्च कर सकते हैं, बजाय इस विषय में चिन्ता करने के कि दूसरे हमारे बारे क्या सोचते हैं। दूसरों पर दोषारोपण के किसी भी आग्रह को हम छोड़ देते हैं क्योंकि हमें अपने इरादों पर विश्वास है और हम महसूस करते है कि अन्य सभी लोग भी अपनी ओर से पूरी तरह लगातार प्रयासशील हैं।

संसार को देखने का अलग-अलग दृष्टिकोण

मान लीजिए कि आप एक जनसमूह के साथ पर्वत की कठिन यात्रा कर रहे हैं। यह आपके लिए रोमांचक व आनंददायक है; यह आपके शरीर को सुखद लगता है और आप हर कदम पर खूबसूरत दृश्यों व ज़िन्दादिली का आनन्द उठाते हैं। लेकिन यह संभव है कि आपके समूह में ऐसे व्यक्ति भी हों, जो बीमारी या छालों से पीड़ित हों और उनके लिए हर कदम बहुत कठोर हो फिर भी उन्होंने चलते रहने का निश्चय किया हो। लेकिन उस परिस्थिति में उनका अनुभव सर्वथा अलग होगा। सच्चाई क्या है? ये दोनों ही अनुभव समान महत्त्व रखते हैं और इन दोनों को एक ही समय पर नज़रंदाज कर दिया जाना चाहिए, इस में कोई भी व्यक्ति किसी दूसरे से जुड़ा हुआ नहीं होता। हर व्यक्ति के लिए एक ही पल में अनुभव बदल जाता है और किसी एक सच्चाई को सही मानते रहने के कोई मायने नहीं होते।

यह तो महज़ एक साधारण-सा उदाहरण है, लेकिन जब हमारा अहम् दृढ़तापूर्वक हमारे मन पर अधिकार जमा लेता है, तो हम चीज़ों को अलग-अलग दृष्टिकोण से नहीं देख पाते। हमने देखा है कि हमारा अहम् लचीला और खुले दिमाग़ का होने की अपेक्षा यथास्थिति में रहने में ज़्यादा खुश रहता है। यदि चीज़ों के बारे में हमारे विचार मज़बूत हैं, तो हम अक्सर पहचान की उस मज़बूत भावना के साथ जुड़ जाते हैं। जो लोग किसी तर्क के दूसरे पहलू को देखने में सक्षम होते हैं, वे सोच सकते हैं

कि वे बहुत भोले हैं और अपने विश्वास को दृढ़ बनाना चाहते हैं; उन्हें आभास ही नहीं होता कि उनका मानसिक कौशल कितना महान है। क्योंकि जो लोग चीज़ों को कई दृष्टिकोण से देखने को तैयार रहते हैं, वे संसार के महान श्रोता हैं; उनमें गहरी संवेदना और समानुभूति भरी होती है।

निस्संदेह, हमारी अपनी धारणायें होना, संसार को देखने का अपना दृष्टिकोण होना कोई ग़लत बात नहीं है, यह सब हमारे व्यक्तित्व को विशिष्ट बनाता है। हमारे अनुभव और हमारी स्मृतियाँ हमारे भीतर होते हैं, और इसकी कुंजी है हमारे अंदर मौजूद लेंस या फ़िल्टर के प्रति सचेत रहना, इस एहसास का होना कि हम भी कोण बदल सकते हैं। विशेषतया जब हम जीवन में व्यथित या ख़ुद को फंसा हुआ महसूस कर रहे हों, तब हम अपने विचारों को बदल सकते हैं।

अहंकार व 'लगाव'

बौद्धधर्म के जीवंत दर्शन में प्रमुख विचार लगाव से संबंधित है और इसके अतिरिक्त यह दर्शाता है कि अक्सर हमारे मन में बहुत बेचैनी और पीड़ा उत्पन्न करने वाली चीज़ों, लोगों या इच्छाओं से हमारा जुड़ाव कैसे हो जाता है।

ऐसा नहीं है कि दूसरों के साथ प्रेम और देखभाल का रिश्ता बनाना या महत्त्वाकांक्षी होना और जीवन में सफल होने की इच्छा रखना अच्छा विचार नहीं है। बल्कि यह हमारे लगाव की प्रकृति है, जो महत्त्वपूर्ण है। जब हमारे ये लगाव अधिकारपूर्ण ढंग से अहंकार द्वारा प्ररित होने लगते हैं, तो वे मानसिक पीड़ा का एक संभावित स्रोत बन जाते हैं। हो सकता है यह महज़ छोटे स्तर पर होता हो, लेकिन यह वास्तविक पीड़ा का कारण हो सकता है। जब हम अपनी आसक्तियों में बहुत बुरी तरह जकड़े जाते हैं, तो उन्हें स्थायी बनाये रखने के लिए हम उन्हें यथावत् रखने का प्रयास करते हैं। लेकिन जीवन में कुछ भी स्थायी नहीं है। समय के साथ लोगों के साथ हमारे संबंध बढ़ते चले जाते हैं, नौकरी बदल जाती है या कभी-कभी चली जाती है, और यही नहीं, एक दिन तो ईंट व गारे से बनी

दीवार भी ढह जाती है। जब हम इस दुनिया में आते हैं, तो हमारे हाथ खाली होते हैं, और जब जीवन से विदा लेते हैं, तब भी ऐसा ही होता है, यानि हमारे हाथ खाली होते हैं। और फिर भी इन दोनों समयावधियों के मध्य हम संचय करने में जुटे रहते हैं। अपने और अपने प्रियजनों के लिए धन-सम्पदा जुटाने की इच्छा कोई बुरा विचार नहीं है। मेरा पुख्ता संदेश यह है कि किसी भी चीज़ के प्रति आपकी आसक्ति में आप कठोर न बनें। यदि आप बिना किसी घबराहट के चीज़ों को सहजता से आने-जाने देते हैं, तो इससे आपके बेचैन मन को जल्द ही सुकून मिलना शुरू हो जाता है।

आसक्ति का एक साधारण-सा उदाहरण यहाँ प्रस्तुत है। कल्पना कीजिये कि मेरे पास एक बहुत बढ़िया घड़ी है और मैं इस घड़ी को आपके सामने तोड़ देता हूँ। हो सकता है आप कहें, 'अरे! वह पागल है' या 'कितनी बढ़िया घड़ी थी जो उसने तोड़ डाली।' लेकिन यदि वह घड़ी मैं आपको दे देता हूँ और पाँच मिनट के बाद उसे तोड़ देता हूँ, तो आपको मुझ पर खीज या चिढ़ हो सकती है - 'आपने मेरी घड़ी क्यों तोड़ दी?' ऐसा क्यों है? आपको अब कष्ट क्यों हो रहा है? मैं नहीं बदला, आप नहीं बदले, और घड़ी भी नहीं बदली, वह भी वही है। घड़ी सिर्फ़ एक वस्तु है, बिल्कुल पहले की ही तरह, लेकिन अब चूंकि आपको इससे लगाव हो गया है और आप इसे अपना मानने लगे हैं, इसलिए अचानक इसका नुकसान होने पर आपको पीड़ा पहुंची है।

आज की दुनिया में, विलासिता की कामना से जुड़ना आसान है। हो सकता है कि आपका लालन-पालन इस तरह किया गया हो कि आप इसे जीवन का एक मुख्य लक्ष्य मानें। और कठोर परिश्रम करना व हमेशा प्रयासरत् रहना बहुत अच्छा है। यह सिर्फ़ चीज़ों को उनके बनने के प्रयोजन के दृष्टिकोण से देखने में सक्षम होने का मामला है। सभी मनुष्यों के लिए खुश रहने हेतु सिर पर एक छत और खाने को पर्याप्त भोजन होना एक बुनियादी आवश्यकता है। लेकिन उस साधारण छत व भोजन के अलावा किसी भी चीज़ से जुड़ना हमें बेचैनी में डाल सकता है क्योंकि हम लगातार बेहतरीन घर, कारों व छुट्टियों के लिए प्रतिस्पर्धा करते हैं।

किसी बिंदु पर, हम अनिवार्यतया निराश हो जाते हैं और इसलिए हमें इन बाहरी चीज़ों को ख़ुशी से नहीं जोड़ना चाहिए।

मैं यह नहीं कह रहा हूँ कि हमें लग्ज़री होटल का लुत्फ़ नहीं उठाना चाहिए या हमें हिमालय पर जाकर रहना चाहिए। लेकिन मैं सोचता हूँ कि हमें यह कहने की स्वतंत्रता होनी चाहिए : मैं यदि चाहूँ तो मैं एक अच्छे होटल में रह सकता हूँ और बढ़िया कपड़े पहन सकता हूँ, लेकिन आवश्यकता पड़ने पर मैं एक स्लीपिंग बैग के साथ एक तम्बू में भी सो सकता हूँ, क्योंकि जीवन सनातन नहीं है और यह सदा रहने वाला नहीं है। दरअसल, होटल में टिकना इसका स्पष्ट उदाहरण है। हम जब पाँच सितारा होटल में ठहरते हैं, तो हम वहां रहने के दौरान मिलने वाली सभी सुविधाओं का लुत्फ़ उठाते हैं, प्रत्येक क्षण का आनंद लेते हैं, लेकिन जब अगले दिन हम होटल छोड़ते हैं, तो उस समय हम रोते नहीं क्योंकि तब हमें पता होता है कि हमें हमेशा के लिए होटल में नहीं ठहरना है। लेकिन अपने घर से हम बहुत जुड़े हुए होते हैं और घर छोड़ कर जाते समय या घर बदलते समय हमें काफ़ी कष्ट होता है।

एक आध्यात्मिक मार्गदर्शक की हैसियत से मैं दुनिया भर में लोगों की समस्याओं को सुनने के लिए जाता हूं और उनके लिए आध्यात्मिक समाधान तलाश करने का प्रयत्न करता हूँ। संसार में कई आपदायें हैं और बहुत निर्धनता, संघर्ष व कठिनाइयाँ हैं। मैं लोगों में जो कष्ट देखता हूँ, उसका मूल स्थान मन है और जिसका कारण है धन, प्रसिद्धि और संबंधों के प्रति आसक्ति। लोभी मन, मान्यताओं, लोग और सम्पत्ति, सभी चीज़ों को संभाले रखना चाहता है जिसके कारण ऐसा लगता है कि सांस लेने के लिए भी जगह मुश्किल से बचती है। और लोभी मन वही चाहता है जो नहीं हो सकता, निस्संदेह, चारदीवारी के ऊपर से उचक-उचक कर देखता रहता है कि औरों के पास क्या है, उसे हमेशा अधिक की लालसा रहती है। हम अपनी इच्छाओं से जुड़े रहते हैं, यदि हम अपनी इच्छायें पूरी न कर पायें तो दुःखी होते हैं, ख़ुद को नहीं तो दूसरों को दोष देने लगते हैं। निराशा की स्थिति में खीझ, उदासी व अवसाद हमें बड़ी सुगमता से घेर लेते हैं। एक साधारण-सी इच्छा ऐसा रूप ले लेती है कि वह अपने

प्रति हमारी आसक्ति की शक्ति से ही हमें नीचे धकेल देती है; हमने इसे अपनी प्रसन्नता के लिए एक शर्त बना लिया है। बहुत अधिक आसक्ति होने पर ज़िन्दगी भारी हो जाती है।

इसलिए हम 'मन के साथ एकांत' में 'आभार' ध्यान के द्वारा, परिवर्तन की प्रकृति पर ध्यानस्थ होते हुए, अपने जीवन में आने वाली सभी अच्छी चीज़ों और लोगों को धन्यवाद देते हैं। अपने जीवन में लोगों से प्रेम करना व उनका ख्याल रखना और यह समझना कि कैसे हमारे कार्य से हमारे व हमारे प्रियजनों के भरण-पोषण की व्यवस्था संभव होती है, बहुत अच्छा है। इसके साथ ही यह भी समझना कि जीवन में सब कुछ परिवर्तनशील है, बहुत अच्छी बात है। इस दुनिया में कुछ भी स्थायी नहीं है और इसलिए बहुत अधिक लगाव के कोई अर्थ नहीं होते - यदि हम ऐसा करते हैं, तो जब एक व्यक्ति या परिस्थिति में अपरिहार्य परिवर्तन आता है, तो हम चीज़ों पर अपनी इच्छा के अनुरूप या उनके अनुरूप काबू पाना चाहते हैं। हम इतने लचीले नहीं कि परिवर्तन को स्वीकार कर सकें और अपनी राह में आने वाले हर क्षण का आनंद ले सकें।

हम अपनी भावनाओं के प्रति अपने लगाव को भी देखते हैं और सोचते हैं कि हमेशा उन्हें ज़ोर से पकड़े रहने की ज़रूरत है या नहीं। किसी भी प्रकार की स्थायी वास्तविकता की अपेक्षा हमारी जो भी मान्यतायें-धारणायें व छाप है, उसे देखते हुए हमें समझ में आने लगता है कि हम और भी अधिक लचीले व उदारमना हो सकते हैं; लोभी होने की बजाय असफल हो सकते हैं। हमें अपने मानदण्ड को घटाने की आवश्यकता नहीं है या अपनी सभी धारणाओं को परे फेंकने की ज़रूरत नहीं है, लेकिन अब हम इतने भी अभिमानी नहीं रहते कि हम खुद को हमेशा सही मानें, सर्वश्रेष्ठ मानें, निपुण मानें। हम ऐसे असम्भव आदर्श को छोड़ सकते हैं और स्वयं को अपूर्ण स्वीकार कर सकते हैं, सर्वश्रेष्ठ होने की बजाय अपनी ओर से सर्वश्रेष्ठ प्रयास कर सकते हैं, दूसरों से सीख लेने को तत्पर रहकर यह स्वीकार कर करते हैं कि कभी-कभी हम से भी ग़लतियाँ होंगी। और ऐसा करके हम अपनी सोच व जीने के तरीक़े से चिपके रहने की अपेक्षा स्वयं को बेहतर बनने व विकसित

होने का एक अद्भुत अवसर देते हैं। असफलता के भय से मुक्त होकर हम निर्भय हो जाते हैं क्योंकि असफलता भी वास्तविकता न होकर एक धारणा ही है। और जब हम अपेक्षाओं पर अपनी पकड़ को ढीला कर लेते हैं, तो अचानक ही इस दुनिया की राहें हमारे लिए प्रशस्त हो जाती हैं और हमें नई राहों का ज्ञान होता है, जिनके विषय में हमें पहले कोई जानकारी नहीं थी।

उतार-चढ़ावों से भरा है यह जीवन। अगर आप इसे स्वीकार नहीं कर सकते तो जब जीवन में उतार आता है, उस समय आप इसके लिए तैयार नहीं होते। हम सारा जीवन कई बाधाओं व कठिनाइयों से होकर गुज़रते हैं। वे कठिनाइयाँ नहीं है जिन पर हमें ध्यान केंद्रित करना है, लेकिन हमें यह सोचना चाहिए कि हम उनका सामना कैसे करें। चूंकि एक बार हम अपने मन को शान्त व दृढ़ होना सिखा देते हैं, इसलिए हम हकीक़त में किसी भी चीज़ का सामना कर सकते हैं।

हमें अपनी इच्छा के अनुसार कामनाओं व महत्त्वाकांक्षाओं, वस्तुओं व लोगों को पाने की स्वतंत्रता होनी चाहिए, लेकिन हमें ज़रूरत है लचीला होने की और यह समझने की कि सब कुछ परिवर्तनशील है और कट्टर होकर जुड़ने का कोई अर्थ ही नहीं। इन चीज़ों के साथ नरम रवैया अपनाकर हम नवीनतम आईफ़ोन के साथ या उसके बिना भी, एक सर्द दिन में चाय के एक प्याले के साथ ख़ुश रह सकते हैं।

मन की प्रवृत्ति

जब हम बड़े होते हैं तो हम अपने भीतर व्यक्तित्व की बानगी और अपने व्यवहार की आदतों को विकसित करते हैं। हमारा अहम् आदतों को पसंद करता है क्योंकि वे स्वतः ही उत्पन्न होती हैं, जैसे हम दिन में आत्म-जागरुकता के बिना, अनजाने में छोटे-छोटे निर्णय लेते हैं जो हमारे जीवन को आसान बनाते हैं (हम कैसे अपने काम के लिए तैयार होते हैं, या कब चाय बनानी है, या अतिरिक्त बिस्कुट खाना है या नहीं)। लेकिन तब भावनायें भी इस स्वचालित प्रक्रिया की ओर आकर्षित हो जाती हैं

और मन की भावुक आदतें उत्पन्न होती हैं। जब स्थितियों पर प्रतिक्रिया देने की बात होती है, तो हम बंधे-बंधाये ढांचे में ही प्रतिक्रिया देते हैं, हम महसूस करते हैं कि भावनाओं में ज्वार आ जाता है और कभी-कभी हमें आश्चर्य भी होने लगता है कि हम हमेशा एक जैसी प्रतिक्रिया क्यों व्यक्त करते हैं, हम सोचने और महसूस करने के ढंग पर विचार करने लगते हैं जो हमारे व्यक्तित्व में पैदायशी रूप से मौजूद होते हैं - ऐसा कुछ, जिसे हम वास्तव में बदल ही नहीं सकते। उदाहरण के लिए आलोचना करने को लें, आप इस पर कैसे प्रतिक्रिया देते हैं? क्या यह एक जानी-पहचानी प्रतिक्रिया है? क्या आपके स्वाभिमान को ठेस पहुंची है? क्या आप हमेशा बचाव की मुद्रा में आ जाते हैं या उत्तेजित महसूस करते हैं क्योंकि आप चाहते हैं कि सब कुछ सिर्फ़ सही हो और आप ग़लत होने के विचार से ही नफ़रत करते हैं? और तब आपकी प्रतिक्रिया कैसी होती है, जब चीज़ें आपकी योजना के अनुसार नहीं होतीं? क्या आप चीज़ों को हमेशा सहन कर जाते हैं? तब भी, जब आपको ज्ञात है कि हकीकत में वे आपके लिए ग़लत हैं क्योंकि आप 'उस तरह के इंसान' हैं या आप पहले संकेत पर ही अगली चीज़ के लिए भागने लगते हैं, ताकि हमेशा लगे कि आप चल रहे हैं और कभी ठहरने वाले नहीं हैं?

मैं भूटान में एक ऐसे वैज्ञानिक को जानता हूं, जो ख़ुशी का अध्ययन करता है। उस ने पाया कि यदि नकारात्मक विचार पहली बार मन में उठने पर, आप उस के बारे में कुछ नहीं करते तो वह अक्सर बढ़ने लगता है। और यदि आप उसका कोई उपाय किए बिना उसे खुला छोड़ देते हैं, तो जो भावना आपके मन में एकबारगी उठी थी, वह बढ़कर एक बादल की तरह आपकी सोच को ढक लेती है और आख़िर में, आपके व्यक्तित्व का ही एक हिस्सा बन जाती है। इसलिए एक व्यक्ति, जिसके विषय में कहा जा सकता है 'उसकी मनःस्थिति हमेशा ही बिगड़ी रहती है,' उदाहरण के लिए, जीवन यात्रा की शुरुआत उस तरह से नहीं कर पाता, लेकिन एक समय के बाद भावनायें अंतर्निहित हो जाती है और उस छाप से पीछा छुड़ाना कठिन हो जाता है।

मन की प्रवृत्तियाँ हमारी मानसिक संरचना तैयार करती हैं, और

दुनिया को देखने के हमारे तरीक़े को भी धारणायें बनाना एक ऐसी चीज़ है जिसे मनुष्य हर समय करने के प्रयास में रहता है क्योंकि हम अपना मन बनाने से पहले हर धारणा या निर्णय के विस्तार के विषय में कुछ नहीं जानते। लेकिन हमारी मानसिक संरचना समय के साथ काफ़ी कठोर बन जाती है। सबसे स्पष्ट उदाहरण है, लोगों के बारे में वैसी धारणा बना लेना जैसे वे दिखते हैं, ऐसा तब होता है जब मानसिक प्रवृत्तियाँ पूर्वाग्रह बन जाती हैं। लेकिन जैसे हम अजनबियों के बारे में कोई निर्णय ले लेते हैं, वैसे ही उनके बारे में भी लेते हैं जो हमारे क़रीब हैं, और स्वयं के बारे में भी। अपने अतीत के अनुभवों के आधार पर हम परिस्थितियों व लोगों पर एक निश्चित छाप लगा देते हैं, जिसके कुछ मायने होते हैं, लेकिन इसका यह अर्थ भी निकलता है कि संसार के प्रति हमारा दृष्टिकोण काफ़ी संकीर्ण है। इसका अर्थ है कि हम लोगों व परिस्थितियों के हाथों विचलित व दुःखी हो सकते हैं क्योंकि वे शायद ही कभी हमारी इच्छा के अनुरूप होते हैं। हम अपने मन में संकीर्ण व संकुचित हो जाते हैं, जिसके कारण बड़ी आसानी से हमें बेचैनी और उत्तेजना होने लगती है।

मन की प्रवृति हमारे सुविधाजनक क्षेत्रों पर काबू पा लेती है, और यथास्थिति के साथ ख़ुश रहती है, तब भी जब यह हमारे लिए बहुत अच्छी नहीं होती। अक्सर मन की प्रवृत्ति की ओर ध्यान नहीं जा पाता क्योंकि हम कुछ निश्चित स्थितियों में बिना कोई प्रश्न किए उसी तरह से प्रतिक्रिया व्यक्त करते रहते हैं। यह वैसा ही है जैसे हम हैं, इस तरह से सोचना या कार्य करना हमारे *डी.एन.ए* में ही है। लेकिन जिस प्रकार समय के साथ हम भावनात्मक प्रवृत्तियां या आदतें सीखते हैं, उसी तरह उन्हें तोड़ा भी जा सकता है, विशेषतया यदि हम नये दृष्टिकोण के लिए रास्ता बनाने के लिए अपने मन में थोड़ी-सी जगह बनायें।

अपने मन के अनुरूप काम करने व इसके कई स्थापित तरीक़ों को चुनौती देने के लिए बहुत हौसला चाहिए; यद्यपि आपको यह भी महसूस हो सकता है कि कुछ समय के लिए आपका मन आपको सोचने, कार्य करने व जीवित रहने के कुछ विशेष ढांचों में आपको स्थापित करके लगभग आपके विरुद्ध कार्य कर रहा है। लेकिन यदि आप अपने विचारों व

भावनाओं में जागरुकता लायें और हकीकत में देख सकें कि कौन आपका मददगार है और कौन जानबूझ कर आपको नीचे धकेलता है और आपको बेचैन करता है, तो आपके मन, बातचीत व कार्यकलाप में एक संतुलन आना आरंभ हो जाएगा और साथ ही आपके जीवन में भी।

आप ख़ुशी को कहाँ तलाशते हैं ?

ख़ुशी एक सुंदर भावना है। यह एक सुंदर मन है, यह एक शान्त मन है।

लेकिन अक्सर यह इस प्रकार कार्य करती है : हम किसी चीज़ की कामना करते हैं क्योंकि हमारा मानना है कि इससे हमें ख़ुशी मिलेगी। हम इस दिशा में प्रयास करके उसे पा लेते हैं। लेकिन उसके बाद भी यह काफ़ी नहीं है और यह हमें ख़ुश नहीं रख पाती। इसलिए हम कुछ और की कामना करते हैं और उसे पा लेते हैं। हमें फिर किसी और चीज़ की ज़रूरत होने लगती है। युवाओं को लगता है कि सफल व उनसे बड़े लोग अवश्य ही ख़ुश होंगे। बड़े लोग अभी भी अपने आपको महत्त्वपूर्ण महसूस करने के लिए किसी चीज़ के पीछे भाग रहे हैं। इसलिए हो सकता है कि हम जीवन भर ख़ुशी के पीछे भागते रहें और कभी भी उसे पा न सकें। और इस प्रक्रिया में, हम अपनी भावनाओं को, मैत्री को और अपने स्वास्थ्य को भी होम कर डालते हैं। लोगों को हर चीज़ का बलिदान करने के बाद भी कुछ नहीं प्राप्त होता।

आप यह बात सोच कर देखें कि आप कितनी बार उस चीज़ से असंतुष्ट रह जाते हैं, जिसको पाने का आप सपना देखते हैं। कई लोगों का पालन पोषण इस प्रकार होता है कि वे असंतोष का प्रयोग प्रेरक शक्ति के रूप में करते हैं। और इसी से लोगों को कठोर परिश्रम करने, और किसी तरह से 'आगे बढ़ने' के लिए जुटे रहने की प्रेरणा मिलती है। जीवन का परम लक्ष्य है बेहतर से बेहतर जीवन स्तर पाना - एक बड़ा घर, एक महंगी कार। हमारे मन के अहम् का यह छल है जो हम सोचते हैं कि ख़ुश होने के लिए हमें यह सब करने की ज़रूरत है। या हम सोचते हैं कि हमारे सपनों में बसा व्यक्ति हमें ख़ुशी देगा। समस्या

केवल यह है कि हमारी तुलना करने की प्रवृत्ति के कारण, जैसे ही वह चीज़ हमें प्राप्त होती है जो हम सोचते हैं कि हमें संतुष्टि देगी, हम अपने भीतर असंतुष्टि महसूस करने लगते हैं और एक बार फिर किसी और चीज़ को पाने की तलाश में जुट जाते हैं।

तो, आपकी ख़ुशी वास्तव में कहाँ से आती है, उसका स्रोत क्या है? क्या उन बाहरी चीज़ों से या उस व्यक्ति से? या यह कुछ ऐसी चीज़ है, जो आपके भीतर ही विद्यमान है? और यदि आप यह देखते हैं कि यह कुछ ऐसी चीज़ है जो आपके भीतर मौजूद है, तो आप यह भी देख सकते हैं कि इसके विकास के लिए आप इस पर कैसे कुछ हद तक नियंत्रण कर सकते हैं।

प्रसन्नता को टालना

कभी-कभी बेचैनी का कारण होता है ख़ुशी के पीछे लगातार भागते रहना। ख़ुशी तो बस आप के आसपास ही होती है और हमारा ध्यान किसी आगामी चीज़ पर, भले ही वह कुछ भी हो, इतना केंद्रित होता है कि हम यह भी भूल जाते हैं कि हमारे जीवन में अभी क्या है और हम स्वयं को और अपने मन को व्यवस्थित होने का एक भी मौका नहीं देते। यह बहुत दिलचस्प बात है क्योंकि मन को बेचैन करने वाली कुछ चीज़ें आंतरिक रूप से बुरी नहीं हैं; उदाहरण के लिए हमारी प्रबल प्रेरणा और महत्त्वाकांक्षा, मन को सक्रिय व मुस्तैद होने में मदद करते हैं और अपने भविष्य का उत्तरदायित्व लेने के लिए यह ज़रूरी है। और यह तब होता है, जब ये कारक मन को वश में करना शुरू कर देते हैं, इससे प्राकृतिक संतुलन बिगड़ता है और इसके कारण समस्यायें खड़ी हो जाती हैं। जब हम ख़ुशी को भविष्य से जोड़ते हैं, तब हम किसी चीज़ के लिए वर्तमान को भूल जाते हैं, उस चीज़ के लिए, जो हो भी सकती है या नहीं भी।

किसी अज्ञात के बारे में भयभीत होना या उसके विपरीत, बहुत अधिक उत्साहित होना कई तरीक़ों से मनुष्य होने की निशानी है। संसार के अधिकांश भागों में, लोगों का पालन-पोषण इस तरह से किया जाता है

कि वे हमेशा भविष्य के बारे में सोचते हैं, उम्मीदों के अनुसार ही अपनी महत्त्वाकांक्षाओं व लक्ष्यों का निर्धारण करते हैं, भले ही उम्मीदें अपनी हों या दूसरों की। यह महत्त्व का विषय है कि भविष्य के प्रति विचारवान हुआ जाये, लेकिन जब हम अपना सारा वर्तमान भविष्य के अरमानों पर ख़र्च कर देते हैं, तो हम उस चीज़ की बहुत ज़्यादा कीमत लगाते हैं, जिसके होने में अनिवार्यतः संदेह है। इससे हमें बेचैनी तथा उत्तेजना महसूस होती है क्योंकि हमारी निर्भरता एक प्रकार की अनिश्चितता पर हो जाती है।

कभी-कभी मैं सोचता हूं कि हम बेचैन इसलिए होते हैं क्योंकि हमें यह ज्ञात होता है कि हम कुछ होने की प्रतीक्षा कर रहे हैं लेकिन पता नहीं क्यों हमें यह महसूस नहीं होता कि हम बदलाव और उसके परिणाम के लिए तैयार हैं या हम उससे घबरा रहे हैं। संभव है कि हम अपनी वर्तमान स्थितियों से ख़ुश न हों, लेकिन कम से कम हमें यह मालूम है कि हम किसके साथ और क्या व्यवहार कर रहे हैं। और दरअसल, यद्यपि हम अपने अंतस की गहराई में कहीं, नये मार्ग की आज़माइश करना चाहते हैं, फिर भी हम पूरी तरह नयी राह पर क़दम नहीं बढ़ा सकते। सब कुछ गड़बड़ हो गया तो क्या होगा? कई ज़िम्मेदारियाँ हैं जिन पर मुझे पहले विचार करना होगा...

लेकिन मैं कुछ ऐसे लोगों को जानता हूँ जो विश्वास करके कभी पछतावा महसूस नहीं करते हैं। तब भी, जब उनकी कल्पना के अनुसार चीजें नहीं होतीं - क्योंकि जीवन की सुंदरता अक्सर उसके अप्रत्याशित होने में है।

आंतरिक प्रकृति

जिस ख़ुशी की आपको तलाश है, उसे आप स्वयं प्राप्त कर सकते हैं; जिस दुःख की आपको तलाश है, उसे आप स्वयं प्राप्त कर सकते हैं।

तिब्बती कहावत

अपनी आंतरिक प्रकृति का वर्णन करना कठिन है क्योंकि यह शब्दों व नामों से परे है, तुलना व आकलन से परे है। यह एक गुप्त ख़जाने की तरह है जो पलंग के नीचे है और जिससे कई लोग बेख़बर होते हैं। परन्तु यदि आप अहम्‌युक्त मन को स्वयं अलग-अलग दृष्टिकोणों से देखने के लिए इसकी परतों को उधेड़ना शुरू करते हैं, तो आपमें निचली सतह पर मौजूद किसी समझ का विकास होगा। वह न केवल शान्त मन हो सकता है बल्कि वह ऐसा मन है जो करुणा व ज्ञान से भरा है, और लगता है कि उसे मार्ग का ज्ञान है। जब आप बिना शर्त, बिना स्वार्थ के किसी की मदद करते हैं, जब आप प्रेरित होते हैं या स्वयं को प्रेरित और जीवन शक्ति से भरा हुआ महसूस करते हैं, तो पाते हैं कि आपकी आंतरिक प्रकृति ही आपकी दयालु प्रकृति होती है। आपकी आंतरिक प्रकृति प्रेम से ओतप्रोत है। यह आपके अहम् के शोर के नीचे की शान्ति है।

जैसे कि बुद्ध ने कहा है : 'मार्ग हृदय से निकलता हैं।' और इसलिए यदि आप मन की शान्ति पाना चाहते हैं, तो आपको आवश्यकता है अपने हृदय या अपनी आंतरिक प्रकृति को सुनने की। अभी यह बहुत ही धीमी आंतरिक ध्वनि हो सकती है, विशेषतया जब आपको यह लग रहा हो कि आपका मन बेचैन है। लेकिन ऐसे क्षण भी होंगे, जब आपको पता होता है कि आंतरिक ध्वनि वहां उपस्थित है, आपको मदद दे रही है। और ऐसा तब होता है जब आप धैर्यवान होते हैं, जब आप चीज़ों को एक से अधिक दृष्टिकोणों से देख सकते हैं, जब आपको ऐसा लगता है कि जीवन की राह प्रशस्त है और क्षमताओं से भरी है।

अब हम शान्त मन के कुछ लक्षणों पर नज़र डालते हैं :

- सहज महसूस करना
- शांत बने रहना
- मुस्कान व हंसी
- सहिष्णुता
- धैर्य
- केंद्रित रहना

- उदारता
- पौष्टिक भोजन ग्रहण करना
- गहरी निद्रा लेकर प्रातः तरोताज़ा उठना
- संतोष
- लचीलापन
- जीवन के उतार-चढ़ाव को और जिन चीज़ों पर हमारा कोई नियंत्रण नहीं है, उनको स्वीकार करना
- हमारे पास जो कुछ है, उसकी कद्र करना
- प्रोत्साहित रहना
- आशावादी होना
- सहज और सदा उद्यत रहना
- नये अनुभवों के लिए खुलेपन का रवैया रखना

भाग-दो में वर्णित 'मन के साथ एकांत में कई प्रकार के ध्यान का वर्णन है, जिनका अभ्यास करने के लिए मैं आपको प्रोत्साहित करता हूँ, ताकि अपनी आंतरिक प्रकृति को प्रकट करने व उसके साथ नित्य जुड़ सकने में आपको मदद मिले। अगर इस पुस्तक को पढ़ने के बाद, प्रतिदिन कुछ मिनट के लिए आप जो करते हैं, वह 'नित्य श्वसन अभ्यास' और आभार ध्यान' है, तो इन से आपके मन को और आपके दिन को व्यतीत करने के तरीक़े को शान्ति व खुलापन मिलेगा। श्वसन के साथ जुड़ना एक ऐसा साधन है जिसे आप किसी भी स्थिति में मदद के लिए जहाँ भी जायें, साथ ले जा सकते हैं। यदि आपको व्याकुलता, निराशा, तनाव या गुस्सा महसूस होता है तो श्वसन पर केंद्रित रहना, आपको अपनी आंतरिक शान्त प्रकृति में वापस लौटा लायेगा। यह वास्तव में आपकी भावनाओं को कुछ विश्राम देता है और आपको अपनी प्रतिक्रियाओं - आपके विचारों, आपकी बातों, आपके क्रियाकलापों पर विचार करने का समय देता है।

'आभार ध्यान' आपकी आंतरिक प्रकृति को आपके मन की सतह पर आने के लिए प्रोत्साहन व स्वीकृति देने की दिशा में पहला क़दम है। अपने जीवन की सभी अच्छाइयों के बारे में कुछ समय सोचने से

आपके पूरे दिन पर एक अच्छा प्रभाव पड़ता है। यह प्रमुख मानसिक व भावनात्मक कौशलों में से एक भी है, जिसका प्रयोग वे लोग करते हैं जो बीमारी या काफ़ी कष्ट के बावजूद विपरीत परिस्थितियों का सामना करने का साहस दिखाते हुए बहुत अच्छी तरह से करते हैं। जीवन के अविश्वसनीय रूप से कठिन होने की स्थिति में भी वे किसी न किसी चीज़ या किसी न किसी व्यक्ति को आभार प्रकट करने के लिए पाने में सक्षम हो ही जाते हैं। इसमें अपने दृष्टिकोण को बदलते हुए एक अलग नज़रिये से स्थितियों को देखने में सक्षम होना भी शामिल है। यह जानते हुए कि जब हम जीवन द्वारा पैदा की गयी कई बाहरी स्थितियों को बदल नहीं सकते, हम उन पर अपनी प्रतिक्रिया व्यक्त करने के तरीक़े पर नियंत्रण रख सकते हैं, विशेष रूप से अपने *सोचने* के तरीक़े पर।

आपकी आंतरिक प्रकृति आपका शान्त मन है।

2

मन के साथ एकांत

हमारा मन ही हमारे जीवन को आकार देता है;
हम जैसा सोचते हैं, वैसे बन जाते हैं।

बुद्ध

शान्त मन उदार होता है, ग़ैर-आलोचनात्मक, जिज्ञासु, जीवंत, सहिष्णु और निर्भय होता है। मन जब शान्त होता है तो बौद्धिक व भावनात्मक स्तर में एक नैसर्गिक संतुलन होता है। हम रोज़मर्रा के कार्य संभालते हुए भी एक व्यापक परिपेक्ष्य को देख सकते हैं। हमें सद्भावना का एहसास होता है - कि हमारा मन हर तरफ़ भटकते हुए हमें चीज़ों के बारे में अनिश्चित, तनावग्रस्त और उतावला महसूस कराने की बजाय हमारे साथ काम कर रहा है। हमारा मन जब स्वस्थ होता है, हम अपने-आप को सौभाग्यवान महसूस करने लगते हैं और हमें अपने जीवन का उद्देश्य ज्ञात हो जाता है। हमारा विकास हमारे संबंधों से होता है और प्रत्युत्तर में दूसरों के प्रति हमारी दया व करुणा के साथ हम उदार बनते हैं।

इसका यह अर्थ नहीं कि जीवन फूलों की सेज है; यह अच्छे और बुरे दिनों से भरा है। लेकिन एक आंतरिक लचीलेपन और जीवन के प्रति आभार से लैस, हम चुनौतियों का सामना कर सकते हैं और जीवन को परिवर्तित कर सकते हैं। लोगों का हमारे बारे में क्या नज़रिया है, इस बारे में हम कम सोचते हैं और इस बात की हिम्मत भी रखते हैं कि स्वयं से पूछ सकें कि हम किस प्रकार के इंसान हैं और हममें कैसे सुधार

लाया जा सकता है। इसी प्रकार, दूसरों के बारे में राय रखने की हमारी प्रवृत्ति में भी कमी आती है और हम लोगों के प्रति अधिक सहनशील व धैर्यवान महसूस करते हैं - उन लोगों के प्रति भी जो हमारे लिए चिढ़ का कारण बनते हैं। अभी भी, जब दुनिया हमारी राह में चुनौतियां बिखेरती है, तो हम परेशान हो उठते हैं और क्रोधित व कुंठित हो जाते हैं। हम उन भावनाओं को देखते हैं, जो बहुत वास्तविक महसूस होती है, लेकिन वह कोई निश्चित चीज़ नहीं है, वह आती-जाती रहती है, इसलिए उसे आप जाने ही दें।

शान्त मन का होना आपकी प्रकृति का शान्त होना है। आप क्रोध, ईर्ष्या, लालसा युक्त आसक्ति, दर्प और अज्ञान से दूर होने लगते हैं और निर्णय लेते हुए व दिशा तलाशते हुए विचारों के बीज बोने के लिए उर्वर भूमि खोज लेते हैं। लेकिन आपको केवल उपजाऊ धरती की तलाश ही नहीं करनी, आपको धान को रोपने और उसकी निराई करने की भी ज़रूरत है। आपको अपने बेहतर जीवन के लिए बीजों को अपने व दूसरों के प्रति करुणा व धैर्य से सींचते हुए विकसित करना है और उनका पोषण करना है। अपने मन व अपने हृदय में सूर्य को रोशन होने दें, अपने-आप को चैन लेने और सांस लेने का समय दें। अपनी आंतरिक प्रकृति से मित्रता बनायें।

यह इस पुस्तक के 'मन के साथ एकांत' भाग का केंद्र बिंदु है। यह शान्त मन हम सबके पास है, लेकिन कभी-कभी हमारी आशंकायें और हमारा अहमूयुक्त मन हम पर हावी हो जाता है और हम यह देख नहीं पाते। इसी कारण मन की प्रकृति को समझने के लिए और अभ्यास के द्वारा उस में सद्भाव विकसित करने के लिए, थोड़ा-सा समय बिताना इतना महत्त्वपूर्ण है - विशेष कर ध्यान के माध्यम से - जो हमारे मन को समुचित विश्राम देने और हम पर व हमारे जीवन पर विचार करने में मदद करता है। हम अपने में थोड़ा सा सुधार ला कर कैसे बेहतर कर सकते हैं, ताकि हम भी हमारे आसपास के लोगों को लाभान्वित कर सकें? अशान्त मन की समस्याओं को सुलझाने पर ध्यान केंद्रित रखने की बजाय हमें मन की शान्ति पर ध्यान देना चाहिए।

कई लोगों के लिए, मन को बस एक मिनट का विश्राम देना एक आवश्यक स्फूर्तिदायक औषधि है। अनवरत अनावश्यक घूमते रहने की उनकी गति मंद पड़ जाती है और एक बार फिर से मन व्यवस्थित होने लगता है ताकि वे चीज़ों को स्पष्ट रूप से देख सकें। या वे इस समय का उपयोग मन को ज़्यादा उदार बनाने के लिए कर सकें और अपनी करुणा व सहानुभूति की भावना, यानि दूसरों के नज़रिये से चीज़ों को देखने की क्षमता का विकास कर सकें। दूसरों के लिए, अपने पुराने ज़ख्मों और असन्तोष को 'छोड़ देने' के लिए यह बहुत अच्छा समय है। उदाहरण के लिए, सोचने का सुनिश्चित तरीक़ा अर्थात् उनके विचारों में हल्का और कम उत्पाती होना।

मन को विश्राम देने से व व्यर्थ के कामों में समय गंवाना बंद कर देने से हम अपने कष्टप्रद विचारों व भावनाओं का सबक सीखने लगते हैं और उन्हें बुद्धिमत्ता की तरह देखते हैं। हम शान्ति व मौन और प्रकृति के साथ एक बार फिर मित्र बनना सीखते हैं। एक समय पर एक चीज़ ही करके, लेकिन उसे वास्तव में अच्छी तरह करके हम अपनी एकाग्रता की शक्तियों को पुनः प्राप्त कर लेते हैं। हम आभार प्रदर्शन के माध्यम से अपनी प्रेरणा और विचार को फिर से ऊर्जा प्रदान करते हैं। हम हमेशा अतीत के बारे में सोचने की अपेक्षा या भविष्य को लेकर आशंकित होने और चिन्ता करने की बजाय, उस पल के अनुभव में स्वयं को वापस ले आते हैं। अपने मन को संतुलित करने के लिए हम अपने शरीर को संतुलित करना आरंभ कर देते हैं।

शान्त मन के साधन

अपने मन को प्रशिक्षित करने के लिए शान्ति, खुशी और स्वयं के प्रति सकारात्मक भावना और दिशा में मदद के लिए उपयोग में आने वाले कई साधन हैं :

- दैनिक श्वसन
- आभार ध्यान

- विचार-परिवर्तन ध्यान
- आत्म-चिन्तन ध्यान
- शान्ति व स्थिरता ध्यान : प्रोजेक्टर के रूप में मन
- अपनी भावनाओं का ज्ञान
- नकारात्मक भावनाओं को त्याग देना
- वर्तमान में लौटना
- मन को पोषित करने के लिए शरीर का पोषण

हमारे मन की मदद करने के लिए सबसे पहले हमें अपने शरीर के साथ जुड़ना ज़रूरी है, विशेषतया सांस के साथ। कुछ पल के लिए अपनी सांसों पर ध्यान केंद्रित करना बेचैन मन के लिए विश्राम का त्वरित साधन है। जैसे ही हम शान्ति को अपनी सांसों तक लाते हैं, जो 'शान्त मन' के बटन को दबाने की अपेक्षा कहीं ज़्यादा आसान है, तो हम अपने मन में थोड़ी शान्ति लाते हैं। अपनी सांसों पर ध्यान केंद्रित करके, हम स्वयं को अपने शरीर में और अपने वर्तमान में ले आते हैं। मन की मदद करने का हमारे शरीर का यह अद्भुत तरीक़ा है। तब हम सांस का प्रयोग मानस दर्शन के रूप में करना शुरु कर सकते हैं, जिससे हम सकारात्मक भावनाओं को भीतर खींचते हैं क्योंकि हम सांस लेते हैं, और सांस छोड़ने के साथ नकारात्मक विचारों और भावनाओं को बाहर छोड़ते हैं। हर रोज़ कुछ मिनट मात्र 'दैनिक श्वसन' अभ्यास करने से आपके तनाव का स्तर कम होने व शान्ति का स्तर बढ़ने में मदद मिलती है।

आभार व विचार-परिवर्तन ध्यान का संयुक्त अभ्यास किया जाता है और दिन की शुरुआत करने के लिए यह बहुत बढ़िया तरीक़ा है। जीवन में आप जिन चीज़ों व लोगों के कृतज्ञ हैं, उनके विषय में सोचने का साधारण कार्य शायद सभी के लिए एक मज़बूत साधन है क्योंकि यह कई अन्य अच्छी चीज़ों की ओर ले जाता है, जैसे अधिक प्यार, अधिक उदारता, प्रेरणा, प्रोत्साहन व करुणा। विचार परिवर्तन यह सुनिश्चित करने का साधन है कि जिन चीज़ों का हम आभार प्रकट करते हैं, हम उनसे ज़रूरत से ज़्यादा नहीं जुड़ते! इसका यह मतलब नहीं कि हम उनकी

बहुत परवाह नहीं करते, लेकिन यह सिर्फ़ इतना समझने के लिए है कि हम उन को नियंत्रित नहीं कर सकते और जीवन में कुछ भी हो सकता है। इसी तरह हम जिसका आभार प्रकट करते हैं, वह भी परिवर्तित हो सकता है - हम कुछ भी निश्चित करने की कोशिश नहीं करते हैं, और खुश रहने के लिए कुछ चीज़ों के यथावत् रहने पर विश्वास नहीं करते। यदि आप आज सिर्फ़ विचार परिवर्तन के साथ दैनिक श्वसन और आभार ध्यान के संयुक्त अभ्यास करते हैं, तो आप अपने दिन पर एक तत्काल प्रभाव देखते हैं और शीघ्र ही एक सकारात्मक प्रभाव आपके मन पर पड़ता है। जब आप दिन की शुरुआत कृतज्ञता से करते हैं, भले ही आपको सबसे पहले कृतज्ञता प्रकट करने वाली चीज़ों की तलाश करनी पड़ती हो (हालांकि आपको हैरानी होगी कि वे कैसे प्रवाहित होने लगती हैं), इससे दिन गुज़रने के साथ आपकी मनोदशा परिस्थितियों को आधा गिलास भरा - आधा गिलास खाली के नज़रिये से देखने वाली कर देती है। और अगर आपकी शान्ति चुनौतीपूर्ण स्थिति, जैसे काम से जुड़ा संकट या आपके घर के नीचे सुपर मार्केट में आपके बच्चे के चिल्लाने से भंग हो गई है, तो आपको यह ज्ञात होने लगेगा कि आप नकारात्मक प्रतिक्रियाओं और भावनाओं को अंदर प्रवेश करने दे रहे हैं, लेकिन फिर भी थोड़ी और सुगमता और तत्परता से इन्हें जाने भी थोड़ी गहराई हैं।

हम कौन हैं, इस पर विचार करके हम अपने मन में थोड़ी गहराई तक जाते हैं। हम इस पर चिंतन करते हैं कि हमारी मानसिक व भावनात्मक प्रवृत्तियाँ और स्वरूप किस तरह के बन गए हैं। यह 'त्रुटियाँ' तलाश करना या अपने बारे में हमें जो नापसंद है, उन चीज़ों को तलाश करना नहीं है, परन्तु यह अपने भीतर अवलोकन करने की योग्यता का विकास करना है और स्वयं को वास्तविक रूप में जानना और स्वीकार करना है, ताकि तब हम वास्तव में जीवन का सकारात्मक ढंग से निर्वाह कर सकें।

इस चिंतन के एक अंश के रूप में हम अपने द्वारा वर्षों से बनी अपनी विभिन्न छापों को चुनौती देना भी सीखते हैं - ऐसे निशान जिन्होंने हमारे विचारों को धीरे-धीरे संकुचित कर दिया है और इस प्रकार हमारे मन में एक तरह का तनाव और जकड़न उत्पन्न कर दी है। हम हमेशा

चीज़ों, लोगों व स्वयं को उसी तरह से देखने के अपने तरीक़े को चुनौती देते हैं। यह धैर्य, सहनशीलता और लचीलेपन में वृद्धि करते हुए मन को उदार बनाता है और विशालता की भावना पैदा करता है, जो शान्त मन के प्रमुख पहलू हैं। हम अपने सोचने के ढंग से ही चुनौती देना आरंभ करते हैं, हम अपनी भावनाओं पर विचार करते हुए यह भी पता लगाते हैं कि हम कैसा अनुभव करते हैं ताकि हम उनसे सबक सीख सकें।

हम ऊपर वर्णित मन के साधनों के माध्यम से अपने मन में खलबली पैदा करने वाली चीज़ों को छोड़ देने में सक्षम होते हैं और हम उन चीज़ों को भी छोड़ देने में सक्षम होते हैं, जो हमें महसूस कराती हैं कि हम पर्याप्त रूप से अच्छे या सफल व्यक्ति नहीं हैं, जिससे हमारे अंदर बेचैनी या तकलीफ़ उत्पन्न होती है। बेचैन मन इतने सारे विचारों और 'यदि ऐसा हो तो क्या हो' जैसी स्थितियों को इतनी दृढ़ता से पकड़ कर रखता है कि वह अपरिहार्य बन जाता है। या फिर हम अपने मन की तमाम अव्यवस्थाओं के जमघट से लगातार इतने विचलित रहते हैं कि हमारे लिए उस दिन काम कर पाना कठिन हो जाता है; हमारे लिए केंद्रित होने का कोई स्थान नहीं बचता, हम मानसिक रूप से क्लांत हो उठते हैं। पुराने ज़ख्म या ख़ेद हमारे वर्तमान को काले बादलों के समान ढक लेते हैं। या फिर हमारे लिए इतने सारे कठोर विश्वासों व मानदण्डों को छोड़ना ज़रूरी हो जाता है, जो हमसे और दूसरों से जुड़े होते हैं। हमें थोड़ी और ज़रूरत होती है जियो और जीने दो जैसे विश्वास की। अगर हम छोटी-छोटी बातों को दिल से लगाए बिना आगे चलते हैं तो हम कहाँ पहुंचेंगे, किसे पता- और यही जीवन का रोमांच है।

यह आश्चर्यजनक है कि हमारा मन कितनी बार वर्तमान से दूर बहता हुआ भविष्य या अतीत में चला जाता है, इसलिए स्वयं को वर्तमान पल में वापस लाने के तरीक़े, शान्त मन के विकास के लिए बहुत सहायक होते हैं। इसे दैनिक जागरुकता कहते हैं; उदाहरण के लिए, जिस समय आप अपने बच्चे को बढ़ा रहे होते हैं, बजाय अपनी ख़रीदारी की सूची या अगले दिन अपने कार्यस्थल पर किए जाने वाले कार्यों के बारे में सोचने के, तो आप केवल उसकी पढ़ाई पर केन्द्रित रहते हैं। जब आप

भोजन कर रहे होते हैं, तो आप केवल वही काम कर रहे होते हैं, यानि भोजन - हर कौर का आस्वादन करते हुए, बिल्कुल आराम से। इसका यह आशय नहीं है कि हम न भविष्य के बारे में कभी योजना बनाते हैं और न ही अतीत को याद रखते हैं, लेकिन हम अपने दिन के दौरान समय-समय पर हर अनुभव का आनंद लेते हुए, स्वयं को वर्तमान में रहने की याद दिलाते हैं। हम आगे, इस पुस्तक के भाग तीन में प्रतिदिन की जागरुकता का वर्णन करेंगे। इस दैनिक जागरुकता के अभ्यास को हम अपने रोज़मर्रा के जीवन से लेकर रिश्तों तक, अपने शरीर का ध्यान रखने तक, और कार्यस्थल पर शान्त मन बनाये रखने तक अपना सकते हैं।

आप जब 'एकांत' शब्द सुनते हैं, तो मैं नहीं चाहता कि आप यह सोचें कि अपने मन को प्रशिक्षित कर के हम स्वयं को किसी तरह से इस दुनिया से काट रहे हैं, या किसी तरह अपनी भावनाओं का दमन कर रहे हैं। इससे भी अधिक, हम अपने मन को पुनर्जीवित होने का, नये दृष्टिकोण से चीज़ों को देखने का और स्वयं को निरीक्षण व अन्वेषण करने का एक अवसर देते हैं। यह केवल तभी होता है जब हम समय निकाल कर अपने मन पर ध्यान देते हैं कि हमारे पास बेचैनी की भावना, जिसे हम महसूस कर रहे हैं, को अपने वश में करने का एक मौका है। यदि आप अपने मन और भावनाओं में ज़्यादा सहजता अनुभव करना चाहते हैं, तो सबसे अच्छा तरीक़ा यह ज्ञात करना है कि किसी भी ऐसी चीज़ के बारे में, जिसे आप नकारात्मक रूप में देखते हैं, बुरा या अपराधी महसूस करने की अपेक्षा यह जाना जाये कि आपके पास वर्तमान में जानने के लिए क्या है।

और फिर, जैसे ही हमारा अपने मन के साथ ज़्यादा परिचय होता है, तो हम देख सकते हैं कि हमारी हितकारी सीमायें कहां हैं, वह स्थान जहां हम किसी ख़ुशी के प्राकृतिक एहसास को अधिक तीव्र लालसा या इच्छा में परिवर्तित कर सकते हैं। हम यह भी सीख सकते हैं कि अपनी जागरुकता के विकास के लिए अपने शरीर का किस प्रकार प्रयोग किया जाये, हम अपनी श्वास में परिवर्तन महसूस कर सकते हैं, जो हममें दहशत व हताशा दर्शाता है, जब हम शर्मिंदगी या गुस्से के शिकार होते हैं, तो हमारे शरीरों के माध्यम से उनकी गर्मी फैलनी आरम्भ हो जाती है।

ध्यान-साधना क्यों ?

जैसे तीर बनाने वाला लकड़ी छीलता है और तीर को सीधा बनाता है, उसी प्रकार, एक सिद्धहस्त व्यक्ति अपने भटकते हुए विचारों को सही दिशा में निर्देशित करता है।

बुद्ध

हमारे मन का बेचैन होना कितना हास्यास्पद है! हमें लगता है कि हम बहुत सारा काम कर रहे हें लेकिन हमारा दिन पंख लगाकर उड़ जाता है और हमें महज़ बैठने और चीज़ों को व्यवस्थित करने के लिए कुछ पल भी नहीं मिलते। हम ध्यान-साधना के लाभों के विषय में सुनते हैं, लेकिन ध्यान करने की अपेक्षा हम दूसरी चीज़ों को तलाशने में लगे रहते हैं। इसलिए थक कर हम पलंग पर पड़ जायें, इससे पहले ही हम एक शराब का गिलास लेकर, टेलिविज़न चालू करके कुछ समय के लिए सोफ़े पर लेट सकते हैं और इससे कुछ समय के लिए हमें आराम करने में मदद मिल सकती है, लेकिन आख़िरकार मन की बेचैनी का यह सिलसिला चलता रहता है।

पुरानी आदतों को बदलना और नई आदतों को बनाना इतना आसान नहीं है, यही कारण है कि आपकी शुरुआत के लिए, सप्ताह में एक दिन किसी ध्यान करने वाले समूह में जाना उपयोगी हो सकता है। आप प्रातः काल या संध्या के समय दस मिनट ध्यान में बिताने का नियम बनाने का प्रयास करें। अपनी घड़ी में सुबह दस मिनट पहले का अलार्म लगाएं ताकि जल्दबाज़ी में घर से बाहर निकलने की बजाय आप दस मिनट के उस समय को अपनी सांसों को थाम कर अपने जीवन में अच्छी चीज़ों के बारे में सोचते हुए बिता सकते हैं। जिस पल से आप शुरुआत करेंगे, तभी से आप अपने दैनिक जीवन में सकारात्मक प्रतिध्वनि महसूस करने लगेंगे।

बुद्ध द्वारा कथित एक प्रसिद्ध दृष्टान्त है : नाव का दृष्टान्त, जिसमें वह अपने उपदेशों की तुलना तीव्र वेग से बहती नदी को पार करने वाली नाव से करते हैं।

यह कहानी एक ऐसे मनुष्य के संबंध में है, जो नदी के एक किनारे पर फंस गया था। नदी के इस ओर बड़ा ख़तरा और अनिश्चितता है, तो नदी के उस पार सब सुरक्षित है। यद्यपि नदी के आर-पार जाने के लिए कोई पुल नहीं है और न ही नदी के पार जाने के लिए कोई नौका है। अब वह क्या करे? वह आदमी लकड़ी के लट्ठे, पत्तियों और लताओं को एकत्रित करता है और अपने विवेक का प्रयोग करते हुए इस सारे सामान से एक नाव तैयार करता है। नाव को बड़ी तरतीब से लगा कर अपने हाथों और पांवों को पतवार के रूप में प्रयोग करते हुए वह नदी को पार कर लेता है और ख़तरनाक किनारे से सुरक्षित किनारे तक पहुंच जाता है।

यह कहानी सुनाकर बुद्ध ने श्रोताओं से एक प्रश्न किया - तुम्हारा क्या विचार है, क्या वह मनुष्य नदी को पार करने के बाद अपने मन में यह सोचता है "यह नाव मेरे बहुत काम आयी है, अब मैं इसे सब जगह अपनी पीठ पर रखूंगा?" भिक्षुओं ने जवाब दिया कि ऐसे में नाव को अपने साथ चिपटाये रखना कोई बुद्धिमानी नहीं होगी। बुद्ध ने आगे कहना आरंभ किया, "अगर वह नाव को यह सोच कर कि यह मेरे बहुत काम आई, लेकिन अब यह मेरे कोई काम नहीं आने वाली और इसलिए इसे नदी के किनारे रखा जा सकता है, बड़ी कृतज्ञता से नीचे डाल देता है, तब क्या?" भिक्षुओं ने जवाब दिया कि यह दृष्टिकोण उचित होगा। बुद्ध ने यह कहते हुए निष्कर्ष निकाला, 'तो ऐसा ही मेरे उपदेशों के साथ भी है जो नदी को पार करने के लिए प्रयोग में लाई जाने वाली नाव के समान हैं, वह पकड़ कर रखने के लिए नहीं हैं।'

ध्यान-साधना एक नाव की तरह है। यह मन की नदिया को पार करने और समझने में हमारी मदद करता है, लेकिन इसे एक बार समझने के बाद हमें फिर इसे काबू में करने की ज़रूरत नहीं पड़ती। हम अपने मन को जान सकते हैं और उसका पार पा सकते हैं और अपने विचारों में न डूबते हुए फिर हमें अपने सारे चिंतन को, नाव की तरह अपने साथ लादे रखने की ज़रूरत नहीं, लेकिन इसके बजाय हम इसे किनारे पर छोड़ सकते हैं।

बुद्ध ने नदी के उस पार की यात्रा में विलम्ब न करने और संघर्ष न करने के विषय में भी बात की। यदि आप वास्तव में मन की शान्ति चाहते हैं, तो मन की सहायता करने में विलम्ब न करें। धारा के साथ बह निकलें, आप शीघ्र ही दूसरे किनारे पर पहुंच जायेंगे। अपने मन को पूरी तरह स्वयं को प्रकट करने दें। आपको अपने कुछ विचारों और भावनाओं को देखने पर शर्मिन्दगी महसूस हो सकती है, लेकिन एक समय के बाद, आप देखेंगे कि जैसे ही आप अपने अहम् को पीछे छोड़ना शुरू कर देते हैं, शर्मिन्दगी, आलोचना और असहिष्णुता की अधिक आवश्यकता नहीं रहती, क्योंकि अब आपको बेचैनी और दर्द से भरे उन सभी विचारों को थाम कर रखने की ज़रूरत नहीं और आप उन्हें महज़ देखते हैं और धारा के साथ बह कर जाने देते हैं।

अधिकांश लोगों के लिए 'ध्यान' शब्द अब अनजाना नहीं रहा, जैसा कि पहले कभी यह हुआ करता था। कई लोग 'चेतना' की बात भी करते हैं, जो 'ध्यान' का रहस्योद्‌घाटन करने में हमारी बहुत मदद करता है। हाँ, ध्यान, मन को शांत करते हुए, सांसों पर ध्यान केंद्रित करते समय पालथी की मुद्रा में बैठने का अभ्यास हो सकता है और मैं इस प्रकार के ध्यान और यह कैसे सहायक सिद्ध हो सकता है, इसके विषय में थोड़ी व्याख्या करूंगा। लेकिन, इसके अतिरिक्त, मैं ध्यान के विषय में व्यापक रूप से चर्चा करना चाहता हूँ। यह दैनिक चेतना से ज़्यादा संबंधित है, यह ठीक वहीं है जहां आप ध्यान के पीछे मौजूद विचारों को वर्तमान में लेकर आते हैं। यह आपके मन के रिक्तिकरण के बारे में नहीं है, जो हकीकत में सबसे कठिन ध्यान है, यहाँ तक कि उन लोगों के लिए भी, जिन्होंने अपना सारा जीवन ध्यान-साधना में व्यतीत किया है। बल्कि यह आपके मन की जागरुकता को विकसित करता है और उस पल में अधिक सचेत होता है। यह आपको, आपके भीतर उठती भावनाओं को, उनके द्वारा विचलित होने की अपेक्षा उन्हें पहचानने और उनका अवलोकन करने की क्षमता को विकसित करने देने के विषय में है : यह जानना कि क्रोध आता है, लेकिन यह भी कि वह आकर गुज़र जाता है, और यह कि आपको निर्णय लेना है कि या तो आप अपने प्रिय जीवन के लिए इस

गुस्से को थामे रखें या फिर उस पर विचार करें और उसे शान्त होने दें।

ध्यान ऐसी चीज़ नहीं है जो हमें एक 'बेहतर' इंसान बनाती है बल्कि यह हमें बेहतर ढंग से यह जानने में मदद करता है कि हम अपने भीतर व बाहर कैसे इंसान हैं। अभ्यास के द्वारा अपने साथ रहते हुए हम धीरे-धीरे सहज हो जाते हैं, बजाय अपने मन के आसपास लगातार भागने के या किसी प्रकार खुद से भागने के। और फिर, हम स्वाभाविक रूप से आने वाले छोटे-छोटे विरामों पर ध्यान दे सकते हैं; वह पल जब हमारा मन शान्त होता है और हमेशा की तरह निरंतर संवाद के बीच आराम कर रहा होता है। और यही वह समय है जब हमारी प्रकृति स्वयं को प्रकट करती है। और फिर, जब हम और ज़्यादा जागरुक होते हैं, इसका एहसास हमें तब होता है, जब हमारे दिन के दौरान ये पल घटित होते हैं - पल, पूरी तरह से तनाव मुक्ति या तृप्ति के, पूरे ध्यान या प्रवाह के, संपूर्ण प्रेम या करुणा के। जब हमेशा की अव्यवस्था समाप्त हो जाती है, तो उस पल हमारा मन शीशे जैसा निर्मल हो जाता है।

लेकिन ध्यान का अभ्यास मात्र साफ़ आसमान और शान्ति नहीं है। जैसे ही हम करुणा और प्रेम जैसी सकारात्मक चीज़ों के प्रति ज़्यादा जागरुक होते हैं, हमें उन भावनाओं के साथ और अधिक समय बिताने का अवसर मिल जाता है, जिन्हें हम नकारात्मक मानते हैं - जैसे क्रोध व ईर्ष्या। हम अपनी भावनाओं के साथ चलना सीखते हैं, बजाय उनसे भागने के या उन्हें छिपाने के।

उदाहरण के लिए, अगर आप ऐसे व्यक्ति हैं जो व्यर्य प्रलाप से बचते हैं, तो आपके साथ ऐसा होने की संभावना कम रहती है, क्योंकि आप किसी भी चीज़ से हतोत्साहित या क्रोधित नहीं होते हैं। लेकिन इसकी संभावना ज़्यादा है कि आप बहस के परिणामों से डरते हों और चीज़ों को नज़रअंदाज़ कर ऐसा प्रदर्शित करेंगे जैसे कि सब कुछ ठीक है। लेकिन यदि आप जलन, निराशा या क्रोध जैसी नकारात्मक प्रतीत होने वाली अपनी भावनाओं के साथ कुछ समय नहीं बिताते, तो वे धीरे-धीरे कठोर होती जाएंगी और आपके अंदर कष्ट और बेचैनी के बीज बो देंगी। ध्यान के माध्यम से, दुसाध्य विचार और भावनायें उभर सकती हैं और

अभ्यास के माध्यम से, आप ऐसी भावनाओं का सामना कर सकते हैं।

ध्यान से हम 'तीन चीज़ों' को जान सकते हैं तथा उन पर चिंतन कर सकते हैं, जिनके विषय में मैंने पहले भी बात की है। अपनी प्रसन्नता या व्यथा के बीजों के बारे में जांच कर के, हम धीरे-धीरे ख़ुशी के और ज़्यादा बीज बो सकते हैं, उनकी देखभाल कर सकते हैं, उन्हें विकसित कर सकते हैं। ऐसा हम आभार ध्यान के माध्यम से कर सकते हैं और जैसा कि मैंने पहले कहा है, यदि आप इस पुस्तक से केवल एक चीज़ भी प्राप्त कर सकते हैं, तो मैं आपसे उसे ग्रहण करने का आग्रह करता हूँ। हम उन चीज़ों को स्वीकार करते हुए भी ध्यान कर सकते हैं, जिन्हें हम नियंत्रित नहीं कर सकते, जबकि अपनी प्रतिक्रियाओं का पोषण करते हुए, हम सावधानी से अपने मार्ग को देख सकते हैं। हम जीवन में परिवर्तन और अस्थायित्व की प्रकृति पर भी ध्यान कर सकते हैं। धीरे-धीरे हम अज्ञात और भय के बीच के मानसिक बंधन को ढीला कर सकते हैं। हम अपने डर का सामना कर सकते हैं, और हम अपने मानसिक बोझ को हल्का कर सकते हैं।

साधारण श्वसन ध्यान तनाव को कम करने का एक कारगर तरीक़ा है, इसलिए यदि वह आपका मुख्य लक्ष्य है, तो मैं आपको इस ध्यान को दिन में एक बार प्रातः काल करने की सलाह दूंगा और इससे आप बड़े स्तर पर अपने मन और तनाव के स्तर पर सकारात्मक प्रभाव डाल सकेंगे। यदि आप ज़रा गहराई तक जाना चाहते हैं और अपने भावनात्मक स्वरूप पर ध्यान देना चाहते हैं, तो चिंतन ध्यान आपको एक ऐसा दर्पण प्रदान कर सकता है, जिसमें आप अपना मन स्पष्ट रूप से और शान्ति से देख सकते हैं। इस तरह, आप जीवन को देखने और उसे जीने के तरीक़े में धीरे-धीरे परिवर्तन लाना आरंभ कर सकते हैं।

ध्यान के तीन प्रमुख सिद्धान्त हैं जो इस प्रकार हैं :

- चेतना – अपनी भावनाओं व विचारों के प्रति जागरुक होना
- निरंतर सतर्क जागरुकता – विचारों और भावनाओं को उस समय देखना, जब वे पैदा हो रहे हों

- विशालता – विचारों और भावनाओं को उनके आसपास पर्याप्त जगह देना और धीरे-धीरे 'मैं' का समर्थन करने वाले विचारों और भावनाओं को त्याग देना

चेतना

पहले-पहल कुछ लोगों को ऐसा लगता है ध्यान शान्ति के विपरीत है। उनका यह कहना है कि उन्हें विचारों और भावनाओं का एक सैलाब महसूस होता है, अभिभूत होने की भावना महसूस होती है, एक डर महसूस होता है कि वे अपने विचारों को शान्त करने में कभी सक्षम नहीं होंगे, चीज़ों को प्रकट होने की अपेक्षा पहले की तरह ही रहने देने में बेहतरी महसूस होती है, उन्हें लगता है कि वे अपेक्षाकृत अनजान ही रहेंगे। लेकिन भावनाओं व विचारों को कालीन के नीचे छिपा कर हम उन्हें अपने ऊपर प्रभाव डालने से रोक नहीं सकते हैं।

यह कहा जाता है कि कोई स्थायी परिवर्तन लाने के लिए पहला कदम है सच्ची जागरुकता का विकास करना कि आप क्या चाहते हैं और आप परिवर्तन क्यों चाहते हैं। और यही मन के लिए सच है : आप जितना ज़्यादा इसे जान जाते हैं, उतनी ही उसका ध्यान रख पाते हैं और बेहतरी के लिए चीज़ों को परिवर्तित करते हैं। ज़्यादा जागरुक होने से, अर्थात् अपने विचारों और भावनओं के प्रति जागरुकता से, हम केवल उन पर रोशनी डालते हैं। हम उन्हें अस्तित्व में आने के लिए बाध्य नहीं कर रहें हैं।

निरंतर सतर्क जागरुकता

जागरुकता ध्यान अवलोकन के आधार पर किया जाता है। हमारा रुख समस्याओं का समाधान तलाशने या निर्धारित करने पर नहीं रहता, हम सिर्फ़ जागरुकता के साथ विचार करते हैं। यदि आप में हमेशा पिछले हर वार्तालाप या स्थिति का अधिक विश्लेषण करने की प्रवृति रही है, तो आपके लिए यह मुश्किल, लेकिन अविश्वसनीय रूप से लाभकारी होने जा

रहा है। महत्त्वपूर्ण है अपने विचारों व भावनाओं को आने देना (और जाने देना), लेकिन उन्हें कोई अर्थ न देना। अपने विचारों तथा स्मृतियों के आधार पर संसार की छवि बनाना हमेशा से आपकी प्रवृत्ति रही है, यहाँ तक कि इस मामले में भी कि आप चीज़ों को बेहतर बनाने के लिए कैसे सक्षम हो सकते हैं, लेकिन अब आप विश्लेषक व दुभाषिये को सुनना बंद करके सिर्फ़ ध्यान दें।

विशालता

मैं समझता हूं कि कई लोगों के लिए बेचैन मन विशेष रूप से संकुचित व सीमित महसूस हो सकता है। आप दुनिया और लोगों के प्रति और यहां तक कि अपने प्रति भी संकीर्ण विचारों वाले हो सकते हैं। आपको लगता है कि आपके मानसिक 'किए जाने वाले कामों' की सूची इतनी अधिक है कि रचनात्मकता और स्वेच्छा के लिए वहां कोई जगह नहीं रह जाती। अधिक विचार करने वालों के अनंत विचारों से चिपके रहने के पीछे उनकी यह धारणा हो सकती है कि वे विचार किसी तरह उनके लिए उपयोगी होंगे, जबकि दूसरों का रुख, लगातार अपने विचारों और भावनाओं से स्वयं को परिभाषित करने व ध्यान रखने पर होता है। यदि हम अपने विचारों की ध्वनि से अपने 'अहम्' को अलग कर सकें, तो धीरे-धीरे, हमारे मन को जीवन के उद्देश्य को याद रखने का एक मौका देते हुए, विशालता की एक भावना उत्पन्न हो सकती है।

आप कब वर्तमान में मौजूद होते हैं ?

हम बढ़ती हुई ख़ुशी या ग़म के पलों की अपेक्षा लगातार वर्तमान में जी कर ही जन्म लेते हैं। फिर भी जब जीवन प्रकट होता है, तो यह बदल जाता है, ज़िम्मेदारियाँ बढ़ जाती हैं और चिन्तायें अधिक हो जाती हैं, जिसकी वजह से ज़्यादातर मामलों में, हमारे मन वर्तमान में अटक जाते हैं। इसका कारण या तो यह है कि हम राहत और संतोष अनुभव करते हुए वर्तमान क्षणों का बेहद आनंद लेते हैं या इसका कारण यह है कि

इसने क्रोध, उदासी और असंतोष जैसी सुदृढ़ नकारात्मक भावनाओं को उकसाया है।

ध्यान और चेतना हमें यह याद रखने में मददगार होते हैं कि हमारे पास जो कुछ भी है, वह केवल वर्तमान पल है। वे हमारे विचारों को अतीत और भविष्य के बीच भटकन से एक विराम देकर, खुलने की भावना को जगह देते हुए, हकीकत में हमारे मन को प्रशिक्षित करते हैं। और यह वह स्थान है जहाँ आपमें 'क्यों नहीं?' की अपेक्षा 'क्या हुआ अगर?' का प्रश्न करने का हौसला आता है।

जब तुम बैठते हो, तो बैठे रहो
जब तुम चलते हो, तो चलते रहो
किसी चीज़ पर आसक्त न रहो
किसी चीज़ का प्रतिरोध न करो
अगर तुम गहराई से रोये नहीं,
तो तुमने ध्यान शुरू ही नहीं किया।

अजान चाह

एक आम धारणा है कि ध्यान या चेतना की रूपरेखा प्रत्येक नकारात्मक विचार या भावना को किसी तरह सकारात्मक विचार या भावना में रूपांतरित करने के लिए तैयार की गई है, जो ज़ाहिर तौर पर बहुत घृणित है। हमारा विश्वास है कि हमारे विचार और प्रतिक्रियाएं और इसीलिए हमारी खुशियाँ हमेशा से कुछ हद तक हमारे नियंत्रण में रही हैं, लेकिन खुशी की प्रकृति को समझने के लिए हमें दुःख को समझने की भी आवश्यकता है। मुझे नहीं लगता कि जो व्यक्ति दर्द को नहीं समझता, वह किसी दूसरे के प्रति सच्ची संवेदना रख सकता है और लिहाज़ा इसे अपनी सामर्थ्य के अनुसार किसी प्रकार समाप्त कर सकता है। जीवन उतार-चढ़ाव का नाम है, और सही मायनों में इसका आभार प्रकट करने के लिए हमें पूरी तस्वीर को व्यापक रूप से देखना होगा। और फिर, जब हम चेतना, निरंतर सतर्क जागरुकता, और विशालता का अभ्यास करते हैं, तो हमारे लिए तब ऊंच या नीच से ज़्यादा जुड़े रहना ज़रूरी नहीं रह

जाता, लेकिन अपने जीवन में उन दोनों की उपस्थिति को हम महसूस कर सकते हैं और यह भी कि ये दोनों ही जीवन में आने-जाने वाली चीज़ें हैं।

ध्यान के प्रकार

ध्यान मुख्यतया तीन प्रकार का होता है, जो हमें एक संतुलित तरीक़े से मन व शरीर के भीतर वापस लौटा लाने में मदद करता है, ताकि मन निरंतर व्याकुलता से मुक्त हो सके और हम कौन हैं और कहाँ जा रहे हैं, इस का मनन कर सके :

- एकाग्रता
- चिंतन
- शान्त रहना

यदि आप तनाव से बेहतर तरीक़े से निपटने के लिए, पूरी तरह से ध्यान की चेष्टा करना चाहते हैं, तो इसके लिए पहले प्रकार का ध्यान बहुत अच्छा है। दैनिक श्वसन अभ्यास में हमारा सारा *ध्यान* और चेतना श्वसन पर ही केंद्रित होती है, जिससे हमारे मन को अत्यंत संतोष प्राप्त होता है। बहुत-से लोगों के विचार में दिमाग़ को कभी अवकाश नहीं मिलता। हमें उम्मीद और भय में रहने से कभी आराम नहीं मिलता - अपेक्षाओं की उम्मीदें और निराशाओं का डर।

चिंतन ध्यान या मन के अभ्यास से, हम *एकाग्रता* ध्यान से बनाये गये ध्यान के ज्ञान को एक ऐसे कैमरे की तरह उपयोग करें जिससे हम अपने मन में देख सकते हैं। हम ज़रा गहराई में जाकर, अपने-आप को जानने की दृष्टि से अपने जीवन, विचारों और व्यवहार को देखते हैं और अपने-आप को यह याद दिलाते हैं कि हमारे वर्तमान में ऐसा क्या है जो प्रशंसा के काबिल है। हम भी इस ज्ञान के साथ मित्रवत् हो जाते हैं कि जीवन में कुछ भी निश्चित नहीं है, और यहां सभी वस्तुयें परिवर्तनशील हैं - हमारी भावनायें, हमारा संसार को देखने का नज़रिया, सब कुछ। इस प्रकार, हम अधिक अनुकूलनशील बन जाते

हैं - अधिक लचीले। हम जीवन में कोई दुःख न होने का नाटक नहीं करते, लेकिन हम उन तरीक़ों को देखते हैं जिनमें हमारी पीड़ा और हमारी ख़ुशी का स्रोत हमारा अपना मन है। तीनों प्रकार के ध्यान का उद्देश्य अवधारणाओं की दीवार को तोड़ना है जिसे हमने वर्षों पहले बनाया है और ऐसा करने से, हम अपनी भावनाओं से कम जुड़ते हैं और दुनिया को देखने का हमारा नज़रिया *लचीला* हो जाता है। हम अपने विचारों, वाक्शक्ति और कार्यकलापों पर मनन करते हैं और यह भी समझते हैं कि इनमें से प्रत्येक एक कारण है जो हमारे जीवन और हमारे आसपास के लोगों को प्रभावित करता है।

शान्त व स्थिर बने रहने का ध्यान हमें हमारे मन से बाहर निकालता है, आमतौर पर यह ध्यान किसी वस्तु या शायद हवा की तरह एक आवाज़ पर केंद्रित होता है। हम किसी चीज़ के सार के साथ बैठने के लिए उसकी छवि से परे जाते हैं। बस कुछ ही मिनट के लिए हम प्रोजेक्टर की लगातार सनसनाहट को बंद कर देते हैं, जो कि मन है। हम जो भी सुनते हैं, देखते हैं या महसूस करते हैं, यह मन उन सबको एक अर्थ देता है। हम भावनाओं को आने-जाने की अनुमति देते हैं, बिना किसी भी चीज़ को स्वीकार या अस्वीकार किए - थोड़ी देर के लिए चीज़ों को छोड़ दें।

ध्यान कब करें?

मैं ध्यान का अभ्यास प्रातःकाल करने का सुझाव दूंगा। इसका कारण यह है कि चूंकि जीवन घटनाओं की एक श्रंखला है, हम प्रातःकाल में अपने दृष्टिकोण को देख कर और हम कैसा महसूस करते हैं, इसे देखकर अपने दिन को बहुत अच्छी तरह से प्रभावित कर सकते हैं। हर रोज़ दस मिनट का लक्ष्य निर्धारित करें और चार या पांच माह के पश्चात् आप इसे बढ़ा कर बीस मिनट या आधा घण्टा कर सकते हैं। फिर भी, आमतौर पर हम लगातार ध्यान करने की अपेक्षा थोड़े-थोड़े समय के लिए विराम देते हुए करने का परामर्श देते हैं।

कुछ लोग चुपचाप बैठ कर ध्यान करना या मनन करना पसंद करते हैं, जबकि अन्य अपने शरीर को योग या पैदल चलने जैसे चेतन अभ्यास से संबद्ध करते हैं। यदि आप कुछ लोगों को उनके मन में महज़ विश्राम करने को कहें, तो वे उकता जायेंगे और उत्तेजित हो जाएंगे, जबकि वे गाने से प्यार कर सकते हैं या अपने आंतरिक मन को चित्रकारी या चित्रों के माध्यम से तलाश सकते हैं। तलाश करें कि कौन-सी चीज़ आपके अनुकूल हो सकती है, हालांकि मैं यह भी कहूँगा कि चुपचाप बैठने को भी एक मौका दें। इस व्यस्त संसार में शान्ति के लिए शायद ही कोई स्थान हो। यदि आप स्वयं को ऐसे कुछ शान्त पल प्रतिदिन दे सकें, तो इसका लाभ इस संसार को भी मिल सकता है।

ध्यान कहाँ करें?

यदि आप ध्यान का अभ्यास ऊँचे व रोशन स्थान पर करते हैं, जहाँ आपकी दृष्टि बाधित नहीं होती, तो यह आदर्श स्थान है। तथापि, यदि आप एक उच्च स्थान प्राप्त नहीं कर सकते, ध्यान रखने योग्य मुख्य बात यह है कि जिस स्थान पर आप अभ्यास कर रहे हैं, वहाँ आपको प्रकाश और विशालता का एहसास होना चाहिए क्योंकि इससे आपके मन को प्रकाशमान होने में प्रोत्साहन मिलेगा और विशालता का एहसास भी होगा। और यदि आप आसमान को देख सकते हों, तो यह और भी ज़्यादा सहायक सिद्ध होगा। बौद्ध-धर्म में एक ध्यान है जिसका उद्देश्य है आकाश के साथ विलीन हो जाना, इसका कारण यह है कि तब हमें हमारी समस्याएं बहुत छोटी लगती हैं। इसलिए किसी उच्च स्थान पर होने से या प्रकाश व विशालता का एहसास कराने वाले स्थान पर होना भी एक नज़रिया पैदा करता है।

एकाग्रता ध्यान : दैनिक श्वसन

जिस प्रकार एक क़दम धरती पर राह नहीं बना सकता, ठीक वैसे ही एक अकेला विचार मन में राह नहीं बना सकता। गहरी, वास्तविक राह के निर्माण के लिए, हमें बार-बार चलना होता है। गहन मानसिक राह के निर्माण के लिए, हमें अधिक से अधिक सोचना चाहिए। हमें उन विचारों पर बार-बार मनन करना चाहिए, जिनके लिए हम कामना करते हैं कि हमारे जीवन पर उनका प्रभुत्व रहे।

हेनरी डेविड थोरो

दैनिक श्वसन अभ्यास में आसन के लिए विशेष निर्देश भी शामिल हैं, क्योंकि यह अभ्यास पूरी तरह मन को शान्त रखने के लिए, शरीर को व्यस्त रखने के बारे में है। यह योग के तुल्य है और आपके सामान्य स्वास्थ्य के लिए लाभकारी है। यह आपको गहरी सांस लेने और खूब सारी वायु भीतर खींचने की अनुमति देता है। क्योंकि मन का निवास शरीर के भीतर है, तो यह बात समझ में आती है कि शरीर का मन पर और मन का शरीर पर प्रभाव होता है। तो यदि तनाव और परेशानी शरीर में भौतिक प्रतिक्रियाएँ पैदा कर सकते हैं, तो इसी प्रकार शान्त व संतुष्ट विचार भी तो कर सकते हैं अपने ध्यान में वास्तव में विश्राम करें और इसके सही होने के विषय में अधिक चिन्ता न करें। धीरे से सांस लें, नर्मी से सांस लें और जब आप बैठें तो अपने और अपने विचारों के प्रति उदार हो जायें।

जब हम श्वसन ध्यान शुरु करते हैं, तो यह चलते हुए टेलिविज़न को बंद करने जैसा है जो लगातार हमारे दिमाग़ में चल रहा होता है। हम में से कई लोग ऐसे हैं, जिनके लिए शायद यह पहली बार हो कि उनके विचारों को विराम मिला हो। हमारे शरीर को अवकाश मिल सकता है लेकिन हमारे विचार अभी भी लगातार गतिशील हैं, ख़ुद भी अवकाश की चिन्ता में हैं : मौसम कैसा होगा? होटल बढ़िया होगा? अगर हमें कोई

शिकायत हुई तो क्या होगा? क्या हमें वहाँ आनंद आयेगा? वापस आने पर काम का क्या होगा?

श्वसन ध्यान एक अवसर है हमारे विचारों को पूरी तरह विश्राम देने का। यह सरल जान पड़ता है, लेकिन इसका हमारे जीवन और रोज़मर्रा की परिस्थितियों में हमारे बर्ताव पर गहरा प्रभाव पड़ता है।

जब हम इस श्वसन ध्यान का आरंभ करते हैं, तो हम अपने मन को समझते हैं, जो वर्तमान क्षण है - यहाँ और अभी। भौतिक शरीर और निराकार मन के मध्य परस्पर अंतरंग संबंध को समझना भी नितान्त आवश्यक है। इस पल, मन शरीर के भीतर निहित है और इसलिए, यह स्वाभाविक है कि शरीर का इस पर गहरा प्रभाव पड़ता है। लेकिन हमें यह अवश्य याद रखना चाहिए कि कभी-कभी मन का भी शरीर पर एक मज़बूत प्रभाव पड़ सकता है।

उदाहरण के लिए, जब क्रोध की भावना पैदा होती है, तो यह हमारे रक्त के प्रवाह को तेज करके और शरीर के तापमान को बढ़ा कर शारीरिक रूप से हमें प्रभावित करती है, हम अपने चेहरे की लालिमा को महसूस कर सकते हैं। उसी तरह, जब हम शान्त होते हैं, तो हमारी हृदय-गति धीमी होती है और सांस नियमित होती हैं; हमारा शरीर हमारे मन की स्थिति को प्रकट करता है। इस प्रकार, शरीर और मन का रिश्ता परस्पर निर्भर है और जीवन में मनुष्य के रूप में जन्म लेने से, हमें अपने मन को आकार देने और उसका विकास करने और इसकी आंतरिक संभावना का दोहन करने की समझ में सक्षम होने का बहुमूल्य अवसर मिला है।

दैनिक श्वसन ध्यान में, हम साँसों का प्रयोग करते हैं ताकि शान्त व केंद्रित तनाव मुक्ति के एक दायरे को बनाते हुए हमारा शरीर हमारे मन की और हमारा मन हमारे शरीर की सहायता कर सके। और इस ध्यान से लाभ प्राप्त करने हेतु, अभ्यास करने के लिए समय व स्थान का चुनाव करते समय कुछ तत्व अत्यंत विचारणीय हैं।

सर्वप्रथम, खुला स्थान चुनने का प्रयास करें और थोड़ी ऊँची

जगह को प्राथमिकता दें, जैसे एक हल्की-सी ढलान। इससे एक विशालता की भावना का एहसास होता है जो दिमाग़ को खोलने में मदद करती है। दूसरा आवश्यक तत्व है - शरीर की मुद्रा। योग में यह सिखाया जाता है कि जब शरीर की मुद्रा सही होती है, तो शरीर में सांसों का प्रवाह सरलता से होने से हमारा स्नायु तन्त्र अपने-आप संतुलित रहता है, जिससे हमारा मन शान्त तथा स्पष्ट होता चला जाता है।

आसन के सात बुनियादी तत्व हैं :

1. पालथी मारना, जिसमें बायां पांव अन्दर की ओर होता है
2. एकदम सीधी कमर, सिक्कों के क्रमबद्ध ढेर की तरह
3. कंधे सीधे तने हुए, एक बाज़ के पंखों की तरह
4. गर्दन हल्की झुकी हुई
5. आँखें खुली, सामने लगभग एक मीटर पर केंद्रित
6. मुँह हल्का सा खुला, तालु के ऊपरी भाग को जीभ की नोक से स्पर्श करते हुए
7. हाथ गोद में, दांयी हथेली बायीं हथेली के ऊपर, दोनों अंगूठे धीरे से आपस में मिले हुए

श्वसन के बारे में इस ध्यान के लिए, अपने आसन को सीधा रखते हुए निम्न अनुक्रम का पालन करें :

1. एक अंगुली से दायें नासिका छिद्र को धीरे से बंद करें और बायें नासिका छिद्र से एक लंबा और गहरा सांस लें।
2. कुछ क्षण के लिए सांस को रोक कर रखें
3. बांये नासिका छिद्र को बंद करें, दायें नासिका छिद्र को खोल लें और सांस बाहर छोड़ें।
4. अब बांये नासिका छिद्र को बंद कर के दायें नासिका छिद्र से सांस अंदर लें। कुछ क्षण के लिए सांस को रोक कर रखें और बायें नासिका छिद्र से सांस बाहर छोड़ें।

5. उसके बाद, एक ही समय पर दोनों नासिका छिद्रों से धीरे-धीरे सांस लें। थोड़ा ज़ोर से सांस बाहर छोड़ें, जहां तक संभव हो अधिक से अधिक सांस बाहर छोड़ें।

एकाग्रता ध्यान के साथ श्वसन ध्यान

सांस भीतर लेते समय संसार की संपूर्ण सकारात्मकता एक सफेद वायु के रूप में हमारे भीतर प्रवेश करती हुई दिखती है। जब हम सांस बाहर छोड़ते हैं, तो हमारे भीतर की सारी नकारात्कता - जैसे क्रोध, ईर्ष्या और निराशा एक काले धुँए के रूप में बाहर निकलती हुई दिखती है।

1. दोनों नासिका छिद्रों के माध्यम से लम्बी सांस बाहर छोड़ते हुए शुरू करें - सारा क्रोध, घृणा, नकारात्मक कर्म, निराशा और तनाव काले धुंए के रूप में बाहर निकलते हुए देखें।
2. अपनी उंगली से बायें नासिका छिद्र को बंद करें, दायें नासिका छिद्र से गहरी सांस लें और उसे दो सेकेन्ड अपने उदर में ही रखें - सारी सकारात्मकता सफेद प्रकाश के रूप में अपने शरीर में प्रविष्ट होते हुए देखें।
3. उसके बाद, दायें नासिका छिद्र को बंद करें, और बायें नासिका छिद्र के रास्ते सारी नकारात्मकता को काले धुंए के रूप में बाहर छोड़ें।
4. सफेद रोशनी के रूप में बायें नासिका छिद्र के ज़रिये सारे सकारात्मक विचारों को एक बार पुनः भीतर खींचे।
5. बायें नासिका छिद्र को बंद करें और अपने दायें नासिका छिद्र के ज़रिये सभी नकारात्मक विचारों को काले धुंए के रूप में बाहर छोड़ें।
6. दोनों नासिका छिद्रों के ज़रिये सभी अच्छे व सकारात्मक विचारों को धवल प्रकाश के रूप में भीतर खींचें।
7. दोनों नासिका छिद्रों के ज़रिये सभी बुरे और नकारात्मक विचारों को ज़रा ज़ोर लगाते हुए काले धुंए के रूप में बाहर छोड़ें।

यह एक पूरा आसन है। जब आप शुरुआती दौर में हों, तो इस अभ्यास को तीन बार करें, उसके बाद अभ्यास के साथ इसे बढ़ाते चले जायें।

श्वसन ध्यान का अर्थ केवल शान्ति प्राप्त करना ही नहीं है है बल्कि यह स्फूर्तिदायक भी है। अभ्यास से यह सरल हो जाता है लेकिन इस सरल व शक्तिशाली ध्यान का यह लाभ है कि इसे आप कहीं भी कर सकते हैं। यह बताये गए आसन में बैठने में मदद करता है, लेकिन लाभ प्राप्त करने के लिए यह आवश्यक नहीं है। इसलिए इसे आप अपने कार्यालय में, तनावयुक्त स्थिति में या जब आपमें क्रोध, निराशा या असुरक्षा की भावना घर कर रही हो, तब कर सकते हैं। हम इस अभ्यास को 'अपने मन को वापस अपने घर लाना' कहते हैं। कभी-कभी हम वर्तमान में अपने शरीर में होते हैं, लेकिन हमारे विचार दुनिया भर में भटक रहे होते हैं। यह अभ्यास मन को वापस ले आता है।

यह अभ्यास उन लोगों के लिए भी बहुत मददगार होता है, जिन्हें निद्रा से संबंधित समस्यायें हैं। मैं कई लोगों से मिलता हूँ जो सारी रात करवटें बदलते रहते हैं, उनके दिमाग़ हमेशा भन्नाये रहते हैं - मानो वे सारा दिन बहुत कठिन पैडल मारते रहे हों और शाम के समय किसी स्थान पर रुकने पर भी उनका दिमाग़ चलता रहता है, जैसे वे बिना पैडल मारे साइकिल चला रहे हों।

श्वसन ध्यान करते समय आप किसी भी प्रकार के नकारात्मक विचारों के बारे में नहीं सोचते, उस पल आप किसी भी प्रकार के गुस्से या निराशा को पकड़े हुए नहीं होते, न ही आप सुंदर चीज़ों के विषय में सोच रहे होते हैं। आप बिना किसी इच्छा या अपेक्षा के महज़ अपने मन को वर्तमान में ला रहे हैं। स्वयं को ठेस पहुंचाने की असली शक्ति मन और हमारी स्मृतियों से आती है। बहुत समय पहले अनुभूत की गई एक घटना बाद में भी मन में मौजूद रहती है और नकारात्मक बातों को त्याग न पाने की हमारी अयोग्यता ही है, जो हमें आहत करती है। तो जब हम अपनी सांस पर ध्यान देते हैं, हमारे विचारों को बहाव का और शान्ति का एक अवसर हासिल हो जाता है। पहली बार में, यह केवल कुछ

मिनट के लिए हो सकता है, लेकिन जब हम इस का अभ्यास प्रतिदिन करते हैं, तो शान्त भावनायें विकसित होने लगती हैं तथा अधिक समय के लिए हमारे पास रहती हैं।

क्या आपमें मिट्टी नीचे बैठ जाने और जल के साफ़ होने की
प्रतीक्षा करने का धैर्य है ?
क्या जब तक स्वतः सही कार्य नहीं होता,
तब तक आप रुक सकते हैं?
लाओ त्सू, ताओ-ते-चिंग

पानी एक कीचड़ से भरे तालाब में कैसे घिर जाता है, इस बारे में विचार करें। तल को देख पाने का एक ही रास्ता है - पानी के ठहर जाने की प्रतीक्षा करना जिससे कीचड़ नीचे तल पर बैठ जाये। उसी प्रकार, हमें अपने मन को समझने के योग्य होने और चेतना को अपने दैनिक कार्यों में प्रयोग में लाने से पहले हमें आवश्यकता है कि हम अपने मन को शान्त हो जाने दें।

कुछ लोग के विचार के जवाब में, जो ध्यान न करने के लिए अति व्यस्तता का बहाना बनाते हैं, दलाई लामा निम्नलिखित वृतान्त सुनाते हैं :

एक सन्यासी सदा अपने शिष्यों से यह वादा किया करते थे कि वह उन्हें पिकनिक पर ले जायेंगे, लेकिन वे व्यस्त ही इतना रहते थे कि उन्हें पिकनिक पर नहीं ले जा पाये। एक दिन उन लोगों ने एक जनसमूह को एक लाश लेकर जाते हुए देखा।

'वह कहाँ जा रहा है?' सन्यासी ने अपने शिष्य से पूछा।

'पिकनिक पर।'

हम अक्सर ख़ुद से यह वादा करते हैं कि हम कुछ करने जा रहे हैं - उदाहरण के लिए, स्वास्थ्य लाभ - लेकिन उसके बाद लगातार जिम जाना अक्सर टालने लगते हैं। मन तो वही है, वह अपने-आप तो स्वस्थ नहीं रह सकता, हमें ही अभ्यास और प्रशिक्षित करने की

आवश्यकता है। इसके बीच में बाधा मत आने दें; तो आगे बढ़ें और आज ही से शुरू कर दें।

चिन्तन ध्यान

क्या आप छिपे हुए खजाने पर सो रहे हैं (जो कि आपकी आंतरिक प्रकृति है) और इस का आपको एहसास तक नहीं है? या शायद आपको लगता है कि ख़जाना तो है, लेकिन जीवन इसकी खोज में बाधा डालता रहता है? आपका अपने मन के साथ समय बिताना बहुत नम्र लगता है जब कि काम में लगे रहने के लिए और बहुत-सी चीज़ें हैं, लेकिन फिर भी, केवल इतना सोचें कि आपका मन कितनी अनमोल चीज़ है। सोचें, हम तब कितने अधिक प्रभावशाली होते हैं, जब हम अपने मन के साथ एकाकार महसूस करते हैं, जब यह भटकता नहीं है, लेकिन शान्त और केंद्रित होता है और आज का दिन क्या लेकर आएगा, इस पर उत्कंठित होने की अपेक्षा उत्सुक होता है।

स्वयं अपना निरीक्षण करके हम इस बात पर विचार कर सकते हैं कि हम किस प्रकार के व्यक्ति हैं और यहां कैसे पहुंचे। हम शालीनता के भाव को आले में रख सकते हैं, यह देखकर कि हमारे अहम् ने कैसी भूमिका अदा की और हम अपनी आंतरिक प्रकृति की उस शान्त आवाज़ का पता लगाने के लिए जी-जान से सुन सकते हैं। हम सभी नियमित चिकित्सा जांच के अभ्यस्त हैं, लेकिन अपने मन-मस्तिष्क को अनियमित रूप से अनिरीक्षित ही रहने देते हैं। उनमें निरंकुशता की प्रवृति का आ जाना या उनका लक़ीर से भटक जाना कोई आश्चर्य की बात नहीं।

हम अपने-आप से बाहर देखने और दूसरों की पड़ताल करने के भी अभ्यस्त हैं। गपशप से अक्सर कोई हानि नहीं होती, लेकिन ज़रा सोच कर देखें कि हम अपना कितना अमूल्य समय दूसरों के बारे में बात करने में व्यर्थ कर देते हैं, अपेक्षाकृत अपने भीतर देखने के। और यदि हम अपने विषय में सोच भी रहे हैं, तो हमारा यह सोचना भी अक्सर दूसरों के दृष्टिकोण तथा विवेचना के आधार पर होता है : हम अपने

कार्यस्थल पर अपने काम की सफलता या असफलता को इस से मापते हैं कि हमारा मालिक हमारी कितनी प्रशंसा करता है, हम अपने आकर्षक या अच्छे व्यक्ति होने का अर्थ अपनी लोकप्रियता में तलाशते हैं; हमें उम्मीद है कि लोग हमें उदार, विनोदप्रिय और नेक व्यक्ति के रूप में देखते हैं, जिसकी वजह से हम इन पहलुओं को स्वयं में देख सकते हैं। इस तरह, हम अपनी आंतरिक प्रकृति की अपेक्षा, अपने अहम् के सहारे स्वयं को जांचते हैं। अपनी पहचान को परिभाषित करने के लिए और इस बात का आकलन करने के लिए कि हम सफल हैं या नहीं, हम निरंतर दूसरों से खुद की तुलना करते हैं।

समस्याओं को हल करने का प्रबुद्ध दृष्टिकोण और स्वयं की जांच-पड़ताल करने का शानदार तरीक़ा चिंतन ध्यान के माध्यम से है।

शारीरिक तंदुरुस्ती या तनाव व भावनाओं को शान्त करने के लिए श्वसन ध्यान उत्कृष्ट है। लेकिन इस चिंतन, या 'विश्लेषणात्मक' ध्यान के साथ हम अपने मन और आत्म की भावना का गहन शोध करना आरंभ कर देते हैं।

किसी शत्रु के न होने का अर्थ शान्ति होना नहीं है। इसलिए, जब हमें कोई व्यक्ति ठेस पहुँचाता है या हमारे साथ दुर्व्यवहार करता है, तो निस्संदेह हम परेशान हो उठते हैं, हमें भावनात्मक स्तर पर चोट पहुँचती है, लेकिन यदि हम घबरा कर उस घृणा और दुर्भावना को पूरा जीवन, उस व्यक्ति के चले जाने के बाद भी अपने भीतर रखें, तो वह हम ही हैं जो नकारात्मक रूप से प्रभावित होते हैं। यदि हम ध्यानपूर्वक इसका विश्लेषण व अवलोकन करें और इसे भुलाना और गुस्से को समाप्त करना सीख सकें, तो इससे हम शान्त होंगे और हमें मन की शान्ति मिलेगी। और चिन्तन ध्यान इसी तरह कार्य करता है।

हम बहुधा दुनिया को बाहरी तौर पर देखने के लिए अपनी सभी इंद्रियों, यहां तक कि मस्तिष्क का भी प्रयोग करते हैं और इसलिए हम यह मानने लगते हैं कि सुख-दुःख, संतोष व निराशा बाहरी स्रोतों से भी मिलते हैं।

हम स्वयं के बारे में भी धारणायें बनाने लगते हैं, जिनका आधार अक्सर यह होता है कि दूसरों के मन में हमारी क्या छाप है या चूंकि हम भावनात्मक प्रवृत्तियों व स्वरूपों में फंस जाते हैं, जो इतनी गहरी हो चुकी होती हैं कि वे अब हमारे रोज़-रोज़ के मिज़ाज और यहाँ तक कि हमारे व्यक्तित्व पर भी प्रभाव डालने लगती हैं। भूटान में एक प्रोफ़ेसर ने मुझे बतलाया कि ऐसा कितनी आसानी से हो सकता है : मान लें कि आप बिल्कुल साफ़-सुथरे व्यक्ति हैं और शाम को आपका साथी अपने जूते घर में यहाँ-वहाँ डाल देता है। आप हर रोज़ उसके जूते सम्भाल कर रख देते हैं, लेकिन आपको इस पर ज़रा गुस्सा आने लगता है, क्योंकि यह कार्य स्वयं आपके साथी को करना चाहिए। यह एक बहुत मामूली-सी बात है, लेकिन यदि आप अपनी भावनाओं को नियंत्रित करने के लिए कुछ नहीं करते, तो हर रोज़ आपका गुस्सा बढ़ता ही चला जाता है और एक आदत या प्रवृत्ति में विकसित हो जाता है। हो सकता है कि आप अपना यह गुस्सा अपने दिन के बाकी हिस्सों में या संबंधों में फैलता हुआ महसूस करने लगें; आप नाश्ते के समय उनके प्रति कुछ हद तक नकारात्मक महसूस कर सकते हैं और उनके व्यवहार में ऐसी अन्य बातों पर भी ध्यान देना शुरू कर देते हैं जिनसे आपको चिढ़ होती है। इस प्रकार, आपका गुस्सा दिन भर आपके मिज़ाज पर हावी रहने लगता है, आप शीघ्र ही उत्तेजित या परेशान हो जाते हैं। और आपका मिज़ाज यदि अनियंत्रित रहा, तो वह अंततः आपके पूरे व्यक्तित्व को बदल सकता है। आपको लगता है कि आप एक गुस्सैल व्यक्ति बन गये हैं, जिस कारण आपकी ख़ुशियों व सुख की भावना पर प्रभाव पड़ता है। यदि आप इसे बाहरी तौर पर देखना जारी रखते हैं, तो यह विषम-चक्र चलता ही रहता है, क्योंकि आप को यह लगता है कि आप शान्त तभी महसूस करेंगे जब आपका साथी अपने व्यवहार को बदल लेगा, जो कि आपके नियंत्रण में है ही नहीं।

अच्छी ख़बर यह है कि इन चिंतन अभ्यासों के माध्यम से आप देख सकते हैं कि ऐसी प्रवृत्तियों का विकास कब होता है और आप स्वयं से पूछ सकते हैं कि दुःख का मौलिक स्रोत क्या है। क्या आप चीज़ों को अलग दृष्टिकोण से देखते हैं? शायद आप देखेंगे कि हमारे उदाहरण के

अनुसार यदि आपको जूते व्यवस्थित करके रखने से बेहतर महसूस होता है, तो इसमें परेशानी क्या है? और शायद जब आपका साथी आपको चीज़ें व्यवस्थित देखने पर ख़ुशी पाता है, तो संभवतः वह भी इस दिशा में ज़रा ज़्यादा प्रयास करने लगे।

हमारे मन में बाहरी अहम् व आंतरिक प्रकृति के मध्य और हमारे व दूसरों के मध्य बढ़ते हुए अवरोधों को चिंतन तोड़ देता है। नकारात्मकता कहाँ से आती है, स्वयं से यह प्रश्न करने और अपने विचारों का विश्लेषण करने से हम अक्सर नकारात्मक सोच के ढांचे से स्वयं को दूर कर लेते हैं और चीज़ों को अलग दृष्टिकोण से देखने लगते हैं। हम अपना पुख्ता दृष्टिकोण सरलता से छोड़ देते हैं। छोटी-छोटी चीज़ों से झल्लाने की अपेक्षा हम उनका उजला पक्ष याद रखते हैं। हम थोड़ा अधिक तनावमुक्त हो जाते हैं।

हम आभार के साथ आरंभ करते हैं, उसके बाद हम प्रकृति की नश्वरता और परिवर्तनशीलता का चिंतन करते हैं, और फिर हम अपने जीवन में किये कार्यों पर विचार करने लगते हैं - हम किस तरह के व्यक्ति बन गये हैं, हमारी ज़िन्दगी में आये लोग, हमें उनका कैसा व्यवहार पसंद आता था और हम उनके साथ कैसा व्यवहार करना पसंद करते थे। हम अपनी करुणा का चिंतन इस प्रक्रिया से जुड़ी किसी भी प्रकार की राय या अपराधबोध की भावना के बिना करते हैं। क्योंकि यह जानना कि आपके पास करुणा है, आपको परखने के लिए सबसे आसान और साथ ही सबसे कठिन रास्ता है। क्या आप के दिल को दूसरों का दुःख व दर्द छू पाता है या कभी-कभी आप इसमें संकोच महसूस करते हैं या इसकी अपेक्षा आप 'सर्वश्रेष्ठ' बनने की ताक में रहते हैं? और जब आप अपने मन में करुणा के लिए ज़्यादा जगह बनाते हैं, तो संभवतः आप अपने जीवन में जहाँ जाने चाहें, आप को अपनी राह सरलता से और अधिक प्रशस्त दिखाई देती है।

मैं जंगल में गया क्योंकि मैं अपनी मर्ज़ी से जीना चाहता था,
जीवन के केवल आवश्यक तथ्यों का सामना करना चाहता था

और देखना चाहता था कि जो मैं सिखाना चाहता था
वह सीख पाया या नहीं... इसलिए नहीं, कि जब मैं मरूं,
तो मुझे पता चले कि मैंने तो जीवन जिया ही नहीं।

हेनरी डेविड थोरो

मुझे थोरो के ये शब्द बहुत अच्छे लगते हैं क्योंकि ख़ुशी जीवन की उन आवश्यक चीज़ों में से एक है, जिसकी हमें तलाश रहती है और इसे पाने के लिए हम काफ़ी प्रयास करते हैं, जो हम इसके लिए आवश्यक मानते हैं। लेकिन हम अक्सर यह भूल जाते हैं कि हमारे जीवन में ख़ुशी का सबसे महत्त्वपूर्ण घटक हम स्वयं हैं। कई चीज़ें जिन्हें हम महसूस करते हैं कि वे बहुत महत्त्वपूर्ण हैं और हमारी ख़ुशी का स्रोत हैं (या इसके विपरीत, उनका अभाव हमारे दुःख का कारण है), लेकिन वास्तव में वे स्रोत नहीं हैं। स्त्रोत है हमारा मन या हम किस प्रकार चीज़ों को महसूस करते हैं, समझते हैं और व्यक्त करते हैं। इसलिए हमारा स्वयं का विकास (या दूसरे शब्दों में कहें तो, भीतरी ज्ञान व करुणा का विकास) एक ख़ुशनुमा जीवन और शान्त मन के लिए परमावश्यक है।

ज्ञान और करुणा एक पक्षी के दो पंखों के समान हैं जो हमारे जीवन के हर पहलू के लिए आवश्यक है। एक सामान्य स्तर पर, चीज़ों को व्यापक और दार्शनिक नज़रिये से देखना ज्ञान है जबकि अपने मन, कर्म और वचनों में अपना ज्ञान समाहित करके दूसरों की परवाह करना करुणा है। तो, जैसे ही हम आभार ध्यान का अभ्यास करते हैं, हम स्वयं अपने प्रति, अपने परिजनों और अपने जीवन की सभी महान चीज़ों के प्रति आभार व सकारात्मक भावनाओं को विकसित करते हैं और इससे हमारी करुणा का विकास होता है। तब तक, परिवर्तन पर विचार करते हुए, हमें याद दिलाया जाता है कि जीवन में कुछ भी स्थायी नहीं है, कि जीवन की शुरुआत और अंत में हमारे हाथ खाली रहते हैं। ऐसा कुछ भी नहीं है, जो परिवर्तनीय नहीं है - भावनायें, सौन्दर्य, धन, जीवन या ताकत, कुछ भी नहीं। मेरा मानना है कि करुणा हमें ऊपर उठाती है, लेकिन ज्ञान के द्वारा हम चीज़ों की प्रकृति को समझने में सक्षम होते हैं,

जिसकी वजह से हम स्वयं को चीज़ों के साथ अत्यधिक संबद्ध नहीं करते या उन्हें नहीं थामते।

मैं इस बात को महत्त्व देता हूँ कि इस पुस्तक में वर्णित साधनों के द्वारा हम अपने जीवन में अपनी ख़ुशियों का विकास करके दूसरों को ख़ुशियाँ देते हैं। जैसे ही हम स्वयं को समझने लगते हैं, हम दूसरों को भी अधिक समझने लगते हैं और हम ज़्यादा सहनशील व धैर्यवान हो जाते हैं। चिंतन की इन समयावधियों के माध्यम से यदि हम अपना दिल खोल लेते हैं, तो दैनिक अभ्यास से हमारे दिल के दर्द का समाप्त हो जाना सरल हो जाता है, जिस दर्द के बारे में हमें लगता है कि वह दर्द हमें दूसरों ने दिया है। और तब, हमारा स्व, या हमारा अहम् वास्तव में छोटा पड़ जाता है और हमारे दिल में दूसरों के लिए ज़्यादा जगह बन जाती है। आप कह सकते हैं कि हमें महसूस होता है कि हम विशिष्ट हैं और फिर भी हम विशिष्ट नहीं हैं। जैसे ही आप स्वयं को समझते हैं, दूसरों को करुणा से समझ पाने की क्षमता का विकास भी केवल तभी हो सकता है। शान्त मन के विकास के लिए यह सब अत्यंत लाभप्रद है। तो इन अभ्यासों को आरंभ करने से पूर्व स्वयं से कुछ वादे करना सहायक सिद्ध हो सकता है :

- क्या मैं अपने भीतर ख़ुशी को विकसित कर सकता हूँ और दूसरों को ख़ुशी दे सकता हूँ
- क्या मैं अच्छी बातें कह सकता हूँ, कर सकता हूँ और सोच सकता हूँ।

मन, वाणी तथा शरीर अर्थात् हमारे विचार, शब्द तथा कार्यकलाप - तीन कपाट की तरह माने जाते हैं क्योंकि उन्हीं के माध्यम से हम अच्छे या प्रतिकूल स्थान तक पहुँच सकते हैं। इसलिए, हमें अपने-आप को एक वचन देना होगा कि हम अपने मन, वाणी और शरीर के द्वारा जो भी करेंगे, वह हमारी और दूसरों की ख़ुशी को बढ़ाने के लिए होगा।

प्रशंसा ध्यान

प्रशंसा एक अद्‌भुत चीज़ है : यह बताती है कि
जो अच्छाई दूसरों में है वही हमारे भीतर भी है।

वॉल्टेयर

मैं सदा दो प्रकार के ध्यान का संयोजन एक साथ आरंभ करने का मशविरा देता हूँ - प्रशंसा एवं चिन्तन। ये एक साथ अच्छे ढंग से कार्य करते हैं और आपका थोड़ा-सा समय लेते हैं।

मुझे लगता है कि हम सब प्रशंसा के महत्त्व को जानते हैं; इस पर प्रकाश डालने वाले कई नीतिवचन रहे हैं। दैनिक अभ्यास से प्रशंसा को हमारे व्यक्तित्व का एक अंग बनाने के लिए हमारे मन को बदलना मुख्य लक्ष्य है।

कृतज्ञता भी अत्यंत स्वास्थ्यकर है। यह अवसाद को दूर कर, हमें प्रसन्नचित्त बनाती है, हमारे संबंधों में उत्कृष्टता लाती है, अनिद्रा का एक अच्छा उपचार है और हमें दीर्घायु होने में मदद करती है। ये विभिन्न अनुसंधानों में से निकले कुछ निष्कर्ष हैं...

- डेविड आर. हैमिल्टन

('वाय काइन्ड्‌नेस इज़ गुड फ़ॉर यू' नामक पुस्तक से)

यदि आप अपने मन को देखें, तो बहुधा आप पायेंगे कि यह कभी भी पूर्णतया वर्तमान में विद्यमान नहीं होता। यह सदा विगत की घटनाओं के विषय में सोचता है या भविष्य की ओर देखता है - क्या हो सकता है, या क्या हो सकता था। लेकिन ज़िन्दगी कल से शुरू नहीं होती; यह तुरन्त घटित होती है।

इसलिए इस अभ्यास में हम अपनी आँखों को मूँद कर, अपने जीवन में फ़िलहाल मौजूद सकारात्मक चीज़ों पर विचार करते हुए अपने विचारों को वर्तमान क्षण में ले आते हैं। हम शुरुआत अपने शरीर से करते हैं और फिर अपने परिवार, मित्रों, अपने काम-काज, अपने समुदाय और संसार को शामिल करते हुए इस दायरे को धीरे-धीरे बढ़ाते हैं। अक्सर

हमारे पास हमारी सोच से अधिक होता है, लेकिन यदि हम अपने पास पहले से ही मौजूद चीज़ों के बारे में सचेत नहीं हैं, तो हम अपने जीवन में उन चीज़ों के बारे में, जो हमें लगता है कि अप्राप्त हैं, केंद्रित होने की अपेक्षा असंतुष्ट हो जाते हैं।

यदि हम सक्षम हैं, तो अच्छे शारीरिक स्वास्थ्य से आरंभ करके, हमें महज़ इस साधारण तथ्य का कि हम सुनने और देखने में सक्षम हैं, आभार मानना चाहिए। उसके बाद, इस आभार को अपने परिवार और मित्रगणों तक बढ़ायें। हम सौभाग्यवान हैं कि हमें कुछ लोग निःस्वार्थ प्रेम करते हैं, सोचें कि वे हमारे सुख के लिए कैसे अपनी सामर्थ्य से परे जाकर भी काम करते हैं। फिर आभार का विस्तार संसार के प्रति करें : संसार में अच्छे लोग दूसरों के कल्याण हेतु मौजूद हैं, इसी कारण संसार मौजूद है।

प्रातः काल या सांय काल के समय ध्यान के लिए शान्त स्थल की आवश्यकता होती है। इससे कोई फ़र्क नहीं पड़ता कि आपने क्या पहना हुआ है, लेकिन आपको आरामदायक वस्त्र पहनने ज़रूरी हैं जिससे आपके मन की सहजता दिखाई दे। आप एक कुर्सी पर बैठें या जहाँ आपको सहज और सतर्क महसूस होता हो, वहाँ बैठें; कोई अंतर नहीं पड़ता कि आप संसार में किस कोने में हैं और किसी पसंदीदा स्थान या कक्ष से जुड़ना भी ज़रूरी नहीं।

अपनी सांस पर कुछ मिनट ध्यान केंद्रित करें। अपनी धुरी अर्थात् अपने पेट से सहजता व सरलता से सांस लें। अपनी सांस पर ध्यान दें, अपने पेट के अंदर-बाहर होने पर ध्यान दें। अपने शरीर के अनुकूल एक प्राकृतिक गति को ज्ञात करें। हम बिना किसी अनुराग के आभार व चिन्तन करते हैं।

- अपने शरीर और अपने स्वास्थ्य का आभार प्रकट करें, भले ही आपका स्वास्थ्य कैसा भी हो
- अपने जीवन में उन लोगों का आभार प्रकट करें जो आपके हितैषी हैं, आपका समर्थन करते हैं और आपके मददगार हैं

- आप जो भी कार्य करते हैं, अपने व्यवसाय, अपनी जीवनशैली, अपने समुदाय वग़ैरह का आभार प्रकट करें।

अपने अंदर संतोष की भावना को विकसित करें। आख़िर संतोष से बढ़कर ख़ुशी और है भी क्या, जो आभार से आता है। आप जितना चाहें, उतने विस्तार में जायें। बिना किसी स्वार्थ के आभार प्रकट करें; मन में जो कुछ भी आता है, बस उसका आभार प्रकट करें।

दिन का आरंभ और अंत आभार के साथ करना बहुत ही साधारण लग सकता है, लेकिन एक कठोर दिन के बाद अपने आपको प्रेरक और कभी-कभी शान्त महसूस करने से यह कारगर प्रतीत होता है। यह आँखों पर रंगीन चश्मा चढ़ा लेने के विषय में नहीं, अपितु हमारे जीवन में अच्छी चीज़ों को तलाश करने के विषय में है या स्थितियों को अलग नज़रिये से देखने के विषय में है - जैसे चुनौतियों को अवसरों में परिवर्तित कर देना। यह हमारे जीवन में अद्‌भुत लोगों की याद दिलाता है और याद दिलाता है कि इसके बदले में हम अपने कौशल का इस्तेमाल कैसे कर सकते हैं, या आज, एक सकारात्मक अंतर बनाने के लिए हम चीज़ों को कैसे सुलझा सकते हैं।

हमारे पास जो कुछ है, उसके लिए हम आभार का अभ्यास करते हैं क्योंकि यदि आप नित्य सचेत नहीं हैं, तो धीरे-धीरे असंतोष बढ़ने लगता है और आगे जाकर यही दुःख का कारण हो सकता है। नित्य प्रातः मैं अपने जीवन में सभी अच्छे लोगों का आभार करने का प्रयत्न करता हूँ और कल्पना करता हूँ कि यदि कल उनकी मृत्यु हो जाये तो मुझे कैसा महसूस होगा। यह और भी बुरा लग सकता है, लेकिन इस से मैं आज उनका और ज़्यादा आभार प्रकट करने लगता हूं। कभी-कभी मैं अपनी आँखों को मूँद कर अपने नेत्रहीन होने का नाटक करता हूँ - सिर्फ़ यह अनुभव करने के लिए कि यदि मैं दृष्टिहीन होता तो मेरी ज़िन्दगी कैसी होती और मैं कई सुंदर चीज़ों को न देख पाता। यदि मेरी टांगें न होतीं, मेरे कान न होते, मेरी दृष्टि न होती, तो मेरे जीवन की सूरत कुछ और होती। मैं उन सब चीज़ों का आभारी हूँ जो मेरे पास हैं। मेरे कहने का

तात्पर्य यह नहीं कि यह सब सदा मेरी तकलीफ़ों को दूर करता, लेकिन बहुधा ऐसा करना मुझे बहुत मदद करता है।

चीनी भिक्षु, आदरणीय गुरू सिंग युन द्वारा रचित धर्मग्रंथ से उद्धत एक कहानी इस प्रकार है :

बरसात का दिन, धूप वाला दिन

एक बूढ़ी औरत थी जो हमेशा रोती रहती थी। उस औरत की बड़ी बेटी का विवाह एक छाता व्यापारी से हुआ था, जबकि छोटी बेटी का पति एक नूडल विक्रेता था। गर्म दिन होता तो वह चिन्तित हो जाती, 'अरे नहीं! मौसम बहुत ख़ुशगवार है। कोई भी छाते नहीं ख़रीदेगा। अगर दुकान बंद करनी पड़ी तो क्या होगा?' इन चिन्ताओं से वह दुःखी हो जाती। वह असहाय होकर रोने लगती। जब बरसात होती, तो वह छोटी बेटी के बारे में विचार करके रोने लगती। वह सोचती, 'अरे नहीं! मेरी छोटी बेटी का पति एक नूडल बेचने वाला है। सूरज के बिना नूडल नहीं सूख सकते। अब बेचने के लिए नूडल नहीं होंगे। हमें क्या करना चाहिए?' बारिश हो या धूप, वह औरत अपनी एक न एक बेटी के बारे में सोच कर दुःखी रहती थी और जिसके परिणामस्वरूप, वह बूढ़ी औरत नित्य शोकग्रस्त रहने लगी। उसके पड़ोसी उसे दिलासा न दे पाते और मज़ाक में उसे 'रोने वाली औरत' कहते थे।

एक दिन, उस औरत की भेंट एक सन्यासी से हुई। वह उस औरत के हमेशा रोने के कारण के बारे में अति उत्सुक था। उस औरत ने अपनी समस्या उस सन्यासी से कह डाली। वह सन्यासी मुस्कुराया और बहुत सहज भाव से बोला, 'माँ! तुम चिन्ता मत करो। मैं तुम्हें ख़ुशी की राह दिखाऊँगा और तुम्हें दुःखी होने की ज़रूरत नहीं पड़ेगी।'

रोने वाली महिला बहुत उत्साहित थी। उस औरत ने सन्यासी से पूछा कि उसे क्या करना है। गुरु ने जवाब दिया, 'यह बिल्कुल आसान है। तुम्हें सिर्फ़ अपना दृष्टिकोण बदलने की ज़रूरत है। गर्म दिन पर अपनी बड़ी बेटी के विषय में चिन्ता मत करना कि उसके छाते नहीं बिकेंगे, इसकी बजाय अपनी छोटी बेटी के बारे में सोचना,

जो उस दिन अपने नूडल सुखा सकेगी। इतनी तेज धूप होने से वह अवश्य ढेरों नूडल सुखा सकेगी और उसका व्यापार बहुत अच्छा होगा। बारिश होने के साथ अपनी बड़ी बेटी की छाते की दुकान के बारे में सोचो। बरसात के साथ, हर कोई छाता अवश्य ख़रीदता है। वह ढेर छाते बेचेगी जिससे उसकी दुकान बहुत फलने फूलने लगेगी।

उस बूढ़ी महिला को रोशनी दिखाई देने लगी। उसने सन्यासी की कही हुई बातों का पालन किया। थोड़े समय के बाद ही, उसने रोना बन्द कर दिया; बल्कि अब वह हमेशा मुस्कराती रहती। और तभी से, उसे 'हंसमुख महिला' कहा जाने लगा।

विचार-परिवर्तन ध्यान

ऐसा नहीं है कि सबसे शक्तिशाली प्रजाति अस्तित्व में रहेगी या फिर सबसे बुद्धिमान, लेकिन सबसे परिवर्तनशील प्रजाति ही बची रह सकेगी।

चार्ल्स डार्विन

परिवर्तन की प्रकृति और विभिन्न प्रकारों - छोटे, बड़े और निरंतर परिवर्तनों को समझना विश्लेषणात्मक ध्यान का दूसरा चरण है। हम में से ज़्यादातर लोग बड़े परिवर्तनों को देखते हैं, जैसे रिश्तों का अंत, नौकरी का मिलना या छूट जाना या उम्र का बढ़ना। लेकिन कई छोटे परिवर्तन भी होते हैं, जो हर क्षण होते रहते हैं और इन बड़े परिवर्तनों तक पहुंचते हैं। ये परिवर्तन इतने सूक्ष्म और त्वरित होते हैं कि इन पर हमारा ध्यान नहीं जा पाता; हमारा शरीर नित्य परिवर्तित होता है और फिर एक दिन हम उठ कर देखते हैं कि हम बूढ़े दिखाई दे रहे हैं। हम पचास वर्ष पूर्व विवाहित किसी जोड़े को देखते हैं और सोचते हैं कि कितना अद्‌भुत है कि वे अभी भी वैसे ही हैं; लेकिन निस्संदेह उनका संबंध उन वर्षों के दौरान अच्छे समय और चुनौतियों एवं प्राकृतिक उतार-चढ़ावों के चलते बदल गया होता है। आख़िर किसी भी रिश्ते का आधार दो व्यक्तियों की भावनायें होती हैं और जो एक ही स्थिति में जड़ कभी नहीं रह सकतीं।

हर पल बदलती अपने आसपास की दुनिया के बारे में सोचें। शुरुआत करने के लिए सबसे अच्छी अवस्था मौसमों के साथ है - बसन्त, ग्रीष्म, शरद और शीत ऋतु से प्रकृति में आद्योपान्त परिवर्तन; पत्तों के रंग में परिवर्तन, धरती पर बढ़ता हुआ तापमान। और जैसे-जैसे दिन-प्रतिदिन ऋतुओं में परिवर्तन होता है, संसार भी परिवर्तित होता है, हमारे संबंध परिवर्तित होते हैं, यहां तक कि हमारा शरीर भी लगातार, हर पल परिवर्तन के दौर से गुज़रता है।

परिवर्तन की प्रकृति पर ध्यान केंद्रित करने में हमारे मन की मदद हेतु हम निम्नलिखित शब्दों का प्रयोग करते हैं। उनके अर्थों पर विचार करते हुए आप उच्च स्वर में उच्चारण कर सकते हैं या उन्हें मन में पढ़ सकते हैं :

- जो पैदा हुआ है, उसकी मृत्यु निश्चित है
- जिस चीज़ का संचय हुआ है, उसका एक दिन क्षय भी होगा
- जो आज महफिल है, वह कभी वीरान भी होगी
- कोई भी इमारत हो, एक दिन छिन्न-भिन्न हो जायेगी
- दोस्त बदल सकते हैं
- दुश्मन बदल सकते हैं
- ख़ुशी बदल जायेगी
- दुःख बदल जायेंगे
- विचार बदल जायेंगे
- भावनायें बदल जायेंगी
- जो कल हुआ, आज वह एक सपना है
- हम आज जो अनुभव करते हैं, वह आने वाले कल का सपना है

और स्पष्ट करने के लिए, हम उस नदी का विचार करते हैं जो बहती हुई समुद्र की ओर जाती है। हमें इस बात का बोध है कि वह सर्वथा एक नदी है और फिर भी, हर पल यह नदी किसी प्रकार से बदलती रहती है - यह कभी भी यथावत् नहीं बनी रहती। सूर्यास्त या सूर्योदय इस दिशा में समान रूप से सहायता करते हैं क्योंकि ये कभी यथावत्

नहीं रहते और ये दोनों ही हमें समय की क्षणभंगुर प्रकृति की याद दिलाते हैं। और यह जीवन का सत्य है कि जीवन में कुछ भी स्थायी नहीं है। हम दूसरों को अपनी इच्छा के अनुसार नहीं बना सकते, हम अपने जीवन और विचारों को अपनी इच्छा के अनुरूप व्यवस्थित नहीं कर सकते। चीज़ें बदलती हैं, इसी कारण जीवन इतना अनमोल है।

मेरे एक पसंदीदा लेखक ने इसे बहुत ख़ूबसूरती से प्रस्तुत किया है :

पिछले वर्ष नवम्बर के महीने में एक दिन सूर्यास्त देखने योग्य था। मैं एक छोटी-सी नदी के सामने घास के मैदान में टहल रहा था, उस समय सर्द व धुंधले दिन के बाद, दूर क्षितिज तक पहुंच चुका सूर्य कमोबेश अस्त होने को था। वृक्षों के पत्तों और शुष्क घास पर सांझ के सूर्य की नर्म और उज्ज्वल धूप पड़ रही थी ... सूर्य की ऐसी चमक की हमने एक पल पहले कल्पना भी नहीं की थी, और हवा इतनी गर्म व शान्त थी कि उस घास के मैदान में स्वर्ग का नज़ारा बनने में कोई कमी नहीं रह गई थी।

हेनरी डेविड थोरो ('वॉकिंग' से)

ध्यान का यह भाग हमें याद दिलाता है कि हम लगातार खुद में और अपने जीवन में जो चीज़ देखते हैं, वह हमारी मानसिक कल्पना मात्र है। अपने किसी एक संबंध को ही लें, हम उस संबंध को मज़बूत व शाश्वत मान सकते हैं लेकिन दो व्यक्तियों की एक साथ उमड़ती भावनओं के अनुसार स्वभावतः यह बढ़ता और बदलता रहता है।

यदि हम स्वीकार कर लें कि परिवर्तन अटल है, तो हम इसे स्वीकार करने के लिए ज़्यादा तैयार रह सकते हैं और इस के लिए ज़्यादा अनुकूल और लचीले हो सकते हैं। हम अपने मन का विकास इस तरह करें कि वह परिस्थितियों के प्रति उदार, मुस्तैद और ग्रहणशील बने। इससे हम यह भी स्वीकार कर सकते हैं कि यदि हम समय के कठिन दौर से गुज़र रहे हैं, तो समय का यह दौर स्थायी नहीं है, इस प्रकार हम स्वाभाविक प्रतिक्रियाओं से सरलता से ऊपर उठ सकते हैं। जैस, उस आदमी ने

आज मुझे बहुत गुस्सा दिलाया, लेकिन क्या मुझे उस गुस्से पर लगातार काबू पाने की ज़रूरत है या मुझे धारा के साथ बह जाना चाहिए, मुझे अपने-आप को बदलना चाहिए? या शायद मैंने अपने काम में ग़लती की। मैं अपराधबोध और शर्मिन्दगी में फंस सकता हूँ या फिर से इस बोध के साथ कि अवश्य ही मैं आज अपनी ओर से बेहतर कार्य करूंगा, ख़ुशी से उठ खड़ा होऊँगा।

यह ध्यान, आभार-ध्यान के साथ संयोजन के रूप में बहुत महत्त्वपूर्ण है क्योंकि जब हम आभार के माध्यम से अपने दुःख को उजागर कर सकते हैं, तो यह निरंतर परिवर्तन की समझ है जो हमें ज़िन्दगी के उतार-चढ़ावों के लिए तैयार करती है - इससे कोई अन्तर नहीं पड़ता कि काम में जुटे रहने के लिए हम कितने कठिन प्रयास करते हैं, चीज़ें हमेशा बदलती हैं। इसके अतिरिक्त, यदि हम बिना आभार के केवल परिवर्तन के विषय में सोचते हैं, तो हमें थोड़ा हतोत्साहित सा महसूस हो सकता है - यदि सब कुछ बदलता है, तो फिर प्रयास क्या करना? हमें केवल निराशा ही हाथ लगने वाली है। लेकिन यदि हम इन अभ्यासों को एक साथ कर लें, तो वे एक अच्छा संतुलन बनाते हैं : हमारे पास जो भी है, हम उसी की कद्र करते हैं और उसका आनन्द लेते हैं और यह भी समझते हैं कि जीवन में कुछ भी स्थायी नहीं है।

मैं इस ध्यान को बहुत उन्नतिशील पाता हूँ और यह ध्यान मुझे नित्य सिखाता है कि मुझे अपने ही भीतर से ख़ुशी की भावना का विकास करना है। जो चीज़ हकीकत में महत्त्वपूर्ण है, उसे पाने के लिए यह मन के कोलाहल को दूर करता है। दिन की शुरुआत करने के लिए एक शानदार स्थान।

बेचैन मन : हमारे पास जो कुछ है, उस के लिए हम ख़ुश होना भूल जाते हैं और फिर उसके खोने पर अफ़सोस प्रकट करते हैं।

शान्त मन : हमारे पास जो कुछ है, हम उसी से ख़ुश रहते हैं और यह भी स्वीकार करते हैं कि सब कुछ परिवर्तनशील है।

आत्म-चिन्तन ध्यान

मुझे आशा है कि इस पुस्तक को पढ़ने पर, आप बिना अपनी आलोचना किए या अपने प्रति बहुत कठोर हुए बिना अपनी आंतरिक प्रकृति तथा अपने मन को समझने की शुरुआत करने जा रहे हैं। केवल इसका अध्ययन करना ही यह दर्शाता है कि आप अपने मन और अपनी ज़िन्दगी को उत्कृष्ट बनाना चाहते हैं, अपने आसपास के लोगों के साथ एक अच्छा इंसान बनना चाहते हैं और आपके पास जो कुछ भी है, उसका मूल्य पहचानना चाहते हैं।

अपनी आँखों को मूँद कर किए जाने वाले इस ध्यान में, हम अपने जीवन में अब तक किए गये कर्मों पर विचार करते हैं। यह प्रक्रिया हमें हमारी वर्तमान परिस्थितियों को समझने और इस बात को स्वीकार करने में मदद करती है कि हम आज जहाँ हैं, अपने कर्मों के कारण हैं। हम इस पर विचार करते हैं कि हम किस प्रकार के व्यक्ति बने हैं; जब हम बाल्यावस्था या किशोरावस्था में थे, तब हमारा व्यवहार व प्रतिक्रिया कैसी होती थी; पिछले वर्ष, पिछले महीने या आज सुबह ही हमने क्या किया? इसमें अच्छे या बुरे व्यक्ति जैसी कोई बात नहीं है, क्योंकि प्राणीमात्र की यथार्थ प्रकृति सर्वथा शुद्ध है, लेकिन हम अपने कार्यकलापों और प्रतिक्रियाओं पर विचार कर सकते हैं।

स्वयं के विषय में विचार करते हुए, अपने जीवन में आये लोगों के बारे में सोचने से और किसी भी प्रकार की छाप, जैसे 'माँ' 'पति' या 'बॉस', से दूर हट कर देखने से भी मदद मिलती है। आप उन्हें पूरी तरह से केवल एक मानव के रूप में देखें, जिन्हें खुशी की ज़रूरत है और जो अपने जीवन में किसी प्रकार का दुःख नहीं चाहते।

उसके बाद, इस पर विचार करें कि आप अपने प्रति दूसरों का कैसा व्यवहार पसंद करते हैं और आप अपनी ज़िन्दगी में दूसरों के साथ कैसा व्यवहार करते हैं। प्रेम, आभार, सम्मान, क्षमा, समझ, दया और करुणा के बारे में सोचें। एक कहावत कि 'ताली दो हाथों से बजती है,' की तरह ही हम जानते हैं कि लोग हमारे साथ प्यार, दयालुता, समझ और

सहिष्णुता और स्वीकारभाव से पेश आते हैं, यदि हमारा व्यवहार भी उनके प्रति इसी तरह का हो।

इस ध्यान में आपकी पूरी निष्ठा का होना ज़रूरी है। यह पछतावा करने के विषय में नहीं है या आपके एक अलग व्यक्ति होने की कामना के संबंध में भी नहीं है। यह अपने आपको यथारूप स्वीकार करने के विषय में है, अपने सभी कार्यों से किसी न किसी प्रकार दूसरों का कल्याण करने की धारणा को विकसित करने के विषय में है। यह एक सशक्त व शान्त संयोग है। स्वयं से सीधे तौर पर प्रश्न करें कि आपके जीवन में क्या हो रहा है। यदि आप अपने रोज़मर्रा के जीवन में बेचैनी महसूस कर रहे हैं, तो आपको इसका कारण जानना आवश्यक है। थोड़ी देर रुक कर विचार करने के ये अवसर हम बड़ी आसानी से छोड़ देते हैं। हम इतने परेशान हैं कि हमारे पास ज़्यादा विचार करने की शक्ति नहीं बची। अपनी भावनाओं को ऐसा मत होने दें कि वे आपको आपकी आंतरिक प्रकृति से बहुत दूर ले जायें।

यह मनुष्य ही है जो कभी-कभी एक प्रतिकूल स्थिति में फंस जाता है और उस क्षण अपनी ख़राब प्रतिक्रिया देता है, लेकिन गहन चिन्तन के बाद हम महसूस करते हैं कि हम यथार्थ में एक नेक इन्सान हैं जिससे कोई गलती हो गई है। इतना स्वीकार करने पर, हम अपनी ग़लती को सुधारने की दिशा में क़दम उठाते हैं, बजाय इससे दूर भागने के। हम मानते हैं कि हम अतीत को बदल नहीं सकते, लेकिन हम अपने जीवन में उन ग़लतियों और परिस्थितियों की बार-बार आवृत्तियों को होने से रोकने के लिए अपनी ओर से पूरी कोशिश करते हैं। स्वयं का विश्लेषण करने का और हमारे अपने तरीक़े तलाश करने का यही समय है, अपेक्षाकृत यह उम्मीद या आशा रखने के कि दूसरे लोग अपने-आप को बदलें। अपने-आप में कोई बात देखने और बेहतरी के लिए परिवर्तन लाने के लिए हम मुश्किल हालात का प्रयोग कर सकते हैं।

उसी प्रकार, जब हम दूसरों के बारे में सोचते हैं, तो तब हम कभी-कभी स्वयं को दूसरे लोगों से बेहतर या बुद्धिमान मानते हैं। हम इस प्रकार की सोच के अभ्यस्त हो जाते हैं कि हम सही हैं और हमारा

साथी, हमारा बॉस या कोई अन्य हमेशा से ग़लत रहे हैं, जो हमारे जीवन में कठिनाइयां पैदा करते हैं। कभी-कभी, हमें मानसिक रूप से झुकने की एक अवस्था के रूप में इस ध्यान का प्रयोग करना ज़रूरी हो जाता है। जिस प्रकार हम चाहते हैं कि दूसरे हमारा सम्मान करें या हमारा ध्यान रखें, उसी प्रकार, हमें एहसास होता है कि दूसरे भी ऐसा ही चाहते हैं। और ये चीज़ें जितनी अधिक हम दूसरों को दे सकते हैं, उतनी ही अधिक मात्रा में हम अपनी संवेदनाओं में भी ला सकते हैं, अपनी जगह बना सकते हैं और उतनी ही ये चीज़ें हम तक भी आयेंगी। जब अपनी राय की बात आती है, तो कुछ भी सही-ग़लत नहीं होता, इसलिए दूसरों के विचारों का सम्मान करने और उन्हें स्वीकार करने की अपेक्षा अपने विचारों को ऊपर रखना आख़िरकार हर एक को नाखुश करता है। अन्य लोगों के विचारों को सुनने, समझने और उन पर ध्यान देने का अभ्यास बहुत महत्त्वपूर्ण है।

अभ्यास का अर्थ आपके स्वयं के मन, आपके भीतर के 'स्व' को प्रशिक्षण देना है; यह दूसरों को प्रशिक्षित करने के संबंध में नहीं है। इसका अर्थ वास्तव में यह है कि आप अपने भीतर की जगह को विस्तार देने में कितने समर्थ हैं, जिससे 'मैं' छोटा हो जाता है। अगर आप के अंदर 'अपने और पराये' की धारणा व्याप्त है और आप दूसरों के नकारात्मक गुणों को देखे बिना नहीं रह सकते, तो आपको बहुत प्रयास करना होगा। आपने अपने अंदर की उबड़-खाबड़ राहों का समुचित सफ़र नहीं किया है।

– *परमपूज्य ग्यालवांग ड्रक्पा* द्वारा लिखित
'एवरीडे एन्लाइटन्मेंट' से

मुझे यह उद्धरण अच्छा लगता है क्योंकि किसी भी प्रकार के अभ्यास का अंतिम परिणाम हमें एक बेहतर, खुशगवार और समझदार व्यक्ति में परिणत करना होना चाहिए। संक्षेप में, यह बुद्धिमत्ता और करुणा को विकसित करता है। और यह विकास सर्वथा असंभव है यदि 'मैं' या अहम् जैसी भावना को उस बिंदु तक क्षीण नहीं कर देता, जहाँ व्यक्ति कम से कम अपनी कामनाओं से ऊपर उठ कर देखने में सक्षम हो और चीज़ों को

दूसरों के नज़रिये से देख सके और इस बात का सम्मान कर सके कि खुशी की चाह और कष्टों से बचने की इच्छा हम सब में समान भाव से होती है।

इन शब्दों के मुझे अच्छे लगने का एक कारण यह भी है कि ये स्पष्टतया बताते हैं कि ध्यान जैसे अभ्यास केवल व्यक्ति के आंतरिक रूपांतरण हेतु हैं और ये दूसरों के अवगुणों को देखने का अधिकार नहीं देते। यदि इस प्रकार के अभ्यास का अंतिम परिणाम अंहकार से प्रेरित है और जिन लोगों की धारणायें हमसे भिन्न हैं उनके लिए हमारे मन में विशालता उत्पन्न करने और हमारे भीतर करुणा का विकास करने की ओर कम है, तो ऐसे मन की वापसी का मतलब ही क्या है? व्यक्ति के अपनी धारणा से ऐसे कट्टर लगाव के रहते हमारा मन शान्त कैसे रह सकता है?

अपने मन की प्रवृत्तियों की तलाश

बौद्ध परम्परा में, व्यक्तित्व की विशेषताओं को तीन जोड़ियों के रूप में चित्रित किया है :

- लालच और विश्वास
- क्रोध और ज्ञान
- भ्रम और संतुलन

ये सभी विशेषतायें हम सभी में हैं, तो यह मामला एक को दूसरे से वर्गीकृत करने का नहीं है। हम सभी को ज़रूरत है अपने मन को प्रशिक्षित करने की, जिससे हम विश्वास, ज्ञान और संतुलन की दिशा में बढ़ सकें और लालच, क्रोध व भ्रम से दूर रह सकें। इस कारण इस 'मन के साथ एकांत' में आप चिन्तन-ध्यान का अभ्यास करें, उन लक्षणों पर विचार करें जो आपमें प्रकट होते हैं, जिन्हें आप प्रवृत्तियाँ मान सकते हैं। आप लक्षणों का सकारात्मक या नकारात्मक पक्ष पहचान सकते हैं और जब आप जान जाते हैं कि एक पक्ष किस प्रकार आपके मन को दृढ़ता भी दे सकता है व कमज़ोर भी बना सकता है, तो उस स्थिति में यह आपके लिए उपयोगी सिद्ध हो सकता है।

जो मन लालची प्रवृत्ति का होता है, वह लोगों व चीज़ें दोनों ही से बहुत मज़बूती से जुड़ा होता है। उसे हमेशा और ज़्यादा चीज़ों की तलाश रहती है - ज़्यादा खुशियाँ, ज़्यादा पैसा, ज़्यादा प्यार - और उसके पास जो कुछ है, उससे वह बिल्कुल भी ख़ुश नहीं रहता। निस्संदेह इसका अभिप्राय है कि आप आभार की अवधारणा को आसानी से समझ सकते हैं - एक अवधारणा कि जीवन बहुत अनमोल है और इसका वर्तमान क्षण में ही आनन्द लेना चाहिए। आप ईर्ष्यालु व किसी पर अपना हक़ जताने वाले हो सकते हैं लेकिन इसका यह मतलब भी है कि आप के पास बांटने के लिए बेशुमार प्यार है। परिवर्तन के अर्थ का चिन्तन आपके लिए महत्त्वपूर्ण ध्यान है यह जानने के लिए कि सफलता का कोई परम सुख या मर्यादा नहीं है जिस तक आप पहुंच सकें क्योंकि जीवन में कुछ भी स्थायी नहीं है। और अपनी महान शक्ति, अपनी उदारता पर ध्यान केंद्रित करें, कुछ मांगने की अपेक्षा कुछ देने वाले बनें।

जो मन क्रोध की प्रवृत्ति का होता है, वह ज़्यादा सावधान और जीवन के प्रति शंकास्पद होता है, अत्यधिक विवेचनात्मक और आलोचनात्मक होता है। आप एक पूर्णतावादी हो सकते हैं जिसे चीज़ों को पूरी तरह सही ढंग से करना पसंद करता है और जो लोगों के अपने आदर्शों के अनुकूल न होने पर जल्दी ही खीज जाता है। यह संबंधों पर दबाव बना सकता है, क्योंकि इस संसार में कोई भी व्यक्ति सम्पूर्ण नहीं है और वह आपके सम्पूर्ण साथी की कल्पना के अनुरूप नहीं होता। आप अपने पुराने रोष या तकलीफ़दायक यादों को अपने भीतर दबाये रखते हैं, जिससे आपका वर्तमान ख़राब होता है, ज़्यादा विचार से आपके मन में खलबली मच जाती है। निस्संदेह यह आपका गुण है कि आप मामले की तह तक जाकर देखते हैं, इससे आप स्थितियों व लोगों के प्रति बहुत बुद्धिमान व व्यावहारिक हो जाते हैं। आप फैसलों के बारे में बहुत ध्यानपूर्वक विचार करते हैं और आप जानते हैं कि निर्णय लेते समय सहायता लेने के लिए सकारात्मक विचारों वाले प्रभावशाली व्यक्ति को कैसे खोजा जाये। आप में अंतर्दृष्टि होती है; आपको पता होता है कि आपको क्या करना है। महत्त्व है इस बात का कि दया व प्रेम को अंगीकृत करने पर

केंद्रित हुआ जाये। अपनी करुणा का विकास आभार ध्यान के द्वारा करें और अपने कार्यकलापों पर ध्यान दें तथा दूसरों की आलोचना करना व अतीत की बातों को भुला दें।

जो मन भ्रम की प्रवृत्ति का होता है, वह हमेशा विचलित रहता है और उपस्थित लोगों के प्रभाव में ही रहता है क्योंकि उनके लिए अपने निर्णय स्वयं लेना बहुत कठिन होता है। आपको अपनी योग्यता पर संदेह हो सकता है या आप बेहद संकोची भी हो सकते हैं। आप सोच सकते हैं कि आप वास्तव में जो करना चाहते हैं, उस के विषय में विरोधाभासी हो सकते हैं, तो आप जल्दी व आसानी से दूसरों में थोड़ी-थोड़ी रूचि लें। लेकिन आपकी शक्ति तो आपका जीवन धारा के साथ ही चलना और शान्त रहना है, एकाएक परिवर्तित होती परिस्थितियों से आपको कोई कठिनाई नहीं होती - आप का स्वभाव लचीला है, अनुकूलनीय है। और चूँकि आपके विचार दृढ़ नहीं हैं, आप दूसरों के नज़रिये से देखने में कोई परेशानी महसूस नहीं करते और इसीलिए आपमें करुणा व सहानुभूति की महान क्षमता है और आप हर एक के साथ निभा सकते हैं क्योंकि दूसरों द्वारा आपकी आलोचना की संभावना बहुत कम होती है। अपने अंदर उतनी ही करुणा व दया दिखाना, और यह देखना कि आप कितने आकर्षक हैं, महत्त्वपूर्ण बात है। श्वसन ध्यान बहुत उपयोगी है क्योंकि यह मन को व्यवस्थित करता है और सभी व्याकुलताओं को दूर कर एक समय में एक ही चीज़ पर ध्यान केंद्रित रखता है। चेतनता की तकनीकों को अपनाना भी बहुत मदद करता है। केवल खाने के लिए खायें, और जब बर्तन धोएं तो सादगी को अपनाते हुए उसमें भी आनंद महसूस करें।

अपने ही सवालों के जवाब देना

अपनी मदद करने वाले हाथ की तलाश करने के लिए सबसे उपयुक्त स्थान है आपकी हाँथ का आख़िरी सिरा।

स्वीडन की लोकोक्ति

आजकल बहुत से लोगों में यह जागृति आ गई है कि वे स्वयं को और

अपनी ज़िन्दगी को उत्कृष्ट बनाने के लिए क़दम उठाना चाहते हैं। वे समझने लगे हैं कि हमारा मन कितना आश्चर्यजनक है और हमें उसका ख़याल रखने के लिए कितना सजग रहना होता है - लोग कितने कमज़ोर व दबाव में रहते हैं। वे पूछते हैं कि वे ज़्यादा करुणामयी कैसे हो सकते हैं, वे अपने जीवन का लक्ष्य कैसे हासिल कर सकते हैं। कई लोगों के लिए एक बेहतर नौकरी, एक बड़े घर और उपलब्धियों की लम्बी सूची के लिए अनवरत प्रयासों का कोई आकर्षण नहीं रहा, क्योंकि पूर्णता के लिए ये सब वस्तुयें अनन्तकाल के लिए स्थायी नहीं लगतीं।

'जवाबों के लिए' गुरुओं या विशेषज्ञों के पास जाना आकर्षक लगता है, और हाँ, विशेषज्ञ निश्चित रूप से बहुत उपयोगी ज्ञान व जानकारी प्रदान कर सकते हैं। वे आपको नये क्षेत्रों का पता लगाने व उनको जानने में मदद कर सकते हैं। लेकिन यह भी महत्त्वपूर्ण है कि आप हमेशा अपने सवालों के जवाब अपने ही भीतर तलाशें। इसीलिए, यदि एक व्यक्ति मुझसे पूछता है कि वह जीवन के बारे में कम भयभीत कैसे हों, मैं इसका समाधान तुरंत नहीं दे सकता। और हमेशा हर 'कैसे' का जवाब होता भी नहीं। लेकिन एक तरीक़ा है यह जानने का कि ऐसा क्या है जो आपको भयभीत करता है - शायद स्वयं के साथ और अपने भय के साथ ज़्यादा मित्रवत होना और अपने आंतरिक ज्ञान को देखना। मैं समझता हूँ कि वही ऐसी जगह है, जहाँ आपको ऐसे जवाब मिल जायेंगे जो आपके लिए सही हैं।

यह भी कुछ वैसा ही है जब लोग यह पूछते हैं, 'मेरा गुस्सा कम कैसे हो सकता है?' या 'कैसे मुझे कम हड़बड़ाहट महसूस हो सकती है?' इस पुस्तक का उद्देश्य कोई जादू की छड़ी को घुमाना नहीं है। सच्चा विकास और परिवर्तन उस तरह से आसान या तात्कालिक नहीं है। लेकिन अपनी आंतरिक प्रकृति को बेहतर ढंग से जानने से, आपके निरंकुश व अहंकारयुक्त मन की आपकी जागरुकता को विकसित करने से, विराम देने की कला का अभ्यास करने से, मुझे आशा है कि आपको आपके सवालों के जवाब मिल जायेंगे और आप हक़ीकत में अपने हृदय की सुनने लगेंगे। और यही वह स्थान है जहाँ आपकी करुणा और ज्ञान का वास है और इस करुणा व ज्ञान के साथ ही जीवन इतना अनमोल बन जाता है और

मन की बेचैनी समाप्त हो जाती है।

शुरुआत करने के साथ ही आपको इसका आभास हो सकता है कि वह आपके पास पहले से है। मुझे पूरा विश्वास है। और 'मन के साथ एकांत' का लक्ष्य उन आभासों को अधिक व्यापक व उज्ज्वल बनाना है। ये वे क्षण हैं जब आप संतुष्ट, प्रेरित, उदार, रचनात्क, तनाव मुक्त, ऊर्जायुक्त और खुद व दूसरों के साथ सहज महसूस करते हैं। अभ्यास, जागरुकता, ध्यान और चेतना से, आप अपने इन पहलुओं को सुदृढ़ बना कर प्रशिक्षित कर सकते हैं ताकि आप जीवन की राह में आने वाली चुनौतियों का बेहतर ढंग से सामना कर सकें। छोटी-मोटी झुंझलाहटों से तनाव मुक्त रहने से आप अपनी शक्तियों को जीवन की बड़ी चुनौतियों के लिए बचा कर रख सकते हैं।

स्वयं को और दूसरों को उसी रूप में स्वीकार कर हम एक बेचैन मन को बहुत हद तक तनावमुक्त कर सकते हैं।

शान्ति व स्थिरता ध्यान : प्रोजेक्टर के रूप में मन

इस ध्यान में हम देखते हैं कि कैसे मन एक प्रोजेक्टर की तरह है। हर चीज़ जो हम देखते हैं, महसूस करते हैं और विचार करते हैं, वह दर्पण में एक प्रतिबिम्ब की तरह है। हालाँकि यह दिखने में बहुत वास्तविक और विस्तृत लगता है, इसे सदा हमारे मस्तिष्क द्वारा एक अर्थ दिया जाता है, उदाहरण के लिए, मान लें कि हम एक मंदिर में अध्यापन कर रहे हैं, हमारे लिए उस पल वहाँ बैठना, स्पष्ट रूप से एक मंदिर में बैठना है, लेकिन एक दिन वही इमारत एक संग्रहालय या एक होटल हो सकती है; यह विभिन्न स्थितियाँ हैं जो एक साथ उस जगह को एक मंदिर बनाती हैं।

हमारी भावनाओं के साथ भी कुछ ऐसा ही है। हम टहलने के लिए

जाते हैं और कुछ घण्टे टहल कर बहुत ख़ुश होते हैं, लेकिन फिर हम थक जाते हैं और इससे आगे नहीं जाना चाहते। अब बैठ जाना ख़ुशी है। फिर हम लंबे समय के लिए बैठ जाते हैं और दर्द होने लगता है, तो खड़े होना ख़ुशी के बराबर होता है।

इसलिए, इस ध्यान का सार यह विचार करना है कि यहां कुछ भी स्थायी नहीं है - न सौंदर्य, न अच्छाई, न बुराई। और हम व हमारी भावनायें भी स्थिर नहीं हैं। जब हमें विश्वास होता है कि हमारी धारणायें वास्तविकता हैं, परम सत्य हैं, तो हम अपने विचारों और मान्यताओं को संकुचित कर लेते हैं और फिर हमारे कार्यकलापों पर इसका प्रभाव होता है क्योंकि हम लगातार चीज़ों को वैसा ही बनाना चाहते हैं जैसा हम विश्वास करते हैं कि उन्हें होना चाहिए, या फिर कष्ट भोगते हैं क्योंकि चीज़ें हमेशा संसार के प्रति हमारे दृष्टिकोण के अनुकूल नहीं होतीं। हमारी सुदृढ़ मान्यतायें हमारे व्यवहार के स्वरूप व भावनात्मक प्रवृत्तियों को प्रभावित करती हैं। हमें लगातार तुलना करने को बाध्य करती हैं और एक सीमा तक, स्वयं हमारे व दूसरों के लिए दबाव व अपेक्षा उत्पन्न करती हैं। वे सबसे मज़बूत छलनी हैं जिनके माध्यम से हम अपनी दुनिया को देखते हैं और प्रत्येक वस्तु को एक *अर्थ* देते हैं।

इस प्रवृत्ति का वर्णन करने का सबसे आसान तरीक़ा है - डिज़ाइनर लेबलों के बारे में सोचना। एक गली में बिकने वाले बैग के समान सामग्री से ही बने एक ब्रांडेड बैग के लिए हजारों पाउंड का अतिरिक्त भुगतान करने की बात समझ में नहीं आती, लेकिन यदि इनकी मार्केटिंग अच्छे ढंग से की जाये, यदि उस बैग के बनाने वाले की प्रतिभा के बारे में हमे कहानियाँ बताई जायें या हमें बताया जाये कि जब हम इस बैग को पकड़ेंगे तो हम कैसे दूसरों से अलग व प्रभावशाली दिखेंगे, तो हमें विश्वास हो जायेगा कि यह बैग दूसरे बैगों से कुछ हट कर है। हम बैग के लिए लालायित हो उठेंगे और यदि हम इसे ख़रीद पाने में अक्षम हुए या हमें ऐसा लगा कि हमारा व्यक्तित्व इस बैग के अनुरूप अच्छा नहीं है, तो हमें बुरा लगेगा।

मैं भूटान से हूँ और कई लोग भूटान को संसार के सुंदर व ख़ुशनुमा

देश के रूप में मानते हैं। मैं भूटान में यूनिवर्सिटी गया और अब वहाँ तराई की खेती में मेरा एक एकान्त स्थान पर घर है और इससे ज़्यादा अनुकूल मैं नहीं हो सकता, मैं कुदरत की सुंदरता से घिरा रह कर बहुत प्रसन्न हूँ। लेकिन हर एक के साथ ऐसा नहीं होता। यह निर्भर करता है आपकी धारणा पर। एक बार मैं अध्यापन के लिए देश के पूर्वी भाग की यात्रा कर रहा था, तो वहाँ के देहाती भाग मुझे सच में बहुत रमणीय लगे। मैंने वहाँ के स्थानीय निवासियों से कहा, 'आपको बहुत खुश होना चाहिए कि आप इतनी ख़ूबसूरत जगह पर रहते हैं,' और उनका जवाब था, 'क्या ख़ूबसूरत है, रिन्पोश? यहाँ कितनी ठण्ड पड़ती है, सिवाय आलू के और कुछ भी पैदा नहीं होता, चावल भी नहीं। यहाँ जीवन कठिन है।' यह मेरे लिए एक बहुत बड़ा सबक था। इसने मुझे उष्णकटिबंधीय द्वीपों के बारे में सोचने को मजबूर कर दिया, जहाँ लोग बढ़िया छुट्टियों व हनीमून के लिए जाते हैं, जबकि कुछ लोग (निस्संदेह जो वहाँ के निवासी हैं) निर्धन या भूखे होंगे और जीवन को बहुत दुष्कर महसूस करते होंगे।

यह सब कहने का आशय यह कदापि नहीं है कि हमें एक डिज़ाइनर बैग की इच्छा नहीं करनी चाहिए या किसी स्थान को सुंदर नहीं मानना चाहिए, लेकिन महत्त्व इस बात का है कि हमारी ख़ुशी इन सब चीज़ों पर निर्भर नहीं करती, और इस समझ का विकास किया जाना चाहिए - एक उष्णकटिबंधीय द्वीप पर हम बहुत अधिक खुश हो सकते हैं और कभी-कभी नहीं भी हो सकते, यह तय नहीं किया जा सकता। इसी तरह, हमारे पास गूची ब्रांड वाला बैग हो सकता है, लेकिन इसमें ऐसा कुछ नहीं कि जो हमें आंतरिक संतोष व संतुष्टि प्रदान करे।

इसे एक क़दम और आगे ले जाने के लिए, अपने सर्वाधिक प्रिय व्यक्ति के साथ भी अपने रिश्तों व उनमें होने वाले उतार-चढ़ावों पर विचार करें। कभी-कभी वे आपको इतने ज़्यादा फ़ोन करते हैं कि आपको अपनी आजादी की कमी खलने लगती है। आपको अपनी निजी गोपनीयता चाहिए। फिर, तीन या चार माह के बाद, यदि वे आपको फ़ोन करना बंद कर देते हैं, तो आपको बुरा लगने लगता है और आपको अकेलापन खलने

लगता है, तो आज़ादी या स्थान की आपकी धारणा बदलती है। पहले तो आप चीज़ों के एक ओर होने की इच्छा करते हैं, उसके बाद दूसरी ओर। पिछले कुछ वर्षों में हो सकता है आपने अपने माता-पिता पर अनुदार या मतलबी होने की छाप लगाई हो, आप भूल गए कि जब आप पूरी तरह से असहाय थे और अपने जीवन में हर चीज़ के लिए उन पर निर्भर थे, तो वे आपको कितना स्नेह देते थे।

लोगों व चीज़ों का वर्णन करने की चाहत और उनके कार्यकलापों व आशय का वर्णन करना मानव की प्रवृत्ति है। मूल संदेश यह है कि जीवन और संसार की हर चीज़ की तरह कोई भी अर्थ या वर्णन चिरस्थायी नहीं है, इस बात से अवगत रहना चाहिए, ये परिवर्तनशील हैं। इस परिवर्तन की वजह बाहरी परिस्थितियाँ हो सकती हैं और हम भी कभी-कभी अपनी धारणाओं को चुनौती देने का साहस कर सकते हैं और शायद हमारे अपने और दूसरों के लिए हमारे द्वारा इस्तेमाल किए जाने वाली छाप से हम कम जुड़े होते हैं।

मेरे गुरु परमपूज्य ग्यालवाँग ड्रक्पा अपनी पहली हौंग कौंग यात्रा के बारे में एक कहानी सुनाते हैं, जब वह एक युवा भिक्षु थे। वह हमेशा शहर में कहीं भी बस से जाया करते थे और हर कोई अचानक खड़ा हो जाता था। वह इस सबको बहुत अच्छा व सम्मानजनक मानते थे लेकिन अपने आपको इसका अधिकारी नहीं मानते थे कि लोग उनके लिए खड़े हो जायें और उनके साथ कोई विशेष व्यवहार करें। हर रोज़ यही होता और आख़िर गुरु जी ने किसी को कहा, 'जब मैं बस में सवार होता हूँ, तो लोग खड़े हो जाते हैं, यह बहुत अच्छा है, लेकिन मैं उनसे कैसे कहूँ कि वे मेरे साथ विशेष तरीक़े से व्यवहार न करें?' तब उस व्यक्ति ने बताया कि वास्तव में एक सन्यासी का दर्शन बहुत बड़ा दुर्भाग्य माना जाता है और हक़ीकत में, लोग उतरने के लिए खड़े हो जाते थे! यह प्रसंग सुनाते समय हमेशा मेरे गुरु ठहाका मार कर हंस देते हैं क्योंकि यह इस बात का आदर्श उदाहरण है कि लोग किस प्रकार एक ही चीज़ को अलग-अलग दृष्टिकोण से देखते हैं।

यदि आप एक रमणीय सागर तट पर हैं, तो आप कुछेक मिनट के लिए इस ध्यान को करने की कोशिश कर सकते हैं या फिर आप एक फूल लेकर उसकी सुंदरता पर ध्यान केंद्रित करें। आप इस बात पर विचार करें कि सौंदर्य के बारे में आपकी अवधारणा मात्र आपकी एक मानसिक कल्पना है। यह समझें कि यह एक सार्वभौमिक सत्य की बजाय एक प्रासंगिक सत्य है और यह भी कि एक व्यक्ति के लिए किसी सौंदर्य को दूसरे व्यक्ति के द्वारा अलग दृष्टिकोण से देखा जा सकता है। अब, एक फूल को यूं ही देखें और इसे सुंदर या असुंदर के रूप में कोई छाप न दें, लेकिन इसे महज़ एक फूल की तरह ही देखें, इसकी स्वाभाविक प्रकृति को स्वीकार करें। इसे जैसा है वैसा ही रहने दें।

हम चीज़ों का वर्गीकरण व निर्माण कैसे करते हैं, इससे इसे समझने में हमें मदद मिलती है - यहाँ तक कि ख़ुशी, दर्द, निराशा और गुस्सा जैसी भावनाओं को भी। जब आप इस अभ्यास में कुशल हो जाते हैं, तो आप इन भावनाओं को अचानक नहीं रोकते, बल्कि बिना किसी अस्वीकार या स्वीकृति के आप प्रकृति में शान्त हो जायें, सिर्फ़ उन्हें देखते हुए कि वे क्या हैं - एक लहर जो क्षण भर के लिए उठती है, फिर सागर में समा जाती है, सागर का एक हिस्सा; या बादल का एक टुकड़ा जो आसमान में आता है, लेकिन आसमान को बदलता नहीं।

इस तरह, भावनाओं को यदि थामने या अस्वीकार करने की बजाय उन्हें उनकी अंतर्निहित प्रकृति में समझा जाये, तो वे ज्ञान ही हैं। सकारात्मक व नकारात्मक दोनों ही प्रकार की भावनायें ज्ञान हैं। वे हमारा एक हिस्सा हैं, लेकिन हम उनका हिस्सा नहीं हैं; हमें भावनाओं में फंसने या उनके द्वारा कोई लेबल लगाये जाने की ज़रूरत नहीं है।

अपने मन की आवृति को परिवर्तित करें

कई लोगों को यह महसूस ही नहीं होता कि उन्हें अपना निरीक्षण करने की आवश्यकता है, कि वे कौन हैं, उनके मन की प्रकृति क्या है। हम अपना वर्णन एक भावना के रूप में कर सकते हैं : 'मैं एक क्रोधी व्यक्ति हूँ' या

'मैं एक ईर्ष्यालु व्यक्ति हूँ,' जबकि हमारा विश्वास है कि क्रोध या ईर्ष्या हमारे मन की प्रकृति हैं। लेकिन सोच कर देखें कि केवल एक ही दिन में हमारी भावनाओं में कितने बदलाव आते हैं। तो हम क्रोध या ईर्ष्या तो हो नहीं सकते; ये तो आते-जाते रहते हैं, लेकिन ये हमारी प्रकृति तो नहीं हैं। आमतौर पर इस प्रकार के मनोभाव हमारी आंतरिक प्रकृति को ढक देते हैं, एक लहर जो उठती है, लेकिन जल्द ही उसकी जगह दूसरी लहर ले लेती है। हम में से अधिकतर लोग अपने-आप को यह देखने के लिए समय ही नहीं देते कि हमारी कल्पना के नीचे हमारा अनगढ़ा अस्तित्व रहता है। इसका अर्थ यह है कि हमारा वास्ता अक्सर चरम के साथ होता है - अच्छा या बुरा, ख़ुश या नाख़ुश। बीच का रास्ता हमसे छूट जाता है।

अगर आपको किसी चीज़ के बारे में असहज महसूस होता है, तो आप अपने मन की आवृत्ति को बदलने का प्रयत्न करें। हालात के विषय में अपने निर्णयों व अपने सोचने के अंदाज़ को परे कर दें और अपने लिए देखने के नए अंदाज को संभव बनायें। आप को असहज कर देने वाली किसी भी तरह के भावों को दूर कर दीजिये, जैसे 'मैं हमेशा...' या 'मैं नहीं...।' यदि नया कुछ ऐसा है जिसे आप करने की कोशिश करना चाहते हों, तो इसके वास्तविक होने की संभावना के प्रति ग्रहणशील बनें।

अपनी भावनाओं का ज्ञान

तुम्हारी समझ के आवरण को ढकने वाले आवरण का टूट जाना ही तुम्हारा दर्द हैं।

ख़लील जिब्रान

भावनायें हमारे अस्तित्व व हमारे जीवन का एक हिस्सा हैं, लेकिन महत्त्व इस बात का है कि वे आप पर अपना अधिकार न कर लें। यह समझिये कि भावनायें आती हैं और जाती हैं, जैसा कि बौद्ध धर्म में कहा जाता है कि आसमान में बादलों की तरह और नदी में लहरों की

तरह। हमें अपनी भावनाओं के प्रति आभार मानना चाहिए क्योंकि वे हमें अनुभवों से समृद्ध करती हैं, लोगों से जुड़ने में हमारी सहायता करती हैं और हमें सबक देती हैं, तब भी जब वे दुखदायी होती हैं। लेकिन हमें यह समझना चाहिये कि हमारी वास्तविक प्रकृति हमारी भावनाओं के द्वारा निर्धारित नहीं होती, इसका यह अर्थ नहीं है कि हम उनको किसी भी तरह अनदेखा करें या उन्हें तुच्छ मानें, अपितु भावनाओं से हम अपने-आप में आश्वस्त व शान्त महसूस करते हैं और फिर, उन पर नियंत्रण करने की बजाय उन्हें उमड़ने दें।

कहा जाता है कि जिस रात बुद्ध को ज्ञान प्राप्त होना था, उस रात वह एक वृक्ष के नीचे बैठे हुए थे। उसी समय उन्हें विचलित करने व ऐसा होने से रोकने के लिए बुरी शक्तियों ने उन्हें अपना शिकार बनाया। फिर भी, उनका मन इतना जागरुक व निर्मल था कि वह बुरी शक्तियों रूपी बाणों को फूलों में परिवर्तित करने में सक्षम हो गये।

यही बात हमारे अपने मन के बारे में भी कही जा सकती है। हम अपनी भावनाओं को ऐसे तीर भी बना सकते हैं जो हमें हानि पहुंचाते हैं या फिर उन्हें फूलों में भी परिवर्तित कर सकते हैं। उदाहरण के लिए, अपनी चेतना को विकसित करने से हम अपने क्रोध को बीच राह में ही रोक सकते हैं या ईर्ष्या को सेवा और करुणा में बदल सकते हैं।

पांच प्रमुख कष्टकारी भावनायें हैं :

- क्रोध
- अभिमान
- ईर्ष्या
- आसक्ति
- ग़लतफ़हमी

क्रोध

क्रोध पर नियंत्रण पाना जलते हुए कोयले को पकड़ने के समान है।

बुद्ध

क्रोध हमारे मन की शान्ति को नष्ट कर डालता है। जब हमें क्रोध आता है, हमारा विवेक इस हद तक खो जाता है कि यदि दो व्यक्ति किसी बात पर बहस करते हुए क्रोधित हो जायें, तो वे जल्दी ही यह भी भूल जाते हैं कि उनके बीच किस बात पर बहस शुरू हुई थी।

उन चीज़ों पर नियंत्रण पाना असंभव है जो हमारे बाहर है और जिनमें हमारे क्रोध को बढ़ाने की क्षमता है। व्यक्ति के अपने मन में मौजूद उस क्रोध पर नियंत्रण पाना ज़्यादा सरल व संभव है।

किसी के कहने से आप बदसूरत नहीं बन जायेंगे और न ही किसी के द्वारा आप पर चोरी का इल्ज़ाम लगाये जाने पर आप चोर बन जायेंगे। तो इतना परेशान या सतर्क क्यों होना? यदि कोई व्यक्ति अपना गुस्सा आप पर निकालता है, तो आप को दया करने की कोशिश करनी चाहिए, बजाय यह समझने के कि उनका क्रोध उन्हें उनकी मानसिक अवस्था से बाहर ले जा चुका है इसलिए वे विवेकपूर्ण होने में असमर्थ हैं। हो सकता है यह सरल न हो, लेकिन यह आप पर निर्भर करता है कि आप अपनी खुद की प्रकृति से दूर गुस्से में उनका अनुसरण करते हैं या नहीं अथवा एक अलग प्रतिक्रिया देते हैं। और जब आप अपने क्रोध को नियंत्रित करने के परिणाम देखते हैं, तो आपके मन को कितना सुकून मिलता है, आपको अपने परिवार का कितना बेहतर साथ मिलता है, जिन परिस्थितियों में आपको खीझ होती थी अब उनसे शान्ति मिलती है और आपको कितना प्यार मिलता है। मुझे आशा है कि आप अभ्यास करते रहना चाहेंगे। हर रोज़ बस कुछ मिनट के ध्यान से आपको पता चल जायेगा कि आपके मन में तनाव को कम करने की एक नई भावना का विकास होने लगा है। जब आप आती-जाती भावनाओं पर चिंतन करते हैं, तो आपको उस पल की गर्मी में कुछ क्षण रुकने के लिए ज़रूरी अतिरिक्त सांस मिल जाती है और आप अपने गुस्से और खीझ की प्रकृति को समझ पाते हैं, अपेक्षाकृत उनके द्वारा बर्बाद होने के। उद्देश्य केवल फ़ैसले को स्थगित करना है, बजाय मात्र अवलोकन करने के। धीरे-धीरे, अभ्यास के साथ, आप यह पायेंगे कि दैनिक जीवन में आप फैसले को एक तरफ़ रख सकते हैं और ज़्यादा स्वीकार्य बन सकते हैं।

अभिमान

जब आप को यह महसूस होने लगे कि कोई है जो आपसे अधिक धनाढ्य है, आपके मुकाबले अधिक सुदर्शन है, आपकी अपेक्षा अधिक लोकप्रिय है तो आपका स्वाभिमान इससे आहत होता है और आप दुःखी हो जाते हैं। आप ख़ुद की सुनें और यह जाँच करें कि आप कितनी बार ऐसा सोचते या कहते हैं : 'अगर इस कार्य का आयोजन मैंने किया होता, तो यह कहीं बेहतर होता,' 'अगर इसे मैं अपने तरीक़े से करता तो इसमें हमें ज़्यादा कामयाबी हासिल होती,' 'यदि इस दुकान/रेस्तराँ/व्यापार का प्रबंधन मेरे हाथ में होता, तो मैं चीज़ों को अलग अंदाज़ में करता।' अपने विचार को सर्वश्रेष्ठ मानना या औरों से श्रेष्ठतर समझना बहुत सरल होता है। हमारा अहम् हावी होकर हर एक के विचारों का दमन कर देता है। लेकिन यदि हमें सदा यही लगता हो कि हम सही हैं या श्रेष्ठ हैं, तो हममें अपने विकास व सुधार की कोई गुंजाइश नहीं रहती और हम अपनी संकीर्ण मान्यताओं का शिकार हो जाते हैं, और हम कुछ सीखने के अवसर से हाथ धो बैठते हैं। यदि हम दर्प में डूबे हुए हैं या घमण्डी हैं, तो हम बड़ी आसानी से निराश भी हो सकते हैं क्योंकि हमें दूसरों के पर्याप्त रूप से अच्छा होने का विश्वास नहीं होता और हम चाहते हैं कि सारी दुनिया हमारी सोच व कार्यशैली के अनुरूप कदम मिला कर चले।

यदि आपका अहम् सरलता से आप पर हावी हो जाता है, तो आप यह पूछने से कभी मत डरें, 'क्या मैं उतना अच्छा हूं?' या 'मैं वास्तव में क्या जानता हूँ?' आप हर चीज़ में श्रेष्ठ नहीं बन सकते, इसलिए विनम्र होना आसान है। यह उन लोगों की तरह लग सकता है, जो अपने-आप में घमण्ड से भरे हैं लेकिन इस बात से अवगत न होने से पूरी तरह से सुखी हैं और वे जीवन में हर चीज़ का लुत्फ़ उठाते हैं, जबकि जो लोग दूसरों के लिए अच्छा बनने का प्रयास करते हैं वे अपेक्षाकृत कम सुखी

हैं, क्योंकि वे दूसरों की नकारात्मक भावनाओं से दो-चार होते हैं और हमेशा उनमें सुधार लाना चाहते हैं। स्वयं के बारे में संदेह होना सही है और अपरिहार्य भी है। उसकी उपेक्षा न करके आप और भी अधिक जागरुक हो जाते हैं और अंततः शान्त और खुशनुमा मन के साथ-साथ अपने विकास के लिए भी सक्षम हो जाते हैं।

घमण्ड का उपाय है विनम्रता। अंततोगत्वा विनम्र व्यक्ति को ही सम्मान मिलता है।

ईर्ष्या

हममें से कोई भी व्यक्ति उस सात वर्षीय बालक से अलग नहीं है, जो बड़े ध्यान से देखता है कि किसको किससे ज़्यादा मिला।

– मार्क एप्स्टीन, *थॉट्स विदाउट अ थिंकर*

ईर्ष्या एक ऐसा विचार है, जो हमें हमारे पास उपलब्ध चीज़ों का भी आनन्द नहीं उठाने देता। जो कुछ दूसरों के पास है, वही हासिल करने की कोशिश में हम उन सब चीज़ों का आनन्द भी नहीं उठा सकते जो हमारे स्वामित्व में हैं। ईर्ष्या की भावना मन को अशान्त और बेचैन बना देती है और एक अच्छा संकेत यह है कि हमें वास्तव में रोशनी के दायरे को दूसरे लोगों से हटा कर स्वयं अपने ऊपर केंद्रित करने की आवश्यकता होती है। दूसरों की सराहना व समर्थन करने की अपेक्षा उनसे ईर्ष्या करने वाली असुरक्षा का स्रोत क्या है?

ईर्ष्या से प्रेरित होने की अपेक्षा दूसरों को लाभान्वित करने की प्रेरणा के साथ सकारात्मक चीज़ें करना अधिक महत्त्वपूर्ण है। ईर्ष्या इरादे के माध्यम से एक सकारात्मक कार्य को एक नकारात्मक कार्य में बदल कर रख देती है। हमेशा दूसरों को पछाड़ने की प्रवृत्ति को त्याग दें।

दूसरों की ख़ुशियों व ख़ूबियों से आह्लादित होना ईर्ष्या का उपाय है और ऐसा करने से हमारे मन को सुकून मिलता है और हम उन सब चीज़ों का आनन्द उठा पाते हैं जो हमारे पास मौजूद हैं।

आसक्ति

मन की 'मैं' और 'मेरा' वाली अवस्था से आसक्ति का आगमन होता है - मेरा घर, मेरा परिवार, मेरे मित्र वग़ैरह-वग़ैरह। आसक्ति की भावना के पीछे मौजूद स्थायित्व की मिथ्या भावना बहुत बलवती होती है। इसके अलावा, हम चीज़ों के अपने मुताबिक होने की अवधारणा से भी जुड़े रहते हैं। तो जब कोई व्यक्ति या वस्तु उस विचार या व्यक्तित्व से अलग होता है, जिससे हमने उसे जोड़ा होता है, भले ही वह मित्र हो या पिता हो या प्रेमी हो, तो हमें तकलीफ़ पहुंचती है। प्रत्येक वस्तु की नश्वर प्रकृति को समझ कर, हम किसी हालात या व्यक्ति (ख़ुद के समेत) से किसी भी प्रकार की अपेक्षा की तीव्रता को कम कर सकते हैं और संतोष की भावना का विकास कर सकते हैं।

अपने शरीर, भावनाओं, रिश्तों, मतों, हैसियत, मौसम, समय पर विचार करें - आप महसूस करेंगे कि ये सभी शाश्वत नहीं हैं। यह समझ आना ही आसक्ति का उपाय है।

ग़लतफ़हमी

ग़लतफ़हमी मनुष्य के मानसिक कष्टों का मुख्य कारण है - कि हर चीज़ बिल्कुल हमारी समझ के अनुसार ही होती है। एक प्राचीन बौद्ध कथा है जो शाम ढले एक व्यक्ति के घर लौटने के बारे में है। सांझ के धुंधलके के मद्धिम प्रकाश में वह राह में अपने समक्ष एक साँप देखता है और

भयभीत हो जाता है। उसके दिल की धड़कन बढ़ जाती है व उसका मन सतर्क हो जाता है। लेकिन निकट जा कर देखने पर उसे लगता है कि उसे ग़लती लगी है - यह तो एक रस्सी है, सांप नहीं। उसे थोड़ी राहत मिली और वह ख़ुद पर ही हंस दिया, उसने रस्सी पर पैर रखा और जैसे ही उसने ऐसा किया, उसने नीचे देखा और यह क्या, वास्तव में यह एक रत्नजड़ित कण्ठहार था। हमारा अपने जीवन में धारणा बना लेना एकदम स्वाभाविक है, लेकिन समझ के अभाव में हम कल्पनाओं को भी हक़ीकत के रूप में लेते हैं। और ऐसा करने में हम अपने बिल्कुल सामने पड़ी रत्नों की माला को एक सांप मान कर छोड़ देते हैं।

इसी प्रकार, 'अच्छा' और 'बुरा' हमारी अपनी धारणा का अक्स हैं। जो व्यक्ति आपका अच्छा दोस्त और आपके लिए एक अच्छा इंसान हो सकता है, वही इंसान किसी दूसरे के लिए बुरा या उसका शत्रु हो सकता है। अपनी धारणा को ही वास्तविक मानने के कारण, अन्य कष्टप्रद भावनाओं के उभरने की संभावना बढ़ जाती है। लेकिन हर चीज़ को अपने मन का प्रतिबिम्ब समझना और हर चीज़ के बारे में कम कट्टर बनना संतुष्ट मन की कुन्जी है। फ़िलहाल, हम में से ज़्यादातर लोग एक न एक प्रकार से कट्टर हैं। हम 'अच्छे और बुरे,' 'सुन्दर और बदसूरत,' 'पसंद व नापसंद' की अपनी अवधारणा से बहुत अधिक जुड़े हैं।

ज्ञान और करुणा ग़लतफ़हमी के उपाय हैं।

अपने मन को विकसित करने की दिशा में हम अपने मन की विचलित अवस्थाओं के प्रतिकार तलाशना शुरू कर देते हैं। लेकिन जब तक हमारा मन इन पाँच 'ज़हरीले तत्वों' के नियंत्रण में रहेगा, तब तक हमें मन की सच्ची ख़ुशी व सुकून कदापि हासिल नहीं हो सकता।

यदि हम अपने नकारात्मक विचारों व कार्यों को कम कर सकें, तो हम अपने मन को निर्मल बना सकते हैं और बिना पाखण्ड के जीवन की बेहतर समझ के लिए एक स्थान बना सकते हैं। और इसके लिए सबसे

सरल रास्ता है कि हम अपने सकारात्मक विचारों व कार्यों की अपनी क्षमता का विकास करें। हमारे सकारात्मक विचारों में से एक शक्तिशाली विचार है दूसरों के लिए प्रेम व करुणा का होना, क्योंकि जब आप किसी से प्रेम करते हैं, तो आप अपने विषय में कम सोचते हैं और निःस्वार्थ हो जाते हैं क्योंकि आप दूसरे व्यक्ति को खुशी देना चाहते हैं। जब तक वह विचार जीवित रहता है, खुशी जीवित रहती है।

जब आप अपने परिवार, मित्रों, सहकर्मियों, पड़ोसियों और किसी बाहरी व्यक्ति के लिए इस प्रेम को बढ़ाते हैं, तो कष्टप्रद भावनाओं के लिए जगह बहुत कम रह जाती है। हम अपने माता-पिता का आभार मानते हैं कि उन्होंने हमें प्रेम दिया, जीवन दिया और इस संसार में हमें पाल-पोस कर बड़ा किया। और फिर जब हम अपने माता-पिता, गुरुजन, वरिष्ठजन और धीरे-धीरे सभी के प्रति आदर की भावना का विकास करते हैं, तो हम एक ऐसे समाज का निर्माण करना आरंभ कर देते हैं, जहाँ हमें भी प्रतिदान में आदर व प्रेम मिलता है।

अपनी भावनाओं की उपेक्षा न करें

भावनाओं की ग़ैर-आलोचनात्मक जागरुकता हमें उनसे मुक्ति देती है। यदि हम हमेशा अपनी भावनाओं पर शर्मिन्दगी या ग्लानि महसूस करते हैं, तो हम उन्हें बहुत स्पष्ट ढंग से देखने में समर्थ नहीं होते और उन पर अपनी पकड़ ढीली करना हमें मुश्किल लगता है। भावनायें, जो दबा दी जाती हैं, सतह के नीचे बुदबुदाती रहती हैं और यदि हम उनकी अनदेखी करते हैं या उन्हें नष्ट करने का प्रयास करते हैं, जो हमें स्वयं पसंद नहीं है, तो हम एक तरह से उनके आगे लाचार हो जाते हैं और वही हमारे जीवन के आनंद की राह में बाधा बन जाती हैं। वे हमारे मन-मस्तिष्क में एक बेचैनी पैदा करती हैं। इसी प्रकार, जब हम ऐसी भावनाओं को गर्व या क्रोध के रूप में स्वयं में भर लेते हैं, तो हम उन में फंस जाते हैं, हमें ऐसा लगता है कि हम स्वयं ही भावना हैं, 'मैं गुस्सा हूँ।'

भावनाओं की भाषा :

- बेचैन मन कहता है : मैं गुस्सा हूँ
- *शान्त मन कहता है : मैं गुस्से को महसूस कर रहा हूँ*

अपने खेद से भी सीखें, अपने दुखों को दबायें नहीं, जब तक इनमें एक पृथक और अभिन्न रूचि आये तब तक इनका पोषण करते रहें। दिल की गहराई से खेद व्यक्त करना नये सिरे से जीना है।

हेनरी डेविड थोरो

कुछ लोगों का कहना है कि जब वे ध्यान करते हैं, तो उन्हें बहुत अधिक परेशान करने वाली भावनायें महसूस होती हैं, जबकि यदि वे ध्यान नहीं करते, तो बेहतर महसूस करते हैं। यह तो ऐसा हुआ मानो ध्यान कोई समस्याओं का पिटारा खोलने जैसा है। लेकिन इस चेतना के बिना सच्चा सुकून और शान्ति नहीं मिल सकती। आप शायद कुछ छिपा रहे हैं। यदि आप जागरुक होते हैं, तो ही आप अपनी प्रकृति में आश्वस्त व शान्त रह सकते हैं। तब हक़ीकत में आपको ज्ञात होगा कि आप वास्तव में एक नेक और अच्छे इंसान हैं।

ज्ञान, करुणा और संबंध का द्वार भावनायें ही हैं। भावनायें ही हमें दर्द महसूस कराती हैं, भावनाओं से ही हम प्रेम करना सीखते हैं, दूसरों का ध्यान रखते हैं, दूसरों के दृष्टिकोण से चीज़ों को अनुभव करते हैं, महान कार्य करने के लिए भावनायें ही प्रेरित करती हैं। भावनायें ही ज्ञान की राह हो सकती हैं, भावनायें ही इस बोध की कुंजी हैं कि हम कौन हैं। जीवन इच्छाओं से बना है, इसी कारण बोध होना आवश्यक है। इच्छा एक सुंदर चीज़ हो सकती है, लेकिन स्वयं से महज़ यह पूछें कि इच्छायें कहाँ से आती हैं। क्या इच्छायें दूसरों की मदद करने के लिए, प्रेरणा के लिए, या जीवन के प्रति आभार के लिए हैं? या ये आसक्ति से भरी हैं? अपनी भावनाओं को सीधे तौर पर देखें, सभी तरफ़ से देखें। स्वयं देखें और पता लगायें कि ये कहां से आती हैं, ये क्या हैं?

क्या आप इन्हें आता हुआ देखते हैं और ये आपको क्या सिखा सकती हैं? यदि हम अपने-आप को सुकून पाने का और अपने विचारों के छल को अनावृत करने का समय नहीं देते, तो हम अपने-आप को यह कह कर नकार सकते हैं, 'मैं बहुत क्रोधी इंसान हूँ' या 'मैं बहुत ही ईर्ष्यालु व्यक्ति हूँ'। यदि हम अपने अंदर देख सकते, तो हम पाते कि हमारे मन में विद्यमान जो भावनायें हैं, वे हमारी प्रकृति नहीं हैं, निस्संदेह दिन के चौबीस घण्टे नहीं और साल के 365 दिन भी नहीं। चीज़ें इतनी भी सरल नहीं हैं।

चीज़ों को त्यागने की कला

अंत में इन चीज़ों का ही महत्त्व रह जाता है : आपने कितनी अच्छी तरह से प्रेम किया? आपने जीवन को संपूर्णता से कैसे जिया? आपने कितनी गहराई से त्याग किया?

बुद्ध

हमें कुछ चीज़ों का त्याग करना ज़रूरी है, इस विचार को अवश्य अंगीकार करना चाहिए - भले ही वह अतीत की कोई चोट हो, जो एक तरह से हमारे जीवन या हमारी भावनाओं पर असर डाल रही है, जो हमारी मदद नहीं कर रही, एक छाप जिसके साथ हम अपने आपको एक सीमा में बांध लेते हैं या एक व्यक्ति जो वास्तव में हम पर प्रतिकूल प्रभाव डाल रहा है। हालाँकि, इस विचार के साथ चलना और ऐसा करना एकदम अलग बात है।

शुरुआत में, यह समझने के लिए कि हमारी सभी भावनात्मक प्रवृत्तियाँ मददगार नहीं होतीं, आपने पहला कदम पहले ही उठा लिया है। आप अपने अहम् युक्त मन को लगातार आप पर शासन करने देने की बजाय अब अपनी आंतरिक आवाज़ को सुनने लगे हैं। ऐसा नहीं है कि भावनायें अपने-आप में किसी तरह से 'बुरी' होती हैं; हमने देखा है कि हमारी सभी भावनायें हमारी शिक्षक होती हैं और जीवन को रंगों व गहराई

से जोड़ती हैं। लेकिन यह वह तरीक़ा है जिसमें हम अपनी भावनाओं पर प्रतिक्रिया प्रकट करते हैं जो हमारा दिन या हमारे जीवन का काफ़ी लंबा समय बर्बाद करती हैं। हम उन्हें क्या अर्थ देते हैं? हम उनसे कब तक जुड़े रहते हैं जबकि अन्य लोगों के लिए वह पल स्पष्ट रूप से बीत चुका है?

ज्यों ही आपके रोज़मर्रा के अनुभवों, ध्यान और चेतना के अभ्यास से आपकी जागरुकता का विकास होता है, आप अपनी भावनाओं व अपनी प्रतिक्रियाओं के बीच एक छोटा-सा फ़ासला देखने लगते हैं। ज्यों ही आप अपनी जागरुकता को बढ़ाने की प्रक्रिया आरंभ करें, स्वयं के प्रति बहुत धैर्यवान रहें। पहले तो यह मामला कष्टप्रद भावनाओं के आने पर आप की प्रतिक्रिया का है, भावनायें, जो एक परिस्थिति या एक व्यक्ति की प्रतिक्रिया में अचानक ही कहीं से निकलती प्रतीत होती हैं और वे आपके आत्मसम्मान और आत्मविश्वास को चुपचाप खा जाती हैं। कुछ लोगों के लिए यह क्रोध हो सकता है, शायद किसी चीज़ के प्रति अतिसंवेदनशील होना या ईर्ष्या की एक लहर - जब एक मित्र आपको अपनी सफलता के बारे में बताता है या एक प्रेमी एक कमरे से दूसरे कमरे में झांकता है। आगे के कुछ पृष्ठों में हम इस विषय पर विस्तारपूर्वक विचार करेंगे।

नकारात्मक विचारों या प्रतिक्रियाओं को आप अचानक नहीं रोक सकते लेकिन आप उन्हें ध्यान से देखना शुरु कर सकते हैं - शुरूआत में तो उनके पहले से ही प्रकट होने के बाद और फिर धीरे-धीरे जब वे आते हैं या जब आपका शरीर और मन आपको इस विषय में संकेत देने लगता है कि वे आने को ही हैं। किसी भी प्रकार की आलोचनात्मक भावना से रहित होकर आप स्वयं से यह प्रश्न करें कि वे नकारात्मक विचार आये कहाँ से? शायद इसमें कोई अन्य कारण शामिल था, जिसके विषय में आपने शुरू में सोचा नहीं था - जैसे कि, आप भूखे थे और बहुत थके हुए थे। अपने-आप से पूछ कर देखें कि क्या आपका अहम् आपकी भावनाओं में शामिल हो सकता है? क्या आप चीज़ों को किसी हद तक व्यक्तिगत तौर पर ले रहे हैं और ब्रह्माण्ड के केंद्र में अपने-आप को रख रहे हैं?

याद रहे कि जब हम दूसरों के साथ किसी विचार पर चर्चा और

बहस करते हैं, तो हम उनकी कही बात को बिना कोई सवाल किये हमेशा स्वीकार नहीं करते। हम अधिक जानकारी के लिए और प्रश्न करते हैं और जांच करते हैं, जिससे हम चीज़ों को उनके वैकल्पिक दृष्टिकोण से देख सकें और हम ऐसा अपने विचारों से कर सकते हैं। सिर्फ़ इस तरह के कुछ प्रश्न पूछने से भावनाओं से आवेग को बाहर लाने में मदद मिलती है। और आप अनजाने में ही उन्हें त्यागना शुरू कर देते हैं।

या अगर आप प्रारंभिक प्रतिक्रिया को अभी भी महसूस करते हैं, तो इन परिस्थितियों में यह बात समझी जा सकती है। लेकिन इसे देखने पर आप स्वीकार करते हैं कि भावनाओं को दबा कर रखना अपेक्षाकृत आपको असहज कर देता है और आपका दिन बर्बाद कर देता है। आप आभार और विचार-परिवर्तन ध्यान को याद करें और विचार करें यह बात तो इतनी बड़ी नहीं थी, लेकिन मुझे दुख की भावना में नहीं फंसना है। मेरे पास दूसरी अच्छी भावनायें भी हैं, जिन तक मैं भी पहुंच सकता हूँ।

कभी-कभी हम चीज़ों को छोड़ देने से ज़रा डरते हैं; उदाहरण के लिए, जब हम जीवन के कठिन विकल्प या दुविधा से दो चार हो रहे होते हैं। हम कोई फ़ैसला लेना तब तक टालते रहते हैं, जब तक बहुत ज़्यादा देर न हो जाये क्योंकि हम उसके परिणाम के बारे में चिन्ता करके बहुत विचलित होते हैं। और कभी-कभी ये भावनायें या छाप ही हैं, जिनसे हम बहुत जुड़ चुके होते हैं (जो हमारे मन की कल्पना है)। हमारा दृढ़ विश्वास है कि कुछ विशेषतायें और कमज़ोरियाँ हमारे व्यक्तित्व का अभिन्न हिस्सा हैं : वे वही हैं जो हम हैं। उदाहरण के लिए, यदि आपको बहुत जल्दी क्रोध आ जाता है, तो इसे उग्रता और भावुकता का नाम दिया जाता है, आपको यह चिन्ता होती है कि उस गुस्से को छोड़ देने का मतलब होगा कि आपने अपने अस्तित्व का एक हिस्सा खो दिया, कि आप नहीं जानते कि आप इसके बिना क्या हैं। लेकिन जिसे आप छोड़ने जा रहे हैं, वह गुस्सा तो है ही नहीं बल्कि वह गुस्से पर आपकी प्रतिक्रिया है। भावनायें हमारा एक हिस्सा हैं, हमारे मानवीय स्वभाव का हिस्सा, लेकिन हमें 'हम' बने रहने के लिए उनसे चिपके रहने की ज़रूरत नहीं है।

गहरे ज़ख्म या छाप जिनके साथ आपने अपना पूरा जीवन बिता

दिया हो, उन्हें मिटा देना आसान नहीं है और अक्सर इसके लिए पेशेवर चिकित्सा या परामर्श की ज़रूरत पड़ती है। लेकिन इसमें आपका अपने मन के कार्य करने के तरीक़े को समझना भी मददगार साबित हो सकता है। और तभी सब मूल्यवान हिस्सों को रखते हुए, अनुपयोगी तरीक़ों व भावनात्मक प्रवृत्तियों को धीरे-धीरे छोड़ पाना सम्भव हो पाता है। हाँ, आपका अहम् युक्त मन अपने उसी पुराने व परिचित तरीक़े से व्यवहार करेगा तथा वह कभी-कभी आपको ठोकर भी मार सकता है और आप पर चिल्ला भी सकता है। लेकिन धीरे-धीरे आपको महसूस होगा कि आपके पेट की ऐंठन से, या मस्तिष्क में उठने वाली अनवरत आवाज़ से और कम आवृत्ति के साथ दिमाग़ का विश्लेषण करने से तथा आपके कंधों के बोझ से आपको छुटकारा मिल जायेगा। आपकी ज़िन्दगी प्रकाश से भर उठती है और आपको ध्यान केंद्रित करने का अवसर देती है और आप उन चीज़ों को खुशी से अपनाते हैं जिनसे आपके जीवन में अन्तर पैदा होता है, और वह भावना आपको जीवन का सही अर्थ बताती है।

क्रोध का त्याग करें

भावनाओं को परखने की शुरुआत के लिए क्रोध एक अच्छा उदाहरण है क्योंकि क्रोध एक बहुत ही दृढ़ भावना है और कई लोग सच में इसे दबा कर नहीं रखना चाहते।

बुद्ध ने कहा था कि क्रोध, किसी दूसरे पर फेंकने के इरादे से उठाये गये गर्म कोयले के समान है, लेकिन वास्तव में इससे जलने वाला व्यक्ति आप खुद होते हैं। निस्संदेह, कई बार ऐसा होता है, जब क्रोधित होना सर्वथा स्वाभाविक होता है और इसे प्रकट न करना या इस कटु भावना को अपने भीतर दबा देना स्वास्थ्य के लिए हानिकारक होता है। लेकिन जैसे अपने मन में क्रोध का अनुभव करना स्वाभाविक है, उसी प्रकार इस चेतना का विकास भी अच्छा होता है कि क्या गुस्सा कभी बहुत सहायक होता है, और यह प्रश्न कि इससे हमेशा आपको अच्छा महसूस होता है या इसकी अपेक्षा इससे आपको तकलीफ़, परेशानी और बेचैनी होती है।

जैसे ही आप अपने मस्तिष्क की तन्मयता को विकसित करना आरंभ करते हैं और आप किस प्रकार के इंसान हैं, इस पर अंतर्मुखी होकर विचार करने में सक्षम हो जाते हैं, फिर आप अपने क्रोध पर विचार करने के लिये आवश्यक समय निकालना शुरू कर देते हैं, बजाय हमेशा, हर पल उससे जलते रहने के। यदि आप अपने मन को किसी प्रकार का प्रशिक्षण नहीं देते तो क्रोध जैसी भावना बड़ी आसानी से आपको वशीभूत कर लेती है क्योंकि आपको असावधानी की अवस्था में अपनी चपेट में ले लेना क्रोध लिए बहुत आसान है। हो सकता है कि आपको अपने जल्दी गुस्सा हो उठने के बारे में और इस विषय में कुछ न कर पाने की अपनी लाचारी का पता हो, क्योंकि किसी विशेष परिस्थिति पर प्रतिक्रिया के दौरान यह गुस्सा वास्तव में आता कहाँ से है, यह देखने का समय हमारे पास नहीं होता। इसलिए, आपको जब गुस्सा आ रहा हो तो उसे दबाये नहीं, बल्कि इस पर अच्छी तरह ध्यान दें और इसके स्रोत व उसकी विशेषताओं पर ग़ौर करें। क्यों कुछ विशेष चीज़ें आपको उत्तेजित करती हैं जबकि दूसरी नहीं? ऐसा क्या है जो आपको गुस्से से भर देता है? उदाहरण के लिए, रूखापन। या मान लें, कि यदि कोई व्यक्ति बुरा है, तो क्या आप उसकी बातों या कार्यों से अपमानित महसूस करते हैं? वे ऐसा कैसे कर सकते हैं? वे ऐसा कैसे कह सकते हैं? या शायद ऐसा तब होता है, जब आप किसी परिस्थिति में स्वयं को लाचार महसूस करते हैं : आपके बस-स्टॉप पर पहुंचते ही बस का छूट जाना; पदोन्नति के समय आपके बॉस का आपको नज़रअंदाज़ कर देना, जबकि आप ने कड़ी मेहनत से काम किया हो; आपके बैंक का आपके नाम एक पत्र भेजना जिसमें आपको सूचित किया गया है कि आपका ब्याज अचानक बढ़ने जा रहा है और जिसे चुकाना आपकी वर्तमान क्षमता से परे है; आप का अत्यधिक थके होना और आपके किशोरवय बच्चे का यह निर्णय लेना कि वह एक पार्टी के लिए रात को बाहर रहेगा और आपका घर पर चिंतित होकर प्रतीक्षा करते रहना। ये सब चीज़ें आपमें क्रोध की भावनाओं को पैदा करने का कारण हो सकती हैं।

हक़ीकत की दुनिया में यही जीवन है और यह हमेशा आपकी योजना

के अनुसार नहीं चलता। किसी दिन तो हमें ऐसा महसूस होता है कि सारा संसार हमारे विरुद्ध है। लेकिन हम अपने गुस्से के साथ ऐसा ही करते हैं, जो गर्म कोयले को हाथ में लेकर खुद को जला लेने और इसे ठंडा होने देने में फ़र्क करता है। इसलिए यदि आपके साथी या सहकर्मी ने कुछ ऐसा किया है जिससे आपका दिन ज़रूरत से ज़्यादा कठिन बन गया है और आप इस पर आगबबूला हो रहे हैं, तो आप गुस्से में चीख़ सकते हैं, चिल्ला सकते हैं। लेकिन इसकी सामान्य तौर पर क्या प्रतिक्रिया उभर कर आती है? शायद आप उन्हें भी क्रोधित कर देते हैं, या उन्हें अपने किये पर इतनी शर्मिन्दगी होती है और इतना बुरा लगता है कि वे बहुत परेशान हो उठते हैं या वे वहां से चले जाना चाहते हैं। इसके बदले में शान्त रहते हैं, लेकिन अभी भी आपका गुस्सा गया नहीं है, जो धीरे-धीरे आपके अंदर इस कदर खौलने लगता है कि उसकी आंच आपके आसपास के सभी लोग महसूस करते हैं। आपने अभी भी जलता हुआ कोयला थाम रखा है। इसलिए जब आपको जलन महसूस होने लगे, आप इसे किसी दूसरे पर फेंकने की बजाय नीचे फेंक सकते हैं। इस सवाल को देखने और स्पष्ट करने की कोशिश में कुछ समय लें कि आपको गुस्सा क्यों आता है या यह गुस्सा कहाँ से आता है। शायद इसमें आपके भीतर उपस्थित बाहरी कारणों और स्थितियों के संयोग की भूमिका रही हो - जैसे थकावट, या कड़े व ऊँचे मानकों को बनाये रखना, या फिर चीज़ों के यथावत् बने रहने की चाह।

उपयोगी ढंग से मुखर होकर बात करना और दूसरों को छुरा घोंपने जैसे शब्दों का प्रयोग करना, इन दोनों के बीच समानता ढूंढना हमेशा आसान नहीं है, लेकिन हमारे अपने शान्त मन और अपने आसपास के लोगों की प्रसन्नता के लिए यह अभ्यास करने लायक है। शुरुआत में अपने गुस्से को नियंत्रित करना बहुत कठिन होता है, लेकिन जब इसके परिणाम आपको दिखाई देने लगते हैं, तो आपको मन की शान्ति मिलेगी, आपको अपने परिवार, मित्रों, सहकर्मियों और राह चलते अजनबियों के साथ भी बहुत बेहतर महसूस होगा। तब आपको पता चलेगा कि यह व्यवहार में लाने के योग्य है।

विशेष रूप से क्रोध का त्याग करने में सहायक सिद्ध होने वाले कई अभ्यास इस पुस्तक में वर्णित हैं। जिस समय आप क्रोध से जलता हुआ महसूस करें, तो केवल कुछ पलों के लिए सांसों पर ध्यान केंद्रित रखें इससे आपके दिल की धड़कन को धीमा करके और आपके मन को शान्त करने के लिए आपके शरीर को शान्त करते हुए, उन लपटों को ठंडा करने में मदद मिलेगी।

आभार ध्यान जीवन पर एक और सकारात्मक दृष्टिकोण के साथ मन को फिर से व्यवस्थित करने में मदद करता है; ऊपर की ओर ध्यान केंद्रित करने से हम नीचे की ओर ज़्यादा लचीले हो सकते हैं और इससे हमें जल्दी गुस्सा नहीं आयेगा।

विचार परिवर्तन ध्यान भी बहुत उपयोगी है, क्योंकि हम पत्थरों से अपना सिर टकराने की अपेक्षा, समय की धारा के साथ चलने की अपनी समझ को विकसित कर लेते हैं, हम अपनी रूकावटों से अच्छी तरह परिचित हो जाते हैं और उन्हें अपनी प्रगति का एक ज़रिया बना लेते हैं।

अपने पूरे दिन के दौरान, उतावलापन कम करने के लिए हम अपनी सहायता किस प्रकार से कर सकते हैं, इस विषय में विचार करना भी अच्छा है, जिससे हमारे गुस्से को ठण्डा होने के लिए अधिक समय और अधिक जगह मिलती है। सुबह जल्दी उठने के लिए एक सलाह है कि आप धीरे-धीरे उठें, हर रोज़ कुछ मिनट जल्दी, बजाय एक बार में आधा घण्टा जल्दी उठने के। रात्रि में अच्छी नींद लेना भी तरोताज़गी व अक्सर कम व्यथित महसूस करने के लिए उपयोगी होता है।

अपने भीतर अवलोकन करते हुए समय बिताने से और स्वयं पर विचार करने से एक तरह से हमारे भीतर ही हमारे गुस्से की जड़ का पता चलता है, अपेक्षाकृत हमें गुस्सा दिलाने वाली विविध प्रकार की बाहरी परिस्थितियों पर महज़ एक छाप लगाने के। क्या हम एक ऐसे इंसान हैं जो चीज़ों को सावधानी से करना पसंद करता है और इसलिए चीज़ों को अलग-अलग दृष्टिकोण से देखने के लिए खुद को प्रोत्साहित करने से लाभान्वित हो सकता है, या शायद हमारे भीतर

ज़िन्दगी के प्रति एक प्रकार की सामान्य कुण्ठा है जिसके कारण हमें शीघ्र गुस्सा आता है। उदाहरण के लिए, हम काम के बारे में नाख़ुश हो सकते हैं और इसकी पड़ताल करने पर हमें यह महसूस करने में मदद मिलती है कि हमें अपनी यात्रा के बारे में हमेशा शिकायत क्यों रहती है; या हमें वित्त संबंधी सामान्य उत्कंठा क्यों रहती है, जब हमारा साथी नए जूते ख़रीदने के लिए ज़िद करता है, और हम अनुचित रूप से गुस्सा हो जाते हैं।

भय का त्याग

कहा जाता है कि हमारे अंदर तीन चीज़ों का भय व्याप्त रहता है : अन्य लोग, मौत और हमारा अपना मन। हमें डर रहता है कि लोग हमारे साथ क्या कुछ कर सकते हैं - उनके कार्यकलापों व वाणी से हमें कैसा महसूस हो सकता है, उनकी प्रशंसा या निंदा, अपने अकेलेपन का डर, प्यार के योग्य न रहने का डर- और हमें यह डर भी सताता रहता है कि लोग हमारे बारे में क्या सोचते हैं, हमारी पीठ पीछे लोग हमारे बारे में क्या कहते हैं।

मौत का डर एक ऐसा डर है जिसके बारे में आजकल बहुत से लोग बात तक नहीं करते जबकि यह हमारे जीवन का एक शाश्वत सत्य है। हमारा अहम् युक्त मन सुरक्षा और बचाव चाहता है, तो यह समझ में आता है कि मौत का डर सब चीज़ों से बड़ा है, जिसके लिए हम अपने मन में बहुत कम तैयार रहते हैं। बौद्ध-धर्म में एक अच्छा जीवन जीने पर बहुत ज़ोर दिया गया है, ताकि हमारी मृत्यु भी अच्छी हो और ऐसा करने के लिए हमें मृत्यु के अस्तित्व को स्वीकार करना होगा। हम अपने वर्तमान जीवन में पूरी तरह से प्रेरित होने के लिए उस शाश्वतता का प्रयोग कर सकते हैं।

और हमारे अपने मन का भय इस पुस्तक के मर्म में है। मुझे आशा है कि इससे किसी न किसी तरह से आपको अपने मन के अनुकूल होने में और यह देखने में मदद मिलती है कि यह आपका मित्र है, शत्रु नहीं। अपने मन को पूरी तरह देखने से डरें नहीं; आपको जो पता चल

सकता है, उससे डरें नहीं। वह आपका अहम् बोल रहा है। भले ही आप अपने मन में दुःख पाते हों, लेकिन यह जानना ही बेहतर है कि वह वहां लंबे समय से है, क्योंकि तब आप प्रतिदिन वैसा व्यक्ति बनने के लिए कदम उठाते हैं, जैसे आप बनना चाहते हैं। अपने मन के साथ धीरज रखें क्योंकि जब आप ध्यान करने की कोशिश करते हैं, तो आपका मन भटकने लगता है। और अपने भय के साथ धीरज रखें। इनके लिए किसी प्रकार की शर्मिंदगी या व्याकुलता न महसूस करें अपितु धीरे-धीरे उनके कारण को समझें।

मेरी भेंट ऐसे कई लोगों से होती है जिन्हें ऐसा लगता है कि यदि वे अपने अंदर से भय और उत्कंठा को निकाल बाहर कर सकते, तो वे कहीं अधिक अच्छा प्रदर्शन कर सकते थे। लेकिन भय की अनदेखी करने की कोशिश करने की अपेक्षा उसके केंद्र में देखना, उसे स्वीकार करना और फिर उसके प्रति लापरवाह हो जाना महत्त्वपूर्ण है। यदि हम भय या चिन्ता को दूसरे कोण से देख सकें, तो हमें प्रायः कुछ प्रेरणादायक मिल जायेगा, कुछ ऐसा जो हम हकीकत में अपने जीवन में करना चाहें। क्योंकि हमारे भय बहुत अधिक हमारी उम्मीदों से जुड़े हैं - हम एक नकारात्मक परिणाम से डरते हैं, और सकारात्मक की उम्मीद रखते हैं : कोई शादी करने से डरता है, उसे अपने अतीत में टूटे हुए रिश्ते की सभी सीमाओं के साथ एक प्रतिबद्ध और प्यारे रिश्ते से मिलने वाली ख़ुशी का कहीं गहराई से पता होता है। ठीक वहीं, जहाँ हम विफलता की कल्पना करते हैं, वहीं सफलता की संभावना भी है; और हम अपने पास मौजूद अच्छी चीज़ों के खो जाने से डरते हैं, और कभी-कभी तो यह डर इतना बढ़ जाता है कि हम उनसे आनन्दित होना भी भूल जाते हैं।

अगर कभी-कभी हम अपने डर से भाग कर चले जाने का निश्चय करें, तो इसमें कोई शर्म या पछतावा नहीं होना चाहिए, अपितु क्यों न हम उनका सामना करें और उन्हें अपनी प्रेरणा के रूप में प्रयोग करें? उनमें विकास की बहुत क्षमता मौजूद होती है और वे हमारी कल्पना की तरह दहशतपूर्ण नहीं हैं। यही कारण है कि जीवन की परिवर्तनशील प्रकृति को याद रखना महत्त्वपूर्ण है - कि हम हर छोटी जानकारी को नियंत्रित करने

के योग्य नहीं होंगे और हमें इसके लिए प्रयास भी नहीं करना चाहिए। उदाहरण के लिए, यदि हम अपने साथी को डर से बाहर निकालने और उसे नियंत्रित करने का प्रयास करते, तो वे हमारे रिश्ते को विकसित कर सकते थे और फिर हम अपने जीवन में हकीकत में कुछ उष्णता ला सकते हैं जो कि परिवर्तन व विकास के लिए ही है।

चलिये, हम फिर से उन 'तीन चीज़ों' के विषय में विचार करते हैं कि क्या कोई भी ध्यान, डर का सामना करने या उसका त्याग करने की परिस्थितियों में उपयोगी हो सकता है। याद रखें कि भले ही आपकी ख़ुशी हो या आपका दुःख, उन दोनों का मूल स्रोत केवल आप ही हैं। इन में केवल आपका परिस्थितियों को देखने का नज़रिया ही अन्तर पैदा कर सकता है क्योंकि आप अपने मन से अपने संसार की रचना करते हैं। लेकिन, निस्संदेह हम अपने इर्द-गिर्द की हर वस्तु को नियंत्रित नहीं कर सकते और यह संसार पूर्णतः अनिश्चित और परिवर्तनशील है। और इस अनिश्चितता को स्वीकार करने से हम इतना तो तय कर सकते हैं कि हम जीवन के उजले पक्ष की ओर देखें, भले ही हमें थोड़ा डर हो, भले ही हम चीज़ों को छोड़ क्यों न दें? मैं ऐसे किसी व्यक्ति को नहीं जानता जिसने कोशिश करने पर खेद प्रकट किया हो, चीज़ें उनकी अपेक्षा या उम्मीद के अनुरूप न होने पर भी नहीं, क्योंकि 'असफलता' शब्द भी कुछ ऐसा है जिसे भिन्न नज़रिये से देखा जा सकता है।

यदि हम आभार ध्यान और विचार-परिवर्तन ध्यान का अभ्यास कर रहे हैं, तो हम अपने डर के बावजूद अपने आत्मविश्वास का निर्माण कर सकते हैं। हमें इस बात का एहसास हो सकता है कि अपने डर और अपनी चिन्ताओं के विषय में सोचने और उन पर लगातार ध्यान देने में समय बिताना वाजिब नहीं है, कि हमारी ज़िन्दगी में और भी ऐसी चीज़े मौजूद हैं जो वास्तव में अच्छी हैं और जिन्हें ज़हनी तौर पर ज़्यादा महत्त्व दिया जा सकता है। और चिंतन ध्यान के माध्यम से भय से विचलित हुए बिना उसके साथ ही रहना सीख सकते हैं। हम उन के साथ ज़रा सा मानसिक फ़ासला कायम रख सकते हैं और उन्हें

अलग नज़रिये से देख सकते हैं। हम उन्हें स्वीकार कर सकते हैं और इस दौरान, हम यह देखते हैं कि अब हम उन में और नहीं फ़ंसते।

अधिकांश समय, जब हम मनुष्य इकट्ठे होकर बैठते हैं और बातचीत करते हैं, तो हमें दूसरों की शिकायत और आलोचना करना सबसे आसान काम लगते हैं। ऐसा विरला समय ही होता है कि जब हम बैठ कर दूसरों की प्रशंसा करें, विशेषकर उन लोगों की तो बिल्कुल भी नहीं, जो हमें नापसंद हों। मुझे लगता है कि हमारा अहम् हमारी बातचीत का एक बड़ा हिस्सा निगल लेता है, जिससे हम निर्भय रूप से अलग, सकारात्मक, दयालु और समझदार होना भूल जाते हैं।

मैं सदा अपने मित्रों और शिष्यों से कहता हूँ कि शिकायत करना हमेशा आसान है क्योंकि इससे हमारा अहम् तुष्ट होता है, विशेषतया यदि हम दूसरों को अपनी बातों में शामिल करते हैं। हमारे अहम् की तुष्टि से हमें क्षणिक ख़ुशी हासिल होती है, लेकिन उस क्षण के एक बार गुज़र जाने के बाद फिर हमें बिल्कुल अच्छा नहीं लगता।

नायक वह है, जो एक सुखी जीवन जीने की हिम्मत रखता है और जो अपने अहंकार पर विजय पा लेता है और अपनी ईर्ष्या, असुरक्षा और दर्प की भावनाओं को नियंत्रित कर लेता है, जिन के करने या कहने से दूसरे लोग आहत होते हैं। इसलिए आप हमेशा अपने-आप को जांचते रहें और निर्भय होकर कोशिश करें कि आप रुक जायें। हम ग़लत हैं, यह स्वीकार करने के लिए बहुत हिम्मत चाहिए और अपने-आप में परिवर्तन और सुधार के लिए भी ऐसी ही ज़रूरत रहती है। ग़लतियाँ हो जाती हैं, ठीक है, लेकिन अपनी ग़लतियों से सबक लेने के लिए और एक नेक इंसान बनने की ख़्वाहिश करने के लिए बड़ी हिम्मत चाहिए। बेहतरी की इच्छा के साथ, धीरे-धीरे आप अपने रास्ते चलते चले जाते हैं। एक दिन, आप एक महान और दयावान इंसान बन जायेंगे और आपको पता भी नहीं चलेगा।

परमपूज्य ग्यालवांग ड्रक्पा

नज़रिये का त्याग

जब एक आदमी झुकता है, तो परमेश्वर उसे क्षमा कर देता है।

तिब्बती कहावत

मनुष्य के रूप में हम बहुत सौभाग्यवान हैं कि हमारे पास पाँच या शायद छः इंद्रियाँ हैं, जिनके माध्यम से हम अपने आसपास के संसार को समझते व देखते हैं। लेकिन बावजूद इसके, ऐसा लगता है कि कभी-कभी हम एक निश्चित दृष्टिकोण को विकसित करने के प्रति प्रवृत्त रहते हैं, बजाय हर दिन या पल जो ला सकता है, उसके लिए तैयार रहने के। हम अपने पुराने रवैये और नज़रिये से चिपके रहते हैं, जो पहले-पहल तो प्रत्येक व्यक्ति के नज़रिये से देखने की कोशिश से ज़्यादा आसान और सहज लगता है। लेकिन समस्या यह है कि मन तो एक बंद डिब्बे की तरह हो जाता है और नये विचार उसके अगल-बगल में गिरते रहते हैं क्योंकि हमें लगता है कि हमारा दिमाग़ पहले ही भरा हुआ है।

इस कठोर दृष्टिकोण के साथ हम या तो अहंकार की भावना को विकसित कर सकते हैं या उपद्रव की या फिर कट्टरता की। हम 'अहम्' शब्द को अहंकार से जोड़ने लगते हैं; जिन लोगों को हम बहुत अहम् युक्त कहते हैं आमतौर पर वे लोग अति प्रबल और महत्त्वाकांक्षी होते हैं जबकि हम अधिक विनम्रता के साथ संबद्ध होते हैं। लेकिन शांत व्यक्ति, यहाँ तक कि बहुत संवेदनशील व्यक्ति में भी अहम् बहुत प्रबल हो सकता है। आप देखें, यदि हम प्रत्येक चीज़ को बहुत व्यक्तिगत स्तर पर लेते हैं, तब अहम् ही है, जो एक बार फिर हम पर हावी हो जाता है, ठीक उसी प्रकार जैसे किसी अहंकारी व्यक्ति में अहम् बहुत बढ़-चढ़ कर बोलता है। दोनों ही मामलों में, उनके अभिमान को बहुत चुभन महसूस होती है जिसके कारण एक व्यक्ति तो बहुत आक्रामक हो उठता है, जबकि दूसरे व्यक्ति के कार्य करने की गति अचानक बहुत बढ़ जाती है।

कई लोग ऐसे हैं जो बाहर से देखने पर पूर्णतः शान्त दिखायी देते हैं, किन्तु जो हमेशा सही होने या सम्पूर्ण होने के असम्भव से प्रयास में,

अंदर ही अंदर बहुत अशान्त होते हैं। हल्की-सी आलोचना या छोटा-सा मज़ाक भी उनकी संवेदना पर काँटे के समान चुभन देता है और उन्हें ऐसा लगता है जैसे वे अंदर से बिल्कुल चूर-चूर हो जायेंगे। यहाँ बहुत सावधानी से काम लेना चाहिए वरना कुंठा या उत्तेजना की एक लहर उनके अंदर प्रबल होने लगती है और ऐसे में 'सही' और 'ग़लत' की भावना इतनी तीव्र होती है कि वह ऐसे व्यक्ति को आगे नहीं बढ़ने देती। और जिस प्रकार वे प्रत्येक चीज़ को अपने दिल से लगा लेते हैं, उसी प्रकार कुछ लोग, जो बहुत मीन-मेख़ निकालते हैं, दूसरों की बहुत आलोचना भी कर सकते हैं। मन की यह स्वाभाविक प्रवृत्ति नहीं होती कि वह शान्त होकर बहता रहे, किंतु वह हमेशा यही महसूस करता रहता है कि उसके विरुद्ध हमेशा बाधायें खड़ी रहती हैं, वह दूसरों की कमज़ोरियों की ओर तो इशारा करता है लेकिन स्वयं अपने बारे में बहुत संवेदनशील प्रतीत होता है, अपनी कमज़ोरियों को नज़रंदाज कर देता है।

तुम भी सही हो

दो भिक्षु, एक व्याख्यान सुनकर वापस लौट रहे थे। उन्होंने व्याख्यान में जो कुछ सुना था, उसे लेकर वे आपस में बहस करने लगे। दोनों ही इस बात पर अड़ गये कि उसने व्याख्यान को ठीक प्रकार से समझा था। इस विवाद को समाप्त करने के लिए वे एक विद्वान गुरु के पास गये।

पहले भिक्षु का तर्क सुनने के बाद, गुरु ने कहा, 'तुम सही हो,' यह सुनकर, वह भिक्षु बहुत ख़ुश हुआ। अपने को मित्र एक विजेता की तरह देखते हुए, वह कमरे से बाहर चला गया।

दूसरा भिक्षु बहुत परेशान हो उठा और उसने सुने गये व्याख्यान के संबंध में अपने विचार गुरु के सामने रखे। उसकी बात पूरी होने पर गुरु ने उसकी ओर देखा और बोले, 'तुम सही हो,' यह

सुन कर दूसरा भिक्षु चहक उठा और बाहर चला गया।

एक तीसरा भिक्षु, जो उस समय कमरे में मौजूद था, वह बहुत असमंजस में पड़ गया। उसने गुरु से कहा, 'गुरुजी! मैं बड़ी उलझन में हूँ। उन दोनों की स्थिति उस व्याख्यान के संबंध में बिल्कुल अलग-अलग है। वे दोनों तो सहीं नहीं हो सकते।'

गुरु ने तीसरे भिक्षु की आँखों में स्नेह से झांकते हुए कहा, 'तुम भी सही कह रहे हो।'

और फिर यहाँ कट्टरता भी है और यह ऐसी चीज़ है जिसके बारे में बौद्ध धर्म में हम सब जानते हैं। मेरे गुरु, 12वें ग्यालवांग ड्रक्पा धर्म के संबंध में नहीं अपितु आध्यात्मिकता के बारे में बात करना पसंद करते हैं क्योंकि वह कट्टरता के उत्पन्न होने के संबंध में पूरी तरह सचेत हैं, भले ही हम नेक इरादों से काम कर रहे हों। यह इतनी शर्मनाक स्थिति है कि धर्म, कट्टर आतंकवाद में भी परिवर्तित हो सकता है, यहाँ तक कि लोग आस्था के नाम पर दूसरों की हत्या करने से भी नहीं चूकते। इसके अच्छे पक्ष के रूप में, हम अपने उपदेशों में बौद्धधर्म के धार्मिक कार्यकलापों पर ज़्यादा ध्यान केंद्रित करने का प्रयास नहीं करते क्योंकि वे आध्यात्मिकता को प्रथम स्थान पर रखने का कारण बन सकते हैं। हम प्राथनाओं का सौ प्रतिशत सही ढंग से उच्चारण करने से भी किसी विवाद में उलझ सकते हैं, अपेक्षाकृत उन के अर्थ पर ध्यान केंद्रित करने के। किसी व्यक्ति के द्वारा उसके पूरे दिन के या उसकी आस्था के कार्यों में, सुख तलाश करना किसी भी प्रकार से बुरी बात नहीं है। क्या अच्छा या सहायक है अथवा क्या बुरा या बेकार है, इसके बीच कोई निश्चित विभाजन रेखा नहीं खिंची हुई, न ही इसकी कोई सर्वमान्य परिभाषा है। और, इसलिए मैं आपको केवल यह सुझाव दूँगा कि आप, एक व्यक्ति के रूप में, ऐसे स्थान की तलाश करें जहाँ आप अपने मन में बहुत शान्त व सहज महसूस कर सकें। जब आपको महसूस हो कि आपके अंदर घबराहट उत्पन्न हो

रही है, तो अपने-आप से एक कदम दूर होने का प्रयास करें और अपने संकुचित होते और चिन्ता का कारण बनते विचारों पर ध्यान दें। अपनी घबराहट के कारणों को खोजने की कोशिश करें- कुछ ऐसा, जिसे आपका मन जकड़ लेना चाहता है। एक खुशहाल मन के लिए विचारों का लचीला होना बहुत महत्त्वपूर्ण है। किसी की आलोचना करने, किसी से वाद-विवाद में उलझने या उससे असहमत होने में जल्दबाज़ी न करें। चीज़ों को यथापूर्व रहने दें। जिसमें आपको सहजता महसूस हो, उसी ढंग से कार्य करें, किन्तु दूसरों के काम में हस्तक्षेप करने का प्रयास न करें। दुनिया में नकारात्मकता का सबसे बड़ा स्रोत है दूसरों के बारे में बुरा सोचना या बुरा कहना। इसकी अपेक्षा, हम दुनिया के समक्ष खुले दिल से स्वयं अपने विश्लेषण पर ध्यान केंद्रित करने की कोशिश करेंगे।

प्रशंसा और दोषारोपण को हावी न होने दें

जैसे-जैसे हमारा जीवन आगे बढ़ता है, हम अपने आस-पास के लोगों से राय प्राप्त करते हैं, विशेष रूप से, हम अपनी पीठ पर शाबाशी की थपकी पसंद करते हैं। जब अन्य लोग हमारे कार्यों से प्रसन्न होते हैं, तो हमारा भी खुश होना स्वाभाविक है और हमारी मानसिक कुशलता इस बात में है कि हम उस प्रशंसा से ज़्यादा अभिभूत न हों बल्कि हमें इस प्रशंसा की आवश्यकता, आत्म-मूल्यांकन करने के लिए होगी। क्योंकि तब, जब हमारे अच्छे कार्यों की प्रशंसा नहीं होती, तो हम स्वयं को हारा हुआ महसूस करते हैं और हमारा आत्मविश्वास इस स्थिति में दुर्घटनाग्रस्त विमान की तरह सीधा ज़मीन पर आ गिरता है। इसलिए यदि आपने कोई बहुत अच्छा कार्य किया है और लोग आपकी प्रशंसा कर रहे हैं, तो आपको भी उनका आभार प्रकट करते हुए उन्हें धन्यवाद देना चाहिए। लेकिन आप अपनी उस प्रशंसा से ही न जुड़े रहें और न ही इसका अहंकार करें।

आपको दोष दिये जाने की स्थिति में भी इसे अपने दिल पर न लें, भले ही वह दोष सीधे आप पर लगाया गया हो अथवा लोग किसी विशेष स्थिति के परिणामस्वरूप आपको दोष देने का प्रयास कर रहे हों। यदि

आप महसूस करते हैं कि आप पर दोष लगाया जा सकता है, तो आप इसकी जाँच कर सकते हैं और यह तरीक़ा आपके लिए हितकर होना चाहिए। इस दोषारोपण को दिल पर लेना आपके लिए एक सबक सीखने की अपेक्षा परेशानी का कारण बन सकता है। यह आपके मन में जड़ें जमा सकता है और हमारे मन में हमारे अपने संबंध में जो नकारात्मक भावनायें हैं, उन्हें बल प्रदान कर सकता है। इसलिए जीवन के उतार-चढ़ावों में आभार ध्यान अत्यंत सहायक होता है, तब आप नकारात्मक विचारों के जाल में जकड़े बिना, दोषारोपण जैसे मुद्दों की जाँच कर सकते हैं। आप इससे कुछ सीख ले सकते हैं और भविष्य में कुछ अलग ढंग से कार्य कर सकते हैं। अन्यथा यदि ऐसा कुछ नहीं, जिसके संबंध में आप कुछ कर सकते हैं, तो यह निर्णायक बिंदु हो सकता है और आपके चिन्ता करने से भी उसमें कुछ बदलाव नहीं हो सकता। इससे चीज़ें कभी भी बेहतर नहीं हो सकेंगी।

जब हम प्रशंसा और दोषारोपण के प्रति बहुत ज़्यादा संवेदनशीलता दिखाते हैं और उसकी आलोचना करते हैं तो हम अपने कार्यों को अपेक्षाकृत बहुत ज़्यादा महत्त्व देते हैं और यह हमारे मन को अशांत कर देता है। पूर्णता प्राप्त करने के लिए हमारी अथक खोज बहुत थकाऊ होती है। हो सकता है आप एक बहुत ही ईमानदार व्यक्ति हों जिसके लिए प्रत्येक कार्य बहुत महत्त्व रखता है और जिसके लिए सर्वश्रेष्ठ न होने तथा दूसरे लोगों को नीचा दिखाने का अर्थ, निराशा से मंद पड़ जाना नहीं है। यदि ऐसा है तो आप अपने अद्भुत प्रयासों के बावजूद, किसी न किसी बिंदु पर अपने आपको निराश महसूस करेंगे।

इसलिए यदि हम अपनी प्रशंसा अथवा दोषारोपण के प्रति अपनी संवेदनशीलता कम कर देते हैं अथवा समाप्त कर देते हैं, तो हम दोनों ही स्थितियों में अपनी भावनाओं को संतुलित रखने में सक्षम हो सकते हैं। जब हम यह जान लेते हैं कि कोई भी व्यक्ति अपने काम में पूर्ण नहीं हो सकता, तो हमारे कंधों से बहुत बड़ा बोझ उतर जाता है। हम अक्सर स्वयं में व अन्य लोगों में कम मीन-मेख़ निकालते हैं और हम अपने आपको आगे बढ़ने और अपने-आप में सुधार करने का एक अवसर प्रदान करते

हैं। जीवन हमारे सामने खुल जाता है और हम सब कुछ सही कर पाने के लिए कम भय और चिन्ता व कम दबाव महसूस करते हैं और यह जान कर कि हम अपनी ओर से सर्वश्रेष्ठ प्रयास करेंगे, हम एक सुकून सा महसूस करते हैं।

स्वयं को मुक्त करने में उदारता का उपयोग करना

आप जीवन पर पकड़ बनाये रखने के लिए बेशक कुछ भी करें, लेकिन जब आप इस पुस्तक को पढ़ रहे होंगे तो मैं आपको सुझाव दूँगा कि आप पकड़ को थोड़ा ढीला रखें और अपने मानसिक व भावनात्मक बोझ को थोड़ा हल्का कर लें।

आप भले ही किसी भी चीज़ से जुड़े हों, लेकिन आप उसे प्रस्तुत करने का एक मार्ग अवश्य खोजें, भले ही वह मार्ग केवल आपके मन में हो। इसका सीधा-सा उदाहरण हो सकता है धन। यदि आप धन से बहुत गहरे जुड़े हैं, तो प्रयास करें कि आप इसका एक छोटा-सा भाग (इसके लिए ज़्यादा चेष्टा नहीं करनी पड़ती) आप ज़रूरतमंद लोगों को दे दें। और ऐसा आप पूरे दिल से करें, जिसमें कोई स्वार्थ न हो। यदि कोई व्यक्ति अपने एक मित्र या अपने सहकर्मी से ईर्ष्या करता है, तो इसकी अपेक्षा वह उस व्यक्ति के प्रयासों की सराहना कर सकता है। इस प्रकार वह नकारात्मक भावनाओं की अपेक्षा अच्छी भावनायें प्रस्तुत कर सकता है। आपको सृजनात्मक ढंग से सोचने की आवश्यकता हो सकती है, बल्कि आप उन सभी तरीक़ों की खोज कर सकते हैं, जिसके माध्यम से आप धन को पकड़ कर बैठने की अपेक्षा उसे अन्य लोगों को दे सकते हैं।

नकारात्मक प्रभावों से मुक्त हों

हमारे जीवन में कई ऐसी चीज़ें या व्यक्ति होते हैं, जिनके बारे में हमें वास्तव में पता होता है कि वे हमारे लिए अच्छे नहीं हैं अथवा जो हमारे जीवन का अभिन्न अंग होते हैं - उदाहरण के लिए, हमारा परिवार या हमारे सहकर्मी। आप सोच सकते हैं कि जीवन की नश्वरता तथा

उतार-चढ़ाव को अधिक स्वीकार करना, स्थितियों या लोगों के संबंध में उदासीन होने जैसा हो सकता है, जिनके साथ हम मिल कर नहीं रह सकते। अर्थात्, हमें उन लोगों को 'बर्दाश्त करना' सीखना चाहिए और उनके विषय में नकारात्मक भावनायें नहीं रखनी चाहिये।

लेकिन यदि हम इस पुस्तक में वर्णित कार्य प्रणालियों में से कुछ को अपनी आत्मचेतना बढ़ाने के लिए सीख लेते हैं, तो हमें यह बात समझ आने लगती है कि कोई समय ऐसा भी होता है, जब कुछ स्थितियों, चीज़ों या लोगों के नकारात्मक प्रभाव को स्वयं से दूर कर देना बहुत अच्छा होता है। और हम उन नकारात्मक प्रभावों को बल देने पर ध्यान केंद्रित करने की अपेक्षा, अपने लिए अच्छी चीज़ों पर ध्यान दे सकते हैं।

कई बार आपको एक गहरी साँस लेते हुए असहजता का सामना करना पड़ता है और एक नकारात्मक प्रभाव के अस्तित्व को स्वीकार करना पड़ता है क्योंकि आप उसे ठीक नहीं कर सकते अथवा उसे बदल नहीं सकते। उदाहरण के लिए, हो सकता है आपके बॉस के साथ आपके संबंध बहुत टेढ़े हों लेकिन आप कई अन्य कारणों से उस नौकरी में बने रहना चाहते हैं। अपने कार्य में बने रहने की स्वीकार्यता और मान्यता इस नकारात्मक संबंध से कड़वाहट बाहर निकालने के लिए पर्याप्त है। कभी-कभी आपको किसी चीज़ को या किसी व्यक्ति को सक्रिय रूप से त्याग देने की आवश्यकता होती है क्योंकि ये नकारात्मक प्रभाव शांत मन पर कहर बरपा सकते हैं। हम उनके बारे में निरंतर सोचते हुए उनके नकारात्मक प्रभाव से ग्रस्त हो सकते हैं, जो हमारे मन की शान्ति या ख़ुशी के लिए उचित नहीं है। वह व्यक्ति आपका कोई निकटवर्ती हो सकता है जैसे आपके परिवार का कोई सदस्य या आपका साथी। सकारात्मक संबंध के लिए आपके प्रयासों के बावजूद आप महसूस करते हैं कि वह आपके जीवन और आपके मन पर एक नकारात्मक प्रभाव छोड़ रहा है। आपके मार्ग में जो भी रुकावट आती है, आप उससे निपटने की अपेक्षा उससे दूर हो जाने को स्वार्थ या कमज़ोरी मान सकते हैं, लेकिन वास्तव में कभी-कभी हमारे जीवन के सबसे मज़बूत क्षण वे होते हैं, जब हम स्वयं को किसी नकारात्मक चक्र या ढांचे से बाहर ले जाते हैं, क्योंकि उसी समय हम

सही मायनों में बेहतरी के लिए एक बदलाव लाते हैं

वर्तमान में वापस लौटना

अपने मन और शरीर के स्वस्थ होने का रहस्य अपने अतीत पर रोना, अपने भविष्य के लिए चिन्ता करना या परेशानियों की आशा करना नहीं, अपितु बुद्धिमानी व ईमानदारी से अपने वर्तमान क्षण में जीना है।

बुद्ध

आज की विकसित दुनिया में हम में से कई लोग सौभाग्यशाली हैं कि हमारे संबंध अपने परिवार, अपने मित्रों या अपने प्रियजनों के साथ बहुत मधुर हैं, हमारे सिरों पर छत है, खाने के लिए भोजन उपलब्ध है और उत्साह व शरणस्थली है। वहीं दूसरी ओर, दुनिया में ऐसे लोग भी हैं, जिनके पास जीवन की ये बुनियादी आवश्यकतायें भी नहीं हैं।

मेरे विचार में इसी बिंदु पर हम गर्म खाना और गर्माहट भरा वातावरण पाकर वास्तव में इतनी खुशी महसूस करते हैं कि हम वर्तमान में जीने तथा कहीं और न होकर यहीं रहने से संतुष्टि पाकर एक सबक सीखते हैं। यहाँ जीवन हमेशा इतना आसान नहीं है। आधुनिक जीवन की तीव्र गति के साथ, सारी प्रोद्यौगिकी अपनी उँगलियों पर रख कर, प्रतिदिन के चौबीस घन्टों में इसे याद रखना सहज नहीं है। किंतु मेरी दृष्टि में हमें वर्तमान में रहने के लिए सबसे अधिक याद दिलाती है प्रकृति, इसलिए *पदयात्रा* की परम्परा हमारे लिये अत्यंत महत्त्वपूर्ण है।

पैदल चलना

पदयात्रा बयालीस दिनों की पैदल यात्रा है जिसमें 700 ननों व स्वयंसेवकों द्वारा हिमालय पर ट्रैकिंग की जाती है, जिसमें वे पूरे क्षेत्र में पर्यावरणीय संवेदना का संदेश फैलाने का आह्वान करते हैं। यह एक ऐसा विषय है,

जो स्वयं मेरे और महामहिम ग्यालवाँग ड्रुक्पा के हृदय के बहुत करीब है। हिमालय की पहाड़ियाँ हमारे लिये न केवल एक पवित्र स्थान हैं जहाँ कई महान लोग बौद्ध दर्शन को जीते हैं, अपितु वे समूचे विश्व के लिए पर्यावरण की दृष्टि से भी एक पवित्र स्थान हैं, एक ठन्डा बर्फीला क्षेत्र, जिस पर भूमण्डलीय ऊष्मा (ग्लोबल वार्मिंग) के साथ जुड़ी जलवायु संबंधी गड़बड़ियों के कारण तबाही का ख़तरा मंडरा रहा है।

हमने गाँव-दर-गाँव, अपनी पीठ पर लदे झोलों में लगभग आधा टन प्लास्टिक का कूड़ा उठाये, बयालीस दिनों तक पैदल यात्रा की। हमने मार्ग में कई लोगों से बात की और हमारा असीम दया व उदारता के साथ स्वागत किया गया। मैं मानता हूँ कि पहले-पहल यह कोई सुखद अनुभव था और मैं आपके साथ कई ऐसे प्रश्न साझा करना चाहूँगा, जो उन डेढ़ महीनों के दौरान मेरे दिमाग़ में आते रहे। ये प्रश्न हमारे जीवन के उद्देश्यों और खुशियों के बारे में थे, दुःख और जीवन के अर्थ से संबंधित थे।

वहाँ चीज़ें हमारे लिये इतनी आसान नहीं थीं, विशेष रूप से हमारी यात्रा के आरम्भ में। वहाँ स्नानगृह नहीं थे, न ही हमारे पास भोजन के लिए ज़्यादा कुछ होता था और हम तम्बुओं में सोते थे। हमारे पास केवल एक ही काम था, चलते रहो, चलते रहो, बस चलते ही रहो। इसके सिवा कुछ नहीं।

वहाँ लद्दाख़ के लोगों में एक चुटकुला बहुत प्रचलित था - वह यह कि जब आप हिमालय की चोटी की ओर देखते हैं तो आपका सिर सीधा धरती पर आकर गिरता है, इतना ऊँचा है हिमालय पर्वत। इसलिए हमने अपने लिए कुछ लक्ष्य निर्धारित कर लिये। हमने तय किया कि हम एक निश्चित बिन्दु पर पहुँचने के बाद, ऊपर की ओर देखने और थकान महसूस करने की अपेक्षा, केवल कुछेक मिनट ही ऊपर देखेंगे, पाँच मिनट से अधिक नहीं, हम नीचे देखेंगे और सोचेंगेः 'वाह, इस बार तो हमने बहुत सारी चढ़ाई तय कर ली।' इस तरह कदम-दर-कदम, धीरे-धीरे इस तरह के पहाड़ को पार करते हुए, अपनी ख़ुशी को और बढ़ाते रहेंगे। वहाँ कई छोटे-छोटे पहाड़ थे और हमें धीरे-धीरे अपनी इस उपलब्धि में बहुत आनंद मिलने लगा था।

कुछ समय बाद, भोजन, नींद और बुनियादी आवश्यकताओं के अभाव के बावजूद, मैंने पाया कि मैं इस यात्रा का बहुत आनन्द उठा रहा था। मैंने अपने-आप से प्रश्न किया कि ऐसा क्यों था? जब मैंने अपने अनुभवों की ओर देखा, तो महसूस किया कि इसके कई कारण थे, लेकिन उनमें से एक यह था कि मैं उस क्षण में जी रहा था, मैं वर्तमान में जी रहा था और सिर्फ़ चलने पर अपना ध्यान केंद्रित कर रहा था- एक पैर के आगे दूसरा पैर रखता हुआ, एक समय पर एक कदम उठाता हुआ। यह उस क्षण पर अपना ध्यान केंद्रित करने का मामला था क्योंकि एकाग्रता खोने का अर्थ था ख़तरा। यह बहुत सरल-सी बात थी। और फिर वहाँ हमारे चारों ओर प्राकृतिक सौंदर्य फैला हुआ था, ठीक वहीं, हम इससे चूक नहीं सकते थे क्योंकि वह सौंदर्य हमें ऐसा नहीं करने दे सकता था।

हालाँकि पश्चिम से आये हमारे कुछ स्वयंसेवक साथी काफ़ी संघर्ष कर रहे थे। वे या तो अपने दुःखों में जकड़े हुए थे क्योंकि उनके लिए पैदल चलना बहुत कठिन सिद्ध हो रहा था या फिर वे पर्वत की चोटी पर इतने केंद्रित थे कि वे वहाँ तक पहुँच पाने के लिए इस खूबसूरत यात्रा का आनन्द नहीं ले रहे थे। लेकिन तभी एक दिन उनमें कुछ बदलाव आया। उन्होंने बहुत ज़्यादा ऊँचाई की ओर देखना बंद कर दिया, इसकी अपेक्षा उन्होंने मेरी ही तरह एक पैर के आगे दूसरा पैर रखते हुए फ़ासला तय करना शुरू कर दिया। जहाँ पहले उनकी आँखों में आँसू और थकान थी, वहाँ अचानक उनके होठों पर मुस्कान दिखाई देने लगी। पहाड़ पर अपनी पकड़ खो देने की चिन्ता करने की अपेक्षा उनमें वर्तमान क्षण का शुद्ध आनन्द हिलोरे लेने लगा था।

तो मेरा प्रश्न है : जब आप जीवन को जीते हैं, क्या आप वास्तव में वर्तमान का आनन्द लेते हैं? क्या आप वर्तमान में रहते हैं और क्या आप वर्तमान के प्रति जागरुक हैं?

सच्चाई यह है कि हम सब जीवन का आनन्द लेना चाहते हैं। लेकिन हममें से कई लोगों का विश्वास है कि जीवन के आनन्द का संबंध कहीं न कहीं भविष्य से जुड़ा हुआ है, वह 'कुछ बनने की ख़ुशी' से संबंधित है। जब लोग मानते हैं कि चीज़ें वैसी ही हैं, जैसी वे चाहते थे, तो वे अपने

अतीत के समय के संबंध में बहुत लालायित महसूस करते हैं। हालाँकि यदि आप इस संबंध में सोचें, तो वर्तमान क्षण, जिसमें हम जी रहे हैं, हम उसकी सराहना क्यों नहीं करते? उसका आभार क्यों नहीं प्रकट करते? हमारे पास इस जीवन में वर्तमान के अलावा है भी क्या? इसलिए हम क्यों नहीं इस क्षण का और इस जीवन का आनन्द लें, जो हमारा भविष्य भी बनने जा रहा है! हम अतीत के बारे में प्यार से क्यों नहीं सोचते, बल्कि हम वर्तमान के सनसनी भरे अनुभवों का आनंदोत्सव क्यों नहीं मनाते? इस दुनिया में जीवन का आभार प्रकट करने के लिए वर्तमान के समान दूसरा कोई समय वास्तव में है ही नहीं।

पदयात्रा से जुड़ा दूसरा सबसे दिलचस्प बिन्दु है भोजन। यात्रा के दौरान, हमने जो भी भोजन किया, वह हमें स्वादिष्ट लगा क्योंकि हम भूखे होते थे। हम अपने दैनिक जीवन में खाने के लिए जो भी भोजन आमतौर पर चुनते थे, उसकी तुलना किसी भी अन्य भोजन से नहीं की जा सकती थी और वह भोजन मेरे द्वारा हौंग-कौंग के शीर्ष रेस्तराँ में खाये गये भोजन से भी बेहतर होता था। इसी प्रकार, हालाँकि हम अधिकाँश समय सोने के लिए आरामदायक बिस्तरों का इस्तेमाल करते थे, लेकिन तम्बुओं में स्लीपिंग बैग में सोना बहुत बढ़िया लगता था और हम बहुत गहरी नींद सोते थे क्योंकि हम बहुत थके हुए होते थे। हम अपने स्लीपिंग बैगों को देख कर हमेशा ही बहुत प्रसन्न होते थे। हम अपना जीवन अत्यंत साधारण ढंग से जीते हुए बहुत खुश थे।

इसलिए जहाँ *पदयात्रा* विश्व के सबसे दुर्गम व दूरदराज़ के स्थानों पर सहायता पहुँचाने में मूल्यवान है, यह हमारे दिमाग़ के लिए जिम जाने के समान भी थी। मेरी दृष्टि में, यह मेरी बेल्ट को कसने की तरह था - शारीरिक व मानसिक, दोनों रूप से।

सादगी हमें वापस वर्तमान में ले आती है

मुझे केवल तीन चीज़ें सिखानी हैं : सादगी, धैर्य व उदारता।
ये तीनों चीज़ें आपका सबसे बड़ा खजाना हैं।

लाओ त्सू

आधुनिक जीवन कभी-कभी अपेक्षाकृत बहुत पेचीदा बन जाता है। हमारे पास चयन के लिए बहुत-सी चीज़ें हैं, पढ़ने के लिए ढेर सारे ईमेल हैं, जिनका हमें अकेले ही जवाब देना होता है। हो सकता है कि आप किसी मीटिंग में बैठे हुए अगली मीटिंग के बारे में सोच रहे हों, या सोच रहे हों कि आप अपने बच्चे को स्कूल से लेने के लिए समय से कैसे निकल पायेंगे। आप एक गैलरी में भी हो सकते हैं, जहाँ आप कोई प्रदर्शनी देखते हुए टहल रहे होते हैं, जिसे आप कई महीनों से देखना चाहते थे और तब आप दूसरी चीज़ों के बारे में सोच रहे होते हैं, जो आपके मस्तिष्क में घुमड़ रही होती हैं। यदि आपके साथ ऐसा ही है, तो पिछले पृष्ठों में वर्णित श्वसन क्रिया का व्यायाम आपको वापस वर्तमान में लौट आने में सहायता प्रदान करेगा, क्योंकि वह आपको वापस शरीर में ले आता है। केवल अपनी सांसों को केंद्रित रखने से और गहराई से उसे अपने-आप में उतार से आपको एक साथ तीनों काल में विचरण करने से स्वयं को रोकने में सहायता मिलेगी।

अपने जीवन को सरल व सादा बनाने के लिए अवसरों के प्रति सचेत होना आरम्भ करें। इसमें आपको केवल आधे घण्टे का समय लगेगा (अपने कम्प्यूटर को बंद करने या उससे दूर रहने में) ताकि आप एक ही समय पर कई कार्य किये बिना, खाने के लिए थोड़ा समय अपने आपको दे सकें। यहाँ कई अन्य विचार भी प्रस्तुत किये जा रहे हैं :

- छोटी-छोटी बातों से अपने दिमाग़ को व्यस्त रखते हुए अपना दिन व्यतीत करें, जैसे दाँत साफ़ करने से लेकर एक कप चाय बनाने तक। आप ऐसा करके अपने दिमाग़ को वर्तमान क्षण में लाने का अभ्यास करते हैं। यह आपको थोड़ा काल्पनिक सा लग सकता है, लेकिन आप इस बात पर हैरान होंगे कि आप किस प्रकार छोटी से छोटी जानकारी, यहाँ तक कि बर्तन धोने का भी आनन्द उठाना शुरु कर देते हैं।
- यदि आप रोज़-रोज़ की किसी स्थिति से चिड़चिड़ाहट या जलन महसूस करते हैं, जो आपको उत्तेजित करती प्रतीत

होती है, तो इस चिड़चिड़ाहट से अपने दिमाग़ को दूर रखने और बढ़ते हुए तनाव को कम करने का सबसे अच्छा तरीक़ा है अपने वर्तमान में लौट आना और अपनी सांसों पर ध्यान केंद्रित करना। संभव है आप अपने शरीर को थोड़ा हल्का करने के लिए ऐसा करना चाहते हों, इसलिए अपने पेट में भरते हुए गहरी सांसें लें, बहुत भारी व तेज़ सांस लेने की कोशिश न करें – ऐसा करना अपने आपको और दुनिया को संकेत देता है कि आप किसी चीज़ से क्रोधित और निराश हैं। अपनी सांसों को शांत रखें और धीरे-धीरे लें और जब आप सांस अंदर लें। तो उस सफेद प्रकाश की कल्पना करें। आप अपनी बेचैन भावनाओं को फैलने से तथा अपने मन को विभाजित होने से रोकने के लिए आभार के एक क्षण को एक उपयोगी तरीक़े के रूप में इस्तेमाल कर सकते हैं ताकि आपकी चिड़चिड़ाहट से उत्पन्न जलन को और अधिक अप्रिय होने से रोका जा सके। यदि आप अपने मन को कुछ और करने के लिए प्रशिक्षित कर सकें तो यह संभावना ज्यादा रहेगी कि आप स्थिति को एक अलग रूप में देखें और शायद यह पायें कि वह आपके लिए बहुत उपयोगी सिद्ध नहीं हागी। और यदि अभी भी आपको महसूस होता है कि किसी ने आपके साथ बड़ा रूखा व्यवहार किया है या आपको अपमानित किया गया है या आपके साथ कुछ अनुचित हुआ है, तो आप उस व्यवहार के प्रति अपनी प्रतिक्रिया व्यक्त करने से बहुत जल्द बच जाते हैं। आपको इस प्रकार, सारा दिन इस चिड़चिड़ाहट को अपने साथ नहीं ढोना पड़ता इसलिए यह आपके दिन को ख़ुशनुमा बना देता है और आप बेहतर ढंग से दूसरों से बातचीत कर सकते हैं (और किसी को कुछ पता नहीं चलता कि आपकी सुबह कितनी दुर्भाग्यपूर्ण रही है)।

- इससे पूर्व कि आप कोई ऐसा कार्य करें, जो आपमें घबराहट और तनाव भर दे, आप अपनी सांसों पर ध्यान केंद्रित करें ताकि आप उन चिन्ताओं से स्वयं को मुक्त कर सकें, जो भविष्य में होने वाली घटनाओं या अतीत में घटित घटनाओं

से जुड़ी हुई हैं और आप इससे वर्तमान क्षण में भी वापस आ सकते हैं। इसमें आप अपने दिमाग़ में चीज़ों को हल्का करने के उद्देश्य से आभार ध्यान का एक मिनट भी जोड़ लें। यदि आप फ़ोन करने या फ़ोन कॉल के जवाब देने के लिए, यात्रा के लिए, प्रेज़ेंटेशन देने के लिए या किसी व्यक्ति जैसे डॉक्टर, डेंटिस्ट या प्रधान शिक्षक से मुलाकात करने के संबंध में घबराहट महसूस कर रहे हैं, तो आभार ध्यान आपके लिए बहुत मददगार सिद्ध हो सकता है।

- आप यह देखें कि क्या आप ऐसी गतिविधियों के बारे में जान सकते हैं जिनमें आपको कम दिमाग़ लगाना पड़े, कम से कम सामान्य दैनिक चीज़ों के बारे में, और इस प्रकार आप अधिक स्वाभाविक बने रहेंगे। इस संबंध में खेल आपके लिए बहुत सहायक हो सकते हैं। कई गोल्फ़ खिलाड़ी गोल्फ़ खेलते हुए ही लगभग चार घंटे ध्यान में गुज़ार देते हैं। वे किसी अन्य चीज़ पर ध्यान नहीं देते, उनका ध्यान केवल छोटी सफेद गेंद पर केंद्रित रहता है। ठीक यही बात चित्रकारी करने, मिट्टी के बर्तन बनाने, गायन, पर्वतारोहण, घुड़सवारी इत्यादि में भी दिखाई देती है। कोई भी ऐसी गतिविधि जो दिमाग़ में व्यर्थ की बातें उत्पन्न करने के अलावा, किसी चीज़ पर ध्यान केंद्रित करने में सहायता करती है, वह दिमाग़ के लिए एक अवकाश काल की तरह है, जिससे आपको शान्ति मिलती है। और वह आमतौर पर आपको वर्तमान क्षण में लाने में सहायता करती है।
- दूसरों की बातों को ध्यान से सुनने के कौशल का अभ्यास करने से आपको अपने आसपास के लोगों से अच्छे संबंध स्थापित करने में सहायता मिलेगी और यह एक बहुत उदारता भरा कार्य भी है। जब आप किसी दूसरे व्यक्ति के वाक्य को पूरा होने देते हैं अथवा उसकी बात के पूरी होने की प्रतीक्षा करते हैं, ताकि उसके बाद आप अपनी बात कह सकें, तो स्वयं आपके दिमाग़ में निरंतर कुछ उथल-पुथल चलती रहती है, जिससे आप स्वयं को चिड़चिड़ा और उत्तेजित महसूस करते हैं। यदि ऐसा है तो आप धैर्य रखें और अपने दिमाग़ को शांत

होने दें और इस ओर से अपना ध्यान हटाने के लिए किसी अन्य व्यक्ति से बातचीत में व्यस्त हो जायें।

मैंने *पदयात्रा* तथा कई उपयोगी शिक्षाओं के संबंध में उपदेश दिये, तो महसूस किया कि इसने मुझे वर्तमान का आनन्द लेने के संबंध में ज्ञान दिया था। उसके बाद कुछ बहुत ही दिलचस्प प्रश्न मेरे मन में उत्पन्न हुए और मैंने उन्हें यहाँ प्रस्तुत करने का निश्चय किया :

प्रश्न : यदि आपके कुछ सपने अथवा महत्त्वाकांक्षायें हैं तो क्या इसका अर्थ यह है कि आप वर्तमान में नहीं जी रहे?

उत्तर : सपने देखना और उन्हें प्राप्त करने का इच्छुक होना तो ठीक है, लेकिन यदि आप केवल सपने ही देखते रहते हैं और कभी अपने जीवन का आभार प्रकट नहीं करते, या वर्तमान में नहीं जीते या वर्तमान का आनन्द नहीं लेते, तो यदि आप अपने सपने पूरे कर भी लेते हैं तो उनका कोई अर्थ नहीं रह जाता। आप उसके बाद एक और सपना देखेंगे और यदि आप एक के बाद दूसरे सपने में जीते रहे और अपने आसपास घट रही घटनाओं की ओर ध्यान नहीं देंगे, तो आप केवल सपने ही देखते रह जायेंगे।

प्रश्न : क्या आप वर्तमान की सहायता के लिए अपने अतीत का उपयोग कर सकते हैं?

उत्तर : हम इस समय जहाँ हैं, वहाँ हम कैसे पहुँचे, इस बात पर विचार करना हमारे वर्तमान को समझने में बहुत सहायक हो सकता है। लेकिन, अपने अतीत के बारे में सोचते हुए, उस सोच में उलझ जाना बहुत आसान है और यदि हम ऐसा करते हैं, तो हमें अपने वर्तमान के लिए भी कोई सबक नहीं मिलेगा। हो सकता है हम किसी बीत चुकी बात की याद में हमेशा जकड़े रहते हों या किसी दर्द या दुःख को पकड़ कर बैठे हुए हों। यही वह समय है, जब हमें हिम्मत जुटा कर भावनाओं को ध्यान की

ओर केंद्रित करने की आवश्यकता होती है ताकि हम बिना किसी निर्णय के उन भावनाओं को देख सकें, न उन्हें अस्वीकार करें और न ही उन्हें पकड़े रहें। लेकिन उन्हें थोड़ी और स्पष्टता के साथ देखिये कि वे इस समय क्या हैं और अतीत में क्या थीं। वे हमारा एक हिस्सा हैं। लेकिन हम उनका हिस्सा नहीं हैं। धीरे-धीरे हम उन्हें धुँधला होने देते हैं। धीरे-धीरे हम अपने आपको पूरी तरह से वर्तमान में ला सकते हैं ताकि हम हर उस चीज़ से ख़ुशी पा सकें, जो आज हमारे इर्द-गिर्द है।

प्रश्न : जब आप वर्तमान में जकड़ा हुआ महसूस करने लगें, तब क्या होगा?

उत्तर : कुछ लोगों की भावना यह होती है कि वे अपने वर्तमान से बचना चाहते हैं, अर्थात् यह कहना ठीक है कि आप अपने वर्तमान में रहें और उसका आनन्द लें, किंतु यह तब इतना आसान नहीं होता जब आप किसी ऐसी नौकरी में होते हैं, जिससे आप घृणा करते हैं या ऐसे रिश्ते में बंधे होते हैं जिससे बाहर निकलने का रास्ता आप खोज नहीं पाते। आप स्वयं को वर्तमान परिस्थितियों द्वारा जाल में जकड़ दिये गये महसूस करते हैं। इस समस्या का समाधान आप अपने से बाहर नहीं पा सकते, बल्कि इसे आंतरिक रूप से पाया जा सकता है। क्या यह समस्या हमारी नौकरी में है, हमारे रिश्तों में या वित्तीय स्थिति में अथवा हमारी संभावित अपेक्षाओं और मानदण्डों से संबंधित है? यहाँ तक कि हमारे सपनों की नौकरी और हमारे सपनों के संबंधों में भी कभी-कभी हमें लगता है कि क्या हम वास्तव में उनसे ख़ुश हैं? हम स्वयं से यही कहते हैं कि हाँ, हमें ख़ुश होना चाहिए, क्योंकि हमारे पास वह सब कुछ है, जिसकी हमने इच्छा की है या जिसकी हमें आवश्यकता है। और फिर भी हम प्रसन्न नहीं हैं। मेरे विचार में, किसी न किसी बिंदु पर हमारे जीवन में सकारात्मक चीज़ें हमेशा विद्यमान होती हैं। किंतु हम उन्हें उस क्षण देख पाने में असफल रहते हैं, हमें

उनके बारे में महसूस भी नहीं होता, जब तक कि हम उन्हें खो नहीं बैठते। इसीलिए स्थिर और शांत मन के लिए आभार ध्यान तथा विचार परिवर्तन ध्यान, दोनों अत्यंत महत्त्वपूर्ण हैं।

यदि हम स्वयं को प्रतिदिन थोड़ा सा समय दें, केवल कुछेक क्षण, तो हम पहले से अधिक जागरुक हो जाते हैं। अपने व दूसरों के प्रति हमारी समझ बेहतर हो जाती है, हम अपना निर्णय लेने व धारणा बनाने में जल्दबाज़ी नहीं करते, अपने वर्तमान क्षण का अधिक आभार प्रकट करते हैं और अपना काम ठीक ढंग से करते हैं। आभार के साथ ही हमें ख़ुशी मिलती है, अपेक्षाकृत उस भ्रमात्मक चीज़ की प्रतीक्षा करने के, जो बाद में ख़ुशी को हमारे कदमों में डाल देती है। तो फिर हम अभी इसी क्षण क्यों न ख़ुशी महसूस करें?

मन को पोषित करने हेतु शरीर को पोषित करना

जैसा कि हमने देखा है, हमारा शरीर और हमारा मन एक-दूसरे पर बहुत अधिक निर्भर होते हैं। आपके शरीर की चेतना आपके दिमाग़ से आती है। यदि आप अपने शरीर की सुनते हैं तो आप बेहतर ढंग से अपनी देखभाल करने में सक्षम हो पाते हैं। और यदि आप अपने शरीर का ध्यान रखते हैं तो आप अपने मन का ध्यान रखने की दिशा में कदम उठाते हैं।

शरीर एवं मन के संबंध को समझने के लिए, आप क्षण भर के लिए मुस्कराने और क्रोध करने पर विचार करके देखें। आप इनमें से जिसका भी चयन करेंगे, उसका तत्काल प्रभाव आपके मन पर पड़ेगा। जब आप क्रोध करते हैं तो आपकी आँखों के बीच त्यौरियाँ पड़ जाती हैं - आप कह सकते हैं कि जब आप अपना तीसरा नेत्र बंद करते हैं तो आपके भीतर के ज्ञान के द्वार खुल जाते हैं। जब आप कठोर और असहज होते हैं तो तनाव आपके चेहरे पर महसूस होता है और फिर आपके मन पर भी।

लेकिन जब आप मुस्कराते हैं तो आपके मन सहित, हर चीज़ खिल

उठती है। लोग आपकी आँखों की ओर खिंचाव महसूस करते हैं और अच्छी भावनायें दूसरों को भी अपने आग़ोश में ले लेती हैं। आप पहले से बेहतर महसूस करते हैं। इसमें कोई आश्चर्य नहीं, जब लोग कहते हैं कि हँसी सबसे अच्छी औषधि है।

ध्यान में, हम अपने श्वास के माध्यम से अपने मन को आराम देने का एक अवसर प्रदान करते हैं। नकारात्मक या तेज़ी से घुमड़ते विचारों के प्रवाह को रोक कर, बेशक एक मिनट के लिए ही सही, हम अपनी मानसिक शक्ति को फिर से जीवंत करते व उसे बल प्रदान करते हैं।

चलते हुए ध्यान साधना

पैदल चलना : यह एक बहुत ही साधारण प्रक्रिया है लेकिन फिर भी यह हमें धरती से जोड़ने का सर्वोत्तम तरीक़ा है। जीवन में कोई कदम उठाना, जीवन को जीने के समान है, किसी मार्ग पर चलने की तरह। पैदल चलते हुए ध्यान, हमारे आंतरिक निरीक्षण का समय भी हो सकता है। लेकिन यह अक्सर हमें बाहरी संसार से जुड़ने में भी सहायता देता है जो हमारी आंतरिक व बाहरी दुनिया, दोनों में एक संतुलन प्रदान करता है। हम अपने भौतिक आत्म को अपने आंतरिक आत्म के पास लाकर, अपने शरीर से जुड़ते हैं, इसलिए यह एकान्तवास के एक सक्रिय रूप के समान है। इससे हम अपने वातावरण से जुड़ते हैं - यहाँ भी, हम अपनी भौतिक प्रकृति को अपने आंतरिक आत्म के पास लाकर ऐसा करते हैं। हम अपने कदमों व अपने श्वास का उपयोग करके, अपनी भावनात्मक स्थिति का निरीक्षण कर सकते हैं ताकि हम चीज़ों को अच्छी तरह समझ सकें और आज जो कुछ हमारे मन में चल रहा है, उसे देख सकें।

जब हम *पदयात्रा* में पैदल चलते हैं, तो हम अपने एक पैर को दूसरे पैर के आगे रखते हुए, अपने पैरों और कदमों पर ध्यान केंद्रित करके एक लय बनाते हैं। आपका मार्ग बहुत सीधी चढ़ाई वाला और जोखिम भरा हो सकता है। इसलिए हम अपने शरीर के प्रति बहुत सचेत हो जाते हैं। कई प्रतिभागियों के लिए यह इतनी बड़ी शारीरिक चुनौती है कि वे

अंततः अपने अशान्त मन को त्याग देते हैं और जब वे अपने निर्णायक क्षण में जीवन का अनुभव करते हैं, तो अचानक एक बहुत बड़ी ख़ुशी उनमें दिखायी देती है।

एकान्तवास के समय हम अक्सर 'परिक्रमा' करते हैं, जिसका सीधा सा अर्थ है, स्तूप (एक गोल टीले के आकार की संरचना, जिसमें पवित्र बौद्ध अवशेषों को रखा जाता है) के चारों ओर पैदल चक्कर लगाना। इस प्रकार पैदल चलने से हमें अपने अहम् को शान्त करने में मदद मिलती है, क्योंकि इससे हम अपने कदमों की लय में अपने आपको विलीन कर देते हैं। कभी-कभी हम चक्कर लगाते हुए ध्यान साधना कर सकते हैं या अपने मन को व्यवस्थित होने देते हैं। या हम बहुत धीरे-धीरे अपने मित्रों से बात कर सकते हैं और उस दिन के उपदेशों के दौरान सुने गये विचारों के बारे में जानते और विचार-विमर्श करते हैं। हमने कितनी बार स्तूप की परिक्रमा की है, इसकी गिनती पर अपना ध्यान केंद्रित करना ही हमारे मन को विश्राम देने के लिए पर्याप्त होता है। अथवा उस समय का उपयोग हम चिन्तन के लिए कर सकते हैं। हम किसी भी तरीक़े से यह कर सकते हैं।

प्रारम्भ

आप दिन में किसी भी समय, कुछ क्षण पैदल ध्यान साधना कर सकते हैं - आप भले ही किसी पार्क में हों अथवा किसी सड़क के किनारे। हालाँकि इसका अभ्यास करने के लिए, शान्त प्राकृतिक स्थान पर जाना एक अच्छा विचार हो सकता है, क्योंकि वहाँ आसानी से आपका ध्यान भटकेगा नहीं। कोशिश करें कि आप किसी समतल जगह का उपयोग करें, ताकि आप निरंतर अपने व्यस्त जीवन में वापस जाने की अपेक्षा, सही मायनों में अपने पैदल चलने पर ध्यान केंद्रित कर सकें।

- चलना आरम्भ करने से पूर्व, आप कुछ क्षणों तक केवल अपने स्थान पर खड़े रहें। अपने पाँवों और धरती के संबंध को

महसूस करें, फिर अपने शरीर से ऊपर की ओर ध्यान लगाते हुए, सिर के ऊपरी भाग पर ध्यान लगायें। अपने कंधों को सहज मुद्रा में रखें, आपके घुटने आपस में टकरायें नहीं और आप सीधे देखते रहें। अपने जबड़े, अपनी आँखों और अपने माथे को ढीला रखें। उस क्षण पर पूरा ध्यान दें।

- अपने पेट से धीरे–धीरे सांस लें और इसे अपने शरीर के केंद्र के रूप में महसूस करें (हम अक्सर अपने सिर को अपने शरीर का केंद्र मान लेते हैं)।
- गहरी साँस लें, साँस बाहर छोड़ते हुए थोड़ा समय लें। अपना एक पाँव दूसरे पाँव के आगे रखें और प्रत्येक कदम का आनंद लें। चलते समय अपने शरीर का आभार प्रकट करें, अपने पाँवों के नीचे विद्यमान धरती का आभार प्रकट करें। भूमि ओर पाँवों के बीच तथा अपने पूरे शरीर के संबंध को महसूस करें।
- अपना ध्यान सामने केंद्रित रखें। किसी वस्तु पर आँख गड़ा कर देखने की अपेक्षा, केवल ध्यान से देखने से, अपनी भावनात्मक स्थिति को अनुभव करना आरम्भ करें। क्या आपका मन हर ओर दौड़ रहा है अथवा वह शान्त है और घूमने का आनन्द ले रहा है? अपनी सांसों और अपनी गति की लय के साथ अपने विचारों को आने–जाने दें।
- अपने चेहरे पर हवा को महसूस करें। प्रकृति को अपने शरीर में विलीन होने दें। जब आपके पाँव भूमि से ऊपर उठते हैं, तो उनके उठने को महसूस करें और जब वापस भूमि पर आते हैं, तो उनके भूमि से जुड़ने को महसूस करें।
- कुछ मिनट बाद, यदि आप चाहें तो इसका समय बढ़ा दें, धीरे से रुक जायें और कुछ क्षण केवल स्थिर खड़े रहें, अपने पाँवों के नीचे भूमि को महसूस करें और अपने शरीर व मन को अनुभव करें।

आप अपने दैनिक कार्य करते हुए भी ध्यान की स्थिति में चल सकते हैं - यानि थोड़ा सा विश्राम और फिर मन की शक्ति को पुनः अर्जित

करना। या आप थोड़ा सा समय इस अभ्यास को समर्पित कर सकते हैं जो शुरुआत करने के लिए निश्चित रूप से एक उत्तम तरीक़ा हो सकता है।

अपने मन को पोषित करें

जिस प्रकार भोजन आपके शरीर को ऊर्जा प्रदान करता है, उसी प्रकार यह हमारे मन को भी ऊर्जा देता है। ऐसा देखा गया है कि कई खाद्य पदार्थ विशेष रूप से एक शान्त, केंद्रित तथा स्वस्थ मन के लिए लाभकारी होते हैं। हम जानते हैं कि एक अच्छे नाश्ते से बच्चों को अपनी पढ़ाई पर ध्यान केंद्रित करने में सहायता मिलती है, इसके बावजूद कई व्यस्क बिना अपने शरीर को पर्याप्त ऊर्जा दिये सुबह अपने काम पर निकल जाते हैं। फिर, वे दोपहर में, खाली पेट बहुत थकान महसूस करते हैं।

वैज्ञानिकों ने भी कई पोषक तत्वों की पहचान की है, जो विशेष रूप से मन के लिए बहुत अच्छे होते हैं और इनकी सूची में सबसे ऊपर है ओमेगा 3 आवश्यक फैटी ऐसिड, जो सकारात्मक मनोदशा के साथ जुड़े न्यूरोट्रांसमीटर के उत्पादन में वृद्धि करने के लिए मन के भावनात्मक भाग को सहायता देता है। अलसी के बीज ओमेगा 3 से भरपूर होते हैं।

सावधानीपूर्वक भोजन करना

नेपाल में काठमांडू के निकट एक स्थान पर, जहाँ हमारे कई मेहमान वियतनाम से आये थे, वहां उनके लिए नेपाली व वियतनामी व्यंजनों का शानदार मिश्रण उपलब्ध था और दूरदराज़ का स्थान होने के बावजूद, पूरे सप्ताह के दौरान कोई भी दो भोजन एक जैसे नहीं थे। इन एकान्त स्थानों पर सबसे अच्छी बात जो देखने में आती है, जैसा कि *पद यात्राओं* में होता है, कि लोग भोजन करते समय बहुत सावधानी से काम लेते हैं। वे पर्याप्त रूप से उतना ही खाना लेते हैं, जो उनकी भूख मिटाने के लिए आवश्यक है और वे एक-एक कौर को जैसे बचा कर खाते हैं। हमें अक्सर शान्त रह कर खाने के लिए प्रोत्साहित किया जाता है, जो हमें केवल खाने के

लिए खाने और भोजन का आभार प्रकट करने की याद दिलाता है।

वहाँ भोजन बिल्कुल साधारण होता है (हम शाकाहारी हैं क्योंकि हम किसी भी प्राणी को चोट पहुँचाने में विश्वास नहीं करते) लेकिन यह बड़ी सावधानी से तैयार किया जाता है। ननें भोजन तैयार करने के लिए प्रत्येक सामग्री का उपयोग करती हैं। निश्चित रूप से, चावल उनमें मुख्य भोज्य पदार्थ होता है, यह उन बुनियादी खाद्य पदार्थों में से एक होता है, जो हमेशा हमें सादगी की ओर ले जाता है और हमें याद दिलाता है कि भोजन कितना अनमोल होता है। सुपरमार्केट, रेस्तराँ तथा माल बेचने की मशीनों के सबसे अजीब स्थानों पर, खाद्य पदार्थों की कई किस्मों की उपलब्धता के साथ, कभी-कभी चावलों और सब्जियों के एक साधारण कटोरे की ही हमें आवश्यकता होती है, जो हमें वापस अपने मन की ओर ले आता है और जीवन का आभार प्रकट करता है : यदि हमारे पास चावल हैं तो हम भी ठीक हैं। हम वहाँ रहने के पूरे समय के दौरान गर्म पानी और पारम्परिक चाय भी लेते हैं, जो एक बार फिर से बहुत साधारण लेकिन बहुत प्रशंसा के योग्य होती है। और वहाँ यह देख कर बहुत अच्छा महसूस होता है कि लोग ध्यान साधना व उपदेशों के एक दिन के बाद, मुस्कराते हुए एक-दूसरे को भोजन परोस रहे होते हैं।

हम तिब्बती कैलेण्डर के अनुसार कुछ विशेष दिनों में व्रत भी रखते हैं। यदि कोई व्रत का दिन दावत के दौरान पड़ता है, तो प्रतिभागी चाहें तो दिन के उत्तरार्ध में व्रत रख सकते हैं। एक बार फिर, यह शरीर व मन के बीच के संबंध को दर्शाता है, जिसमें हमारे शरीर को कुछ समय के लिए आराम मिल जाता है। परमपूज्य के साथ मेरे *पदयात्रा* पर जाने से पहले, मैं भोजन के बारे में और अपने किए कार्यों के संबंध में बहुत मीन-मेख़ निकालता था और भोजन करना पसंद नहीं करता था। लेकिन पहाड़ों पर *पदयात्रा* पर जाते हुए हमें पता नहीं होता था कि हम कहाँ जा रहे हैं और कहाँ रुकेंगे, इसलिए हमें यह भी मालूम नहीं होता था कि हमें वहाँ किस प्रकार का भोजन मिलेगा। शीघ्र ही मुझे पता चल गया कि जब आपको बहुत भूख लगी हो, तब आलुओं से बना भोजन बहुत स्वादिष्ट लगता है, जैसे आप पहली बार खा रहे हों।

कुछ कार्यक्रमों में, भोजन अथवा चाय का उपयोग हमारी सभी इंद्रियों को मन के साथ व्यस्त रखने के लिए किया जाता है। उनकी गंध, उनके दिखने, महसूस होने और उनके स्वाद के प्रति और अधिक जागरुक होने के प्रति प्रोत्साहन के लिए भी उनका उपयोग होता है। वे आपको चॉकलेट का एक टुकड़ा लेने का सुझाव दे सकते हैं। और फिर, उसके मुँह में घुलने तक बड़ी बारीकी से उसका निरीक्षण करते हैं, यह थोड़ा बहुत दैनिक श्वसन ध्यान के समान होता है, जिसमें हम अपना ध्यान अपने मन की अशान्ति से दूर हटा कर, उसे किसी भौतिक व तत्कालिक चीज़ पर लगाते हैं। और यदि हम कभी-कभी सावधानीपूर्वक भोजन करने का अभ्यास कर सकें, तो इसका थोड़ा बहुत प्रासंगिक प्रभाव, हमारे जीवन की छोटी लेकिन महत्त्वपूर्ण चीज़ों पर पड़ेगा- हमारे चेहरे पर पड़ती सूर्य की रोशनी से लेकर चाय के एक प्याले तक, सब के सब हमें मन को शान्त करने में सहायता कर सकते हैं और हमें एक छोटी सी ख़ुशी प्रदान कर सकते हैं।

मन के लिए व्यायाम

मन के लिए अच्छा भोजन करने के साथ-साथ, व्यायाम भी निश्चित रूप से बहुत अच्छा होता है। यह बात कोई मायने नहीं रखती कि आप व्यायाम की कौन-सी विधि चुनते हैं। उदाहरणार्थ, *मुझे पदयात्रा* की, 'मानसिक व्यायामशाला' अर्थात् हिमालय की पहाड़ियों पर पैदल *पदयात्रा* करना बहुत पसंद है। आप बेशक दौड़ लगाना पसंद करें अथवा तैराकी व साइकिल चलाना (हम साइकिलों पर भी *पदयात्रा* करते हैं) आप अपने शरीर को प्रशिक्षित करने के लिए कुछ भी कर सकते हैं, जो आपके मन को प्रशिक्षित करने में सहायता देगा। जब आप शारीरिक व्यायाम करते हैं, तो आप अक्सर अपने मन को एक अच्छा विश्राम देते हैं, कम से कम चिन्ताओं से तो आराम मिलता ही है। यदि आप अपनी पसंद के किसी व्यायाम पर भी ध्यान केंद्रित करते हैं, जैसे आप गोल्फ या टेनिस में अगले शॉट पर ध्यान लगाते हैं तो आप एक भिन्न तरीक़े से अपने मन का उपयोग कर रहे होते हैं। बल्कि आप अपने शरीर का उपयोग करने के साथ-साथ अपने मन का भी इस्तेमाल करते हैं।

निश्चित रूप से योग के साथ भी ऐसा ही होता है, जिसका ध्यान साधना के साथ बड़ा निकटवर्ती संबंध है। वास्तव में, हम योग को ध्यान का एक शारीरिक रूप मानते हैं, जिस प्रकार ध्यान आपके मन को खोल देता है और उसे विस्तार देता है, उसे स्वस्थ करता है और आगे बढ़ने के नये तरीक़े बताता है, ठीक ऐसा ही योग भी आपके शरीर के साथ करता है।

योग का संबंध संतुलन से है। हालाँकि योग में आपको यह लग सकता है कि आप योग कक्षा के दौरान कोई प्रगति नहीं कर रहे, लेकिन बाद में, आपको महसूस होता है कि आपका पूरा शरीर इस तरह विस्तार ले रहा है जिसके बारे में आपको शायद पहले कभी पता भी नहीं था। कुछ पेशेवर योग शिक्षकों का यह भी कहना है कि जब आपका शरीर योग की प्रक्रिया में होता है, तब आप यह भी बता सकते हैं कि आपका मन किस प्रकार कार्य कर रहा है। यदि किसी दिन आपको महसूस होता है कि आप सामान्य की अपेक्षा अपने आपको कहीं अधिक असंतुलित पा रहे हैं, तो आपको अपने विचारों अथवा अपनी भावनाओं में भी वैसा ही असंतुलन महसूस होगा।

संतुलन के साथ-साथ योग में लचीलापन भी विद्यमान रहता है ताकि आप किसी वृक्ष के समान मज़बूती से खड़े हो सकें और फिर भी आसानी से हवा में झूल सकें, बिना नीचे गिरने के भय के। ठीक यही कार्य ध्यान आपके मन के साथ करता है। वह हमारे संतुलन और लचीलेपन को बनाये रखता है, ताकि हम स्वयं को मज़बूत महसूस करने के साथ-साथ, जो भी चीज़ हमारी राह में आये, उसके अनुकूल बन सकें।

3

दैनिक जागरुकता

तुम मुझे बताओगे और मैं भूल जाऊँगा; तुम मुझे दिखाओगे और शायद मैं याद रख सकूँगा; तुम मुझे अपने साथ शामिल करोगे और मैं समझ जाऊँगा।

चीनी कहावत

एक कप चाय का प्याला पीने से लेकर अपने प्रिय का ध्यान रखने तक, अपने जीवन में उत्साह को बनाये रखना आपके जीवन को रंगीन और मधुर बना देता है।

जब हम जागरुक होते हैं, तो हम नैसर्गिक और पूरी तरह से तैयार होते हैं क्योंकि अपने मन की थोड़ी और समझ व ज्ञान के साथ हम और भी अधिक विवेक के साथ कार्य कर सकते हैं: हम अपने शब्दों के प्रति अधिक जागरुक होकर, अपने-आप को और अधिक व्यक्त कर सकते हैं, अपने कार्य में पूरी तरह अपने-आप को डुबो सकते हैं, बिना उसके परिणाम के बारे में उत्सुक हुए, क्योंकि हमें अपने उद्देश्य में विश्वास है; अपने मन के भूत और भविष्य में लगातार अदृश्य होने के स्थान पर, हम पूरी तरह से अपने वर्तमान में, अपने मन और शरीर में उपस्थित हैं।

यह भाग आपके साथ ज़िन्दगी की कुछ ख़ास स्थितियों को साझा करेगा और आपको बतायेगा कि शान्त मन आपको कैसे सहायक दृष्टिकोण प्रदान कर सकता है।

कई लोग सोचते हैं कि हम बौद्ध केवल होने में विश्वास रखते हैं और कभी भी कुछ करने में विश्वास नहीं रखते, लेकिन सच्चाई तो यह है कि कुछ करने से पहले हमारा अस्तित्व में होना ज़रूरी है : हमें समझने की ज़रूरत है कि हम कौन हैं और तब हम अपनी स्वार्थ की सूची को दरकिनार करते हुए, प्रेम और करुणा से प्रेरित होकर, बहुत कुछ करने का प्रयास करते हैं। जब हमारे पास समझ है, तो हमें याद रहता है कि हमें कौन-सी चीज़ प्रेरित करती है - हम क्यों करते हैं, क्या करते हैं। प्रेरणा तब हमें गति देती है - यह हमारी ऊर्जा है और बहुत विशेष है। हम अब अपने सपनों के पीछे नहीं भागते, हम हमेशा एक कदम पीछे रहते हैं, लेकिन क्षण-प्रतिक्षण, दिन-प्रतिदिन अपने वर्तमान में रहते हैं।

अनुभव सबसे अच्छा अभ्यास है। यह सबसे अच्छी सीख है। हम बिना अनुभव के कैसे कुछ समझ सकते हैं, या कैसे कुछ सीख सकते हैं? इसलिए मैं हमेशा लोगों को प्रयास करने से न डरने के लिए प्रोत्साहित करता हूँ क्योंकि यदि आप अपने स्तर पर ईमानदारी से प्रयास करेंगे, तो आपको एक बहुत अच्छा अनुभव प्राप्त होगा। आमतौर पर अपने जीवन में झांकने से ज़्यादा आसान होता है दूसरों के जीवन में झांकना और दूसरों के जैसे जीवन की इच्छा करना। लेकिन आप अपने जीवन में वर्तमान में उपस्थित रहने के स्थान पर, बहुत कुछ खो देते हैं और 'क्या' और 'अगर' जैसी स्थितियों में गुम हो जाते हैं। यही वर्तमान आपका सब कुछ है।

शान्त मन की दैनिक प्रवृत्तियाँ

आपको शायद यह एहसास नहीं होगा कि आपके पास पहले से ही आपके बेचैन मन को शान्त करने और इसकी मदद करने के कई तरीक़े हैं। समस्या यह है कि आप जो सही कर रहे हैं, उस पर अपनी सोच विकसित करने की अपेक्षा आपका ग़लत कार्यों से त्रस्त रहना आसान है।

जैसे-जैसे आप पुस्तक के इस भाग को पढ़ेंगे, आप कुछ सुझावों को आवश्यकता के स्थान पर विलासिताओं के तौर पर देख सकते हैं, लेकिन यदि आप अपने मन को पोषित और शान्त रखते हैं, तो आप अपना पूरा दिन बहुत सारी ऊर्जा और आज़ादी के संग बिताते हैं। आप अपने मार्ग में आने वाले अवसरों के प्रति उदार रहते हैं और इसके साथ आप तब भी चीज़ों के साथ लचीले रहते हैं, जब वे आपकी आशाओं या योजनाओं के अनुरूप नहीं होती हैं। दूसरों के लिए आपके साथ तालमेल बैठाना आसान होगा और आप पायेंगे कि आपकी चिड़चिड़ाहट सारा दिन आस-पास मंडराने और दूसरों का पूरा दिन ख़राब करने की अपेक्षा शीघ्रता से प्रकट होकर बहुत तेज़ी से चली भी जायेगी।

जैसा कि हमने इस पुस्तक के भाग-1 में देखा, कि यह सोचना आसान है कि सफलता या किसी प्रकार की उपलब्धि ख़ुशी के बराबर होती है - उस प्रकार की ख़ुशी जिसमें शर्तों या बाधाओं की ज़रूरत है। हमें इस तक पहुँचने के लिए छलांग लगानी होगी। उदाहरण के लिए, यदि आज मैं बहुत सारी चीज़ें बेचता हूँ, तो मैं बहुत ख़ुश होऊँगा। समस्या यह है कि हालाँकि इन चीज़ों को लक्ष्य बनाना ठीक हो सकता है, लेकिन यदि हम अपनी ख़ुशी के लिए उन पर भरोसा करते हैं, तब यह हमेशा दीर्घकालीन होने के स्थान पर क्षणिक होगी, जबकि वास्तव में हम रोज़ की छोटी-छोटी आदतों के ज़रिये अपने मन में ख़ुशी और शान्ति को पोषित कर सकते हैं

भले ही जब चीज़ें बहुत कठिन हो जायें, ये आदतें आपको आपके मन में जीवन की विस्तृत तस्वीर रखने में मदद करेंगी। आप उनका इस्तेमाल अपने-आप को वर्तमान में लाने के लिए करें, उन चीज़ों की चिन्ताओं से दूर, जो घट चुकी हैं, घट सकती हैं या नहीं भी घट सकतीं। चाहे यह नदी किनारे सैर करना हो या व्यायामशाला में वज़न उठना हो जो आपको मन की शान्ति देता है, तो यह सोचें कि ये चीज़ें आपको कैसे अच्छा और विश्रांत महसूस कराती हैं, और उस प्रकार के संतोष को अपने जीवन में लाने के लिए आप क्या कर सकते हैं।

श्वास

रोज़मर्रा के जीवन में शरीर और सांसों की जागरुकता अपनी भावनाओं और प्रतिक्रियाओं की जागरुकता की ओर पहला कदम है। यदि आप यह महसूस करते हैं कि आपका शरीर तनावग्रस्त हो रहा है, तो जल्द ही आपके मन को भी यही महसूस होने लगेगा। आप अपना ध्यान सांस पर केंद्रित करने का प्रयास करें- ताकि सांस लेने और सांस छोड़ने पर आप अपने मन को रुकने के लिए एक मौका दे सकें। अपनी सांस को अपने शरीर में पूरी तरह समा जाने दें। आप अभी भी स्थिति पर प्रतिक्रिया कर सकते हैं लेकिन अधिक सजगता के साथ, और इस बार संभावना यह है कि आपकी प्रतिक्रिया अधिक शान्त और अधिक संयमी तरीक़े से होगी। दैनिक श्वसन का अभ्यास आपको आपके शरीर में वापस लाता है और आपके मन को विश्राम का एहसास कराने के साथ आपके मन को एक बंधनमुक्त परिवेश देता है। यह आपमें और जिन कठिन या निराशाजनक स्थितियों का आप सामना कर रहे हैं, उसमें एक फ़ासला लाता है। यह आपको अपनी प्रतिक्रिया देने से पहले रुकने का एक मौका देता है, और बोलने से पहले सोचने का एक अवसर देता है। आप इसका प्रयोग उस घबराहट से निजात पाने के लिए करते हैं जो आप आमतौर पर फ़ोन करते हुए, डॉक्टर के पास जाते हुए या दन्त-चिकित्सक या किसी भीड़-भाड़ वाली रेलगाड़ी में प्रवेश करने से महसूस करते हैं।

अपने शब्दों का विवेकपूर्ण चुनाव

हज़ारों खोखले शब्दों से बेहतर वह एक शब्द है,
जो शान्ति प्रदान करता है।

बुद्ध

यह आपके मन की शान्ति के लिए लाभदायक है और आपके दिल की गहराइयों से निकली हर बात को एक अर्थ प्रदान करता है। जैसा कि बुद्ध ने कहा, 'हजारों खोखले शब्दों से बेहतर वह एक शब्द है जो शान्ति

प्रदान करता है।' करुणा दिखाने और रचनात्मकता और विचारों को साझा करने के लिए शब्द हमें दूसरों के साथ जुड़ने का अवसर देते हैं, लेकिन वे लोगों की भावनाओं को आहत भी कर सकते हैं; वे दूसरों पर दोष लगाने और उनकी आलोचना करने में भी प्रयुक्त हो सकते हैं, उनका प्रयोग किसी को सताने या गप्पे मारने में भी हो सकता है या वे हमारे दुःख-दर्द को बढ़ा सकते हैं।

आमतौर पर जब कोई व्यक्ति दूसरों के बारे में आलोचनात्मक हो जाता है, तो वह स्वयं का अंदरूनी आलोचक बन रहा होता है, जो अधिक मुखर आलोचक होता है। या शायद यह 'मैं सर्वश्रेष्ठ हूँ' जैसे उस अहंकार का हिस्सा है जो सतह पर आ रहा है। हम ऐसा नहीं कह सकते कि किसी को आलोचना का एक शब्द भी नहीं कहना चाहिए, लेकिन यह अवश्य ही ध्यान रखना चाहिए कि यह आलोचना कहाँ से आ रही है। यदि यह उदारता, प्रेम, और दया के साथ की जाती है और निस्संदेह ही यदि आप एक अध्यापक या परामर्शदाता की भूमिका में हैं, तो आप आमतौर पर अपनी स्थिति में इनका प्रयोग करेंगे और जान पायेंगे कि एक परिपक्व होते व्यक्ति के रूप में कौन से शब्द सीखने दूसरों के लिए लाभदायक होंगे।

जब आप बोलते हैं, तो हमेशा अपने आपको वर्तमान में लेकर आयें- अपने शब्दों के साथ रहें। इस तरीक़े से, जब आपके विचार कहीं और हैं, तब सिर्फ़ शब्द उगलने की अपेक्षा आप जो कहना चाहते हैं, वही कहेंगे। उदाहरण के लिए एक अभिभावक अपने बच्चे के साथ, जो नटखट बन रहा है, दयालु होने के साथ सख़्त भी हो सकता है। वे न तो चिल्लाते हैं और न ही अपना स्वर ऊँचा करते हैं लेकिन वे अपने बच्चे और अपने शब्दों के साथ पूरी तरह से उपस्थित हैं और उनका बच्चा यह जानता है कि इससे उनका क्या अर्थ है। मैं समझता हूँ कि बड़े होने के तौर पर हम ऐसा करते भी हैं, लेकिन समय के साथ-साथ हमारे भीतर कई परतें बन जाती हैं। हम वर्ग, बोली, शब्दों के समूह और मुहावरों आदि के बारे में बिना सोचे उनका इस्तेमाल करते हैं। लेकिन हम फिर भी जानते हैं कि जब कोई राजनेता भाषण दे रहे हों, तो वे भाषण की पंक्तियों के बारे में

पूरी तरह सचेत रहते हैं कि वे क्या कह रहे हैं। हम जानते हैं कि हमारे प्रिय 'मैं आपसे प्रेम करता हूँ' जैसे शब्दों को महसूस करने के लिए कब रुकते हैं या फिर वे उनका उच्चारण सिर्फ़ अपनी आदत के कारण कर रहे हैं। भले ही हम छटपटायें या गुस्सा हो जायें, लेकिन हम जानते हैं कि आलोचना के शब्द हमारे लिए कब सहायक सिद्ध हो सकते हैं।

अपनी जागरुकता को अपने शब्दों में पुनः लाते हुए आप देखेंगे कि उसने आपके रिश्तों और दिन के कई क्षणों में एक अंतर पैदा कर दिया है।

ख़ामोशी का उपहार

अपने मन को देखना सीखो
क्योंकि वह निश्चित रूप से आपका गुरू है।

मिलारेपा

यदि हम दिन में सिर्फ़ एक घण्टे के लिए भी ख़ामोश रह सकें, तो हम वास्तव में अपनी अंतर्दृष्टि और शान्त मन को विकसित कर सकते हैं। हम आमतौर पर दूसरों की बात करने में और गप्पें मारने में अपना समय बर्बाद करते हैं, इससे हमारी ऊर्जा भी नष्ट होती है। हमेशा वार्तालाप में मशगूल रहने और अपने से बाहर देखने के स्थान पर हमें ख़ामोशी के अवसर को अपने अंदर झांकने के लिए इस्तेमाल करना चाहिए। ख़ामोशी से डरें नहीं; स्थिर बैठे रहने से डरें नहीं। यही वे क्षण हैं जब आपका अंदरूनी व्यक्तित्व विस्तृत होता है और वृद्धि करता है और इसलिए आपका बाहरी व्यक्तित्व इसके बारे में बहुत चिंतित हुए बग़ैर स्वतः ही सुधर जाता है।

कभी-कभी अपने आपको सभी उत्तेजनाओं, उपकरणों और दैनिक जीवन के सभी भटकावों से दूर करना कई चीज़ों के प्रति मोह से मुक्ति पाने में आपकी मदद कर सकता है। जब लोग हमारे आश्रमों में आते हैं, तो वे बहुत साधारण और गर्म कपड़े पहनते हैं और नहाने के लिए

एक बाल्टी गर्म पानी और एक बर्तन लेते हैं। यहाँ कारें नहीं हैं और हम सभी को अपने फ़ोन और ब्लैकबेरी को बंद रखने के लिए बाध्य होना पड़ता है। कुछ लोगों के लिए यहाँ तत्काल विश्राम है, वहीं अन्यों के लिए अपने-आप को ऐसे माहौल में समायोजित कर पाना कुछ समय ले सकता है। लेकिन जब आधुनिक जीवन के साजो-सामान यहाँ ध्यान भटकाने वाली वस्तुओं के तौर पर मौजूद नहीं हैं, तो यह बहुत ही उत्साहवर्धन करने वाला है कि लोग कितनी जल्दी अपने बेचैन मन के नीचे की परतों से अपने आंतरिक स्वभाव को देखते हैं।

दैनिक जीवन में तनाव और बोझ को कम करने के लिये लोग बातचीत करना पसंद करते हैं, लेकिन जब हम आश्रम के परिसर में रहते हैं, तो हम उन्हें शान्त और स्थिर रहने के लिए कहते हैं। ऐसा हम उनके मन को थोड़ा सांस लेने और उनको खुलने का मौका देने के लिए करते हैं। कुछ आश्रम पूरी तरह से शान्त रहते हैं लेकिन नये लोगों को हम हमारी सीखों को आपस में एक-दूसरे के साथ साझा करने के लिए कहते हैं और उसके बाद उन पर विचार करने के लिए कहा जाता है।

यदि यह आपके लिए सही है, तो आप इसे अपने स्वयं के जीवन में या तो किसी औपचारिक ध्यान केंद्र में जाकर कर सकते हैं या अपनी पीठ पर अपना खाने का डिब्बा टांगे कभी-कभार प्रकृति के पास वापस लौटते हुए किसी शान्त स्थान पर भ्रमण करने के रूप में कर सकते हैं।

यदि आप चुप रहने का प्रयास कर सकते हैं, तो आप यह पायेंगे कि आपका झुकाव गुस्सैल और भावनात्मक बातों की तरफ़ कम हो रहा है। यह कोई आसान काम नहीं है, लेकिन आप उस समय को पहचानना शुरु कर देते हैं, जब आप आशा करते हैं कि काश, आप अपनी पहले कही गयी बात को वापस ले सकते और इससे पहले कि देर हो जाये, आप अपने आपको रोक सकें।

पढ़ें, देखें, सुनें

जब हम व्यस्त होते हैं, तो हम लंबे समय के लिए बिना कुछ पढ़े, संगीत सुने या कला और संस्कृति पर बात करे, जीवन बिताते रहते हैं। हम अपने स्वयं के मन में स्थान पाते हुए नहीं दिख सकते हैं या हमारी दिनचर्या में हमारे लिये भी समय नहीं होता है। और फिर भी जब किताब उठाते हैं और कुछ पढ़ते हैं, तो हम महसूस करते हैं कि हमारे मन का विस्तार हो रहा है। जब हम चीज़ों को सिर्फ़ अपने दृष्टिकोण से देख और सोच नहीं रहे होते हैं, तो हम कम बंधा हुआ महसूस करते हैं। हम कलाकार या लेखक की कल्पना के माध्यम से देखते हैं। हम अपने-आप को याद दिलाते हैं कि सिर्फ़ सुनना ही कितना अच्छा है, चाहे वह संगीत हो या बाग में पक्षियों का कलरव। यह बहुत लाभदायक है क्योंकि हम अपने करीबी लोगों के साथ अपने जीवन को पहचानते हैं। हो सकता है कि हम दूसरों के विचारों से हमेशा सहमत न हों, लेकिन यह अभी भी बहुत अच्छी आदत है कि हम अपने आप में कम अड़ियल हों- हम में दूसरों की बातों में रुकावट बने बग़ैर उन्हें सुनने की इच्छा होनी चाहिए। संस्कृति में समाहित करना हमारे दिमाग़ को खोलने और इसे विस्तृत करने में मदद करता है, और इस तरह यह हमें अपने-आप में आगे बढ़ने और दूसरों में रूचिकर होने का अवसर देता है।

धन्यवाद करें

आभार ध्यान, विचार-परिवर्तन ध्यान के साथ मिला हुआ है और यह बेचैनी को मन में अपनी पकड़ बनाने से रोकने का एक उत्कृष्ट तरीक़ा है। जब आप अपने जीवन में औरों को सहयोग देते हैं और सब कुछ अच्छा होने का शुक्रिया अदा करते हैं, तो आप पाते हैं कि आपके प्रेम और करुणा में बढ़ोतरी हो रही है। आप देख पाते हैं कि वे चीज़ें कौन सी हैं, जिनके लिए आप बेचैन हो जाते हैं, जिन्हें आपके मन में पैठ नहीं बनानी पड़ती है लेकिन यह आप पर है कि आप अच्छी चीज़ों पर ध्यान केंद्रित करने के स्थान पर उन्हें अपने मन में पैठ बनाने देते हैं या नहीं।

आभार हमें चीज़ों को उचित संदर्भ में रखने में मदद करता है : हमें उन चीज़ों की याद दिलाई जाती है, जो वास्तव में हमारे लिये ज़रूरी हैं और हम उस दिन की सकारात्मक भावनाओं का इस्तेमाल कर सकते हैं, जो उस दिन आती हैं जब आपका दिन अच्छा नहीं गुज़रता। अंत में, हम स्वयं को भाग्यशाली महसूस करते हैं, क्योंकि जो हमने पाया है उसके लिए धन्यवाद कर सकते हैं।

आदत बदलें

रोज़मर्रा की ज़िन्दगी में लोगों की कई ऐसी आदतें होती हैं जो पूरी तरह नुकसानरहित होती हैं, लेकिन मन को स्वाभाविक रूप से रहने के लिए उतना प्रोत्साहित करें जितना कि संभव हो। इसलिए उस रास्ते से, जो आप आफिस जाने के लिए लेते हैं, उस कैफ़े तक, जहाँ आप अपनी सुबह की चाय लेते हैं, आप रोज़ उसी दिनचर्या का अनुसरण करते होंगे। इनमें से किसी एक आदत को बदलना अपने मन को पुनः ऊर्जा देने वाला हो सकता है क्योंकि यह आपको वर्तमान में वापस लाता है, इसलिए आप चीज़ों को कुछ अलग तरीक़े से देखते हैं और इस बदलाव का लुत्फ़ उठाते हैं। आप अपनी जिज्ञासा को शान्त करने लगते हैं बिल्कुल नहीं जान पाते कि आप क्या खोज सकते हैं। इस प्रकार का एक सरल अभ्यास वास्तव में आपकी जागरुकता को बढ़ायेगा कि एक ही तरीक़े से हर समय निश्चित स्थितियों में कैसे प्रतिक्रिया दें, और यह आपको दिखाता है कि आदतों से छुटकारा पाया जा सकता है।

एक ही ढर्रे पर चल रहे व्यवहार में बदलाव लाना भी आपको एक हल्की राहत दे सकता है। मुझे एहसास है कि यह किताब आपको आपके मन के बारे में जानने के लिए प्रोत्साहित करेगी और यहाँ आत्ममूल्यांकनवादी और आत्मविश्लेषणात्मक बनने का ख़तरा भी है। मैं सोचता हूँ कि मैं और मेरे अध्यापक कितनी बार अपने-आप पर हँसते हैं, इस पर लोग अवश्य आश्चर्यचकित होते होंगे, ख़ास तौर पर तब, जब हम बहुत गम्भीर होते हैं और जीवन में कुछ हास्य-विनोद वाले पल

आते हैं। मैं सोचता हूँ कि यदि हम विशिष्ट अभ्यास के दौरान अपने मन का ध्यान रखने के लिए सजग प्रयास करें, तो यह हमें शेष दिन के लिए वर्तमान क्षणों में जीने हेतु अति आत्ममूल्यांकन से राहत दिला सकता है।

आज क्या अच्छा हुआ ?

आज आपने जो कुछ भी अच्छा किया है, क्यों न कुछ समय उस पर विचार करने में बिताया जाये? अपनी सभी चिन्ताओं को एक तरफ़ हटा दें; और उन चीज़ों को भी, जो अभी भी आपकी 'लम्बित कार्यों की सूची' में मौजूद हैं। अपने आपको उन अच्छी चीज़ों का अनुभव करने दें, जो आपने की हैं। आभार ध्यान की तरह यह आदत भी दृष्टिकोण के बारे में है। यह आपके दिमाग़ को एक ऐसा प्रशिक्षण देने के बारे में है, जिसमें आप आधे खाली गिलास को आधे भरे गिलास के रूप में देखते हैं।

अपने-आप से पूछना कि हमारा दिन कैसा रहा, यह हम में से अधिकांश लोगों के लिए स्वयमेव होने वाली क्रिया है, क्योंकि हम यह मूल्यांकन करना चाहते हैं कि चीज़ें कैसी चल रही हैं। और आमतौर पर हम आलोचना करते हैं, तब हमें दुःख होता है कि अच्छी चीज़ों के बारे में सोचना घमण्ड और असावधानी प्रतीत होता है। लेकिन, चाहे आप वह व्यक्ति हों जिसका झुकाव आत्मआलोचनात्मक होता है, अथवा आपका दृष्टिकोण बिल्कुल भिन्न हो और आप एक बार ही में गलीचे के नीचे छिपी सारी नकारात्मकता को साफ़ कर देने वाले हों; आप अपने उस नज़रिये को संतुलित रखें जिससे आप चीज़ों को देखते हैं। जो कुछ भी आपके साथ अच्छा हुआ है, उसका इस्तेमाल अपने आत्मविश्वास को बढ़ाने और अपने-आप को शान्ति देने के लिए करें।

अपना सर्वश्रेष्ठ प्रयास करना

यह एक दैनिक आदत है जिसे हम अपने बच्चों में डालने में बहुत माहिर हैं, लेकिन जिसे हम कम महत्त्व देते हैं। जैसे-जैसे हम वृद्ध होते हैं तो दूसरों से अपनी तुलना करते हुए हम अपने-आप को सफल मान लेते हैं।

वर्तमान क्षण में अपना सर्वश्रेष्ठ देना ही शान्त मन की निशानी है। यह इस विषय में नहीं है कि आप कितने अच्छे हैं, और यह हर समय दूसरों को देखते रहने या अपने-आप पर एक लेबल चिपका देने के बारे में भी नहीं है, बल्कि यह मन की सामान्य बेचैनी को कम करने और जो आप करते हैं, उसे सर्वश्रेष्ठ प्रयासों के साथ करने के बारे में है।

किसी चीज़ के बारे में पूरे दिन चिन्ता करके बिताना, लेकिन उस पर कार्य न करना, आसान है। तब सब कुछ स्थगित हो जाता है और आप महसूस करते हैं कि आपने अपना दिन ख़राब कर दिया है, जबकि आपके डर बढ़ जाते हैं और आपके मन में एक भूत की शक्ल में घर कर लेते हैं। तब स्थिति के साथ सामन्जस्य बिठाना और भी मुश्किल बन जाता है। तो, अगर आपकी कार्यसूची में कुछ ऐसा है जो आपको परेशान करता है, तो प्रयास करें कि आप उसे सबसे पहला कार्य बनाएं जो आप दिन में करेंगे, तब आप अपने शेष दिन के लिए राहत की सांस ले सकते हैं और आनन्द मना सकते हैं। आमतौर पर सब कुछ अच्छा होता है लेकिन यह हमारा मन ही है जो उत्तेजित हो जाता है और सबसे बुरे की कल्पना करने लगता है।

अच्छा भोजन खायें

एक मुस्कराता हुआ चेहरा आधे खाने के बराबर है।

लातवियाई कहावत

कई लोग अपना भोजन अपनी काम करने वाली मेज़ पर, रसोई में खड़े-खड़े या यहाँ तक कि गली में चलते हुए खाते हैं। भोजन हमारी कार्यसूची में दूसरी चीज़ बन गई है - यह कुछ ऐसी चीज़ है जिसे हम किसी काम पर जाते हुए, ईमेल का जवाब देते हुए या वेब पर सर्फिंग करते हुए कर सकते हैं।

फिर भी भोजन एक उपहार है; यह हमें जीवन देता है और यदि आप थोड़ा समय देते हैं और खाने के बारे में सोचते हैं, तो आपके शरीर

और दिमाग़ को और भी अधिक लाभ मिलेंगे। अपने परिवार के साथ बैठते हुए या सिर्फ़ अकेले ही बैठते हुए हर ग्रास का रसास्वादन करना आपके खाने को उस खाने से कहीं अधिक पोषक बनाता है, जिसे आप बिना लुत्फ़ उठाये खाते हैं। खाना कई लोगों के लिए ख़ुशी का एक बहुत बड़ा स्रोत है - व्यस्त दिन के दौरान एक प्याली चाय भी आपके मन को राहत दे सकती है।

सैर के लिए जायें

पैदल ध्यान या सिर्फ़ सैर के लिए जाना आपके बेचैन मन को चैन देने के सबसे सरल उपायों में से एक है। जब आप चलते हैं, तो भले ही आप चीज़ों के बारे में सोचने के आदी हों, लेकिन आपके आसपास की ऊर्जा और आपकी गति की ताल आपको स्थिर होने में सहायता करेगी। कुछ लोगों के लिए सैर के लिए जाना अपना फ़ोन या ब्लैकबेरी घर पर छोड़ने और कुछ समय प्रकृति को निहारने के लिए है, या शहर की गलियों से गुज़रते हुए अपने आसपास की दुनिया को देखने का अवसर है।

प्रकृति के साथ रहना

यदि हम प्रकृति के साथ समय बिताते हैं तो हम अपनी स्वयं की प्रकृति को थोड़ा और बेहतर समझ पाते हैं। प्रकृति के पास हमें वर्तमान में वापस लाने की योग्यता है, क्योंकि तब हम किसी दुर्लभ पक्षी को देखते हैं या उस दृश्य की सुंदरता की सराहना करते हैं जहाँ हम अभी-अभी आयें हैं। *'पदयात्रा'* करते हुए हमारा प्रधान उद्देश्य पर्यावरण अनुकूलता का संदेश फैलाना है, क्योंकि यदि हम प्रकृति के अनुकूल होने का प्रयास करते हैं, तो हम मित्रवत और एक-दूसरे के प्रति आदरणीय भी बन सकते हैं।

प्रकृति निर्दयी और यहाँ तक कि हिंसक भी हो सकती है, लेकिन यह हमें कई उपहार भी देती है, ख़ासतौर पर हमारे शान्त मन के लिए। चाहे यह हिमालयों की ढलान वाले पथ पर सीखने का कोई सबक हो या किसी शान्त स्थान पर राहत की सांस लेना हो, शहर की भीड़-भाड़ से दूर हम

उसका साथ पाकर अपने आपको बहुत सौभाग्यशाली महसूस करते हैं।

दिल खोलकर हँसिये

मेरे शिक्षक परमपूज्य ग्यालवांग ड्रक्पा अक्सर यह बात कहते हैं और उनके शब्दों में कितनी स्वतंत्रता और हल्के मन का भाव है! ड्रक अमिताभ पर्वत पर, ड्रक्पा समाज की मठवासिनियों के लिए नेपाली मठों में, ये मठवासिनियाँ प्रतिदिन बहुत कठिन परिश्रम करती हैं। मठ के प्रत्येक भाग पर ध्यान देती हुईं, कई घंटों तक पूजा-पाठ करती हैं और तब शिक्षा कार्य और कुंग-फू जैसे शारीरिक अभ्यास करती हैं। निश्चित तौर पर यह सरल जीवन नहीं है और फिर भी आप मठ में हँसी की आवाज़ एक कोने से दूसरे कोने तक जाते हुए सुनेंगे। यहाँ पर हँसने के लिए हमेशा समय होता है।

जब हम अपने मन और अस्तित्व भावना पर ध्यान करते हैं, तो यह ख़तरा बना रहता है कि हम इसके बारे में बहुत गम्भीर हो सकते हैं। खुशी की तलाश में हम आनन्द मनाना भूल जाते हैं। जीवन बहुत मूल्यवान है और फिर भी हम अपनी कार्यसूची में आनन्द को सबसे कम प्राथमिकता देते हैं। हम भूल जाते हैं कि जब हम आनंदित होते हैं तो हमारी अँखें प्रकाशवान हो उठती हैं और यह प्रकाश दूसरों को प्रकाशित कर देता है। हँसी एक महान उपचार और लोगों को जोड़ने वाली ताकत है। यह बहुत ही महत्त्वपूर्ण चीज़ है जो हमें मानव योनि में प्राप्त हुई है, और मुझे लगता है कि शान्त मन ही चीज़ों के खुशनुमा पहलुओं को देख पाता है। हम अपने आपको किसी भी तरह नीचे लाये बगैर ईमानदारी से अपने-आप पर हँस सकते हैं। यदि आपके दिल में हँसी है, तो आपका मन प्रसन्न रहेगा। ज़िन्दगी के काले घुप्प अंधेरे में आशा की एक किरण देते हुए हँसी आपको बुरे समय से उबरने में मदद करती है। तो बेफ़िक्र होकर हँसें।

अपनी चिन्ताओं को साझा करें

कई लोग सोचते हैं कि अपनी परेशानियों और चिन्ताओं को दूसरों के साथ साझा करना स्वार्थ है, कि उनके पास शिकायत करने के लिए कुछ नहीं है और उन्हें अपनी इस समस्या को आवरण से ढक देना चाहिए।

लेकिन यदि आप दूसरों के लिए एक अच्छा श्रोता बनने के लिए प्रयासरत हैं, तो इसके प्रतिफल में जब आपको समर्थन और सहायता की ज़रूरत होगी, तब अन्य लोग आपके लिए अच्छे श्रोता साबित होंगे। एक चिन्ता को साझा करना एक बोझ को बांटने के समान है, जो आपके मन में एक जगह बना देता है ताकि आप सांस ले सकें और समस्या को अपने ऊपर हावी हुए बग़ैर इसे व्यावहारिक चश्मे से देख सकें। कभी-कभी समस्या के समाधान के लिए सिर्फ़ संवाद ही पर्याप्त होता है क्योंकि यहाँ किसी भी निराकरण की ज़रूरत नहीं है और इसका निदान करने के लिए सिर्फ़ चर्चा करना ही ज़्यादा महत्त्वपूर्ण है। चीज़ों को अपने मन रूपी मर्तबान में बंद करके मत रखें क्योंकि वे यहाँ अपनी जगह मज़बूत बना लेती हैं और आपके मन को उदास करती हैं। जब आप उन्हें मर्तबान से बाहर निकाल कर खुले में रखते हैं तो आप देख सकते हैं कि आप उन्हें एक नये दृष्टिकोण से देखेंगे ताकि वे आपके मन को और अधिक विचलित न कर सकें।

करुणा का अभ्यास करें

जब आप आज के समाचारों पर दृष्टि दौड़ाते हैं तो आपका यह सोचना ठीक लगता है कि दुनिया में खुशी बहुत कम और दुःख बहुत ज़्यादा है, क्योंकि अधिकांश समाचार-पत्रों में नकारात्मक समाचार भरे पड़े होते हैं। लेकिन लगातार बुरे समाचारों की बाढ़ हमें दूसरों की पीड़ाओं और दुःखों के प्रति असंवेदनशील बना देती है क्योंकि हम अपने-आप को असहाय मान लेते हैं और आश्चर्य कर सकते हैं कि एक व्यक्ति किसी चीज़ को कैसे बदल सकता है। उदाहरण के लिए, हम सोचते हैं : हम हर बेसहारा की मदद कैसे कर सकते हैं? और इसलिए हम सिर्फ़ अपना सिर नीचे

झुका कर चले जाते हैं, हालाँकि हम इस बारे में अपने-आप में अच्छा महसूस नहीं करते। यह हमें उद्विग्न और उदास बनाता है, काश! हम उनकी कुछ सहायता कर सकें।

दूसरों की पीड़ा का एहसास करना बहुत दुखदायी है लेकिन यदि आप अपने आपको यह दर्द महसूस करने देते हैं, तो आप अपने आंतरिक स्वभाव के केंद्र के संपर्क में आ जाते हैं और यही आपकी करुणा है।

अपने प्रेम और दया को साझा करें

प्रतिदिन देने का अभ्यास करें- यदि आप औरों की आलोचना करने के आदी हैं, तो सम्मान दें, यदि आप जानते हैं कि धन या सफलता को पाकर कैसा महसूस होता है, तो एक बेघर के लिए कुछ करें। निःस्वार्थ भाव से देने का अभ्यास करना, यहां तक कि सबसे छोटे रूप में भी, मन के लिए बहुत लाभदायक होता है। यह एक ऐसा अभ्यास है जिसमें आप तनाव के बंधन से मुक्त होते हैं और कुछ चीज़ों का त्याग करते हैं। यह एक बहुचर्चित कहावत है, लेकिन यह सच है कि जितनी दयालुता हम दिखायेंगे, बदले में उतनी ही दयालुता के मार्ग हमारे लिए खुलेंगे।

यदि आप कुछ ऐसी चीज़ देखते हैं जो आपके जीवन में खुशी लाती हैं, तो उसे दूसरों के साथ साझा करें।

अपनी कुण्ठा को बाहर निकालें

एक कहावत है, 'अपने क्रोध को एक दिन से ज़्यादा पकड़ कर न रखें', और यही बात आपके दैनिक जीवन में आने वाली नकारात्मक चीज़ों के लिए भी लागू होती है, इसलिए सोचने-विचारने में कुछ समय बिताना महत्त्वपूर्ण है। जैसे, दिन के दौरान जब आप किसी भी समस्या को अपने संज्ञान में लेते हैं तो प्रतिक्रिया देते समय आप कैसा महसूस करते हैं? तब आप सोच सकते हैं कि आपको उस नकारात्मक संवेदना को पकड़े रहने की कोई ज़रूरत नहीं है। हो सकता है कि आपको अभी भी स्थिति

पर ध्यान देने की आवश्यकता हो, लेकिन आपको अपने साथ नकारात्मक संवेदनाओं को बिस्तर तक ले जाने की ज़रूरत नहीं है या सुबह उनके साथ उठने की ज़रूरत नहीं है। आप अपनी पीड़ा को नज़रंदाज मत करें, लेकिन यह अवश्य याद रखें कि यह पीड़ा आपके मन में हमेशा के लिए नहीं रहेगी। आपके पास इसे त्याग देने का विकल्प खुला है।

निद्रा

एक बार किसी ने ज़ेन के किसी जानकार व्यक्ति से पूछा, 'आप ज़ेन का अभ्यास कैसे करते है?' ज़ेन के उस ज्ञानी ने कहा, 'जब आप भूखे हों, तो आप खाना खायें, जब आप थके हों, तो सो जायें।'

> 'क्या यह वही नहीं, जो हर व्यक्ति करता है?'
>
> ज़ेन के ज्ञाता ने जवाब दिया, 'नहीं, नहीं। कई लोग हज़ारों इच्छायें रखते हैं, जब वे खाते हैं और जब वे सोते हैं, तो वे कई योजनायें बनाते हैं।'

एक अच्छी नींद दिमाग़ के लिए अविश्वसनीय तौर पर एक जादुई औषधि का कार्य करती है। जब आप थके हुए होते हैं, तो तनाव और दबाव महसूस करते हैं और सही निर्णय नहीं ले पाते, आपका ध्यान स्थिर नहीं रहता। आप थके हों, तो अपने दिमाग़ पर बहुत ज़ोर न डालें, अपने आपको पुनः तैयार करने के लिए पर्याप्त विश्राम दें। यदि आप बेचैन मन के साथ सुबह जल्दी उठने के आदी हैं और कुछ चीज़ों के बारे में बार-बार सोचते रहते हैं, तो आप अपना कुछ समय ध्यान में व्यतीत करें। यह आपके मन को स्थिर रहने में मदद करेगा।

मैं हमेशा यह सुनकर चकित हो जाता हूँ कि कई लोगों को नींद के साथ संघर्ष करना पड़ता है और यह तब होता है, जब उनकी दिनचर्या बहुत व्यस्त होती है और ऐसी स्थिति में उन्हें कुछ विश्राम की ज़रूरत होती है। यदि हम पूरे दिन अपने मन को इधर-उधर भटकने देते हैं और जब सोने जाते हैं, तो इसे उन भटकावों से एकदम अलग कर पाना बहुत

मुश्किल होता है। रात के सन्नाटे में वही चिन्ताओं, आलोचनाओं, और समस्याओं के निराकरण के अनवरत प्रयास दिमाग़ में फिर उभरने लगते हैं, जो आमतौर पर और भी अधिक प्रबल होती जाते हैं।

जिस तरह ध्यान से खाना अच्छा होता है, उसी तरह ध्यान से सोना उससे भी अधिक अच्छा है। कुछ लोगों के लिए अपने दिमाग़ को शान्त करने का अर्थ कुछ ख़ास चीज़ों को करने जैसा है, जैसे - गर्म पानी से स्नान करना या मन को शान्त करने के लिए एक कप चाय पीना आदि। अन्य लोगों के लिए सुबह बहुत जल्दी अधिक व्यायाम करना एक शान्तिप्रिय नींद का आधार बनता है क्योंकि शरीर मन को सोने के लिए प्रेरित करता है। यदि आप रोज़ाना कुछ मिनटों के लिए ध्यान कर सकते हैं, और अपने मन को प्रशिक्षण दे सकते हैं कि वह विश्राम ले सकता है, तो नींद आसानी से आ जायेगी। यह तो भेड़ों की गिनती करने के समान है, क्योंकि कभी-कभी सोने के लिए अपना ध्यान कहीं और लगाने के लिए यह एक बहुत ही स्वास्थ्यकर तरीक़ा है।

रात की एक अच्छी नींद

'क्या मैंने अपने-आप को सपने में एक तितली की तरह एक स्थान से दूसरे स्थान पर उड़ते हुए देखा या क्या यह तितली है जो अभी भी सपना देख रही है कि वह चुआंग जू है?'

चुआंग जू, एक चीनी दार्शनिक

यह जानना ज़रूरी नहीं है कि हर रात आप कितने घंटे सोते हैं। ज़रूरी यह है कि आप दिन के लिए तैयार और तरोताज़ा उठते हैं, भले ही आप कितने ही समय के लिए सोये हों। यहाँ आपकी सहायता के लिए कुछ उपाय दिये जा रहे हैं :

- आपको सोने में मदद करने में आपका अपने तनाव को नियंत्रित करना बहुत निर्णायक होता है। वे चीज़ें करें, जो आपको लगता है कि आपको दिनभर के तनाव से छुटकारा दिला सकती हैं, जैसे गाने सुनना, पढ़ना या स्नान करना।

- सोने से दो घंटे पहले संध्या के समय दैनिक श्वसन ध्यान करना आपको शारीरिक और मानसिक तनाव से राहत पाने में मदद करता है। जब आप बिस्तर पर हों, तो आप अपनी सभी इंद्रियों का इस्तेमाल करते हुए महसूस करें कि आप समुद्र को सुनते हुए समुद्र के किनारे सैर कर रहे हैं और नमक की सुगंध महसूस करते हुए सूर्य को अपने मुखमण्डल पर महसूस कर रहे हैं और आपके दोनों पैर ठंडी-ठंडी रेत से गुज़र रहे हैं - आप इस पूरी प्रक्रिया के बाद अपने आपको तनाव मुक्त महसूस करते हैं।
- संध्या के समय चाय या कॉफी पीने से परहेज़ करें क्योंकि ये आपकी उत्तेजना को बढ़ाती हैं। इसके स्थान पर आप खुद को हल्का महसूस कराने वाली हर्बल चाय लेकर देखें।
- यदि संध्या के समय आपने शराब का सेवन किया है, तो आप रात में आसानी से सो सकते हैं और यदि आप रात के दौरान उठते हैं, तो उसके बाद आप अनियमित तौर पर ही सो पायेंगे। रात्रि को एक अच्छी नींद लेने के लिए बेहतर है कि आप शराब के सेवन से परहेज़ करें।
- संध्या के समय व्यायाम करना आपको आरामदेय महसूस करने या ठीक समय पर सोने को थोड़ा मुश्किल बना सकता है। इसलिए व्यायाम संध्या से कुछ पहले या दिन में किया जाना चाहिए।
- एक शान्त मन के लिए हमें थोड़ी सजगता के साथ सोने का प्रयास करना चाहिए - शयनकक्ष हमारा सोने का स्थान है, न कि काम करने का।
- हर सुबह अपने निश्चित समय पर ही उठें, भले ही रात को आपको सोने के लिए जूझना पड़ा हो। कुछ समय के बाद आपका यह संघर्ष स्वतः ही आपके उठने के समय के एक नित्यक्रम में परिवर्तित हो जायेगा। और जब आप संध्या के समय ज़्यादा थके होंगे, तो आप की सोने की संभावना अधिक होगी। उसी तरह दिन में सोने के आदी न बनें।

- यदि संभव हो तो दोनों, मानसिक और शारीरिक तौर, पर सक्रिय रहें।
- कुछ क्षणों के लिए जब आप अपनी चेतना, जो रोज़ सोने और उठने की दो दुनिया में व्यस्त है, को उतारने से पहले, एक क्षण अपने जीवन का आभार प्रकट करने में बितायें। और तब आप एक सकारात्मक भाव महसूस करेंगे जो सारी रात आपके शरीर और मन में समाया रहेगा। आप सुबह तरोताज़ा महसूस करेंगे और प्रेरणा का बोया गया कोई भी बीज निश्चित तौर पर दिन के लिए ताज़े हरे अंकुर के रूप में विकसित हो जायेगा।

अपनी बेचैनी के लक्षणों को पहचानें

आमतौर पर बेचैनी का एक स्वरूप होता है। और ध्यान के ज़रिये अपने मन को जानना और समझना और अपने रोज़मर्रा के जीवन के माध्यम से थोड़ा और सजग होना और अपने विचारों और भावनाओं से अवगत होना आपको अपने पूर्व तनावों के लक्षणों की पहचान करने में मदद करेगा। अपने-आप को जानना आपको कई अनावश्यक असहजताओं और परेशानियों से बचा सकता है।

बेचैनी के लक्षण आप के शरीर में, विचारों में, भाषा में और व्यवहार में प्रकट हो सकते हैं। तनाव के दौर से गुज़रते हुए आप बहुत बोझिल, हारे हुए, चिंतित, नाखुश और यहाँ तक कि अवसादग्रस्त भी हो सकते हैं। और उसके बाद आप यह जानने के योग्य हो पायेंगे कि इसके मूल में क्या हो रहा है और अपने-आप को वह पोषण देंगे जिसकी आपको ज़रूरत है। क्योंकि मुश्किल चीज़ें जीवन में घटित होती हैं : अपने प्रिय या प्रियतमा को खोने के बाद आप अपने-आप को दुःखों के अंबार में पा सकते हैं, या अनिश्चित समय में आपकी जिम्मेदारियाँ बढ़ सकती हैं और आपको बोझिल कर सकती हैं, या और आप असमंजस में हैं कि आप काम के बढ़ते हुए बोझ को पूरा कर पायेंगे या उनके बोझ के तले दब जायेंगे।

यहाँ कुछ लक्षण दिये जा रहे हैं, जिनके बारे में आपको सतर्क रहना है :

- क्या आपका मन संकीर्ण हो रहा है? काम के पूरे होने के लिए समय और ऊर्जा की कमी के रहते क्या आपको कुछ चीज़ों के लिए निर्णय लेना पड़ रहा है? और आप क्या चुन रहे हैं? दिन के सभी घंटों को काम करते हुए बिताने के लिए क्या आपको उन सभी चीज़ों का त्याग करना पड़ रहा है, जो आपको ख़ुशी और आराम देते हैं? तो इससे आपके मन को कैसा महसूस होता है? आप खुलापन और किसी भी चीज़ के लिए तैयार महसूस करते हैं या आपको दबाव और कठिनाई महसूस करते हैं?
- क्या आप पूरी तरह से अपने परिवार और दोस्तों के साथ उपस्थित हैं या क्या आपका दिमाग़ लगातार अन्य चीज़ों के बारे में सोचता रहता है? क्या आप अपनी पुत्री को उसके सोते समय कहानी सुनाते हुए कल की सभाओं के बारे में चिंतित रहते हैं, या किसी मित्र से मिलकर यह सोचते हुए लौटते हैं कि आप किसी भी विषय पर गहराई से बात नहीं कर सके?
- यदि आप अभिभावक हैं तो क्या आप अपने-आप को दोषी मानते हैं, क्योंकि आपको अपनी व्यक्तिगत ज़िंदगी और कार्य में सामंजस्य स्थापित करने में संघर्ष करना पड़ता है?
- क्या आप निश्चित स्थितियों में या लोगों से ज़्यादा आसानी से निराश या गुस्सा हो जाते हैं? क्या आप लोगों को पगला देते है, या आप सदा शिकायत करते रहते हैं?
- क्या आप उस व्यायाम को करना छोड़ देते हैं जो आपको अच्छा महसूस कराता है और वह भी सिर्फ़ इसलिए कि आपके पास इसे जारी रखने के लिए समय नहीं है?
- क्या वे पुराने विचार फिर से और अधिक तीव्रता से आपके मन में घुसपैठ करने लगे हैं?
- क्या आप स्वास्थ्यकर खाना खा रहे हैं या बाहर का खाना, और अस्वास्थ्यकारी भोजन पुनः आपके आहार में शुमार हो रहा है? सिर्फ़ इसलिए कि आप बहुत तनावग्रस्त या दबाव में हैं, इसलिए खाना नहीं पका सकते हैं?

- क्या आप समाज विरोधी हो रहे हैं क्योंकि आप सोचते हैं कि अभी आपको अपनी सारी ऊर्जा अपने काम में लगानी है?
- क्या आप सामान्य से ज़्यादा भावुक महसूस कर रहे हैं?
- क्या आप अस्वस्थ या उदास महसूस कर रहे हैं, या कुछ मामलों में आपका जीवन अच्छी तरह संतुलित नहीं है?

जब कोई बड़ी समस्या या तनावपूर्ण परिस्थिति आपके सामने आ खड़ी होती है, तो आपको इसकी जानकारी पहले से ही हो सकती है कि आपकी सोच का झुकाव किस तरफ़ है। इनमें से कुछ लक्षणों को आप सिर्फ़ कुछ मिनटों के 'दैनिक श्वसन अभ्यास' के साथ पहले ही देख पाने या महसूस कर पाने के योग्य हो जायेंगे। आत्म चिंतन ध्यान आपको विस्तृत जानकारी देगा कि आपका मन क्यों बेचैन हो रहा है, जबकि आभार और विचार-परिवर्तन ध्यान इस तरह की भावनाओं को रोकने में सहायता प्रदान करते हैं और उन्हें स्थिर नहीं होने देते।

संभवतः यहाँ कुछ ऐसी चीज़ें भी हैं जो आपको आपके मार्ग से परे धकेल सकती है और कुछ लोग या परिस्थितियाँ भी हैं, जो हमेशा आपको उत्तेजित करती प्रतीत होती हैं। लेकिन आप उन चीज़ों के बारे में सोचें जो आपको अंत में बेचैन बनाती हैं - क्या आपकी स्वयं की भावनायें और प्रतिक्रियायें कोई भूमिका निभाती हैं? क्या यह समय एक अलग मानसिक रास्ता अख़्तियार करने का है?

आपके जीवन में महत्त्वपूर्ण चीज़ों की तलाश

जब मन बेचैन, शक्तिहीन या उदास हो तो जीवन के प्रति अपने दृष्टिकोण को खो देना बहुत आसान होता है। उदाहरण के लिए, आप अपने कार्यस्थल पर एक प्रोजेक्ट के लिए उन सभी चीज़ों का त्याग कर सकते हैं जो आपको बहुत पसन्द हैं। 'हार का डर' या दूसरों की निगाहों में उतना अच्छा नहीं बन पाने का दुःख आपको पूरी तरह से घेर लेता है - यह आपके अपने बच्चे को सुलाने से मिलने वाली ख़ुशी या कॉफी पीने

के लिए अपने प्रिय मित्र से मुलाकात की ख़ुशी से ज़्यादा प्रभावी होता है।

जब आप किसी ऐसी समस्या से संघर्ष कर रहे होते हैं जो कई लोगों को प्रभावित कर सकती है, तो वहाँ पर अपने कदम वापस खींच लेना और अपने-आप से प्रश्न पूछना बहुत मुश्किल हो जाता है : क्या यह सच में वही है जो मैं चाहता हूँ? क्या यह वही रास्ता है जो खुशियों की तरफ़ ले जाता है? जब आपका मन स्थिर है और आप जीवन के बारे में अच्छा महसूस कर रहे हों, तो अभ्यास के द्वारा आप धीरे-धीरे सकारात्मक मानसिक आदतें विकसित कर लेते हैं, जो तब आपके लिए बहुत उपयोगी सिद्ध होती हैं, जब आप तनाव के माहौल में होते हैं।

अपने मन से अनचाहे विचारों को निकालना

यह बहुत ही विस्मयकारी वाली बात है कि कैसे हमारे बिल्कुल आसपास मौजूद चीज़ों को देखकर हमारे मन की स्थिति का जायज़ा लिया जा सकता है। जब आप अपनी मेज़ और औजारों पर देखते हुए दिन की शुरुआत के साथ काम शुरू करने लगते हैं तो आप क्या देखते हैं? क्या आगे का रास्ता साफ़ और अच्छा है या यह कई छोटे, बड़े अवरोधों से भरा है? हमारे आसपास मौजूद वस्तुयें या साधन हमारे मन की एक साफ़ तस्वीर दिखाते हैं, चाहे हम उदाहरण के तौर पर हर चीज़ को संजो कर रखते हों। या नई चीज़ों के लिए जगह बनाने के लिए हम पुनर्निर्माण केंद्रों और खैराती दुकानों पर जाना पसंद करते हैं। लेकिन क्या आपके द्वारा संचित वस्तुयें आपको खुश, संतुष्ट और शान्त महसूस कराती हैं?

एक शान्त मन के लिए एक-एक चीज़ को अच्छी तरह से साफ़ करना एक अच्छी आदत है, हालाँकि कभी-कभी आलसी लोगों को यह आदत पसंद नहीं आती क्योंकि इसमें आपको अलमारियों और कोनों आदि की सफ़ाई करनी पड़ती है, जो वर्षों से अनावश्यक वस्तुओं से भरे पड़े होते हैं और अनछुये होते हैं। जिस तरह ध्यान का निर्माण आपके मन में एक स्थान बनाने के लिए किया गया है, उसी तरह आपकी वस्तुओं की छंटाई करना भी उतना ही सकारात्मक प्रभाव वाला हो सकता है। सिर्फ़

चीज़ों को सलीके से रखने से ही ऐसा लगता है जैसे कि स्थान बढ़ गया हो और जिसके बारे में हमें पहले एहसास तक भी नहीं होता। अपनी मेज से एक चीज़ छोड़ कर सभी चीज़ों को हटा देना हमें उस अकेली चीज़ पर ध्यान केंद्रित करने देता है और इस प्रकार हम किसी काम को समय से पूरा कर पाते हैं। बजाय अव्यवस्थित चीज़ों में फंसने के, जिनकी हमें वास्तव में कोई आवश्यकता ही नहीं है। हम अपने बनाये गये स्थान में सांस ले सकते हैं और चीज़ों को एक बार दोबारा गतिशील होने देते हैं। आख़िरकार वे हमारी अलमारी में जब तक पड़ी हैं, तब तक हम उन्हें याद रख सकते हैं।

जब आप अगली बार अच्छी तरह सफ़ाई करें, तो सीधे कोनों में जायें, भले ही आप एक समय में एक कमरे को साफ़ करें या एक दराज़ को। कुछ चीज़ों से आपकी भावनायें जुड़ी हो सकती हैं, जो अचानक प्रबल हो उठती हैं और बेचैनी व नकारात्मकता को जन्म देती हैं और उन्हें शान्ति के साथ देखने और दिमाग़ से हटाने की अपेक्षा, हम उन्हें पुनः अपने मन में दबा लेते हैं। चीज़ों को देखने में हम बहुत ही रोमांच का अनुभव करते हैं और तब उन्हें दोबारा कहीं रख देते हैं, हालांकि आप नहीं जानते कि आपको उनका क्या करना है। लेकिन इस बार आप उन्हें जाने क्यों नहीं देते? क्या आप उनके बग़ैर अभावग्रस्त महसूस करेंगे?

बस, एक बार बड़ी सफ़ाई करने के बाद हर जगह अनावश्यक वस्तुओं के जमाव के स्थान पर आप दैनिक श्वसन या चेतना अभ्यास की तरह रोज़मर्रा के जीवन में काम आने वाली चीज़ों पर आसानी से नज़र रख सकते हैं। बिल्कुल हमारे विचारों की तरह, यदि हम किसी चीज़ों पर लंबे समय तक ध्यान नहीं देते, तो उनसे निपट पाना बहुत कठिन काम बन जाता है।

एक भौतिक स्थान बनाने के भाव में यह विशेषता होती है कि यह हमारे मन में कुछ खाली जगह बना देता है। शान्ति उद्विग्नता का स्थान ले लेती है और समय भी एक बार फिर विस्तार लेता नज़र आता है। यह बहुत अजीब है, लेकिन जब आपको महसूस होता है कि अभी आप एक समय में एक काम पर अपना ध्यान केंद्रित कर सकते हैं, एक कोट पहन सकते हैं या एक जग का प्रयोग कर सकते हैं, तो आप अपने

जीवन में सादगी की कला को वापस लाते हैं और तब आपके लिए चीज़ों को आख़िरकार त्याग देना उतना मुश्किल या बुरा प्रतीत नहीं होता। यह आपको हमेशा नई चीज़ों की तलाश में जाने के स्थान पर, जो आपके पास है, उसका लुत्फ़ उठाने के लिए प्रेरित करता है।

सजग रहते हुए सफ़ाई करना

आपको अचम्भा हो सकता है कि सफ़ाई जैसा कार्य एक सजगता के साथ किये जाने वाला कार्य हो सकता है, लेकिन जिस समय आप निश्चिंत हों, उस समय एक थाली धोने का कार्य भी शान्ति देने वाला हो सकता है। चीज़ों का ढेर लगाने अथवा उन्हें अस्वच्छ होने देने की बजाय यह यह बेहतर होगा कि आप स्वयं कार्य समाप्त होने के बाद अपना स्थान साफ़ कर दें। सोचें कि यही कार्य मन के लिए भी कितना आवश्यक है। जब आप सफ़ाई कर रहे हों, तो उन अन्य चीज़ों के बारे में सोच कर समय व्यर्थ न करें जो आपको अभी करनी हैं - सिर्फ़ सफ़ाई करें।

तकनीकी तौर पर अनावश्यक साधन

तकनीक ने हमें अपनी संचित करने की प्रवृत्ति का अभ्यास करने का एक और अवसर दिया है। इंटरनेट के आगमन से हमारे सभी सवालों के जवाब हमारी उंगलियों पर होते हैं और इस तरह हम अपने दिमाग़ में कई सवाल और जानकारियाँ लिये रहते हैं, जबकि हमें रात्रि के भोजन या अपने मित्र के साथ पार्क में सैर का लुत्फ़ उठाना चाहिए।

सूचना के बोझ के साथ-साथ हम वार्तालाप से भी बोझिल प्रतीत होते हैं। ईमेल का इनबॉक्स ठसाठस भरा होता है - आप ऐसी स्थिति पर भी पहुँच सकते हैं कि आपको नये संदेशों के लिए जगह बनाने के लिए पुराने संदेशों को मिटाना भी पड़े - और वॉइसमेल इतने ज़्यादा हो जाते हैं कि हम उन सभी को सुन भी नहीं पाते हैं। उसके बाद यहाँ पर रोमांचकारी आलेख और ब्लॉग्स भी होते हैं जिन्हें हम पढ़ना चाहते हैं, जिन्हें हम सिर्फ़ एक बटन की मदद से बाद के समय के लिए सुरक्षित कर सकते हैं।

कम्प्यूटरों की स्मरण शक्ति बहुत विस्तृत होती है जिससे हम हर सूचना को सुरक्षित कर लेते हैं। लेकिन हमारा फ़िल्टरिंग सिस्टम खराब हो गया है और आप अचंभित होते हैं कि आपने कैसे कई प्लास्टिक के थेले संचित कर लिये हैं। यह आपको तब पता चलता है जब आप अपनी वस्तुओं की छंटाई-सफ़ाई करते हैं, उसी तरह आप अपने इनबॉक्स से बहुत उद्वेलित हो जाते हैं और इसे निपटने का विचार आपको थोड़ा परेशान कर देता है। यह एक नकारात्मक चक्र बना सकता है : आपको चिन्ता होती है कि आपके पास अनावश्यक चीज़ों को हटाने का समय नहीं है - चाहे ये भौतिक, तकनीकी या मानसिक हों, लेकिन इन सभी का आपके पास रहना मामले को बद से बदतर बना देता है, क्योंकि इससे आपका ध्यान केंद्रित नहीं रहता और आप बंधा हुआ महसूस करते हैं। यह ऐसा लगता है जैसे आपकी 'लम्बित कार्यों की सूची' आपको घेर रही हो, हर छोटी चीज़ आपका ध्यान पाने के लिए प्रतिस्पर्धा कर रही हो और कह रही हो, 'मुझे चुनो'। आपने यह योग्यता खो दी है कि काम करने के लिए अगली कौन सी चीज़ आपको पहले उठानी है।

और जब कभी आपका सामाजिक दायरा केवल तीन मित्रों से मिल कर बना था और आप सप्ताहांत में शराब पीने जाते थे, वहीं अब आपके साथ सैकड़ों मित्र, सहकर्मी या लोग उपस्थित हैं, लेकिन आप आपस में कभी नहीं मिले। चौंकाने वाली बात यह है कि वार्तालाप के लिए इस तरह के उपयोगी साधनों के बावजूद भी हम संभावित भावहीन वार्तालाप से बचने के लिए तकनीक को एक माध्यम के तौर पर इस्तेमाल करते हैं। हम एक फ़ेसबुक संदेश भेजते हैं जो हमारे अहम् और भावनाओं के लिए सुरक्षित है, लेकिन हम भावनात्मक अनुभवों से चूक जाते हैं और इस तरह की परिस्थितियों से कुछ सीख नहीं पाते हैं। यदि हम अस्वीकार किये जाने को अनुभव नहीं करते, तो हम यह नहीं सीख पाते कि हमें अपने-आप को पुनः कैसे संभालना है।

तकनीक कई लोगों के लिए बेचैनी का सबब बन गयी है। यह हमें नहीं बताती कि क्या करना है, लेकिन यह कई विकल्प उपलब्ध कराती है। और जब हम नहीं जानते हैं कि क्या हमें व्हाट्स ऐप, फेसबुक या

लिंक्ड-इन चाहिए, तो भी वे हमारे पास होते हैं क्योंकि हम उन्हें खोना नहीं चाहते हैं।

तो शायद इन अत्याधुनिक मानसिक भटकावों पर हम शान्त मन के कुछ पहलुओं को आज़मा सकते हैं। यदि आप अपने अनाश्वयक तकनीकी उपकरणों के शिखर पर रहना चाहते हैं, तो बदलाव पर ध्यान के बारे में सोचें-कि कुछ भी हमारी दुनिया में न स्थिर है और न शाश्वत है, इसलिए हमारे लिए यह अच्छा होगा कि हम इन चीज़ों के प्रति आसक्त न हों। जिस तरह कम्पनियों के प्रमुख अधिकारियों के मेज़ पर बहुत कम चीज़ें मौजूद होती हैं, उसी तरह उनके ईमेल बॉक्स भी लगभग खाली रहते हैं। वे समस्याओं को लंबित रखने के बजाय उनका समाधान उनके आते ही कर देते हैं। तब वे अपना समय कुछ और चीज़ों में देते हैं ताकि जब तक दूसरे आकर अपनी कुर्सियों पर बैठें, वे दिन का काम समाप्त कर चुके हों। तो एक तरफ़ यह सच है कि उनके कंधों पर बड़ी-बड़ी जिम्मेदारियाँ होती हैं, वहीं वे अपने कार्यों के प्रति आसक्त नहीं होते हैं, यही उनकी सफलता की कुंजी है। और जब वे भी कुछ विशेष निर्णयों के प्रति आसक्त हो जाते हैं तो मानसिक पीड़ा सफल लोगों के जीवन में भी घर करने लगती है। और यह तब होता है जब उनकी राह में आने वाले उतार-चढ़ावों को निपटाने की उनकी योग्यता में डर बैठने लगता है, उनमें सामान्य लचीलापन नहीं रहता।

यदि आप अनावश्यक तकनीकी साधनों से अपने दिमाग़ को खाली कर देते हैं, तो आपका दिमाग़ वर्तमान में बने रहने के लिए मुक्त हो जाता है अपेक्षाकृत उन संदेशों की चिन्ता में डूबे रहने के , जिनका आपने जवाब नहीं दिया है या उन आलेखों की चिन्ता करने के, जो आपने नहीं पढ़े हैं। इनके जाने का रास्ता प्रशस्त करने के लिए इन्हें मिटाने के लिए दिन की शुरुआत में या दिन के अंत में अपने-आप को कुछ समय दें। जो ईमेल, आप अपने सामने देखते हैं, केवल वही होनी चाहिए जिन्हें आप अभी इसी समय संबोधित कर सकें और इनका निपटान कर सकें। यदि वे पिछले छः माह पुराने हैं, तो देखें कि वे वास्तव में कितने महत्त्वपूर्ण हैं?

जब तनाव हम पर हावी हो जाता है

मानसिक बीमारियाँ जैसे- पुराना तनाव, घबराहट और अवसाद आधुनिक दुनिया में बड़ी तेज़ी से अपनी पैठ बना रहे हैं। जब स्वास्थ्य की बात आती है, तो तनाव तम्बाकू से कहीं अधिक ख़तरनाक पाया जाता है और वह दिल की बीमारी, मांसपेशियों में दर्द, पुराने सिरदर्द, अनिद्रा का रोग, वज़न में कमी आना और पाचन विकार आदि का कारण बन सकता है।

लड़ो या मैदान छोड़ दो

मन का एक भाग ऐसा होता है जो तनाव के समय में शरीर को नियंत्रित करता है और हमें या तो लड़ने के लिए तैयार करता है या भागने के लिए। यह भागने या लड़ने की प्रतिक्रिया अविश्वसनीय तौर पर हजारों वर्ष पूर्व उपयोगी थी, जब लोगों को चीतों और भालुओं का सामना करना पड़ता था। इस तरह के तनावपूर्ण माहौल से एक तरह की उत्तेजना आपके शरीर से गुज़रती है और आपकी प्रतिक्रिया व्यक्त करने की शक्ति को बढ़ा देती है।

आज की आधुनिक दुनिया में आप अभी भी लड़ो या भागो की प्रतिक्रिया को महसूस कर सकते हैं। लेकिन ऐसा आमतौर पर भौतिक परिस्थितियों की अपेक्षा तनावपूर्ण परिस्थितियों में होता है। तो यदि आप तनावग्रस्त हो जाते हैं, जैसे, एक उच्च दबाव वाली मीटिंग में या बच्चों के साथ जो सुपरबाजार में चिल्ला रहे हों, अस्पताल जाते हुए या काम पर जाते हुए, तो आप वही प्रेरक बल पायेंगे जो आपके पूर्वजों ने पाया था जब उन्होंने शेर या चीते का सामना किया था, और उन्हीं की तरह आप भी लड़ने की एक ज़बर्दस्त ज़रूरत महसूस कर सकते हैं (यदि शारीरिक तौर पर नहीं, तो मौखिक तौर पर) अथवा आप उस स्थिति से भाग जाते हैं (अपने पीछे ज़ोर से दरवाज़े को बंद करते हुए)।

ये स्थितियों के प्रकार हैं, जहाँ एक शान्त दिमाग़ को ज़बर्दस्त तनाव में तब्दील कर दिया जाता है, यहाँ तक कि सबसे शान्त लोगों के साथ भी

ऐसा किया जा सकता है। बहुत से लोगों को गुस्सा बहुत जल्दी आ जाता है और वे बहुत शीघ्र हतोत्साहित हो जाते हैं और उन्हें नियंत्रित करना बहुत मुश्किल हो जाता है। आप अपने-आप को अचानक रोता हुआ पा सकते हैं या अपने शरीर में तनाव महसूस कर सकते हैं।

वैज्ञानिक कहते हैं कि डर और घबराहट एक नहीं हैं। डर एक असली समस्या के प्रति एक थोड़े समय तक रहने वाली प्रतिक्रिया है, जबकि घबराहट ऐसी भावना है जो ख़तरे के टल जाने के बाद भी हमारे खयालों में मंडराती रहती है। घबराहट एक भावना है जिसके उत्पन्न होने पर हम उन बातों के बारे में चिन्ता करते हैं जिन्हें अभी घटित होना है या हो सकता है कि वे कभी भी घटित न हों। तो, जहां डर हमारे लिये मौजूदा क्षणों में तत्काल सुरक्षा पाने के लिए बहुत उपयोगी हो सकता है, वहीं घबराहट अतीत या भविष्य की घटनाओं से आती है। हम इसका इस्तेमाल भविष्य की चुनौतियों का सामना करने के लिए और सतर्क रहने के लिए और अपने सुविधा क्षेत्र से बाहर निकलने के लिए कर सकते हैं, लेकिन अधिकतर यह हमारे जीवन के तौर-तरीक़ों में घर बना लेती है।

दुर्भाग्यवश, घबराहट और डर का एहसास काफ़ी हद तक एक जैसा होता है, इसलिए घबराहट बहुत ही कष्टकारी भावना है क्योंकि जब हम अपनी डेस्क पर बैठे हों या रात में बिस्तर पर लेटे हों, तो यह हमारी सभी इंद्रियों को उत्तेजित कर देती है। हम इसका एहसास अपने पेट के निचले भाग में डर के तौर पर करते हैं और हमारे दिमाग़ घूमने लगते हैं और इसकी लगातार बढ़ते जाने की प्रक्रिया स्पष्टतः अंतहीन हो जाती है।

लेकिन तनाव और इसकी घनिष्ठ सहयोगी घबराहट स्वाभाविक तौर पर बुरे नहीं हैं। वे हमारे भावनात्मक अचेतन मस्तिष्क से आते हैं और आमतौर पर हल्का तनाव जारी रखने के लिए बहुत उपयोगी होते हैं, जो हमें हमारी विचारशीलता से प्रेरित होने की अपेक्षा हमें हमारी भावनाओं के सीधे संपर्क में रखता है। हम अपने-आप को स्पष्टतः असंभव समय सीमा के भीतर दिये गये कार्यों का निष्पादन करने में समर्थ पाते हैं और ऐसे समय में अपनी ऊर्जा में तेज़ी से वृद्धि कर पाते हैं, जिस समय हमें वास्तव में इसकी आवश्यकता होती है। और घबराहट के भीतर ही

हम आमतौर पर अपने खुद के पहलुओं को पाते हैं, जो हमें एक उद्देश्य और अर्थ प्रदान करते हैं और वे चीज़ें पाते हैं जो हम वास्तव में करना चाहते हैं। शर्त यह है कि हमारा अपने-आप पर थोड़ा और विश्वास हो।

यह तब होता है जब हमारी भावनायें नियंत्रण अपने हाथ में लेती हैं और प्रचण्ड हो जाती हैं। हालाँकि हमारा मन बेचैन और व्याकुल हो जाता है और स्वाभाविक संतुलन खो देता है और ऐसी स्थिति में या तो अशक्त महसूस करता है या व्याकुल। हमारे विचारों का बहाव अपनी लय खो देता है और हम स्वयं को अस्वस्थ और हर जगह असहजता महसूस करते हैं। हम अपने कार्यों को कर पाने में असमर्थता महसूस करते हैं। तब हम अपने-आप में विश्वास खोने लगते हैं और दूसरों से और अधिक अपेक्षायें करने लगते हैं क्योंकि हम अपनी स्वयं पोषित योग्यताओं के बारे में कम विश्वस्त होते हैं।

तनाव पर कार्यरत विशेषज्ञ निम्नलिखित मुख्य तथ्यों का ध्यान रखने का सुझाव देते हैं :

- लगातार उत्तेजना महसूस करना
- अपनी स्थितियों पर ऐसी प्रतिक्रिया देना जो हमेशा नकारात्मक होती है
- तनाव का ग़लत आकलन

जब हम बहुत ज़्यादा तनावग्रस्त महसूस करते हैं, तो हमें लगता है कि हमारा मन हमारे विरुद्ध कार्य कर रहा है। उन स्थितियों में भी हमारी प्रतिक्रिया बहुत कड़ी होती है जिन्हें हम आमतौर पर आसानी से संभाल सकते हैं और निर्णय लेने या चीज़ों को स्पष्ट देख पाना हमारे लिये मुश्किल हो जाता है। घबराहट और भय की भावना हमारे मन में बैठ जाती है और हमारी सोच को प्रभावित करते हुए हमारे मन में असहज भाव को जन्म देती है। हमें किसी भी चीज़ में सकारात्मक पहलू देखने के लिये संघर्ष करना पड़ता है और इसलिए हमें यह सूझता ही नहीं कि हम कैसे अपना रास्ता तलाश करें।

तनावग्रस्त मन के चक्र को तोड़ना

तनाव का प्रभावी ढंग से सामना कर पाना तब बहुत मुश्किल होता है, जब यह चरम बिंदु पर पहुंच जाता है और जब यह पूरी तरह से अपना प्रभाव व्यक्ति पर बनाये रखता है। लेकिन, यदि हम अपने मन पर काम कर सकें, तो जब हम अपने बारे में अच्छा महसूस कर रहे होते हैं, तो यह हमें चुनौतीपूर्ण स्थितियों में अपार शक्ति और लचीलापन देता है।

आमतौर पर जब अच्छा महसूस कर रहे होते हैं, तो मन की उपेक्षा करना आसान होता है क्योंकि हर चीज़ अपना काम बखूबी करती प्रतीत होती है। तब हम एक राहत महसूस करते हैं, जो एक शांत मन के लिए बहुत आवश्यक होती है, लेकिन हम उसे अधिक महत्त्व नहीं देते। और जब चीज़ें मुश्किल होना शुरू हो जाती हैं और हम देखते हैं कि चीज़ें हमारे मन को बहुत खुशी नहीं दे रहीं, तो बिना किसी तैयारी के आप बहुत आसानी से तनाव की गिरफ़्त में आ जाते हैं।

चिंतन ध्यान, जो भाग-2 में वर्णित 'मन के साथ एकांत' में सम्मिलित है, ख़ासतौर पर आभार और विचार-परिवर्तन ध्यान, मन को प्रशिक्षण देने में बहुत सहायक हैं, जिससे आप स्वयं को तनावपूर्ण माहौल में पाकर भी इसका सामना बिना इससे प्रभावित हुए अधिक कुशलता से कर पाते हैं। भले ही हर दिन आप कम समय के लिए ध्यान करें, लेकिन वे आपको यह जानने में सक्षम बनाते हैं कि आपके जीवन में क्या चल रहा है और आभार ध्यान के मामले में विशेष रूप से यह जान पाने की अपेक्षा कि आपके जीवन में क्या ग़लत चल रहा है, आप जानते हैं कि आपके जीवन में क्या सही चल रहा है। जब आप इसके सभी पहलुओं से आने वाले बदलाव पर गम्भीरता से चिंतन करते हैं, अनिश्चितता को जीवन का एक भाग मान कर इसे स्वीकार करते और गले लगाते हैं (और यह आप पर है कि आप इस पर अपनी प्रतिक्रिया कैसे देते हैं), तो आप पाते हैं कि संभावित तनावग्रस्त माहौल में आप स्वयं को संतुलित रख पाने में समर्थ हैं। और आपकी यह योग्यता समय के साथ-साथ और

भी अधिक विकसित होती जाती है। तनावग्रस्त मन को शान्त करने के श्रेष्ठतम तरीक़ों में से एक है आपका शरीर। दैनिक श्वसन अभ्यास तनाव को कम करने में बहुत सहायक है, जितना अधिक आप प्रयास करते हैं उतना अधिक आप अपने-आप को इस योग्य पाते हैं कि आप अपने तनाव को बहुत अधिक बढ़ने से रोक सकें।

अपने तनाव के चरम बिंदु पर पहुँचने से पहले इसे प्रशिक्षित करना हमेशा बेहतर होता है, लेकिन 'मन के साथ एकांत' किसी भी बिंदु पर कार्य कर सकता है। चूँकि हमारी इंद्रियों से, जिनसे हम सुनते, स्पर्श आदि करते हैं, हमारे मन गहराई से प्रभावित होते हैं, इसलिए यदि हमारा तनाव चरम बिंदु पर पहुँचता है तो ऐसी अवस्था में, यदि संभव हो, तो उन स्थानों से दूर चले जाने की सलाह दी जाती है। यह हालात से भागने जैसा नहीं है। बल्कि यह तो ध्यान के उपकरण से अपने आपको तनावपूर्ण माहौल से शांत माहौल में लाने का एक तरीक़ा है। और ऐसे शांत माहौल में आप चीज़ों को भावनाओं और भौतिक असुविधा से प्रभावित होकर नहीं देखते। एक शान्तिप्रिय वातावरण में मन की प्राकृतिक अवस्था की मौजूदगी में, करुणा और समझ के साथ, हमारी समस्याओं का समाधान पाने की संभावना अधिक होती है।

आप किस चीज़ में व्यस्त हैं ?

प्रकृति जल्दबाज़ी नहीं करती है, फिर भी सब कुछ सुसंचालित है।

लाओ त्ज़ू

कितनी बार आप या कोई अन्य व्यक्ति कहता है, 'मुझे शीघ्र जाना है?' लेकिन आपको कहाँ जाने की इतनी जल्दी है? हम हमेशा इतना व्यस्त होने की ज़रूरत क्यों महसूस करते हैं ताकि हमें ऐसा महसूस हो कि हमारे पास पर्याप्त समय नहीं है। अधिक ऊर्जा का होना बहुत अच्छा है, लेकिन जब हम अपनी 'लम्बित कार्यों की सूची' में कई सारे कार्य एक साथ डाल देते हैं, तो ऐसी अवस्था में हमारा मन भी अपने आपको हड़बड़ी में पाता

है और हम एक कार्य से दूसरे कार्य के आवागमन में किसी भी कार्य पर पूरा ध्यान नहीं दे पाते।

वह मन, जो अपने आपको हड़बड़ी में महसूस करता है, उसके लिए ध्यान में बिताये कुछ क्षण बहुत उपयोगी सिद्ध हो सकते हैं। जैसे-जैसे आपकी एकाग्रता और ध्यान विकसित होता है, तो आपको महसूस होने लगता है कि आपके पास पर्याप्त समय है। जब आप जीवन पर चिंतन करते हैं, तो आप सहजता से यह महसूस करने लगते हैं कि उन चीज़ों में जो चीज़ें आपको इधर-उधर दौड़ाती हैं और यह सोचने पर मजबूर करती हैं कि आपने आज कुछ भी उपलब्धि प्राप्त नहीं की, और वे चीज़ें जो वास्तव में आपकी मानसिक शान्ति के लिए अनुकूल हैं, उनमें से कौन सी आप के लिए महत्त्वपूर्ण हैं। जब आप इसके बारे में सोचते हैं तो आपके पास समय होता है टी.वी. देखने और फेसबुक व गूगल पर कई सारे सवाल पूछने का। अपने ऊपर थोड़ी दया दिखायें और कहें, 'मेरे पास समय है', स्वयं के मालिक बन जायें। जब आप सोचते हैं कि आपके पास पूरे दिन समय का अभाव रहता है तो ऐसी अवस्था में 'समूह ध्यान' आपको एक प्रभावी शुरुआत देने के लिए बहुत सहायक है।

हमारे पास इस आधुनिक दुनिया में बहुत सारे अवसर उपलब्ध हैं लेकिन इस चीज़ हम में से कईयों के लिए समय की एक ऐसी भावना को जन्म दिया है, जो हमें महसूस कराती है कि समय दिन-ब-दिन संकुचित होता जा रहा है, और यह कुछ ऐसा है जो हमेशा हमारे विरुद्ध है। हमने पाया है कि उसकी ख़ुशी मनाने या उसका मूल्यांकन करने के स्थान पर, जब हम दिन के अंत के करीब पहुँचते हैं तो उन चीज़ों पर अपना अधिक ध्यान देते हैं, जो हम नहीं कर पाते।

मुझे लगता है कि यह हमारे सोचने के उस तरीक़े की वजह से है, जहाँ हम अपने जीवन में खुशियाँ ढूंढ रहे हैं। भौतिक सफलता, हमारे कामों के लिए मिलने वाली प्रशंसा फुर्सत के क्रियाकलापों और सामाजिक समारोह का लुत्फ उठाना, ये ख़ुशी और संतुष्टि के विषय में समर्थन देने वाले तथ्य हैं परंतु ये इनके उद्‌गम के स्रोत नहीं हैं। इसका कारण यह है कि हम एक दिन में कई चीज़ें करना चाहते हैं, जो किसी न किसी वजह

से खुशियों को देखने के हमारे दृष्टिकोण को संकीर्ण कर देता है। हम सोचते हैं कि अधिक काम करना हमें उपयोगी और महत्त्वपूर्ण बनायेगा जिसके परिणाम स्वरूप हम खुश हो पायेंगे या यदि हम इस महीने अपने सभी दोस्तों और परिवारजनों से मिल सके, तो हम अपने बारे में अच्छा महसूस करेंगे और अंततः खुशी महसूस करेंगे। या आज पाँच घंटे ज़्यादा काम करना हमारे बारे में हमारे बॉस को सोचने पर मजबूर करेगा कि हम कितने व्यस्त और सहयोगी हैं और वह हमारे बारे में अच्छा सोचेगा जो हमें एक सुरक्षा का भाव और अंततः खुशी देगा।

बात यह है कि जब हम ये क्रियाकलाप कर अपना जीवन व्यतीत कर रहे होते हैं, तो हम खुशी की तलाश स्वयं के बाहर कर रहे होते हैं। दूसरी ओर, यदि हम खुशी के लिए स्वयं के भीतर देखते हैं तो हम समय को नियंत्रित कर सकते हैं, जो वास्तव में उस बात पर आधारित है जो महत्त्वपूर्ण है। तब हम चीज़ों के पीछे कम भागते हैं और सिर्फ़ उस चीज़ पर ही अपना ध्यान केंद्रित करते हैं, जो हम अभी कर रहे हैं या जिस व्यक्ति से हम अभी बात कर रहे हैं।

अधिक सोचना और चिन्ताओं से त्रस्त रहना

यदि आप किसी कार्य को सुधार सकते हैं तो उसे सुधार दें और, यदि आप इस विषय में कुछ नहीं कर सकते, तो चिन्ता करने की ज़रूरत नहीं है।

शान्ति देव, भारतीय गुरु

हम में से कई लोग रोज़मर्रा के कार्यों को बखूबी करते प्रतीत होते हैं : हमारे पास दोस्त हैं या परिवार है, जो हमसे प्यार करता है, एक अच्छी नौकरी है, एक अच्छा जीवन है। लेकिन इन सब चीज़ों के पीछे घबराहट या चिन्ता की अंतरधारा है जो सब में समाई हुई है : क्या मैं 'मंदी' के समय भी अपनी नौकरी में बना रह सकूंगा? क्या होगा यदि मैं कोई काम़ बुरी तरह से बिगाड़ देता हूँ? क्या मैंने अपने उस मित्र को अपने

जन्म दिवस के समारोह पर निमंत्रण न देकर नाराज़ कर दिया है? क्या होगा यदि मेरी कार एम.ओ.टी. परीक्षण में सफल नहीं हो पाती है, मुझे इसकी ज़रूरत अपने कार्यालय पहुँचने के लिए है और मैं नई कार नहीं खरीद सकता...

चिन्तायें मन की आदतों जैसी भी हैं, जिसमें आप चीज़ों के बारे में चिंतित रहने की आदत में आसानी से फंस सकते हैं। भले ही आप बहुत बुरी घटना की आशा नहीं करते हों, लेकिन आप कुछ हद तक इसके होने की संभावना की अपेक्षा तो कर सकते हैं। चिन्ता करना अति विचार करना है और वह भी विशेष तौर पर भविष्य की अनिश्चितताओं के बारे में और दूसरे लोग आपके बारे में क्या सोचते हैं। आप किसी फोन कॉल के बारे में चिंतित हो सकते हैं - आप यह सोचकर परेशान हो जाते हैं कि वह फ़ोन कॉल आपके लिए कोई समस्या लेकर आयी है, लेकिन वास्तव में ये कॉल आपसे बातचीत करने के लिए या कुछ पूछने के बारे में हो सकती है। आप पैसों को लेकर स्वाभाविक तौर पर चिंतित हो सकते हैं, लेकिन चीज़ों के बारे में सोचने की अपेक्षा आप हर चीज़ को नियंत्रित नहीं कर सकते और आप चीज़ों का सामना करने के लिए उतने ही तैयार हैं, जितने आप हो सकते हैं। आप लगातार उन चीज़ों के बारे में सोचते रहते हैं, जो आपके नियंत्रण में नहीं हैं, भले ही आप यह जानते हों कि ऐसा करना आपकी मानसिक ऊर्जा को नष्ट करना ही है।

कुछ लोग हमेशा बुरा सोचने की आदत के शिकार हो जाते हैं। हो सकता है कि अतीत में कुछ बुरी चीज़ें उनके साथ घट चुकी हों, इसलिए उनका यह सोचना है कि यदि वे पहले से ही बुरा सोच लेते हैं, तो वे भविष्य में होने वाली उस निराशा को अपने ऊपर हावी नहीं होने देंगे। ऐसी निराशा तब उत्पन्न होती है, जब उनकी इच्छायें या आशायें पूरी नहीं होती : यदि आप पहले से ही बुरा सोच लेते हैं, तो आप कभी भी निराशा महसूस नहीं करेंगे। लेकिन मन इस तरह काम नहीं करता क्योंकि निराशावाद कभी भी खुशियों की ओर नहीं ले जाता। हो सकता है कि कुछ क्षणों के लिए आप उसके लिए अच्छा महसूस करें जो आपके जीवन

में हो रहा है, लेकिन निराशावाद का भाव वहाँ अभी भी मौजूद है, जो अगली निराशा के इंतज़ार में है। निराशावादी मन में चारों ओर मज़बूत दीवारें होती हैं, जो हमारी दृष्टि को बाधित करती हैं और हमें जीवन की सम्भावनाओं से वंचित रखती हैं। सुख की तलाश में हम जो दृष्टिकोण अपनाते हैं कि चीज़ें हमारी कल्पना से अधिक बुरी नहीं हो सकती हैं, इस तरह हम अपने साहस की कमी से निराशा महसूस करने लगते हैं और इच्छा करते हैं कि काश हम थोड़े समय के लिए अपने दृष्टिकोण के क्षितिजों को विस्तार दे पायें।

और जिस तरह कई लोग भविष्य की अटकलों से डरते रहते हैं, उसी तरह कई लोग अतीत की उलझनों में फंसे पड़े हैं। वे उन विषयों में लगातार चिंतित रहते हैं जो काम उन्होंने किया है या जो बात उन्होंने कही है, भले ही उनके शब्द दूसरों को नाराज़ करें या उनकी स्वयं की पीड़ाओं को बढ़ायें। या शायद वे अपने ख़ुशनुमा समय के बारे में सोचते हुए कुछ अच्छा महसूस करते हैं और जब वे अपने वर्तमान समय की तुलना अतीत से करते हैं, तो कुछ मायूस हो जाते हैं।

यद्यपि यह पुस्तक मन को समर्पित है परंतु यह उन पीड़ाओं के बारे में बताने का एक उपयुक्त स्थान है जो लोगों में अधिक सोचने की आदत के परिणामस्वरूप उत्पन्न होती हैं। वे अपने किसी उस वार्तालाप के बारे में बार-बार विचार करते हैं जो कई दिन, सप्ताह या वर्ष पूर्व हुई थी। समस्या यह है कि वे आमतौर पर इस पर सिर्फ़ अपने दृष्टिकोण से ही देखते हैं और बहुधा यह सोचकर विस्मित और चकित हो जाते हैं कि अन्य लोग इसी वार्तालाप पर अपनी क्या सोच रखते हैं।

चीज़ों पर अधिक सोचकर उन्हें और दुखदायी बनाने और उस पर हमेशा अधिक कल्पना करने की अपेक्षा, हमें ठहर कर देखना चाहिए कि हम इसे सुधारने के लिए क्या कदम उठा सकते हैं। हमें सोचना चाहिए कि हम अपने-आप के लिए ही क्यों तनाव का कारण बन रहे हैं। और इस तरह की मानसिक स्थिति का क्या लाभ है?

अपने मन को शांत होने दें

आप यह सोचकर चिंतित होते हैं कि आपको क्या होना चाहिए।
तनाव के मुक्ति का अर्थ है स्वयं को स्वीकार करना।

चीनी कहावत

आज की दुनिया में हम सब अपने पथ से भटके हुए हैं और हम मानसिक व शारीरिक तौर पर इधर से उधर दौड़ रहे हैं। शारीरिक तौर पर हम एक जगह से दूसरी जगह में जाने में व्यस्त हैं और मानसिक तौर पर हम निरंतर एक काम या दूसरे काम के बारे में सोचते रहते हैं, तो हम अपने मन को कैसे शांत रख सकते हैं?

- यदि आप आमतौर पर या हमेशा अपने आपको चिन्ताओं से त्रस्त पाते हैं, तो 'मन के साथ एकांत ध्यान (भाग-2) आपको आपके दृष्टिकोण को विस्तृत करने के लिए बहुत प्रभावी है। चिन्तायें अक्सर नकारात्मक विचार होते हैं जो छोटी या बड़ी चीज़ों को लेकर आपके इर्द-गिर्द घूमते रहते हैं। वे हमेशा सबसे बुरा घटित होने की कल्पना करते हैं, जबकि हम वास्तव में नहीं जानते हैं कि किसी घटना का परिणाम क्या होगा। रोज़ थोड़ी देर में अभ्यास करें कि सकारात्मक, शांत व आत्म-विश्वास रूपी सफेद रोशनी हमारी सांस के साथ भीतर जा रही हो, तथा काले धुएं के रूप में चिंताएं सांस के साथ बाहर आ रही हों। जैसे-जैसे आप आभार ध्यान व विचार-परिवर्तन ध्यान करते हैं, आप आहिस्ता-आहिस्ता अपने मन को यह देखने के लिए प्रेरित करें कि आप किस चीज़ का आनंद लेते हैं और अपने जीवन में क्या पोषित करना चाहते हैं।

- आप जो कर रहे हैं, उसे पर्याप्त समय के लिए रुक कर देखना आपके लिए मुश्किल हो सकता है, लेकिन इस तरह आप अंततः उन चीज़ों और लोगों पर ध्यान केंद्रित करने के

लिये अपने आपको और भी योग्य पायेंगे, जो आपके जीवन में महत्त्व रखते हैं। गम्भीरता से विचार करें कि वास्तव में आपके जीवन में क्या महत्त्वपूर्ण है, अपनी प्राथमिकताओं को निर्धारित करें और 'न' कहने का अभ्यास करें।

- आप अपने सभी भटकावों से छुटकारा पाने की कोशिश न करें, बल्कि जैसे वे आपके मन में प्रवेश करते हैं, उन्हें उसी तरह बाहर निकल जानें दें और उन्हें मज़बूती से पकड़ कर न रखें। यह कुछ इस तरह का हो सकता है, जिसे आप चिड़चिड़ाहट या आपको व्याकुल करने वाली चीज़ के तौर पर देखते हैं, यदि आप स्वयं को अपने वर्तमान में लाते हैं, तो यह और भी अधिक प्रभावी हो सकता है। इसलिए भटकाव से न तो लड़ें और न ही इसके गुलाम बनें, केवल एक दर्शक बन कर इसे देखें।
- निपुणता या मीन-मेख़ निकालने से मुक्ति पाना आपके बेचैन मन को शांत और स्थिर होने में मदद करता है। आप कुछ ऐसा बनने की कोशिश क्यों करते रहते हैं, जो संभव नहीं है। क्यों उस स्थान पर जाने का प्रयास करते हैं, जहाँ पहुँचने पर आप कहीं और जाने के योग्य नहीं रहते?
- उन विचारों के, जो या तो भविष्य में आने हैं या इतिहास बन चुके हैं, आगे-पीछे मंडराने से बेहतर है कि आप थोड़े सजग बनें और इसके परिणामस्वरूप आप पायेंगे कि आप अपने आपको वर्तमान में वापस ला रहे हैं। एक प्याला चाय के साथ शान्ति से बैठें, सिर्फ़ पाँच मिनट टहलते हुए अपने क्षेत्र या अपने आसपास मौजूद प्रकृति को निहारने में बितायें। अपने भोजन की तैयारी करने और उसे खाने का लुत्फ उठायें - सब्जियाँ काटने या बर्तन धोने में खुद को लगायें। यदि हम अपने-आप को महसूस करने दें, तो हर कार्य और हर क्षण में खूबसूरती मौजूद है। एक कार्य से दूसरे कार्य के बीच चक्कर लगाने और तीसरे कार्य का विचार अपने मन में लाने की अपेक्षा एक समय में एक ही कार्य करने का प्रयास करें।

सजग प्रतिक्रिया

तनाव एक प्रत्युत्तर है जो लगभग एक ही क्षण में हमारे शरीर में शारीरिक और भावनात्मक प्रतिक्रिया आरंभ करता है। इसलिए हम इसे होने से कैसे रोक सकते हैं, जबकि हमारे पास सिर्फ़ एक ही क्षण मौजूद है? हम कभी भी तनाव की प्रतिक्रिया को रोक नहीं पायेंगे और कभी-कभी हमारे इस तथ्य को समर्थन देने के लिए हमारे पास अच्छा तर्क होता है। क्योंकि हमें इसके लिए एक निश्चित स्थिति में चौकस रहना होता है या अपने अंतर्ज्ञान को उपयोग में लाना होता है। लेकिन उन रोज़मर्रा की परेशानियों, जैसे ट्रैफ़िक जाम या वह बस जिसका हम इंतजार कर रहे हैं वह नहीं आती के लिए हम यह सीखने का प्रयास कर सकते हैं कि इन स्थितियों में हम कैसे सहजभाव से अपनी प्रतिक्रिया दें। और हर चीज़ की तरह, अभ्यास करने के साथ ही यह चीज़ भी आसान होती चली जाती है।

ट्रैफ़िक जाम

शान्ति आपके भीतर से आती है,
आप इसे बाहर प्राप्त नहीं कर सकते।

बुद्ध

ट्रैफ़िक जाम में या किसी लंबी कतार में फंसना शांत मन के लिए हर रोज़ पेश आने वाली चुनौतियाँ हैं, जिसका सामना कई लोग करते हैं। जैसे ही आप यह सोचते हुए खड़े होते हैं या बैठते हैं कि अब आप कहीं नहीं जा सकते हैं, तब आपके मन को क्या होता है? शायद सुबह से ही न जाने क्यों आप अच्छा महसूस नहीं कर रहे और इसीलिए सब कुछ आपके साथ ग़लत हो रहा है। और जैसे ही आप धीरज के साथ इंतज़ार करने की कोशिश करते हैं, तो कोई कतार में आपको धक्का देकर आगे निकल जाता है। शायद आप किसी वैकल्पिक तरीक़े का प्रयोग करते हुए कतार बदल देते हैं और अब आपकी हालत पहले से भी अधिक ख़राब हो जाती है। आप सोचते हैं कि यदि आपने कतार नहीं बदली होती, तो

आपके लिए बेहतर होता। आप विश्वास नहीं कर पा रहे हैं कि आपको अपने गंतव्य स्थान पर पहुँचने के लिए कितना समय बर्बाद करना पड़ रहा है। और तब आप परेशान होने लगते हैं कि आपको एक ज़रूरी मीटिंग में जाना है और आपको इसके लिए देर हो सकती है : आप अपने कंधों में तनाव महसूस करने लगते हैं और आपकी सांस उखड़ने लगती है। आप अपने मन और शरीर दोनों में निराशा महसूस करते हैं और जब यहाँ यह सब हो रहा हो, तो आप लगातार एक ग्लानि महसूस करते हैं कि आप इस बारे में कुछ नहीं कर सकते और यह चीज़ आपको और भी हताश कर देती है।

आइये, अब इस सच्चाई को एक बार फिर देखें : आप इसके लिए कुछ नहीं कर सकते हैं। यह कुछ हद तक सही है कि आप उन बाहरी प्रभावों के बारे में कुछ नहीं कर सकते जिनकी वजह से आप ट्रैफ़िक जाम में फंसे रहे - पंक्ति में कोई अन्य व्यक्ति आपसे आगे निकल जाता है या मीटिंग के लिए आपको देरी हो रही है। लेकिन इन सभी परिस्थितियों में जो चीज़ महत्त्वपूर्ण है, वह यह है कि इन परिस्थितियों में आप अपनी प्रतिक्रिया कैसे देते हैं। क्या अन्य वाहन चालक या यात्रियों को इस बात से कुछ लेना-देना है कि आपको कहीं जाने के लिए देर हो रही है? क्या आपका गुस्सा आपको इस क्षण में या आप जब अपने गन्तव्य पर पहुँच जाते हैं, तब आपको बेहतर महसूस करने में मदद करेगा? क्या यह आपके पूरे दिन को ख़राब कर देगा? क्या दुनिया आपकी मदद करने के लिए बैठी है? ये वे चीज़ें हैं जिन पर आपका कोई भी नियंत्रण नहीं है; यह कहना आसान नहीं है कि आपकी हताशा या निराशा नहीं बढ़ेगी, जब आपकी कार सड़क पर बहुत धीरे-धीरे आगे बढ़ती है या आप किसी गुफा में फंसे होते हैं। लेकिन अभ्यास से आप यह महसूस कर सकते हैं कि आपको हताशा को पकड़े रखने की ज़रूरत नही है और न ही इसे महसूस करने की। आप अभ्यास के माध्यम से महसूस कर सकते है कि आपको अपनी निराशा को पकड़े रखने या उसे पोषित करने की आवश्यकता नहीं हैं। आप श्वसन अभ्यास से अपने आपको राहत दे सकते हैं। आप ऐसे गाड़ी न चलायें जिससे आपकी गाड़ी का बम्पर दूसरे व्यक्ति की गाड़ी के बम्पर

से चिपका ही रहे। और आप स्वीकार कर सकते हैं कि कभी-कभी चीज़ें आपकी योजना के अनुसार नहीं होतीं। आपको यह भी सोचना चाहिए कि लोग कितने समझदार हैं लेकिन जब कुछ आपके साथ होता है तो आप यह स्पष्ट कर देते हैं कि ट्रैफ़िक जाम या ट्रेन में फंसे हैं। यह हम सभी के साथ होता है। तो इतनी ही समझ आप अपने साथ भी रखें, आप ट्रैफ़िक को वहां से ग़ायब नहीं कर सकते। आप जहाँ जा रहे हैं, आप वहाँ उसी समय पर पहुँचेंगे, जितनी जल्दी आप संभवतः पहुँच सकते हैं। और भले ही आपको मीटिंग के लिए देरी होती है या हवाई जहाज़ के लिए, जीवन हमेशा चलता रहता है और अधिकांश समय चीज़ें बेहतर रहती हैं, बशर्तें हम उन्हें चलने दें।

तनाव के समय में अपने शरीर को और अपने मन को शांत रखने के लिए प्रयोग करें। श्वसन पर वापस आते हुए आप इसे कर सकते हैं। यदि आप इसके बारे में सोचें, तो यह पूरे जीवन का सार है और यह अपने आपको वर्तमान में लाने का सर्वोत्तम तरीक़ा है। अपनी सांस पर ध्यान देते हुए आप सिर्फ़ उस क्षण में से ताप को नहीं निकालते हैं, बल्कि आप अपनी भावनाओं को भी समझने लगते हैं। आपको उनके बारे में बुरा महसूस करने की ज़रूरत नहीं है, बल्कि आप उन्हें देख सकते हैं कि वे वहां किसलिए हैं। हताश महसूस करना और कभी-कभी इच्छायें करना कि चीज़ें दूसरी तरह से हों, यह मनुष्यत्व है। लेकिन जब आप इन भावनाओं को थोड़ी गुंजाइश देते हैं, तो आप वर्तमान क्षण में भले ही सच में बहुत परेशान हों, लेकिन आप जादू से बस को प्रकट नहीं कर सकते हैं या अपने बॉस को पृथ्वी के सबसे प्यारे प्राणी में तब्दील नहीं कर सकते हैं। जैसे ही आपका शरीर श्वसन से शांत और स्थिर महसूस करने लगता है, तो आपका मन भी आमतौर पर शांत महसूस करने लगता है और भले ही तनाव या आवेग आपके शरीर में अभी भी मौजूद है, ये आपको और अधिक त्रस्त नहीं कर सकते।

सैर पर जाने के भी आमतौर पर यही प्रभाव होते हैं। अपने भवन के आसपास कुछ मिनटों के लिए घूमना आपको पुनः आपकी मानसिक संतुलन अवस्था में ला सकता है। मन को शांत करने वाले ये सांस लेने

के तरीक़े और चिन्तन शायद आपकी सभी समस्याओं का निराकरण नहीं कर सकते। जीवन में कोई चीज़ यह नहीं कर सकती। लेकिन वे हमारी चुनौतियों पर अपनी प्रतिक्रिया देने और उन्हें संबोधित करने के ढंग को प्रभावित कर सकते हैं। क्या हम उन्हें अपने-आप पर हावी होने दें या क्या हमें स्वीकार करना चाहिए कि हम अपना सर्वोत्तम दे रहे हैं, इसलिए हमें अपने आपको एक अवसर देना चाहिए?

जब आप असहाय महसूस करें

जीवन में ऐसे कई मोड़ आते हैं, जब आप सोचते हैं कि आप सिर्फ़ चुनौतियों या अपने रोज़मर्रा के जीवन में उतार-चढ़ाव का ही सामना करते हैं। लेकिन जब हमें किसी गहरे संकट या महाविपत्ति का एहसास होता है, तो ऐसा लगता है मानो हृदय या मस्तिष्क में विस्फोट हो गया हो। तब ऐसे प्रतीत होता है कि विपत्तियों के समय में मन शांत नहीं रह सकता है। लेकिन कम से कम यह इतनी सहायता तो कर सकता है कि इन विपत्तियों के साथ संतुलन कैसे बैठाया जाये और दूसरी ओर इन विपत्तियों से कैसे अपने-आप को बाहर लाया जाये।

सबसे पहले, यदि आप सोचते हैं कि आप इन स्थितियों से बाहर निकलने का रास्ता नहीं तलाश कर पा रहे हैं, तो आप किसी भी सुविधाजनक रूप में या व्यक्तिगत दृष्टि से उपयोगी उपायों को तलाशें। यह एक पेशेवर सहायता हो सकती है या आप अपने उस मित्र, सहयोगी या प्रियजन के पास भी जा सकते हैं, जिनसे आपको लगता है कि आप करुणा और मार्गदर्शन पा सकते हैं और जो स्वयं चीज़ों को साफ़-साफ़ देख सकते हैं। वे चीज़ों को थोड़ा और अधिक स्पष्ट देखने में आपकी मदद कर सकते हैं। ये वे लोग नहीं हैं जो सिर्फ़ वही कहते हैं जो आप सुनना चाहते हैं, और साथ ही वे अपने विचार आप पर थोपते नहीं हैं। चीज़ों को आपके दृष्टिकोण से देखते हुए और आपके लिए सकारात्मक विचारों के साथ अच्छे तरीक़े से वे आपको सुनते हैं। या तो ये वे लोग भी हो सकते हैं, जो आपको अंदरूनी तौर पर शांत महसूस करायेंगे ताकि

आप संकट के समय में स्वयं को अधिक शान्तिप्रिय तरीक़े से उबार सकें। सोचें कि ये लोग आपके जीवन में कौन हो सकते हैं। इन रिश्तों पर विचार करना अच्छा है क्योंकि वे स्वयं हमारे अंदर मौजूद बुद्धिमान मित्र की उपयोगिता लेने में हमें मदद करते हैं और ज़रूरत के समय ये हमारे दोस्तों की तरह करुणामयी रहते हैं।

यदि आप 'मन के साथ एकांत' में ध्यान-साधना का अभ्यास (भाग-2) करते हैं, तो आप पाते हैं कि यदि जीवन में आपके साथ कोई भयानक घटना घटती है, तो आपके लिए बेहतर होगा कि आप इसका सामना करने के लिए अपने-आप को तैयार कर लें। ध्यान आपकी नाराज़गी और आपकी उदासी को दूर करने के लिए नहीं बनाया गया है और आप अभी भी संवेदनाओं को बहुत गहराई से महसूस करते हैं। लेकिन आप धीरे-धीरे जीवन पर एक दृष्टिकोण विकसित करते हैं जो आपको जीवन में जो भी अच्छा हो रहा हो, चाहे यह छोटा ही क्यों न हो, उसे देखने में आपकी मदद करता है। आप महसूस करते हैं कि किसी दर्द को पकड़े न रहने का अर्थ यह नहीं है कि आप इसे महसूस नहीं करते, यह केवल इतना ही है कि लगातार किसी चीज़ (व्यथा) को पकड़े रहना अनावश्यक दुःख का कारण बनता है। आप महसूस करते हैं कि यद्यपि आप ऐसी कठिन परिस्थितियों से गुज़र रहे हैं जो अंतहीन लगती हैं, लेकिन फिर भी किसी बिन्दु पर कोई न कोई क्षण सपने की तरह महसूस होता है।

सबसे मुश्किल समय होता है संकट के समय में उबरने का एक नया रास्ता तलाश करना। अपने नौकर, घर या साथी का खोना आपके लिए उद्विग्नता, गुस्से और कई भावनात्मक संवेगों से गुज़रने का सबब बन सकता है। और वे बारी-बारी आपके मन को ढक देते हैं ताकि आप इस समस्या से बाहर निकलने का रास्ता ढूंढने में संघर्षरत रहें। आप सोच सकते हैं, 'यह साधुओं के लिए बहुत अच्छा है जो पर्वतों पर बैठे हैं, लेकिन तब क्या होगा जब वास्तविक दुनिया आपके विरुद्ध हो जाती है और आप ऐसा महसूस करते हैं कि आप अपना सब कुछ खोने जा रहे हैं।

मैं आशा करता हूँ कि जैसे-जैसे आप यह पुस्तक पढ़ेंगे और समझ

पायेंगे कि आप अपने मन को कैसे परिवर्तित कर सकते हैं, तो आप इसे अपने लिए बहुत सहायक पा सकते हैं - यहाँ तक कि बहुत कठिन परिस्थितियों में भी। जैसे-जैसे आप यह देखने लगते हैं कि आपका मन और भावनायें दिन के दौरान कैसे बहते हैं, आपकी चेतना पहले से ही विकसित होना शुरू हो जाती है। और सम्भवतः आप उन चीज़ों के लिए कम आसक्त होते हैं, जो आपके मन के अनुसार नहीं होतीं और भविष्य में क्या होगा, इसकी चिन्ता कम करते हुए वर्तमान समय का पूरा लाभ उठाते हैं। चूंकि आपने जीवन के प्रति अपना दृष्टिकोण बदल लिया है, इसलिए आप किसी की आलोचना करने या हताशा महसूस करने के लिए उतने सक्रिय नहीं हैं, और आप यह भी महसूस करते हैं कि हम सब अलग-अलग होने के बावजूद भी एक जैसे हैं। यह सकारात्मक संकेत है जो हमारे जीवन में हो सकता है।

यदि नौकरी या घर जैसी चीज़ों के प्रति हमारा अधिक लगाव नहीं है, तो हम चीज़ों के नकारात्मक पक्ष के स्थान पर उनके सकारात्मक पक्षों को देख पाते हैं। हम समझ सकते हैं कि जीवन में घर, नौकरी और लोग आते हैं और जाते हैं और वे हमेशा हमारे साथ नहीं रह सकते। इसलिए जब हम यह सोचते हैं कि यह तो बहुत जल्द हुआ या यह अच्छा नहीं हुआ, या विस्मित होते हैं कि अच्छे लोगों के साथ ही बुरा क्यों होता है, तो हम उस संभावित सीख या अवसर का सहारा ले सकते हैं और अपनी ऊर्जा से अपने भीतर छिपी अच्छाई को पोषित कर सकते है। ताकि यह विस्तार ले सके और हमें अपने जीवन को संतुलित करने का एक और अवसर प्रदान कर सके। कुछ मायनों में, एक अंत हमेशा एक शुरुआत होता है।

कार्यस्थल पर शान्त मन

बेचैनी और घबराहट आमतौर पर कार्यालय के वातावरण में अक्सर पनपते हैं। सफल होने का दबाव और सब कुछ सही करने का दबाव और दोष से बचने का भय आमतौर पर बहुत प्रबल होते हैं। समय की बाधायें और सब कुछ कैसे करना है, ये बहुत से लोगों के लिए चिन्ता का

कारण बनते हैं। कार्यस्थल पर रिश्ते भी घबराहट का कारण बन सकते हैं, क्योंकि यहाँ सब एक दूसरे पर अपना वर्चस्व स्थापित करना चाहते हैं। आप महसूस कर सकते हैं कि दूसरा व्यक्ति लगातार आपके मामले पर ध्यान बनाये हुए है या आपके जीवन में आपकी सफलता कुछ हद तक आपके बारे में उनके राय और उनके निर्णय पर निर्भर करती है। और तब आपके जीवन में एक निरंतर घबराहट बनी रहती है कि मीटिंग या फ़ोन हमारे लिये कोई समस्या लेकर न आ जायें, आपकी प्रस्तुति पर लोगों की क्या प्रतिक्रिया होगी, क्या आप अपना काम समय सीमा के भीतर समाप्त कर पायेंगे या आप उस समय सीमा से बाहर चले जायेंगे।

काम हमारे जीवन में एक ज़बर्दस्त ख़ुशी का स्रोत हो सकता है। आप महसूस कर सकते हैं कि आप सच में अपने व्यक्तिगत कौशल और जुनून के ज़रिये संस्थान में कुछ निर्माण करके या संस्थान का ध्यान रख कर इसमें कुछ सहयोग कर सकते हैं। लेकिन यह वही स्थान है, जहाँ किसी का अहम् चोटिल हो सकता है। जिस संस्कृति में आप काम करते हैं, आपको उसके बारे में जानकारी अवश्य होनी चाहिए। दुर्भाग्यवश, कई कार्यालय ऐसे होते हैं, जहाँ एक-दूसरे पर दोषारोपण करना सामान्य बात होती है, जिससे एक प्रच्छन्न भय बना रहता है कि कुछ अनुचित हो सकता है। इसका मन पर बहुत बुरा प्रभाव पड़ता है क्योंकि आप सभी 'अगर और क्या' के बारे में चिंतित रहते हैं। आप अपने दैनिक कार्यों को करने में लगे रहते हैं, लेकिन आप एक बड़ा समय शाम को या सप्ताह के अंत में यह सोच कर बिता सकते हैं कि प्रबंधन मेरे काम के बारे में क्या सोच रहा होगा। कई कार्यालयों में इस प्रकार का वातावरण होता है जिससे प्रतिस्पर्धा की भावना बहुत तीव्र होती है, जो कर्मचारियों को अपना सर्वश्रेष्ठ देने के लिए प्रेरित करती है। कम से कम बाहरी तौर पर तो ऐसा प्रतीत होता है कि कार्य सुचारू रूप से चल रहा है, परंतु वास्तव में तस्वीर कुछ और ही होती है। लोग प्रथम श्रेणी के विक्रेता बनने के लिए बहुत कठिन परिश्रम करते हैं और ये लोग अगली संभावित पदोन्नति या बोनस प्राप्त करते हैं। इसके बावजूद प्रतियोगिता की जो प्रच्छन्न धारा है, उसका काम के दौरान मन पर गहरा नकारात्मक प्रभाव पड़ता है। अपने

सहकर्मियों के प्रयासों और सफलताओं का जश्न मनाने के स्थान पर, आप अपनी स्वयं की उपलब्धियों की तुलना उनकी उपलब्धियों के साथ करने लगते हैं। यह दबाव निरंतर बढ़ सकता है, क्योंकि तनाव के स्तर को एक संतुलित स्वस्थ स्तर पर पुनः लौटने का अवसर नहीं मिलता; आपको नींद के लिए संघर्ष करना पड़ता है जिसके कारण आपके दिल पर ख़तरा बना रहता है और आपका स्वास्थ्य भी प्रभावित होता है।

यह बहुत ही बोधगम्य है कि हम सभी अपने काम में अच्छा करना चाहते हैं और सकारात्मक प्रतिक्रिया के साथ अपने जीवन में उन्नति की चाह रखते हैं। और यह बात भी समझ में आती है कि हम यह नहीं चाहते कि हमारे कार्यालय के सभी साथी हमारे मित्र या प्रिय बनें। कभी-कभी हमें ऐसे लोगों के साथ काम करना पड़ता है, जो स्वाभाविक तौर पर हमारे भीतर से सर्वश्रेष्ठ को प्रेरित नहीं कर पाते है। ऐसे लोगों को हम अपना विद्वान गुरु नहीं मानते; लेकिन यदि हम इसके बारे में सोचें, तो हमारे जीवन में धैर्यवान, करुणामयी तथा और अधिक प्रशंसक बनने के प्रयास में हमारा काम हमारे सबसे अच्छे शिक्षकों में से एक हो सकता है।

यह बहुत ही रोचक बात है कि भूटान में, जहाँ देश का मुख्य लक्ष्य ख़ुशी प्राप्त करना है, वहाँ लोगों को कई घंटे कार्य नहीं करना पड़ता, इसलिए वहाँ के निवासी कार्य और घर में संतुलन बना पाने में समर्थ हैं। लोगों के पास विश्राम करने के लिए और अपने परिजनों और मित्रों के साथ बिताने के लिए पर्याप्त समय होता है। वेतन शायद उतना अधिक न हो जितना कि अन्य देशों में है, लेकिन लोग अपना किराया अदा करते समय ख़ुश प्रतीत होते हैं और अधिक पाने के लिए प्रतियोगिता करने के स्थान पर उनके पास उनकी आवश्यकता के अनुसार पर्याप्त साधन उपलब्ध हैं।

यह एक छोटे से देश में एक सांस्कृतिक अनुभव है, लेकिन शायद इंसान के तौर पर हम इससे कुछ सीख सकते हैं और संतुलित जीवन के मूल्यों को देख सकते हैं, अपेक्षाकृत दूसरे भाग के लिए इसके एक भाग का त्याग करने के।

इरादों की शक्ति

जब हम यह भरोसा कर लेते हैं कि बाहरी चीज़ें हमारी ख़ुशियों को निर्धारित करती हैं, तो हम अपने प्रेरक बल के रूप में अपने इरादों से अधिक परिणामों पर ध्यान केंद्रित करने के आदी हो जाते हैं : एक बड़ी तनख़्वाह के साथ एक नई नौकरी, एक प्रेमिका, सुगठित शरीर, हमारे कार्य की प्रशंसा। और हाँ, हम इन लक्ष्यों को पा सकते हैं, लेकिन वह ख़ुशी जो उन तक पहुँचने पर आती है, वह अस्थाई होती है। हम अपने सपनों की युवती से मिलते हैं और बहुत ख़ुश होते हैं और सब कुछ हमारे मन मुताबिक होता है। लेकिन तब, एक दिन, चीज़ें बिल्कुल भी ऐसी नहीं रहतीं, जैसी हमने चाही थीं और हम अब उतने ख़ुश नहीं हैं। या हम छुट्टियों के लिए समय पर छरहरा शरीर पा लेते हैं, लेकिन उन सभी आहारों से घृणा करते हैं जिन्हें खाकर हम यहाँ पहुँचते हैं, तो हम पहले की तरह खाने लगते हैं और अपना वज़न पुनः बढ़ाने के लिए हम अपने-आप से नाराज़ होते हैं। या अधिक बुरा यह होता है कि हम उन लक्ष्यों तक नहीं पहुँच पाते हैं और अपने जीवन में और अपने-आप में नाराज़ और निराश महसूस करते हैं।

आप सोच सकते हैं कि बिना लक्ष्य के, ख़ास तौर पर करियर के लक्ष्य, अपने जीवन को बेहतर बनाने के लिए, अपने परिवार को अधिक सुविधा देने के लिए, दूसरों के लिए महान कार्य करने के लिए, आप कभी भी अपने सुविधा क्षेत्र से बाहर नहीं जा पाते। लेकिन मैं आपसे यह कहना चाहता हूँ कि आप अपने लक्ष्यों के पीछे के अपने इरादों को देखें और जब आप दिन की शुरुआत करें, तो एक नये सिरे से करें। यदि आप अपने दिन की शुरुआत अच्छे इरादे के साथ करते हैं, तब बाहर देखने से पहले अपने अंदर झांकें। इस प्रक्रिया के द्वारा आप और भी अधिक सजग हो जाते हैं कि आप क्या करने जा रहे हैं। इस तरीक़े से आप अपने कार्य में और भी तल्लीन हो जाते हैं, अपेक्षाकृत यह सोचने के कि आपको वह कार्य उन्नति पाने के लिए करना है या अपने सहकर्मी से अधिक सफल होने के लिए करना है, जिसका प्रदर्शन हमेशा अच्छा

रहता है। केवल कार्य के बारे में सोचना ही आपको वर्तमान में पुनः वापस ले आता है।

उन उदाहरणों को लीजिए जो मैंने एक अच्छी तनख्वाह के साथ नौकरी पाना, सुगठित शरीर, हमारे काम की प्रशंसा के बारे में दिये हैं। परिणाम पर ध्यान केंद्रित करने के स्थान पर हम उनमें से सभी को इरादों से प्रेरित करते हैं। इसलिए एक अधिक तनख़्वाह के साथ नई नौकरियाँ तलाशने के स्थान पर उस कार्य के बारे में सोचें, जो आप करना चाहते हैं। और आप अपने रेज़्यूमे को इतना आकर्षित बनाने के लिए अपना ध्यान इस पर केंद्रित करते हुए अपना कितना समय बिता देते हैं, ताकि आप यह बता सकें कि आप अपने जीवन में उन्नति पाना चाहते हैं। प्रेमिका की कल्पना करने के स्थान पर, उस व्यक्ति के बारे में सोचें जिसके साथ आप रिश्ते में बंधना चाहते हैं और इस मानसिक दृष्टिकोण के साथ अपने दोस्तों के साथ शाम को बाहर घूमने के लिए जायें। और सिर्फ़ अपने आपको सुगठित देखने के स्थान पर इस बारे में सोचें कि आप कैसे भेजन में बदलाव ला सकते हैं, या आप और बेहतर बनने के लिए कैसे शारीरिक व्यायाम कर सकते हैं। जहां तक कार्यस्थल पर अपने कार्य की प्रशंसा चाहने की बात है, तो वह केवल आज अच्छा कार्य करने के लिए बने इरादे से मिलती है। यदि कोई इसे पसंद करता है, तो यह बहुत अच्छी बात है, यदि हम प्रशंसा नहीं पाते तो इससे कोई फर्क नहीं पड़ता है - वह सिर्फ़ आपका कार्य है जो मायने रखता है।

यदि आप अपने दैनिक जीवन में इन बदलावों को लाते हैं, तो आपका मन आपका आभारी होगा। क्योंकि जब आप परिणाम से प्रेरित हैं, तो आप उसे नियंत्रित करने का प्रयास कर रहे होते हैं, जो असंभव है। आप एक बार फिर, उस चीज़ को ठीक करने की सोचते हैं, जो आपके बाहर है, अपेक्षाकृत उसके, जहाँ पर आप एक अंतर पैदा कर सकते हैं - और यह आपके भीतर का इरादा। शेष सब चीज़ों का उद्गम वहीं से होगा।

खुशी भरा प्रयास

जीवन के हर क्षेत्र में आपके कौशल और आपकी प्रतिभाओं के साथ लोगों की सहायता करने के लिए अवसर मौजूद होते हैं। क्या आप अपनी पसंद की नौकरी पाने के अधिकारी नहीं हैं?

जिस भावना का हम यहाँ योगदान दे रहे हैं और अच्छा कार्य कर रहे हैं, उसका हमारे जीवन के सभी पहलुओं पर सकारात्मक प्रभाव होता है। एक तरह से, तब हमें अपनी अंतरात्मा की आवाज़ सुनने की ज़रूरत होती है, जब हम एक कार्य के खुशी भरे भाव को पुनः पाने की बात करते हैं। बेशक हमारा अहंकार किसी ट्रॉफी या सम्मान की अपेक्षा कर सकता हैं, लेकिन हमारा सच्चा स्वभाव सिर्फ़ अच्छा कार्य करना चाहता है और हम भी चाहते हैं कि जब हम कार्य कर रहे हों, तो इसका लुत्फ़ उठा पाने के योग्य हों। हम इस बहाव में खो जाना चाहते हैं और चाहते हैं कि अपने सहकर्मियों के साथ मुस्कराते हुये अपने कौशल और प्रतिभा को किसी भी तरीक़े से दुनिया को दे सकें।

आमतौर पर यह सिर्फ़ कार्य ही नहीं होता, जो हमें बेचैन और तनावग्रस्त महसूस कराता है, लेकिन वे सभी चीज़ें भी हैं जो इसके साथ जुड़ी होती हैं। आपको आमतौर पर कई प्रकार के लोगों से मिलना पड़ता है, जो आपकी हताश या ग़लत छवि प्रस्तुत करते हैं। आपको दूसरों के निर्णय लेने का इंतज़ार करना पड़ता है और आप उस सभा में बैठते हैं जिसे आप समय की बर्बादी मानते हैं या अपने-आप को वहाँ अनावश्यक पाते हैं। तकनीक कई मामलों में मदद नहीं करती है क्योंकि संदेशों की संख्या बहुत बढ़ती जाती है और ईमेल की बातचीत का ब्यौरा रख पाना और भी अधिक जटिल और कठिन होता जाता है। कई लोग पाते हैं कि उनके कामों में लगातार हस्तक्षेप किया जाता है इसलिए वे कोई भी काम कर पाने में अपने आपको असमर्थ पाते हैं। वे अपनी बेचैनी और ध्यान न केंद्रित कर पाने की अयोग्यता के लिए, फ़ोन कॉल न कर पाने के लिए या अपनी 'लम्बित कार्यों की सूची' को टालने के लिए, कार्यस्थल के वातावरण को दोषी मानते हैं। वे सारा दिन चिन्ता करने के अलावा कुछ नहीं करते।

इसलिए, यह आपको यह बात याद दिलाने में बहुत सहायक सिद्ध हो सकता है कि आप हमेशा अपने भीतर देखने का प्रयास करें, अपेक्षाकृत यह जानने के, कि हमारा पेशेवर जीवन कैसे चल रहा है और उसे और अधिक ख़ुशनुमा और व्यवस्थित कैसे किया जा सकता है। हमारे वहां पेरू से आयी एक महिला ने बताया कि उसने अपने कार्यस्थल पर कैसे शान्ति पहुँचाने वाला अभ्यास किया। उसकी एक संग्रहालय डिज़ाइनर के तौर पर एक बहुत रोचक और अच्छी नौकरी थी, वह फव्वारों के शहर कस्को में माचू पीचू म्यूज़ियम में कार्यरत थी। उसे पूरे देश में यह समझने के लिए यात्रा करनी पड़ती थी कि कुछ विशेष शिल्प उपकरण और उनके सांस्कृतिक संदर्भ कहाँ से आते हैं। एक पहाड़ी व्यक्ति के तौर पर उसने सबसे अधिक जिसे चुनौतीपूर्ण माना, वह यह था कि उसे नदियों और जंगलों की यात्रा करनी पड़ती थी जो आमतौर पर वहाँ सिर्फ़ एक छोटी नाव के ज़रिये ही सम्भव हो पाता था, और वह भी सिर्फ़ एक फ़ोटोग्राफर और एक गाइड के साथ। वह आमतौर पर बहुत डरी हुई महसूस करती थी और नदीतट पर बसे लोगों से मिलती थी जो बहुत ही रक्षात्मक थे और उनके तौर-तरीक़े और विचार बहुत अलग थे। इसलिए उसने यह सोचने का निश्चय किया कि सभी लोग तो एक जैसे ही होते है : 'दुःखी न होने के लिए, एक जैसी ख़ुशी और इच्छा के साथ, वे बिल्कुल मेरी तरह थे।' इस साधारण विचार ने अंतर के बारे में उसकी चिन्ताओं को कम किया और एक सेतु का निर्माण किया जिसके द्वारा वह उन लोगों से जुड़ सकी और इस तरह वह अपना कार्य भी बेहतर ढंग से कर सकी। उसका अपने दृष्टिकोण को थोड़ा सा बदल देने का प्रभाव ऐसा पड़ा कि जिन लोगों से वह मिली, वे उसके प्रति विनम्र हो गये।

प्रतिबद्धता का अर्थ है मुक्त होना

हम इस बारे में पर्याप्त बात कर चुके हैं कि कैसे मोह से बहुत अधिक जुड़े रहना हमारे लिए बेचैनी का कारण बन सकता हैं - उदाहरण के लिए, चाहे वह भौतिक उपलब्धि हो या पारिवारिक लगाव, जिसके कारण हम अपना बहुत सारा समय उन चीज़ों के लिये चिंतित होकर बिता देते

हैं जिन्हें शायद हम खो सकते हैं, बजाय इसके कि आज जो हमारे पास मौजूद है, हम उसका लुत्फ़ उठायें।

हालाँकि बेचैनी से आपके मन को मुक्त करने का यह अर्थ नहीं है कि आप अपनी सारी प्रतिबद्धताओं का त्याग कर दें। जब आप अपने दिल और मन से कुछ वचन देते हैं, तो आप सच में अपने आपको इसे पूरा करने के लिए मुक्त कर देते हैं। आप बॉस हैं, आपने वचन दिया है। यह हमेशा आप पर निर्भर है। भले ही आप सोचते हों कि आपके जीवन में कोई भी बाहरी चुनाव नहीं हैं, तब भी आप अपने मन में चुनाव कर सकते हैं। प्रतिबद्धतायें ऐसे ही चुनाव हैं।

जब आप प्रतिबद्धता दिखाते हैं तो आप जो कुछ भी करते हैं, उसके प्रति आप समर्पित और परिश्रमी हो जाते हैं। यह आपको वर्तमान क्षण में एकाग्र और स्थिर होने में बहुत मदद करती है। यही वह क्षण है जब आप अपनी आंतरिक प्रकृति को पहली बार याद करते हैं या खोजते हैं, जो आपके जीवन में वास्तव में महत्त्वपूर्ण है और इससे आप वचन देने के योग्य हो जाते हैं और स्वयं को सभी 'अगर और क्यों' जैसे भ्रमों से मुक्त कर देते हैं। ये भ्रम सम्भवतः तब आते हैं जब आप तैयार नहीं होते या भयभीत रहते हैं कि भविष्य में न जाने क्या होगा या क्या नहीं होगा। आप किसी विशेष परिणाम से आसक्त नहीं हैं बल्कि आप अपने भीतर एक प्रतिबद्धता पैदा कर लेते हैं और तब आप जान जाते हैं कि आपको अवश्य ही अपना सर्वश्रेष्ठ देना होगा। आप अन्य लोगों को या अपने आसपास की दुनिया को नियंत्रित नहीं कर सकते लेकिन आप अपना कार्य करने की प्रतिबद्धता तो दिखा सकते हैं - इस तरह से प्रतिबद्धता बहुत सकारात्मक हो सकती है।

आप अपने बॉस के साथ भी खुश रह सकते हैं

कुछ लोगों के लिए यह बहुत ख़ुशी की बात हो सकती है। हम अपने जीवन का एक बहुत बड़ा भाग अपने कार्यस्थल पर बिताते हैं और इसलिए, अपने सहकर्मियों के साथ अच्छे संबंध होना एक अशान्त मन

के लिए बहुत बड़ी राहत हो सकती है। ऐसा विशेष रूप से प्रबंधक या बॉस के मामले में हो सकता है, जहाँ शक्ति का असंतुलन हमें चिंतित और कमज़ोर महसूस करा सकता है। हम उनके साथ अपने आपको बहुत ज़्यादा सुरक्षित महसूस नहीं करते। और जब हम उनकी कार्यशैली को परखते हैं और उसकी आलोचना करते हैं, तो यह हमारे मन के शान्त संतुलन को अव्यवस्थित कर देता है। हम अपने भीतर एक कुण्ठा महसूस करने लगते हैं कि उनके पास हमसे अधिक ज़िम्मेदारियाँ और धन है, जबकि हम उनसे कहीं बेहतर ढंग से काम कर सकते हैं।

जुड़ाव, मानसिक कल्पना और मूल्यांकन को देखते हुए, जब हमारे बॉस की बात आती है, तो वह अधिक तनावमुक्त और काम में ख़ुश रह कर अधिक सफल दिखाई देता है। हम अक्सर उसके प्रशंसा या दोष भरे शब्दों से बहुत गम्भीरता से जुड़ जाते हैं और एक पैमाने द्वारा अपने प्रदर्शन को आंकते हुए यह भी भूल जाते हैं कि हमें भी यह देखना चाहिए कि वह अपने दिमाग़ में क्या *सोचता है, वह उसके* बॉस के बारे में कैसा महसूस करता है और क्या वह भी उम्मीदों का दबाव अपने ऊपर महसूस करता हैं या अपने काम के साथ ख़ुश है। एक दिन तो हम अपनी पीठ पर उनकी थपकी से बहुत उत्साहित हो जाते हैं और दूसरे ही दिन, हमारे द्वारा की गई ग़लती पर बॉस के गुस्से से भड़क उठने पर, हमारी सारी ख़ुशी काफ़ूर हो जाती है। हम भ्रम में पड़ जाते हैं कि आख़िर हम खड़े कहाँ हैं, बॉस की दृष्टि में हमारा क्या महत्त्व है क्योंकि हम आत्मनिर्भरता और आत्मविश्वास खो बैठते हैं, जिसके आधार पर हमने अपना सर्वश्रेष्ठ प्रदर्शन करना होता है।

यह बहुत अच्छी बात है, जो हम याद रखते हैं कि हम सब अंततः मनुष्य हैं, यहाँ तक कि अपने कार्यस्थल पर भी। हम सब विशिष्ट हैं और उसके साथ-साथ हम विशिष्ट नहीं भी हैं। हमारा शक्ति संघर्ष में गिरफ़्तार हो जाना बहुत आसान है और यह शक्ति संघर्ष अक्सर हमारे कार्यस्थल के वातावरण में मौजूद होता है। यदि यही चीज़ आपको उत्तेजित या उग्र महसूस कराती है, आपको प्रतिस्पर्धा या तुलना करने के लिए तैयार करती है या वह हफ़्ता-दर-हफ़्ता आपके आत्मविश्वास की परीक्षा

लेने लगती है, तो निश्चित ही आपको हिम्मत रखनी चाहिए और कुछ अलग कर दिखाने का साहस दिखाना चाहिए। आप स्वयं को अहम् की लड़ाई से दूर रखें और अपनी अंतरात्मा के प्रति सत्यनिष्ठ बने रहें।

काम टालने की आदत

कभी-कभी हम अपने हाथ में लिए काम से इतने विचलित क्यों हो उठते हैं? हम बिना फ़ोन किए, फ़ोन करने के बारे में सोचते हुए सारा दिन व्यतीत कर देते हैं। हम अपने आपको समझाते हैं कि कोई भी व्यक्ति नहीं चाहता कि अन्य कोई उसे सुबह-सुबह फ़ोन करे, इसलिए हम प्रतीक्षा करते हैं और स्वयं को किसी और कार्य में व्यस्त कर लेते हैं, जबकि अभी भी हमारा दिमाग़ फ़ोन करने की ओर ही लगा होता है। कुछ घण्टे गुज़र जाने के बाद हम सोचते हैं कि कोई भी व्यक्ति लँच के समय फ़ोन किए जाना पसन्द नहीं करता, इसलिए हम प्रतीक्षा करते हैं और कोई अन्य काम पकड़ कर बैठ जाते हैं। बिना उस कार्य पर ध्यान केंद्रित किए या बिना उसे ठीक से किए। और फिर दोपहर का समय भी गुज़रने देते हैं और सोचते हैं कि अब फ़ोन करने में बहुत देर हो चुकी है - और अगली सुबह सबसे पहला काम यही करेंगे।

समय सीमा में हमारा प्रदर्शन बहुत ख़राब रहता है और फिर अचानक ही हम उसमें अपना सर्वश्रेष्ठ प्रदर्शन करते हैं। हमारे पास एक रिपोर्ट बनाने के लिए एक महीने का समय होता है और हम तीन सप्ताह उस रिपोर्ट को शुरु करने के संबंध में सोचते हुए बिता देते हैं और महीने के अंतिम तीन दिनों में पागलों की तरह कार्य समय पर समाप्त करने की कोशिशों में जुट जाते हैं। हम बाद में हैरानगी व्यक्त करते हैं कि हमने इतनी देर तक अपने कार्य को लंबित क्यों रखा,

क्यों हमने सोचते हुए और कोई भी काम न करके अपना समय बेकार किया। हम आश्चर्यचकित होते हैं कि यदि हम चीज़ों को ठीक से कर लेते, तो हम क्या कुछ उपलब्ध कर सकते थे।

- आभार ध्यान हमारे दिन को ऊर्जावान व सक्रिय ढंग से सफल बनाने में बहुत सहायक है। जीवन में चीज़ों का आभार प्रकट करना बहुत ही प्रेरक होता है। भले ही हम सुबह यह न कहें कि 'मैं विशेष रूप से यह कार्य पाकर बहुत सौभाग्यशाली महसूस कर रहा हूँ' लेकिन जिन चीज़ों के संबंध में हम शिकायत कर सकते हैं अथवा विलाप कर सकते हैं, उन पर अपना ध्यान केंद्रित करने की अपेक्षा, हम अपने काम के सकारात्मक पहलुओं का आभार प्रकट करना सीखते हैं। आप इस प्रकार की ध्यान-साधना को अपने कार्य दिवस की शुरुआत के लिए भी अपना सकते हैं। जब हम कार्यों को टालते हैं तो नकारात्मकता के बीज हमारे मन में विकसित होने लगते हैं, और तब हमारी कल्पना, चीज़ों को बदतर बना कर हमारे कार्यों में प्रवेश कर जाती है। इसलिए, हम टेलिफ़ोन करना टाल देते हैं, क्योंकि हम यह कल्पना करने लगते हैं कि इससे कुछ अच्छा नहीं होने वाला या हम चिन्ता करने लगते हैं कि शायद हमारी रिपोर्ट पर्याप्त रूप से उच्च स्तर की नहीं होगी। लेकिन हम अपने विचारों को किसी दूसरी दिशा में मोड़ सकते हैं, हम स्वयं से यह कह सकते हैं : जब मैं फ़ोन के दूसरी ओर वाले व्यक्ति की कल्पना करता हूँ और उसके वास्तव में ही अच्छे होने के बारे में सोचता हूँ तो मैं मुस्करा उठता हूँ। या हम आज उस रिपोर्ट में खूब वयस्त रहकर एक शानदार चीज़ खोज सकते हैं।

- किसी काम को अलग ढंग से करने से आपकी विलम्ब करने की आदत समाप्त हो सकती है, यह किसी भी प्रकार की आदत में आपकी सहायता कर सकता है। आप अपनी मेज़ पर रखी डाक या दस्तावेज़ों के लिए बनी ट्रे या आपके टेलिफ़ोन के समान, दूसरी ओर ध्यान लगा कर कहीं अलग-अलग बैठने का प्रयास करें। आप केवल एक काम को शुरु करें और आपके पास उस कार्य को तुरंत ही समाप्त करने का दबाव नहीं होना चाहिए।
- आप पाँच भिन्न कामों को एक साथ शुरु करने के स्थान पर, केवल एक कार्य को ठीक से करने पर अपना सारा ध्यान लगायें। हमारा मन अक्सर एक ही बार में सब चीज़ों से निपटने की कोशिश करता है। अगर हम यह भी कहें कि हम कई कार्य साथ-साथ कर सकते हैं, लेकिन वर्तमान क्षण में हम केवल एक ही कार्य करते हैं, यहाँ तक कि हम कई बार सभी कार्यों को करने के लिए विभिन्न कार्यों के बीच झूलते रहते हैं। और यदि ईमानदारी से कहूँ तो हम अधिकांश समय केवल उनके बीच दौड़ते हुए और एक काम से दूसरे काम पर जाते हुए और फिर वापस पहले काम पर आते हुए अपना समय और अपनी मानसिक ऊर्जा को व्यर्थ करते हैं।
- आपके द्वारा किए जाने वाले कार्यों की सूची कितनी भी लम्बी क्यों न हो, आप दिन के आरम्भ में केवल एक कार्य को चुनें और उसे ही पूरा करने में ध्यान केंद्रित करें और बाकी सब चीज़ों को एक तरफ़ रख कर, अपना ध्यान केवल उस एक कार्य पर ही लगायें। इसके लिए यदि आपको अपना सबसे ज़रूरी फ़ोन भी एक तरफ़ रखना पड़े, बेशक उसमें कुछ मिनट ही लगें, आप निश्चित ही उस फ़ोन को टाल कर अपना काम आज ही पूरा करें। इससे आपका अशान्त मन एक बार फिर शान्त हो

जाएगा। आप इस बात को भूल जायें कि आप सब कुछ आज ही कर सकते हैं और आप यह देख कर हैरान हो जायेंगे कि एक बार जब आपके मन में किए जाने वाले कार्य के लिए ज़्यादा स्थान बन जाता है, तो आप कितने अच्छे परिणाम प्राप्त कर सकते हैं।

लोगों से मिलना

लोगों से मिलना-जुलना जहाँ बहुत अधिक रचनात्मक तथा प्रेरक हो सकता है, वहीं यह अत्यंत तनावपूर्ण, उबाऊ और समय की बर्बादी जैसा महसूस हो सकता है। जीवन-भर अपने मन को शान्त और केंद्रित बनाये रखना एक बहुत बड़ी चुनौती है। किसी एक स्थान पर उपस्थित न रह कर, अपने मन को इधर-उधर भटकने देना बहुत आसान है। भले ही किसी से मिलने पर हमारे पास कहने के लिए कुछ न हो, लेकिन यह हमारे सुनने तथा अवलोकन करने के कौशल को विकसित करने के लिए एक अच्छा मौका हो सकता है। हम उदार बन सकते हैं और अपने सहकर्मियों का ध्यान रखकर उनकी बातों को सुन सकते हैं। यदि हम अपने मन को इधर-उधर भटकने देंगे, तो हमें पता ही नहीं चल पायेगा कि वर्तमान में क्या कुछ घट रहा है और हमें वास्तव में मन में भी कुछ उपलब्ध नहीं होगा।

जीवन में प्रत्येक क्षण से कुछ न कुछ हासिल किया जा सकता है। हमें अप्रासंगिक बातों से घृणा होती है, क्योंकि हमारे विचार में वह मूल्यवान समय की बर्बादी है, किन्तु अप्रासंगिक प्रतीत होने वाली चीज़ें भी कदाचित् बहुत बड़ा सबक सिद्ध हो सकती हैं। हम अक्सर यह बात सुनते हैं कि दूसरे विभाग में काम करने वाला हमारा सहकर्मी किस प्रकार अपना काम करता है और हम कैसे उसकी कार्यपद्धति को अपने काम के अनुकूल बना सकते हैं। यदि हम अच्छे आशय से उसकी बात को सुनेंगे, तो हम अपने सहकर्मी के उस पक्ष को देख सकते हैं, जो हमने पहले कभी नहीं देखा था। और कभी-कभी किसी बैठक में बस उपस्थित रहकर

हम स्वयं देख सकते हैं कि वहाँ क्या घटित होता है।

उकताहट और उससे बचाव

जब ख़ुशी हमारी चेष्टाओं से परे चली जाती है, तो हम आसानी से ऊब सकते हैं। अपने वर्तमान काम पर ध्यान देने की अपेक्षा, हम विचलित और अस्थिर हो उठते हैं और किसी अन्य अच्छे कार्य को तलाश करने लगते हैं। मेरे विचार में ऊब तब पैदा होती है, जब हम अपने मन की प्राकृतिक अवस्था में आराम महसूस करने में असमर्थ होते हैं, और हमें निरंतर मनोरजंन व मनबहलाव की आवश्यकता होती है। जिस क्षण हम आने वाली ऊब का एक छोटा-सा अंश महसूस करते हैं, तो हम प्रतिक्रिया में थोड़े ज़्यादा उत्तेजित महसूस करते हैं। ऐसा हमारी इस सोच के कारण होता है कि ख़ुशियाँ और पीड़ा हमारे बाहरी स्रोतों से उत्पन्न होती हैं, जिससे हम किसी ऐसी चीज़ की तलाश में लगे रहते हैं जिसके बारे में हमें ठीक से पता भी नहीं होता कि आख़िर वह चीज़ है क्या।

इसके साथ ही, दैनिक श्वसन क्रिया का अभ्यास करते हुए, आप ऊबे हुए मन की प्रकृति को समझने का प्रयास करें। यह है क्या? यह आती कहाँ से है? कल तो मैं ऊब महसूस नहीं कर रहा था, तो मैं आज कैसे इसे महसूस कर रहा हूँ? क्या मेरे आस-पास का वातावरण बदल गया है या मेरी अपनी धारणा बदल गयी है?

शांत बने रहना

आप चाहे किसी नौकरी के लिए साक्षात्कार दे रहे हों, फ़ोन कर रहे हों अथवा कोई प्रेज़ेंटेशन दे रहे हों, हमारी तंत्रिकायें हमारे विचारों को हाशिये पर धकेल सकती हैं और हमें बहुत असहज महसूस करा सकती हैं। यदि हम अपनी भावनाओं का सामना करने में बहुत सौभाग्यशाली हैं, तो हम में से कई लोग कभी-कभी असहज महसूस करने को ज़्यादा तवज्जो नहीं देते। किन्तु यदि आप ऐसे व्यक्ति हैं जो ऐसी स्थिति में अपने शरीर को शिथिल हो गया महसूस करते हैं अथवा

उससे कुछ ऊष्णता पाने की इच्छा करते हैं, तब मन के कुछ महत्त्वपूर्ण साधनों को उपयोग में लाना विशेष रूप से बेहतर हो सकता है।

अपने ध्यान को अपनी साँसों पर पुनः केंद्रित करने से आपके शरीर को सुकून प्राप्त होगा और आपको मन को बेचैन कर देने वाले विचारों से छुटकारा मिल जायेगा। आप 'क्या और यदि' जैसे भ्रामक विचारों के जाल में फँसने की अपेक्षा, अपने वर्तमान क्षण में लौट आयें और अपने आपको अपने आसपास के वातावरण से जोड़ लें।

उदाहरणार्थ, यदि आप नौकरी के लिए कोई साक्षात्कार दे रहे हैं, तो अपने उत्तरों का विश्लेषण करना बंद कर दें और इस बारे में चिन्ता करना छोड़ दें कि अभी-अभी आपने क्या कहा था या साक्षात्कार लेने वाला अगला प्रश्न क्या पूछ सकता है। अपने वर्तमान क्षण में वापस लौट आयें। ऐसा करते ही, आप महसूस करेंगे कि आप दूसरे व्यक्ति को साक्षात्कार नहीं दे रहे बल्कि उससे केवल सामान्य बातचीत ही कर रहे हैं। आप क्षण-भर को रुकें, धीरे से साँस लें और सामने वाले की बात सुनें। आप साक्षात्कार को दो छोर वाली एक गली मानें, इससे आप साक्षात्कार लेने वाले से जुड़ सकते हैं और इस अनुभव का आनंद भी ले सकते हैं। आख़िरकार, आप में कई चीज़ें एक समान होंगी और आपका यह साक्षात्कार वास्तव में एक दिलचस्प बातचीत सिद्ध हो सकता है। अपने दिल से बोलें और आपको भले ही नौकरी मिले या न मिले, आप ग़लत बिल्कुल भी नहीं हो सकते, क्योंकि आप अपने प्रति पूरी तरह ईमानदार हैं। आप इस प्रकार अपेक्षित परिणाम दे सकते हैं, बजाय इसके कि आप कोई चाल खेलने की कोशिश करें या दिये गये सभी विकल्पों पर निशान लगा दें।

कार्यस्थल पर भी शान्त बने रहें

ध्यान की तकनीक को आप किसी भीड़ भरी दुकान या ट्रेन जैसे व्यस्त स्थान पर भी इस्तेमाल कर सकते हैं, किन्तु यदि हम अपने आपको कुछ क्षणों के लिए इस भीड़ से दूर किसी शान्त स्थान पर ले जा सकें, तो इससे आप और भी अच्छे परिणाम पा सकते हैं। हम अपने आपको

तनावपूर्ण माहौल से दूर ले जाकर, अपने मन के तनाव को दूर करना आसान बना सकते हैं। जब हम शारीरिक रूप से अपने कदम वापस खींचते हैं, तो हम मानसिक रूप से भी वापस कदम उठाते हैं। हम कैसा महसूस कर रहे हैं, यह दिखाने और जांचने के लिए थोड़ा विराम लें। जांच के लिए, उस पल का चुनाव करना और जागरुक होना, हमारे उन विचारों व भावनाओं से नष्ट होने से बचाता है, जो तुरंत प्रतिक्रिया देते हैं। फिर भी, यदि आप कार्यस्थल पर अपने विचारों को व्यवस्थित नहीं कर पाते, तो आपको अभी भी दैनिक श्वसन अभ्यास करने की आवश्यकता है ताकि आप कुछ क्षणों के लिए चीज़ों की गति कम करके उन्हें समझ सकें और अपने आपको वापस अपने शरीर में ला सकें। विशेष रूप से तब, जब आपको लगता है कि नकारात्मक भावनायें या नकारात्मक शब्द सतह के बहुत क़रीब बुदबुदा रहे हैं।

अपनी यात्राओं के दौरान मैं ऐसे कई लोगों से मिला हूँ, जो ऐसे स्थानों पर काम करते हैं जहाँ बहुत सारे लोग उनसे जुड़े होते हैं, फिर वह चाहे एक कम्पनी हो, हमारे 'लिव टु लव' जैसा कोई धर्मार्थ संगठन, कोई अस्पताल, सरकारी विभाग और हर प्रकार के संस्थान। अक्सर ये लोग मुझे बताते हैं कि दो मुख्य संदेश होते हैं, जो उनके दैनिक जीवन में, उन्हें बेहतर महसूस करने में मदद करते हैं, भले ही उनका कार्य कितना भी तनाव से भरा हो। इनमें पहला, यह समझने में मदद करता है कि हर परिणाम पर हमारा नियंत्रण नहीं होता क्योकि इसमें बहुत सारे लोग और कई अन्य परिस्थितियाँ जुड़ी होती हैं। यदि हम कम्पनी में सभी फ़ैसलों के परिणामों को प्रभावित करने की कोशिश करें, तो हमें उनके ठीक महसूस होने की उम्मीद नहीं होती। दूसरा संदेश इन मायनों में पहले संदेश से जुड़ा हुआ है, जो हमें यह याद रखने में मदद देता है कि हमें परिणाम उन्मुखी नहीं, अपितु प्रेरणा-उन्मुखी होना चाहिए। यह अच्छी बात है कि आप हमेशा अपने शब्दों पर ध्यान केंद्रित रखते हैं और दिन की समाप्ति पर आप जानते हैं कि आपने अपनी ओर से सर्वश्रेष्ठ प्रयास किया है, उसका परिणाम बेशक कुछ भी हो। इस प्रकार, हम अपने शान्त मन का ध्यान रख सकते हैं और अपनी ऊर्जा को अपने काम के प्रति चिंतित

होने की अपेक्षा, अपने वास्तविक कार्य में लगा सकते हैं।

शान्त रहकर निर्णय लेना

आपके द्वारा चुने गये विकल्प आपके मार्ग के सोपान होते हैं। अक्सर आपके साथ ऐसा हो सकता है कि आप अपने अच्छे या बुरे निर्णयों से पीड़ा महसूस करते हों, किन्तु वास्तव में सही या ग़लत जैसी कोई चीज़ नहीं होती और आपके द्वारा उठाया गया प्रत्येक कदम आपके अनुभव और आपकी शिक्षा का एक भाग बन जाता है। फिर भी, जहाँ आप अपने तार्किक दिमाग़ और अपने दिल, दोनों की बात सुनते हैं, वहाँ आप सुविचारित ढंग से विकल्प चुनने का प्रयास करते हैं।

परमपूज्य ग्यालवाँग ड्रक्पा एक शानदार विचार में विश्वास करते हैं – 'सहज और अच्छी तरह से तैयार' होने की कोशिश करना। यह जीवन के लिए बहुत अद्‌भुत सलाह है और विशेष रूप से तब, जब आपको कोई निर्णय करना हो, क्योंकि यदि हम सहज और पूरी तरह से तैयार रहते हैं, तो हम अपने मन में बड़े सद्‌भाव अपनी भावनाओं के साथ-साथ अपने विवेक का प्रयोग करेंगे। इसलिए, हम अपना अनुसंधान करते हैं, हम सभी पहलुओं से अपने निर्णयों को परखते हैं, किन्तु हम स्वयं अपने निर्णय को महसूस भी करते हैं। कभी-कभी हम बेहतर निर्णय के साथ तेज़ी से आगे बढ़ते हैं।

अपने विचारों और अपनी भावनाओं को संतुलित रखने के लिए आप अपनी सारी योग्यता का उपयोग करें। आप स्वयं को एक सुकूनभरी व सुखद मनःस्थिति में रखने के लिए अपनी पसंदीदा चाय बना सकते हैं। बेहतर तो यह होगा कि आप अपने निर्णय लेने से पूर्व शान्त रहें। अपने विकल्पों पर अलग-अलग पहलुओं और अलग-अलग कोणों से विचार करें। अपने विचारों पर अड़े मत रहें और अपने परिणामों को देखने के लिए भविष्य में झाँकने का प्रयास न करें। आप जीवन में उन लोगों से परामर्श लें, जो आपकी आंतरिक प्रकृति अर्थात् आपके स्वाभाविक व्यक्तित्व से बहुत अच्छी तरह जुड़े हुए हैं और अक्सर दिशा प्राप्त करने

में आपकी सहायता करते हैं। ये वे लोग हैं, जो बहुत खुलेपन से आपको सुनते हैं और जो आपको एक दिशा से दूसरी दिशा की ओर धकेलने की अपेक्षा आपको निर्णय लेने में मदद करते हैं।

आप अपने इरादों से प्रेरित होने के संबंध में एक बार फिर विचार करें और इस का जो भी परिणाम हो, उसे स्वीकार करें। अक्सर जीवन का सबसे अच्छा अनुभव अप्रत्याशित स्थितियों से होता है। चीज़ें हमेशा हमारी योजना के अनुसार नहीं घटित होतीं और इसी कारण जीवन इतना मूल्यवान और दिलचस्प है।

कहा जाता है कि ऊँचे स्थानों पर जाने से निर्णय लेने में और यदि आप योग्य हैं, तो सामान्यतः ध्यान-साधना में बहुत सहायता मिलती है। इसके पीछे कारण यह है कि ऊँचाई से आप दुनिया को बेहतर ढंग से देख पाने में सक्षम होते हैं। आप उन चीज़ों को ज़्यादा देख पाते हैं, जो आपके सामने होती हैं, शारीरिक और सम्भवतः मानसिक, दोनों रूप से।

प्रेम से सराबोर मन

विचार शब्द के रूप में प्रकट होता है। शब्द कर्म के रूप में प्रकट होता है। कर्म आदत में परिवर्तित होता है और आदत पक कर हमारा चरित्र बन जाती है। इसलिए अपने विचार और इसके तरीक़ों पर सदा निगाह रखें। और इसे प्रेम से उत्पन्न होने दें।

बुद्ध

एक शान्त मन का मुख्य प्रयोजन यह है कि हमारे पास प्रेम के लिए, अपने आपकी बड़ी गहराई से देखभाल करने के लिए और फिर उस के अनुसार जीवन जीने के लिए अधिक स्थान और अधिक क्षमता हो। यदि हम उन चीज़ों पर अपनी पकड़ ढीली कर दें अथवा उन्हें छोड़ दें,

जो बड़ी दृढ़ता से हमारे सोचने के इस तरीक़े से जुड़ी हुई हैं कि चीज़ों व लोगों को कैसा होना चाहिए, तो हम अपने प्रेम के संबंध में और भी उदार हो सकते हैं - प्रेम, जिसे उन लोगों से किसी प्रकार की कृतज्ञता की आवश्यकता नहीं होती, जिन्हें हम प्रेम करते हैं लेकिन जिनके लिए हम स्वयं प्रतिदिन कृतज्ञ होते हैं। इस प्रकार का प्रेम हमारे जीवन में संतुलन लाता है। यह एक ऐसा प्रेम है जो शान्ति से भरपूर है। यह हमारे सोचने, बोलने व कार्यों के माध्यम से दूसरों के प्रति उदारता दिखाता है। यह इस प्रकार का प्रेम है, जिसका हमारे पास होना वास्तव में एक अच्छी आदत है। बौद्ध लोग अपनी एकमात्र संतान के लिए एक माँ के प्रेम को एक निस्वार्थ प्रेम के सर्वश्रेष्ठ उदाहरण के रूप में देखते हैं। इसमें कोई स्वार्थ नहीं होता। यदि हम उनके सभी कार्यों से सहमत नहीं भी होते, यदि कभी उन्हें हमारे प्रेम की आवश्यकता नहीं महसूस होती, फिर भी वह प्रेम वहाँ मौजूद होता है।

इस तरह का प्रेम, जिससे हम अपने संबंधों को जोड़ सकते हैं, सामान्य वातावरण के लिए बहुत ही बल प्रदान करने वाला होता है। भले ही वह परिवार में हो, कार्यस्थल पर या फिर जब हम एक कप कॉफी के लिए किसी पंक्ति में खड़े हों। इस दौरान, आपको ऐसा भी महसूस हो सकता है कि आपके अपने भीतर से बदलने के परिणाम स्वरूप आपके आसपास रहने वाले लोगों में भी एक बदलाव आने लगा है।

प्रेम के समक्ष सबसे बड़ी रुकावटों में से एक है निराशा। जो लोग हमें प्रेम करते हैं, हम उन पर और अपने-आप पर भी अपेक्षाओं का भारी बोझ लाद देते हैं, और यह देखना चाहते हैं कि हमारे संबंध कैसे होने चाहिएं - एक साथी के रूप में, एक पिता के रूप में, एक माँ, पुत्र, पुत्री, बहन और भाई के रूप में। जिस तरीक़े से हम चीज़ों को बनते देखना चाहते हैं, हम पूरी दृढ़ता से उस तरीक़े को पकड़ कर बैठे रहते हैं, उन्हें अपने आसपास की दुनिया के लिए व्यवस्थित करने की कोशिश करते हैं। और कहीं न कहीं हम संबंधों के साथ भी ऐसा ही करते हैं। हम चाहते हैं कि हमें सम्मान मिले, निरंतर हमारी प्रशंसा की जाये। लेकिन जब लोग हमारी इच्छा या हमारी पसन्द के अनुसार कार्य नहीं करते या

नहीं बोलते, तो इससे हमारे भीतर बहुत बेचैनी भर जाती है।

पारिवारिक प्रेम

परिवार एक ऐसा स्थान है, जहाँ हमारे मन एक-दूसरे के सम्पर्क में आते हैं। यदि ये मन एक-दूसरे से प्रेम करते हैं, तो हमारा घर फूलों के बगीचे के समान खूबसूरत बन जाता है। लेकिन यदि ये मन एक-दूसरे के प्रति सद्‌भाव नहीं रखते, तो यह उस तूफ़ान के समान है, जो बगीचे पर कहर बरपा देता है।

बुद्ध

यह स्वाभाविक है कि हम अपने प्रियजनों के लिए अच्छा चाहें, उनकी उपलब्धियों पर गौरव महसूस करें और उनकी सुरक्षा करें। लेकिन जब हम अपनी अपेक्षाओं से जुड़ जाते हैं, तो हम अक्सर बहुत ज़िद्दी और कठोर बन जाते हैं और जब दूसरे लोग हमारी योजनाओं के अनुसार कार्य नहीं करते, तो हम अक्सर कुंठित या निराश हो उठते हैं। हम जिन लोगों से प्रेम करते हैं, उनके मार्गदर्शक, रक्षक और संरक्षक बनने की इच्छा से ही हम जीते हैं और मनुष्य के रूप में बड़े होते हैं। शायद, इसमें महत्त्वपूर्ण बात है अपने दयालु हृदय की गहराइयों से ऐसा करने की कोशिश करना और ऐसा हम अपने अहंकार की अपेक्षा, अपनी आंतरिक प्रकृति से करते हैं। आप अपने परिवार को अनुमति दें और उन्हें प्रोत्साहित करें कि वे आपके साथी बनें, जब वे आपसे बात करें तो आप उन्हें सुनें। आप उन्हें परखने या उनकी आलोचना करने में जल्दबाज़ी न करें और उन्हें जहाँ भी और जब भी आप ख़ुशी दे सकते हैं, दें।

मैं किसी का अभिभावक नहीं हूँ, लेकिन यदि मैं अपने आध्यात्मिक शिक्षकों से ली गई शिक्षा और अपने आकलन को एक साथ रख कर देखूँ, तो मैं केवल यह कहना चाहूँगा कि सबसे महत्त्वपूर्ण बात है अपने बच्चों को प्रेम, समझदारी ओर विवेक के साथ पाल-पोस कर बड़ा करना और जीवन में उनके लिए अनुकूल परिस्थितियाँ पैदा करने का प्रयास करना।

और इसके साथ-साथ, यह महसूस करना भी महत्त्वपूर्ण है कि हम उनकी नियति को सच में ही नियंत्रित नहीं कर सकते। हमें याद रखना होगा कि हालाँकि हम सामान्य रूप से दुनिया के लिए खुद को अपरिहार्य महसूस कर सकते हैं, विशेष रूप से अपने बच्चों के लिए, लेकिन हकीकत में हमारी अनुपस्थिति में दुनिया के लिए भी और हमारे बच्चों के लिए भी जीवन निरंतर चलता रहेगा। ठीक वैसे ही जैसे वह हमारे लिए हमारे अभिभावकों और अतीत के इतने सारे महान व्यक्तियों की अनुपस्थिति में चलता रहा है। एक तिब्बती कहावत है कि सभी बच्चे अपने-अपने हिस्से की खुशियाँ और दुःख लेकर इस दुनिया में आते हैं और हालाँकि उनके अभिभावक उनकी सहायता करते हैं, लेकिन उन्हें वास्तव में अपना जीवन स्वयं ही बदलना होता है। इसलिए, अभिभावक के रूप में, हमें प्रेम और बुद्धिमानी के साथ अपना सर्वश्रेष्ठ प्रयास करना चाहिए। और हमें यह संतुष्टि होनी चाहिए कि हाँ, हमने ऐसा किया, लेकिन इसके साथ-साथ, हमें यह भी महसूस करना चाहिए कि दूसरों के भाग्य पर हमारा कोई वश नहीं।

जब ज़िम्मेदारियाँ आपका उत्साह गिरा देती हैं

कभी-कभी ऐसा भी होता है जब हम जीवन में अपनी ज़िम्मेदारियों को एक बोझ के रूप में उठाते हैं और अपने मन का दमन करते हैं। ऐसा तब होता है, जब हम सराहना करने की अपनी समझ खो बैठते हैं और यह महसूस नहीं कर पाते कि जीवन कितना अनमोल है और हम कितने सौभाग्यशाली हैं।

यह सच है कि कभी-कभी जीवन बहुत चुनौतीपूर्ण हो जाता है और आप दूसरों की ख़ातिर ऐसे काम कर देते हैं, जिनसे आप स्वयं ही खुश नहीं होते। जैसे प्रतिदिन अपने आपको किसी काम में झोंक देना ताकि आप अपने परिवार का भरण-पोषण कर सकें। और ऐसे समय में, आभार-ध्यान व इच्छा परिवर्तन-ध्यान आपको उन चीज़ों के साथ जुड़ने में सहायता करता है जो वास्तव में आपके लिए जीवन में मायने रखती

हैं। आप जीवन में आवश्यकता से अधिक चीज़ें लेने और हर चीज़ को प्रभावित करने की अपेक्षा, उन चीज़ों को बढ़ावा देने के लिए स्वयं को प्रेरणा व गति प्रदान करते हैं।

आप कौन सी नौकरी करेंगे और किस घर में रहेंगे, यहाँ तक कि आप प्रतिदिन अपने परिवार के लिए जो कार्य करते हैं, आप का परिवार उसे पसंद करेगा अथवा नहीं, यह भी हमेशा आपके हाथ में नहीं होता। लेकिन आप जिन चीज़ों पर ध्यान केंद्रित करना चाहते हैं, उसे आप नियंत्रित कर सकते हैं : आप अपने परिवार को अपना निःस्वार्थ प्रेम देने का निर्णय ले सकते हैं, क्योंकि यही वे लोग हैं जिनके साथ आप अपने सबसे खुशनुमा पल साझा कर सकते हैं। आपको अपने दायित्वों को एक दबाव या भारी बोझ के रूप में उठाने की आवश्यकता नहीं है, जो आपके हृदय को ऐसा महसूस करा सकते हैं जैसे वह डूब रहा हो, जैसे आपके भीतर की ऊर्जा उन्मुक्त भाव से बहने की अपेक्षा जड़ हो गयी हो। यह आप पर निर्भर करता है - आपको स्वयं को मुक्त रखने के लिए दूसरों पर आश्रित रहने की आवश्यकता नहीं।

प्रेम और इच्छा

जब इच्छा व प्रेमपूर्ण संबंधों की बात होती है, तो यदि हम अपने लगाव की प्रकृति के बारे में जान सकें, तब हम उस अनुभव के माध्यम से अपनी मदद कर सकते हैं, जब हमारा मन संघर्ष कर रहा होता है या हम अपने लिए बाधायें उत्पन्न कर रहे होते हैं।

आप उन दिमागी खेलों के बारे में विचार करके देखें, जो लोग अपने रिश्तों में तब खेलते हैं, जब कभी विश्वास या आपसी सम्मान, करुणा या दया में कोई दुराव आ जाता है। चाहे वहाँ समय के साथ-साथ, धीरे-धीरे संबंधों की सक्रियता या आपसी संवाद कम हो गया हो, लेकिन कुछ कारणों से आप स्वयं को नकारात्मक विचारों के जाल में फंसा हुआ महसूस करते हैं, जिसके परिणामस्वरूप, आप उसके अनुरूप ही अपने साथी के साथ व्यवहार करते और बोलते हैं। आपको यह सोच कर चिन्ता होने लगती है

कि वे अब आपको पहले जितना प्रेम नहीं करते और इसलिए आप उनका ध्यान अपनी ओर आकर्षित करने के लिए कुछ करते या कुछ कहते हैं। आप उन्हें उन दूसरे लोगों के बारे में बताते हैं, जो आपकी ओर पूरा ध्यान देते हैं या फिर आप कमरे में मौजूद अन्य लोगों की ओर देखना शुरु कर देते हैं। आप उनकी छोटी-छोटी आदतों पर ध्यान देना आरम्भ कर देते हैं, जिनसे आपको पहले कभी कोई परेशानी महसूस नहीं हुई थी, लेकिन अब अचानक ही आप चीखने-चिल्लाने लगते हैं।

किसी संबंध की शुरुआत में, बिना उसके बारे में सोचे समझे उसकी प्रशंसा करना आसान होता है। तब आप विश्वास नहीं कर पाते कि आपने इतने अद्भुत व्यक्ति को अपना साथी चुना है और आपको यह भी विश्वास नहीं हो पाता कि आप इतने सौभाग्यशाली हैं कि आपने किसी का प्रेम पा लिया है। लेकिन यह उतना ही आसान है, जितना किसी संबंध को आप अपनी इच्छा के अनुसार आसान मान बैठते हैं। हम भूल जाते हैं कि उस व्यक्ति को पाकर कभी हम स्वयं को कितना आभारी महसूस करते थे।

जब आप प्रतिदिन कुछ मिनटों के लिए आभार ध्यान का अभ्यास करते हैं, तो आप अपने साथी से मिले प्रेम के लिए और आपके द्वारा उन्हें दिये गये प्रेम के लिए अपने हार्दिक आभार को फिर से पा सकते हैं। विशेष रूप से जब आप भी चीज़ों के बदलने के स्वभाव के बारे में जानते हैं और यह भी जानते हैं कि चीज़ों में बदलाव कोई बुरी चीज़ नहीं हैं। बल्कि यह एक व्यक्ति के रूप में आपके और आपके संबंधों के लिए भी, अवसरों व सम्भावनाओं के नये द्वार खोलता है।

हम में से प्रत्येक व्यक्ति, अपने संबंधों में प्रतिदिन अपने अनुभव और अपने विचार लेकर आता है। हमारे संबंध दो व्यक्तियों के जीवन के उतार-चढ़ाव पर चलते हैं, लहरों पर यात्रा करने की तरह। यदि हम कभी-कभी तनाव महसूस करें, तो इसमें हैरानी की कोई बात नहीं है। जब संबंधों की बात आती है, तो हमारे बाहरी अहंकार से संबंधित चीज़ें हमारी खुशियों में बाधा पहुँचाती हैं, भले ही हम खुशियों की तलाश अपने

बाहर करें अथवा भीतर। जिस प्रकार हमारे सोचने का एक निश्चित ढाँचा व निश्चित आदतें होती हैं, हम सोचते हैं कि वह हमारे जीवन से ही बनी होती हैं। ठीक उसी प्रकार, हमारी कुछ निश्चित धारणायें होती हैं, जो हमारे संबंधों की तरह होती हैं। उदाहरण के लिए, हमारी यह धारणा होती है कि अंततः हर व्यक्ति हमें छोड़ कर चला जायेगा। इसलिए यदि हमारा कोई संबंध अच्छा भी चल रहा हो तो भी हम उसे हानि पहुँचाना शुरु कर देते हैं। क्योंकि हमारे नकारात्मक विचार गहरे काले बादलों पर सवार हो जाते हैं, जो स्वाभाविक रूप से हमारे सिरों पर मंडराने लगते हैं और हम उनके बीच मौजूद साफ़ आसमान की ओर ध्यान देना बंद कर देते हैं। हो सकता है कि हमें अतीत में कोई गहरी चोट पहुँची हो और इसलिए हमारा अपने साथी पर विश्वास कर पाना कठिन हो जाता है, इसी कारण हम उनके क्रियाकलापों पर प्रश्न उठाने लगते हैं।

हम अपने संबंधों में भी दूसरों को व्यवहार का तरीक़ा बताते हैं, और जब हमारा साथी हमसे ऐसा व्यवहार करता है, जो हमें पसन्द नहीं तो हम निराश हो उठते हैं। यही कारण है कि ध्यान चिन्तन हमें यह याद दिलाने में मददगार सिद्ध हो सकता है कि हम सब अलग-अलग हैं और फिर भी एक से हैं। हम सबके पास जीवन को देखने और उसे जीने का अपना अलग तरीक़ा होता है, जो हम अपने जीवन के अनुभवों से प्राप्त करते हैं, लेकिन मूल रूप से हम सब खुश रहना चाहते हैं, प्रेम करना और प्रेम पाना चाहते हैं। तब, सम्भवतः हमारे लिए अपनी इस आदत को त्यागना आसान हो जाता है, जिसमें हम अनावश्यक विश्लेषण करते रहते हैं कि लोगों को कैसा होना चाहिए विशेष रूप से उन लोगों को, जो हमारे बहुत करीब होते हैं, हम प्रतिदिन साथ-साथ रह कर एक दूसरे की प्रशंसा कर सकते हैं और भविष्य के बारे में सोचते हुए तथा भविष्य में ग़लत हो सकने वाली चीज़ों पर चिन्ता करने में अपना समय बर्बाद नहीं करते। निश्चित रूप से, संबंध भी बिगड़ सकते हैं और जब समय बुरा हो तो चीज़ें कैसी होती हैं, इस संबंध में आपको अपनी गहरी सूझ-बूझ

को नज़रंदाज नहीं करना चाहिए। और जब चीज़ें अच्छी हो रही हों तो स्वयं को हानि नहीं पहुँचानी चाहिए।

पंखों पर सवार हृदय के साथ
उषा-काल में जागने के लिए
और प्रेम से भरे एक और दिन का
आभार व्यक्त करने के लिए;
दोपहर को विश्राम करने के लिए
और प्रेम के परमानंद पर ध्यान करने के लिए;
शाम को आभार के भाव के साथ
घर वापस लौटने के लिए;
और फिर अपने होंठों पर
एक प्रशंसा भरा गीत लिए
और अपने हृदय में अपने प्रियतम के लिए
प्रार्थना करते हुए सो जाने के लिए।

ख़लील जिब्रान, द प्रॉफ़ेट

हमें पगला देने वाले लोगों के साथ शान्ति बनाये रखना

यदि केवल एक पक्ष ही ग़लत हो तो उनके बीच की लड़ाई ज़्यादा देर नहीं चल सकती।

फ्राँस्वा द ला रॉशफूकॉल्ड

जब हम अपने मन पर ध्यान देते हैं और अधिक स्थिर व शान्त महसूस करने लगते हैं, तो स्वाभाविक रूप से हमारे भीतर दूसरों के लिए करुणा और आदर उत्पन्न होने लगता है। यह भावनात्मक ज्ञान है, जो हमें हमारे मन से बाहर खींच लाता है और किसी दूसरे के मन में रख देता है, यहाँ तक कि यह तब भी होता है, जब कोई हमसे भावनात्मक

प्रतिक्रिया चाहता है। हो सकता है, हम फिर भी उनके साथ पूरे दिल से सहमत न हों, लेकिन हम वस्तुओं को उनके दृष्टिकोण से देखने की पूरी कोशिश करते हैं और यह भी समझने का प्रयास करते हैं कि यहाँ 'सही' या 'ग़लत' विचार जैसा कुछ नहीं होता। और यदि फिर भी वे हमें पागल कर देने पर आमादा हैं, तो हम आगे बढ़ कर उस अनुभव को एक सबक के रूप में इस्तेमाल कर सकते हैं कि सही दृष्टिकोण जैसी कोई चीज़ नहीं होती।

अपने जीवन में कठिन स्वभाव वाले व्यक्तियों के साथ, आप बाहर से हमेशा बड़ी शिष्टता के साथ, उनके विचारों को समझने का प्रयास करते हुए, अपनी बात समझाने की कोशिश कर सकते हैं और आपको आंतरिक रूप से बहुत ज़्यादा दयालु होना पड़ता है। हम बलपूर्वक अपने शब्दों या अपने कार्यों से किसी व्यक्ति के मन अथवा उसके तरीक़े को बदल नहीं सकते। और कभी-कभी हमें यह महसूस करना चाहिए कि जब हम किसी व्यक्ति को अपने जैसा बनाने के लिए कुछ नहीं कर सकते, तब भी हम अपने विचारों, अपने शब्दों और अपने कार्यों से उनके प्रति दयालु हो सकते हैं। क्योंकि एकमात्र व्यक्ति, जो हमारी हताशा और निराशा से पीड़ित है, जिसे हमारा लगाव किसी हद तक राजी कर लेता है, वह हम स्वयं हैं। अलग-अलग लोग दुनिया को अलग-अलग तरीक़े से देखते हैं। और हालाँकि हम हमेशा उन विभिन्न विचारों के बीच के अन्तर को पाटने की कोशिश करते हैं, लेकिन हमारे जीवन में कुछ ऐसे लोग भी हैं जिन्हें हमसे मिलने के लिए आधा रास्ता तय करना भी गवारा नहीं, वे इसके लिए अपनी ओर से कोई प्रयास नहीं करते।

कठिन लोगों से निपटने के उपाय

- कठिन लोगों के साथ किसी खेल में उलझने की कोशिश न करें, जहाँ आप में से हर व्यक्ति एक दूसरे के साथ बुरा व्यवहार करता हो। ऐसे लोगों से दूरी बनाये रखने से डरें नहीं और इसके साथ-साथ अपने-आप से पूछें : जब मैं उनके ऊपर गुस्सा करता हूँ, तो क्या इससे मुझे ख़ुशी

हासिल होती है? मैं अपने आपको पीड़ा क्यों पहुँचा रहा हूँ?

- हमारे लिए यह जानना बहुत उपयोगी है कि जो ग़लती हम दूसरे लोगों में देखते हैं, वह ग़लती अक्सर हमारे अंदर भी होती है। इसलिए यदि आप उस ग़लती के लिए दूसरों की आलोचना करते हैं, तो आप चिन्तन ध्यान के माध्यम से स्वयं अपनी भी जाँच कर सकते हैं।
- जब आप एक शान्त व सकारात्मक स्थिति महसूस करते हैं, तो आप उस व्यक्ति की तस्वीर की ओर देखें, जिसने आपको दुःख पहुँचाया है और उस स्थिति के बारे में कुछ समझ हासिल करने की कोशिश करें।
- यदि आपको कभी धोखा दिया गया है, तो हो सकता है आप उस व्यक्ति को क्षमा न कर पाये हों और अपने गुस्से को तुरंत ठण्डा न कर पायें हों। लेकिन जो कुछ घटित हुआ, आप उस पर शान्ति से विचार करें ओर यह सुनिश्चित करें कि आप इस तरह की घटना को दोबारा घटने से बचायेंगे। और तब मैं आपको प्रोत्साहित करूँगा कि आप प्रयास करें और अपना गुस्सा धीरे-धीरे शान्त कर दें ताकि आप मन का चैन प्राप्त कर सकें। आप केवल इतना सोच कर देखें कि जब आप परेशान होते हैं, तो आप कोई भी कार्य ठीक ढंग से पूर्ण नहीं कर पाते।

बुद्ध कहते थे : 'सभी मार्ग हमारे हृदय में ही होते हैं।' एक सुखी जीवन ही वास्तव में प्रेम से भरा होता है। जब हम अपने दिल की गहराई से सोचने देते हैं, बोलते हैं और कार्य करते हैं, तो हम दूसरों के व अपने प्रति अधिक उदार, कम लोभी, अधिक सहनशील और धैर्यवान बन जाते हैं। हम दूसरों के दुःख को नज़रंदाज नहीं करते लेकिन अपने आपको यह महसूस कराने में सक्षम होते हैं कि हम दूसरों की सहायता करने में कितने योग्य हैं, बेशक वह सहायता छोटे स्तर पर ही हो। हम किसी न किसी ढंग से, स्वयं पर या दूसरों पर बहुत दबाव डालना बंद कर देते हैं, हम किसी भी बात पर क्रोध करने की अपेक्षा, हँसने के लिए तैयार

होते हैं। हम बातों को पकड़े रहना या हमेशा दौड़ते रहना बंद कर देते हैं और एक बार फिर से थोड़ी देर के लिए सिर्फ़ बैठने में सक्षम हो जाते हैं। और यह भी हो सकता है कि हम अपनी कहानी सुनाने को अधीर हो उठने की अपेक्षा, अपने साथी की दिन भर की कहानी सुनें। हम यह सोचने लगते हैं कि हम अपने जीवन में लोगों की कितनी परवाह किया करते हैं और हम कितने सौभाग्यशाली हैं! हम एकदम शान्त हो जाते हैं, पूर्णतः संतुष्ट।

आज ही शुरुआत करें

मैं हमेशा उन लोगों की सराहना करता हूँ जो सीखने के लिये समय देते हैं। और इसलिए मैं आप लोगों का भी बहुत आभारी हूँ, जो इन शब्दों को पढ़ने के लिए अपना इतना समय दे रहे हैं। मेरे लिए यह एक उपहार है और मैं आशा करता हूँ कि आपको भी यह लगता होगा कि इसके बदले में इस पुस्तक में भी आपके लिए उपहार हैं, जिन्हें आप अपने शान्त मन को प्रोत्साहित करने के लिए, अपने दैनिक जीवन में अपना सकते हैं। शिक्षा देना और शिक्षा प्राप्त करना शायद हीरे से भी अधिक मूल्यवान है क्योंकि ये ऐसे विचार हैं जिन्हें आप दूसरों को भी दे सकते हैं या जिन्हें आप अपने आसपास उपस्थित लोगों के कल्याण के लिए उपयोग कर सकते हैं।

यदि आप अभ्यास करें, तो अपने मन को थोड़ा परिवर्तित कर सकते हैं और अपने मन का थोड़ा सा परिवर्तन करके भी, आप स्थितियों को और अधिक शान्ति से देखने के योग्य हो जायेंगे, बेशक वे कैसी भी स्थितियाँ हों। इतना समझ कर कि सुख और दुःख, सौंदर्य और कुरुपता, अमीरी और ग़रीबी, ये सभी हमारे मन की धारणाएं हैं, आप अपने जीवन में थोड़ी और स्वतंत्रता का अनुभव करेंगे। दैनिक अभ्यास से, आप न केवल अपने क्रोध या निराशा पर काबू पाने का विश्वास पा लेंगे, बल्कि इधर-उधर भटकने की अपेक्षा, सही मायने में अपनी करुणा व उदारता के साथ जीवन जीने लगेंगे और हमेशा वर्तमान क्षण में उपस्थित रहेंगे।

इस पुस्तक को पढ़ने का आपका प्रयास आपके मन में उत्पन्न एक

चिंगारी के समान है। हम कह सकते हैं कि सारी शिक्षायें, सारे प्रवचन, चीज़ों को कदम-दर-कदम ग्रहण करने के संबंध में हैं और यह एक बहुत बड़ा कदम है। यदि आप यह समझ लें कि आपका मन कैसे कार्य करता है, यदि आप अपने मन को वश में कर सकें, तो यह आपको बहुत खुशी प्रदान करेगा- न केवल आपको, अपितु आपके पूरे परिवार को और आपके आसपास उपस्थित सभी लोगों को भी। यह ऐसी खुशी है, जो किन्हीं बाहरी स्थितियों पर निर्भर नहीं रहती बल्कि जो आपके अपने मन के साथ सहज होने से आती है। यह खुशी केवल आपके अपने प्रयासों पर निर्भर है। यह हमारे भीतर से उपजती है।

इस दुनिया में कई चीज़ें ऐसी हैं, जो हमें जीवन की खुशी प्रदान कर सकती हैं, एक सुंदर फूल हमें खुशी दे सकता है, कॉफी का एक कप हमें खुशी दे सकता है। खुशी से भरपूर जीवन को विकसित करने का पहला कदम है अस्थायित्व की भावना के साथ, जीवन के लिए प्रशंसा के भाव उत्पन्न करना क्योंकि यदि आपमें प्रशंसा की भावना नहीं होती, तो इससे कोई अंतर नहीं पड़ता कि आपके पास कितना कुछ है। क्योंकि तब आप हमेशा यही सोचते रहेंगे कि आपके पास क्या होना चाहिए, और अगली घटना कौन-सी होनी चाहिए। और तब आपमें प्रशंसा का भाव आ सकता है - बिना सुंदर फूल या बिना कॉफी के कप के भी। यह एक शानदार स्वतंत्रता है।

बदलाव के लिए प्रेरित होने की आवश्यकता होती है। आप कुछ सीखने व सुधार करने से घबरायें नहीं क्योंकि यदि आपमें सुधार होता है, तो आपके पास औरों को देने के लिए बहुत कुछ होगा। आप अपने सोचने व बोलने तथा कार्य करने के तरीक़े में स्वेच्छा व खुशी से बदलाव लायें। आप बदलाव के संबंध में मनन करें और इस पर अलग-अलग पहलू से विचार करें। सोचें कि आप बातचीत के माध्यम से दूसरे व्यक्ति के मन को किस प्रकार बदल सकते हैं - हममें से कोई भी व्यक्ति पत्थरों या खम्भों से तर्क नहीं करना चाहता। और इसलिए, आप अपने प्रति और दूसरों के प्रति भी लचीले बनें और थोड़ा खुलें। जिस प्रकार जीवन उतार-चढ़ाव से भरा है, ठीक उसी प्रकार यह हमारे मन के बारे में भी सच है। और

जिस प्रकार कुछ ही क्षणों में हमारे जीवन में हर चीज़ परिवर्तित हो सकती है, उसी तरह बेहतरी के लिए आपका मन भी परिवर्तित हो सकता है।

यह हमारा मन ही है, जिससे हम अपनी दुनिया की रचना करते हैं, इसलिए अपने मन को निरंकुश और बेचैन होने देने की अपेक्षा उसकी देखभाल करें और उसे विकसित करें। हम जब भी चाहें, अपने मन में शान्ति और खुशी ला सकते हैं और अपने प्रेम व दयालुता से दूसरों को भी वह शान्ति और खुशी बांट सकते हैं। हम किसी भारी और अत्यधिक उत्तेजित सतह के नीचे विद्यमान अपने मन को जान कर, अपने जीवन के बारे में जान सकते हैं। हम दूसरों के साथ जुड़ने व दूसरों के प्रति उदार होने की अपनी आवश्यकता को समझ सकते हैं।

यह कोई ऐसी वस्तु नहीं है जिसके बारे में हमें ज़्यादा मीन-मेख निकालने की ज़रूरत हो, यह तो ऐसा जीवन है, जिसे संवारने की आवश्यकता है। आपके पास पहले से ही इतना मूल्यवान और प्रशंसा पाने योग्य जीवन मौजूद है। लेकिन यदि आप सुधार लाना चाहते हैं, तो यह बहुत अच्छी बात है। क्योंकि यह आपके मन को खोलेगा और वह स्वतंत्रता प्रदान करेगा जो आपको अपनी प्रेरणा, अपने प्रोत्साहन और अपनी खुशी को पाने के लिए बहुत ज़रूरी है।

आप कभी भी असावधान न हों, निगरानी करते रहें, अपनी प्रकृति को हमेशा तलाशते रहें। उसके बाद विश्राम करें, सुनें और विलीन हो जायें। आपका शान्त मन जीवन भर के लिए आपका मित्र होगा।

शान्त मन के दस आसान उपाय

1. जीवन में हमेशा अच्छाई को देखें

आप में अचानक ही ऐसा परिवर्तन नहीं आ सकता कि आप ऐसे व्यक्ति बन जायें, जिसे इस पुस्तक को पढ़ने के बाद एक गिलास आधा भरा हुआ दिखाई देने लगता है। और यदि सब लोग पूर्ववत् बने रहें, तो भी यह संसार एक बहुत ही उबाऊ स्थान बन जायेगा। किन्तु आपके जीवन

में घटित हो रही अच्छी घटनाओं पर अपना ध्यान केंद्रित करने से आपके शान्त मन, आपके धैर्य, आपकी करुणा व आपकी ख़ुशी का पोषण होगा, उन्हें बल प्राप्त होगा। जीवन में अच्छी चीज़ों को देखने से अथवा चीज़ों को भिन्न दृष्टिकोण से देखने में सक्षम होने से, आप ज़्यादा सहज व्यक्ति बन जायेंगे और दूसरों के साथ-साथ अपनी भी कम आलोचना करेंगे। आप दूसरों के साथ अपनी अधिक तुलना नहीं करेंगे, अच्छा प्रदर्शन करने वाले दूसरे लोगों के साथ अधिक ख़ुश रहेंगे और जीवन की ज़्यादा कद्र करने लगेंगे।

2. स्वीकार करें कि जीवन उतार-चढ़ाव से भरा है

जीवन में अच्छाई देखने का अर्थ बुरे दिनों अथवा आपके सामने आने वाली चुनौतियों को नज़रंदाज करना नहीं है। लेकिन यदि आप स्वीकार करते हैं कि जीवन वास्तव में उतार-चढ़ाव से भरा है, तब आप यह भी महसूस करते हैं कि जीवन में प्रत्येक वस्तु बदल सकती है। और यदि प्रत्येक वस्तु बदल सकती है तो इसमें आपका मन व आपकी भावनायें भी शामिल हैं। हो सकता है आप किसी स्थिति के बारे में बहुत क्रोधित हों, लेकिन उस क्रोध को पूरा दिन, पूरा सप्ताह या उससे भी अधिक समय तक पकड़ कर बैठे रहने की अपेक्षा (क्योंकि यह न केवल आपके दिन को, बल्कि आपके व्यक्तित्व को भी रंगीन बना देगा) आपको इसे छोड़ देना ज़्यादा आसान प्रतीत होगा- आसमान में घुमड़ते तूफ़ानी बादलों के समान या समुद्र तट से टकराती लहरों की तरह।

स्वीकृति आपको बहुत उन्मुक्त बना देती है क्योंकि यह आपको उन वस्तुओं पर ध्यान केंद्रित करने की क्षमता प्रदान करती है, जिन्हें आप बदल सकते हैं। पर्यावरण का ही उदाहरण लें। यह बात कुछ लोगों के लिए बहुत परेशानी का सबब है कि सरकार पर्यावरण की देखभाल के लिए बहुत ज़्यादा परवाह नहीं करती। वे लोग अपने आपको इतने असहाय महसूस करते हैं कि उन्हें सरकार के तरीक़ों में बदलाव की कोई आशा दिखायी नहीं देती। लेकिन यदि वे अपनी इस परेशानी की अपेक्षा

इस बात पर अपना ध्यान केंद्रित करें कि वे क्या कर सकते हैं, तो उन्हें समझ आ जायेगा कि एक अकेला व्यक्ति भी बदलाव ला सकता है और वर्तमान स्थिति में एक बड़ा अंतर पैदा कर सकता है।

स्वीकृति का अर्थ चीज़ों के सामने हार मान लेना नहीं है। यह आपको यह देखने की शक्ति प्रदान करता है कि आपको कहाँ पर अपने प्रयास करने चाहिये और अपने मन को कहाँ केंद्रित करना उचित होगा। और अनिश्चितता को स्वीकार करके, हम अंतहीन अपेक्षा के बोझ से स्वयं को मुक्त कर सकते हैं तथा अपने लिए जीवन की समृद्ध व विविध सम्भावनाओं के द्वार खोल सकते हैं।

3. वर्तमान में वापस लौट आयें

एक बेचैन मन का मूल कारण अक्सर समय के साथ या समय के विरुद्ध संघर्ष करने में छिपा होता है, आप आज किए जाने वाले कार्यों को लेकर हड़बड़ा जाते हैं अथवा भविष्य में क्या होगा, इसे लेकर चिंतित रहते हैं। क्या इससे आपको समृद्धि मिल पायेगी? यदि आपकी नौकरी छूट जाये अथवा आप बीमार पड़ जायें, तो उस स्थिति में क्या होगा? या आप बीत चुकी बातों पर अधिक सोच विचार करते हैं, जैसे कि आपने क्या कहा था, या आपने कौन सा विकल्प चुना था अथवा चीज़ें वैसी क्यों नहीं हो सकतीं, जैसे पहले हुआ करती थीं।

आप अपनी संपूर्ण समझ के माध्यम से अपने मन को वर्तमान क्षण में लेकर आयें। इस समय यहाँ क्या हो रहा है? हमें वर्तमान में लाने का सबसे अच्छा साधन है बच्चे। उन्हें न भविष्य की चिन्ता सताती है, न वे अतीत की इच्छा करते हैं। वे दौड़ती हुई रेलगाड़ी को देख कर या पेड़ से गिरते हुए पत्तों को पकड़ कर खुश हो जाते हैं। वे स्वयं अपने ऊपर और हम पर हँसते हैं। सम्भव है, वे बड़े होने के दायित्वों से बचे रहें लेकिन वे हमें हमेशा याद दिलाते रहते हैं कि ख़ुशी एक ऐसी चीज़ है जिसे वर्तमान के क्षणों में ही पाया जा सकता है। जब आप किसी कार्य को अच्छे ढंग से करते हें या जब आप बढ़िया भोजन करते हैं, तब आपको वास्तविक

ख़ुशी प्राप्त होती है। जब आप दुनिया से जुड़ते हैं, लोगों से जुड़ते हैं, तब आप दूसरों के दुखों पर ज़्यादा ध्यान दे पाने में सक्षम होते हैं और इस संबंध में कुछ करने का निर्णय लेते हैं, भले ही आपका प्रयास छोटा ही क्यों न हो।

वर्तमान पर केंद्रित रहने से आपको अधिक स्पष्टता से अपनी उभरती हुई भावनाओं को देखने में मदद मिलती है, बजाय इसके कि भावनाओं के उबाल में आप अचानक ही अभिभूत हो जायें। आपको परेशानी या झुंझलाहट की चुभन महसूस हो सकती है, लेकिन चूँकि आप वर्तमान में हैं, इसलिए आप तुरन्त वहीं इस चुभन को देख सकते हैं, विचार कर सकते हैं कि क्या वास्तव में ही मुझे इतना अधिक परेशान होने या झुंझलाने की ज़रूरत है? इससे पूर्व कि यह मेरे मन की शान्ति को परेशान करने का अवसर पाये, क्या मैं इसे त्याग देने का अभ्यास कर सकता हूँ?

4. प्रेम और दयालुता मायने रखते हैं

प्रेम और दयालुता विकसित करने की सबसे अच्छी बात यह है कि इससे प्रेम व दया दूसरों को देने की हमारी क्षमता बढ़ जाती है। आपके पास दूसरों के लिए अधिक स्थान होता है और आपके व्यवहार में उपस्थित कठोरता भी नरम पड़ जाती है। इस प्रकार, जहाँ आपके मन में कभी आलोचना व जलन होती थी, अब वहाँ धैर्य व सहनशीलता रहते हैं।

भौतिक सुख और यहाँ तक कि धन से भी आनंद प्राप्त किया जा सकता है और कड़ी मेहनत द्वारा प्रयास करना तथा जीवन में सफलता की कोशिश करना कोई बुरी बात नहीं है। लेकिन यदि आपके सिर पर एक छत होने और आपकी मेज़ पर भोजन उपलब्ध होने की बात को छोड़ दें, तो भौतिक वस्तुओं से आपके जीवन में संतुलन नहीं आ सकता। इसलिए, यदि आप मानवता तथा विश्व के लिए अपने स्नेहमयी संबंधों और एक सामान्य प्रेम को अपने भीतर विकसित करते हैं, तो आप अपने मन में एक संतुलन की भावना लाने में सफल होते हैं।

आप प्रतिदिन अपना थोड़ा सा समय, अपने जीवन में प्रेम के संबंध में सोचते हुए, आभार ध्यान-साधना में लगायें, तो यह प्रेम और भी बढ़ जायेगा। जीवन के सभी पहलुओं में संतुलन इतना महत्त्वपूर्ण है कि आपको किसी भी चीज़ के प्रति बहुत ज़्यादा लगाव नहीं रखना चाहिए। यदि आप बिना किसी स्वार्थ के प्रेम दे सकते हैं, तो आप इसे बिना किसी मूल्य के भी दे सकते हैं, आप इस पर काबू नहीं रख सकते। इस प्रकार का प्रेम आपके शान्त मन में खुशियाँ ला सकता है। जब आप बिना किसी अन्य कारण के दूसरों को ख़ुशी के पास ले जाने की अपेक्षा, ख़ुशी उनके पास लाते हैं, तो आप जीवन से अत्यंत प्रेरित महसूस करते हैं। यदि आप किसी की सहायता करने के उद्देश्य से उसकी आलोचना करते भी हैं, जैसे एक बॉस के रूप में, एक शिक्षक या अभिभावक के रूप में, तो आप प्रेमपूर्ण दया की भावना से ऐसा कर सकते हैं। मैं समझता हूँ कि बच्चों के रूप में जब हमें ये निर्देश मिलते हैं और यदि हमें इससे चोट भी पहुँचती है और हम अंदर से परेशान हो उठते हैं, तो हमें कहीं गहराई में महसूस होता है कि हम कुछ सीख रहे हैं। क्योंकि हम जानते हैं कि हमें जो कुछ कहा जा रहा था, वह हमारे हित के लिए था।

हम सब जानते हैं कि अजनबी लोग जब हम पर दया दिखाते हैं, तो हमें कैसा महसूस होता है, उनका वह व्यवहार सीधे हमारे दिल को छू जाता है। इसलिए, आप भी अजनबियों और अपने पड़ोसियों के प्रति दया भाव दिखायें। जो लोग आपके करीब हैं, उन के प्रति दया दिखायें। और यह सब करने का सबसे उत्तम तरीक़ा है कि आप अपने प्रति दयावान बनें।

इसलिए, यदि आप अपने भीतर किसी प्रेमपूर्ण स्थान अर्थात् अपने शान्त मन से अपने विचार, अपने शब्द और कार्यों को उत्पन्न करते हैं, तो इससे दूसरों को मदद मिलने के साथ-साथ, स्वयं आपको भी मदद मिलेगी। दूसरों को प्रेम करने का अर्थ है, स्वयं से प्रेम करना और दूसरों के जीवन में अंतर लाने का अभिप्राय है अपने जीवन में बदलाव लाना।

5. बैठना

आप शान्त अथवा मौन होकर बैठने से घबरायें नहीं। आरम्भ में, बैठना कुछ लोगों के लिए एक कठिन कार्य सिद्ध हो सकता है, किन्तु आप अपनी श्वसन तकनीक का उपयोग करें और अपने शरीर को उस क्षण शान्त रहने दें। अपने आपको उचित विश्राम दें। यदि आपके विचार आपके मन में घुमड़ते रहते हैं, तो आप चिन्ता न करें। जब आप बैठते हैं तो आप केवल यही कल्पना करें कि आपके विचार धीरे-धीरे शान्त हो रहे हैं। आपके मन में क्या है, इस पर विचार करें और उस विचार को वहीं बना रहने दें। कभी-कभार किसी बेंच पर बैठ कर अपने चेहरे पर सूर्य और हवा को महसूस करें। आग के पास बैठ कर अपने शरीर में उसकी गर्मी प्रवाहित होती महसूस करें। कम्प्यूटर चालू करने से पूर्व आप शान्ति से अपनी कुर्सी पर बैठें (और कार्य समाप्त होने पर हमेशा कम्प्यूटर को बंद कर दें)।

कुछ मिनट के लिए शान्ति से बैठना आपके पूरे दिन को सुखद बना देगा।

6. एक समय पर एक ही कार्य करें

जब हम एक ही समय पर तीन कार्य कर रहे हों, तो हम अपने अंदर शान्ति की अपेक्षा कैसे कर सकते हैं? हम सड़क पर चलते हुए कोई पुस्तक क्यों पढ़ते हैं? क्या व्यस्तता और ख़ुशी बराबर हो सकते हैं? जीवन में थोड़े और सचेत होने का अर्थ है, जो चीज़ें महत्त्वपूर्ण हैं उन पर अपना ध्यान केंद्रित करना और अपने सभी प्रयास दिल से करना। इसलिए, यदि आप चाय पी रहे हैं, तो आप उन कुछेक क्षणों का उपयोग शान्त होने और अपने दिमाग़ को कुछ क्षण व्यवस्थित करने के लिए कर सकते हैं। यदि आप किसी परियोजना पर काम कर रहे हैं, तो आप अपने ईमेल और अपने फ़ोन को तब तक बंद कर सकते है और अपने काम में पूरी तरह तल्लीन हो सकते हैं। यदि आप अपने किसी बच्चे को कोई कहानी सुना रहे हैं, तो आप पूरी तरह से उनके साथ उपस्थित रह सकते हैं क्योंकि

आप उसके साथ बिताये गये समय को बहुमूल्य समझते हैं। और आप एक समय में एक काम करके अधिक कार्य कर सकते हैं, बजाय इसके कि आप लगातार बार-बार रुकें और फिर कार्य शुरु करें। और इस प्रकार आप एक अधूरे छूटे कार्य को फिर से शुरु करके अपने समय को बेकार करते हैं। या फिर आप दिन में कम कार्य करने का निर्णय भी ले सकते हैं, क्योंकि यदि आप की एक मुलाकात या एक फ़ोन अच्छा परिणाम देता है, तो आपका पूरा दिन अच्छा गुज़रता है और आप को हर क्षण अपनी व्यस्तता जारी रखने की ज़रूरत नहीं होती।

7. हँसना

लगातार हँसते रहना बहुत अच्छा एहसास देता है। इससे आप उपस्थित क्षण में मौजूद रह कर, अपने बोझ को हल्का कर देते हैं। और ठीक ऐसा ही मुस्कराहट के साथ भी होता है। इन दोनों तरीक़ों में आप दूसरों के साथ खुशी साझा करते हैं, दूसरे व्यक्ति की परेशानी कम करते हैं अथवा किसी ऐसी स्थिति को गम्भीर होने से रोकते हैं, जो आगे चल कर आसानी से तनाव उत्पन्न कर सकती है। हँसना किसी ग़लतफ़हमी का एक शानदार उपाय भी है, इसमें किसी मतभेद की अपेक्षा, आप उस स्थिति का आनंद ले सकते हैं।

चीज़ों के मज़ेदार पक्ष को देखना और उन्हें गम्भीरता से न लेना एक अच्छी बात है। आख़िरकार, हम सब इन्सान हैं, और अपना सर्वश्रेष्ठ प्रदर्शन करने का प्रयास करते हैं।

8. चलना

पैदल चलने का अर्थ है दुनिया की लय में वापस लौटना। अपने प्रत्येक कदम में आप संतुलन की भावना महसूस करते हैं। आप चलते हुए दुनिया में अपने स्थान को याद कर सकते हैं कि आप विशिष्ट हैं, लेकिन यह भी कि आप इतने सारे लोगों में से एक हैं और हम में से प्रत्येक व्यक्ति

के जीवन में सुख और दुःख मौजूद होते हैं।

चलना अक्सर एक दृष्टिकोण प्रदान करने का तरीक़ा होता है। आप हल्केपन से चलते हैं और भीड़ को पीछे छोड़ते हैं, बेशक कुछ क्षणों के लिए ही सही। आप अपने शरीर में वापस लौट आते हैं और इसका आभार प्रकट करते हुए और प्रत्येक गतिविधि को महसूस करते हुए, स्वयं के और निकट जाते हैं। आप मौसम के अनुसार तथा चहचहाते हुए पक्षियों के गीतों का आनंद लेते हुए, प्रकृति के सम्पर्क में आते हैं। शहर में आप अपने साथ चलते हुए लोगों में मानवता के गुण देखते हैं और जिस प्रकार मौसम हमें बदलाव और अस्थायित्व की याद दिलाता है, उसी प्रकार इमारतें भी हमें यही चीज़ याद दिलाती हैं – कुछ इमारतें बन रही होती हैं और कुछ अन्य गिरने की कगार पर होती हैं ।

जब आप चलते हैं, तो स्वाभाविक रूप से गहरी साँसें लेते हैं। तब आप सही मायनों में हवा अपने फेफड़ों में भरते हैं। आप दिन भर के दौरान अपने अंदर उत्पन्न होने वाली भावनाओं पर विचार कर सकते हैं। आप उनके शान्त होने से पूर्व शान्ति से उन पर निगाह डालते हैं। या फिर आप सारी चीज़ें भूल कर, केवल चलने में ही इस समय का उपयोग कर सकते हैं।

9. सुनना

विचार-मनन के माध्यम से अपने आपको जानना बहुत अच्छी बात है। किन्तु इसका अर्थ आत्म-केंद्रित बनना या सारी दुनिया अथवा अपने आसपास के लोगों से अपने आपको काट लेना नहीं है। जब आपका मन अशांत होता है, तो आप दूसरों को सुन नहीं पाते। आप शारीरिक रूप से तो एक स्थान पर मौजूद होते हैं, लेकिन आपका मन सैकड़ों अन्य चीज़ों के संबंध में सोचता हुआ, कहीं और होता है या फिर आप अपने विचारों को इतना दृढ़ बना लेते हैं कि आप दूसरे व्यक्ति के दृष्टिकोण से चीज़ों को देखने की कोशिश किए बिना, किसी स्थिति पर अपनी राय प्रकट करते हैं।

जब आप आराम से बैठते हैं और श्वसन क्रिया का अभ्यास करते हैं, तो आप शान्त और व्यवस्थित होने के आदी होने लगते हैं। और तब, आप न केवल वक्ता को वास्तव में सुन सकते हैं, जो अपने-आप में उदारता का कार्य है, बल्कि आप स्वयं को भी सुन सकते हैं, क्योंकि इससे आप कुछ ज्ञान प्राप्त कर सकते हैं। खुले दिमाग़ और खुले मन से दूसरों को सुनें- आपको हमेशा ही कोई जवाब देने या कोई समाधान प्रदान करने की आवश्यकता नहीं होती। लेकिन जब आप शान्त मन से सुनते हैं, तो आप ग्रहणशील बन जाते हैं और आपका विवेक या आपकी रचनात्मकता निखर उठती है।

10. सादगी को गले लगाना

आप चीज़ों का ढेर न लगने दें- न अपने आसपास और न ही अपने दिमाग़ में। यदि आप स्थितियों या भावनाओं को प्राकृतिक रूप में आने देते हैं, तो आप उन्हें उसी अवस्था में देखते हैं, जैसी वे होती हैं। आप क्रोध को एक ज्वलंत व मज़बूत भावना के रूप में देखते हैं लेकिन इसके साथ-साथ ऐसी भावना के रूप में भी देखते हैं, जिसके साथ आपको चिपके रहने की आवश्यकता नहीं होती। आप जटिल निर्णयों को बड़ी स्पष्टता के साथ देखने लगते हैं, तब आप पूछते हैं कि उदारता एवं ख़ुशी की सबसे अधिक सम्भावना कहाँ है। दिल क्या कहता है? यदि मुझे आज कोई भय न हो, तो मैं क्या करूँगा? आप तो जानते ही हैं कि परिणाम हमेशा आपके हाथ में नहीं होता, वह आपकी इच्छा के अनुसार नहीं होता। लेकिन आप यह जान कर बहुत चैन महसूस कर सकते हैं कि प्रतिदिन आप अपनी ओर से सर्वश्रेष्ठ प्रयास करते हैं, फिर उसका परिणाम चाहे कुछ भी हो।

चीज़ों को त्याग देने की कला का भी अभ्यास करें, और अधिक चीज़ों को पाने पर अपना ध्यान केंद्रित करने की अपेक्षा, उन चीज़ों पर ध्यान दें, जो अभी आपके पास मौजूद हैं। जिस प्रकार आपका मन उस स्थान को पसंद करता है, जिसमें वह विस्तार ले सकता है या विकसित

हो सकता है, उसी प्रकार आपके भौतिक स्थान का भी ठीक वैसा ही प्रभाव होता है। आप खाली हाथ इस दुनिया में आते हैं और खाली हाथ ही जाते हैं, इसलिए इस दौरान इतनी ढेर सारी चीज़ों की कामना करने और उन्हें जुटाने में समय व्यर्थ करने का क्या अर्थ है?

जिस प्रकार आप भोजन करते हैं, उसी प्रकार आप सादगी का भी अभ्यास कर सकते हैं। जैसे, जिन चीज़ों को आप फेंक सकते हैं, उन्हें दुनिया भर से इकट्ठा करके अपने फ्रिज में ठूंस देने की बजाय, आप उन साधारण वस्तुओं को प्राप्त करके अपने विवेक का परिचय दे सकते हैं जो आपके आसपास उपलब्ध हैं। आप अपने शरीर को स्वस्थ बनाने और दिमाग़ को क्रियाशील रखने में सहायता देकर, भोजन के स्वास्थ्यवर्धक लाभों का आभार प्रकट कर सकते हैं। आप अपने किसी अगले कार्य के लिए हड़बड़ाहट दिखाने की अपेक्षा, शान्ति और तसल्ली से भोजन कर सकते हैं। आपको किस चीज़ की लालसा है और किस वस्तु की ज़रूरत, इसके अंतर पर आप विवेकपूर्ण ढंग से विचार करें। जिस वस्तु की आपको ज़रूरत है, वह एक बहुत साधारण वस्तु हो सकती है, जबकि जिस चीज़ की आपको लालसा है उसका कोई अन्त नहीं है।

अन्तिम शब्द

मैं जानता हूँ कि कई लोग इसी बात को लेकर चिन्तित होंगे कि एक शान्त मन के लिए कैसे समय निकालें। और जैसे इस पुस्तक में बताया गया है, उनका अभ्यास कैसे करें! लेकिन यदि आपको ध्यान साधना का अभ्यास करना भी हो, तो मैंने वर्ष भर में केवल पाँच दिनों के बारे में आपको बताया है जिससे आपको शान्ति के अतिरिक्त पाँच दिन प्राप्त हो सकते हैं। यदि आप अपने अहंकार से पाँच दिन की छुट्टी ले सकें, तो मुझे आशा है कि यह अच्छा रहेगा। जीवन की बदलती हुई प्रकृति का एहसास करते हुए, आपके पास उपलब्ध प्रत्येक वस्तु का आभार प्रकट करते हुए समय व्यतीत करने से आपको अपना पूरा दिन प्रभावपूर्ण महसूस होगा, उसमें खालीपन कहीं नहीं दिखायी देगा। तब आप बदलाव के लिए अधिक तत्पर रहेंगे, अधिक लचीले व अधिक धैर्यवान होंगे और मेरे विचार में, आप अधिक प्रसन्न होंगे। यदि वह कोई बुरा दिन है, तो आपको यह मालूम ही होगा कि वह दिन हमेशा ऐसा नहीं रहेगा। इसलिए, मुझे आशा है कि आप मन के इन उपायों को एक नई शुरुआत प्रदान करेंगे और उन्हें अपने लिए उपयोगी पायेंगे। इससे भी अधिक, मुझे आशा है कि आप अपने जीवन को बदल पाने में सक्षम होंगे।